AF290595

FSC
www.fsc.org
MIX
Papier aus ver-
antwortungsvollen
Quellen
Paper from
responsible sources
FSC® C105338

HAYLEY FAIMAN

CONVICT

GEMEINSAM DURCH UNRUHIGE GEWÄSSER

Hayley Faiman
Außergewöhnliche Helden Teil 1:
Convict – Gemeinsam durch unruhige Gewässer

Aus dem Amerikanischen ins Deutsche übertragen von J.M. Meyer.

© 2018 by Hayley Faiman unter dem Originaltitel „Convict (An Unfit Hero Novel, Book 1)
© 2022 der deutschsprachigen Ausgabe und Übersetzung by Plaisir d'Amour Verlag, D-64678 Lindenfels
www.plaisirdamour.de
info@plaisirdamourbooks.com
© Covergestaltung: Sabrina Dahlenburg (www.art-for-your-book.de)
© Coverfoto: Shutterstock.com
ISBN Print: 978-3-86495-564-8
ISBN eBook: 978-3-86495-565-5

Alle Rechte vorbehalten. Dies ist ein Werk der Fiktion. Namen, Darsteller, Orte und Handlung entspringen entweder der Fantasie der Autorin oder werden fiktiv eingesetzt. Jegliche Ähnlichkeit mit tatsächlichen Vorkommnissen, Schauplätzen oder Personen, lebend oder verstorben, ist rein zufällig.

Dieses Buch darf ohne die ausdrückliche schriftliche Genehmigung der Autorin weder in seiner Gesamtheit noch in Auszügen auf keinerlei Art mithilfe elektronischer oder mechanischer Mittel vervielfältigt oder weitergegeben werden. Ausgenommen hiervon sind kurze Zitate in Buchrezensionen.

PROLOG

Rylan

Ich starre mein Abbild in der Edelstahlversion eines Spiegels an. Der einzige Spiegel, den ich in den nächsten fünf Jahren benutzen darf. Es sind erst ein paar Monate vergangen, aber ich sehe deutlich älter aus als dem Tag, an dem ich diesen Ort betreten habe. *Ein Sträfling.* Für den Rest meines Lebens werde ich diesen Titel mit mir herumtragen. Ein schwarzer Schandfleck auf meiner Seele. Einen, den ich verdient habe.

Fahrlässige Tötung.

In Wahrheit – Mord.

Ich bin ein Mörder.

Mein blondes Haar hängt mir vor den Augen. Meine hellbraunen Iriden starren mich an. Sie wirken genauso tot wie die Leben, die ich genommen habe. Fünf Jahre bei guter Führung. In fünf Jahren komme ich aus dieser Hölle heraus, aber was ist mit den Leben, die ich beendet habe? Sie sind für immer weg.

Meine bunten und schwarzen Tattoos, die meinen Körper bedecken, starren mich an. Ich hebe eine Hand und reibe mir das Gesicht. Meine Hand- und Fingertattoos sehen in diesem traurigen Etwas eines Spiegels ziemlich verzerrt aus. Ich sehe verzerrt aus, oder vielleicht ist das auch bloß die Art, wie ich momentan wirke. Vielleicht sieht mich die Welt so. Ich kann nicht erwarten, dass irgendwer mich anders wahrnimmt, als ich es selbst tue, oder?

„Lindsay, die Zeit ist um", ruft der Wärter.

Ich stoße mich vom Waschbecken und der beschissenen Spiegelattrappe ab und kehre dem Badezimmer den Rücken. Ich gehe auf den Wärter zu und hebe das Kinn an, sobald ich in seinem Blickfeld auftauche. Seine wütenden Augen funkeln, als er auf mich herabschaut. Er hat mir die Zeit hier fast unerträglich gemacht. Wenn es mir egal wäre, was er über mich denkt, wäre ich vielleicht ein wenig beleidigt, wie sehr er mich in Wahrheit hasst, ohne auch nur das Geringste über den Mann zu wissen, der ich bin – oder zumindest versuche zu sein.

„Dreckskerl", grunzt er.

Ich presse meine Lippen zu einer schmalen Linie zusammen und ignoriere seine Worte. Er hat schließlich nicht Unrecht. Ich bin ein Dreckskerl gewesen. Ständig besoffen und high. Egoistisch. Jung, dumm und mit ausreichend Sperma gesegnet. Mit keinerlei Ambitionen. Mein einziges Ziel im Leben ist es gewesen, genug Dope zu verkaufen, um mit meiner eigenen Sucht klarzukommen, und zu ficken. Ich liebe es zu ficken, obwohl ich das Gefühl habe, dass es einfach zum Menschsein dazugehört.

Und das alles ist nicht schwer zu bewerkstelligen in einem kleinen Kuhkaff in Texas, in dem man einer der besten und bekanntesten Dealer ist – nicht, dass ich mich selbst loben will. Während ich dem Wachmann folge, denke ich über meine Vergangenheit nach. Ich könnte meiner beschissenen Kindheit die Schuld für all das geben. Aber ich kenne Leute, die in noch schlechteren Verhältnissen aufgewachsen sind und sich trotzdem noch auf freiem Fuß bewegen und saubere Luft atmen. Die nicht gemordet haben.

Ich *habe zugelassen*, dass ich zu einem Produkt meiner

Umgebung wurde. Das ist einfacher gewesen, als hart zu arbeiten und aus dem Drecksloch herauszukommen, in dem ich gezeugt worden bin. Aber anstatt diese Scheiße zu durchschwimmen, wurde ich wie mein Vater. Ein Säufer und Junkie, nur dass mein Vater nie länger als ein paar Monate im Knast einsaß. Nicht so wie ich, der eine ganze Weile im Gefängnis einsitzen muss.

In fünf Jahren werde ich wieder frei sein. Bis dahin werde ich meine Zeit absitzen – stillschweigend. Ich werde meinen Kopf einziehen und dann als besserer Mensch daraus hervorgehen – hoffentlich, vielleicht, *möglicherweise.*

Zurück in meiner Zelle, setze ich mich auf die Kante meiner beschissenen Pritsche und nehme mir Papier und einen Bleisteift, den ich mir neulich gekauft habe. Ich überlege, einen Brief an meine Mom zu schreiben, denn vielleicht würde sie das Papier mal nicht dazu benutzen, um es zusammenzurollen und ihr Dope damit zu schnupfen. Obwohl ich diesen Scheiß stark bezweifele.

Ich werfe Stift und Zettel zur Seite und lege mich auf den Rücken. Ich starre die Decke an und frage mich, wie viele Männer wie ich hier schon gelegen haben.

Wie viele Männer haben sich ihr Leben im Alter von fünfundzwanzig Jahren so richtig versaut?

Wie viele Männer wurden entlassen, nur um wieder zur alten Scheiße zurückzukehren?

Werde ich überleben? Erfolg haben? Scheitern? Sterben?

Der Tod wäre eine gerechte Strafe für meine Taten, für den Schmerz, den ich einer ganzen gottverdammten Familie zugefügt habe.

Der Tod wäre ein zu gutes Ende. Zu einfach.
Ich verdiene es, zu leiden.

***

Channing

Drei Jahre später

Er beobachtet mich vom vorderen Bereich des Raumes aus und versteckt den Großteil seines Körpers hinter einem kleinen Podium. Ich beiße mir auf die Lippe, als er mich angrinst. Groß, dunkel, gutaussehend und mein Lehrer. Er ist älter als ich, aber nur fünf Jahre. Er ist sexy, verboten und ich sollte vor ihm weglaufen.

Ich sollte nicht auf meinem Stuhl umherrutschen und meine Beine etwas zu hoch übereinanderschlagen, damit mein Rock unterhalb des Schreibtisches mehr von meinem Oberschenkel preisgibt. Sein Blick wandert eine Etage tiefer, und mir läuft ein Schauer über den Rücken. Das hier ist so was von falsch. Die Art und Weise, wie er mich ansieht, die Dinge, die er zu mir sagt, wenn wir allein sind. Ich kann nicht damit aufhören, mich gut damit zu fühlen. Er will mich, er begehrt mich, und bald werden wir zusammen sein. So richtig.

Die Glocke läutet, die Schüler springen auf, schnappen sich ihre Rucksäcke und verlassen den Klassenraum für heute. Dies ist die letzte Schulstunde gewesen und kann ich es kaum erwarten, bis alle gegangen sind. Mittlerweile ist es für Mr. Bridges und mich schon so etwas wie eine Tradition geworden. Sobald das Klassenzimmer verwaist ist, sehe ich ihm zu, wie er zur Tür geht, den Schlüssel ins Schloss steckt, abschließt und sich dann zu mir umdreht.

„Du hast mich den ganzen Nachmittag über in Versuchung gebracht, Miss Shephard", sagt er lächelnd.

Er sieht wie ein Wolf aus, und ich fühle mich wie Rotkäppchen, nur dass ich mich darauf freue, dass er mich endlich verschlingt. Ich kann es kaum erwarten, dass er es tut.

„Hast du deiner Frau von uns erzählt?", frage ich ihn, als ich von meinem Schreibtisch aufstehe.

Seine Augen verfinstern sich, während er mich von der anderen Seite des Raumes aus ansieht. „Channing, du weißt, dass ich das nicht kann. Noch nicht. Du bist noch schulpflichtig. Wenn du deinen Abschluss in der Tasche hast, werden wir noch mal darüber sprechen. Sie hat mich an den Eiern, das weißt du."

Ich beiße mir wieder auf die Lippe und senke den Blick. „Es tut mir leid", wispere ich.

Er überwindet den Abstand zwischen uns und ich spüre seine Finger unter meinem Kinn. Er hebt meinen Kopf an, sein Blick sucht meinen. Er lächelt sanft, dann senkt er sein Gesicht näher zu meinem herab. Seine Lippen berühren meine, sie sind weich, genau wie seine Hände.

„Du weißt, was ich für dich empfinde, Channing. Du bist die Einzige, die mich versteht. Du bist die Einzige, die mich glücklich macht. Ich muss versuchen, mit ihr fertigzuwerden, und schon bald wird sie uns nicht mehr im Weg stehen und wir können zusammen sein." Seine Stimme ist kaum mehr als ein Flüstern, und bevor ich etwas darauf erwidern kann, schiebt er auch schon seine Zunge in meinen Mund.

Er drängt mich so weit nach hinten, bis ich mit

meinem Hintern auf seinem Schreibtisch lande. Langsam unterbricht er unseren Kuss, seine Lippen gleiten meinen Hals hinunter bis zum Ansatz meiner Brüste. Seine Finger greifen um meine Hüften und er dreht mich um. Er drückt seine Hand mittig auf meinen Rücken und schiebt mich so weit nach vorne, bis mein Hintern in der Luft ist. Ich höre, wie er sein Handy herausholt, denn das tut er immer. Er schaut es sich später gerne noch einmal an, und ich kann nicht leugnen, dass ich das liebe.

„Fuck", stöhnt er, als er meinen Rock hochschiebt.

Ich trage diesen Rock nur für ihn, weil ich weiß, wie gerne er ihn an mir sieht. Seine Finger greifen in mein Höschen, bevor er es mir die Beine herunterzieht. Meine Oberschenkel zittern, als ich seinen Schwanz an meinem Eingang spüre. Er stößt in mich hinein.

Ich kneife die Augen zu und atme durch die Nase ein. Es brennt, als er in mich eindringt, aber ich weiß, dass er es so am liebsten mag. Er sagt, dass es sich so besser für ihn anfühlt. Ich will nichts mehr, als ihn glücklich machen. Was auch immer er will. Er bekommt es.

Er schlingt seine Hand um meinen Nacken und hält mich fest, sodass meine Wange gegen das harte Holz gepresst wird. Er fickt mich, meine Hüften knallen bei jedem Stoß gegen die Tischkante. Später werde ich bestimmt blaue Flecken haben und mit den Fingern über sie streichen, um mich an diesen perfekten Moment zu erinnern.

„Fuck", stöhnt er, während er sich in mir versenkt und sich wieder zurückzieht.

Es dauert nicht lange, bis sich Feuchtigkeit zwischen meinen Beinen ansammelt und mein Körper beginnt, es zu genießen, wie er mich ausfüllt, wie er sich in mir bewegt.

„Ja", zische ich, als sich seine Finger enger um meinen Nacken schließen.

„Fuck, diese enge Pussy. So gut", murmelt er, als seine Stöße weniger rhythmisch werden. „So eng. So gut", keucht er.

Als er plötzlich stoppt, fühle ich, wie sein Sperma in mich strömt. Ich bin noch nicht einmal nahe dran, meinen eigenen Höhepunkt zu erreichen, doch später, wenn ich nach Hause gehe und mich selbst zum Kommen bringe, werde ich mich daran erinnern, wie sehr er es mag, wie ich mich anfühle. Wie sehr ich ihn antörne.

Er lässt meinen Nacken los und lehnt sich über meinen Rücken, seine Brust presst sich gegen mich, sein Gewicht ist schwer, aber das begrüße ich. Seine Lippen berühren die Stelle, wo mein Hals in meine Schulter übergeht. „Ich wünschte, wir könnten allein sein, zusammen, nicht so wie hier", hauche ich ihm zu.

„Bald, Channing. Bald werden wir zusammen sein", krächzt er, als er sich aus mir zurückzieht.

Ich rücke meinen Rock zurecht und ziehe das Höschen wieder über die Beine. Ich spüre, wie sich seine Erlösung in meinem Slip sammelt, und diese Tatsache färbt meine Wangen rosa. „Und du? Schläfst du auch mit ihr?", frage ich ihn und meine mit *ihr* seine Frau.

Seine Augen verdunkeln sich ein weiteres Mal. Er steckt das Handy wieder in seine Hosentasche, bevor er eine Hand hebt und lächelnd meine Wange berührt.

„Natürlich nicht. Jetzt, da ich dich habe und wir das

hier miteinander teilen, könnte ich mir nicht vorstellen, mit jemand anderem zu schlafen. Es gibt nur dich, Channing. Außerdem, warum sollte ich zu ihr gehen, wenn ich doch deine enge Muschi haben kann? Ihre fühlt sich bei weitem nicht so gut an wie deine." Er zwinkert mir zu.

Mein Gesicht brennt bei diesen Worten. Verlegenheit durchströmt mich, als er darüber spricht, wie ich mich untenrum anfühle. Ich beiße mir auf die Unterlippe, während ich ihm weiter in die Augen sehe. Er haucht mir einen kurzen Kuss auf die Lippen. „Geh nach Hause, Channing. Vielleicht können wir uns ja nach dem Footballspiel am Freitag treffen?", fragt er.

Während ich einatme, verziehen sich meine Lippen zu einem breiten Lächeln, und ich nicke. „Ja", sage ich seufzend.

Mit schwungvollen Schritten verlasse ich schnell das Klassenzimmer und freue mich schon jetzt auf Freitagabend und natürlich auf das, was noch kommen wird. Mr. Bridges und ich werden die schönste Zukunft aller Zeiten haben, das spüre ich bis tief in meine Knochen. Ich kann es kaum erwarten, meinen Abschluss zu machen, und dann können wir endlich zusammen sein.

Bald.

Es wird *bald* so weit sein, ich kann es praktisch schon *schmecken*.

KAPITEL 1

Rylan

Zwei Jahre später

Ich blinzele, als ich mich umschaue. Hier ist alles ein kleines bisschen heller als hinter den Toren. Ich bin frei. Obwohl ich es noch nicht so richtig fühle. Werde ich es jemals sein? Ich weiß es nicht. Wahrscheinlich nicht. Ich denke, dass das Gefühl, beobachtet zu werden, ständig einen Blick über meine Schulter werfen zu müssen, nie wieder verschwinden wird.

Es gibt niemanden, der auf der anderen Seite der Gefängnismauern auf mich wartet. Keine Tussi, die sich nach mir sehnt. Keine Eltern, die ihr Baby vermisst haben.

Niemanden.

Nichts.

Ich bemitleide mich nicht, nicht wirklich. Ich verdiene so viel Schlimmeres. Wenigstens atme ich noch. Ich bin am Leben, im Gegensatz zu den Menschen, die ich getötet habe. Ich schiebe die Hände in meine Hosentaschen und gehe in Richtung Parkplatz. Am Ende der Straße befindet sich eine Bushaltestelle, und dank des Staates Texas habe ich gerade ausreichend Kohle, um mir eine einfache Fahrkarte in meine Heimatstadt zu kaufen.

Vielleicht sollte ich nicht zurückkehren. Ich werde wahrscheinlich in denselben alten Scheiß abrutschen wie damals, aber ich muss dennoch versuchen, mich zu bessern. Ein besserer Mensch zu sein. Ich muss es versuchen.

Nicht für mich selbst.

Ich muss es für die beiden Leben versuchen, die ich genommen habe. Wenn das alles umsonst gewesen ist, dann sollte ich meinen Arsch einfach zurück in den Knast bewegen und dort für den Rest meiner Tage verrotten. Ich werde nicht länger zulassen, dass meine Vergangenheit – meine Kindheit – mich definiert. Ich bin besser als das, besser als meine Eltern. Das muss ich einfach sein.

Als ich zum Ticketschalter gehe, sitzt dort ein wettergegerbter Mann. Er wirkt ernst, als wäre er wütend auf die Welt, was ich ihm nicht übelnehmen kann. Es ist leicht, angepisst zu sein. So verdammt leicht.

„Wo willst du hin?", bellt er mit heiserer, rauer Stimme.

Ich atme tief ein und lasse den Atem mit einem Seufzer wieder entweichen. „Burnet, Texas", brumme ich.

Er beäugt mich misstrauisch, weil er genau zu wissen scheint, woher ich komme. Er sieht wahrscheinlich ein Dutzend entlassener Häftlinge pro Monat hier vorbeikommen. Ich bezweifele, dass er auch nur einem einzigen von uns traut, ich weiß, dass ich es nicht tun würde – nicht in einer Million Jahren.

„Wenn du Ärger machst, werden dich die Fahrer verdammt nochmal hierher zurückbefördern, Junge", knurrt er und deutet auf die Gefängnismauern hinter mir.

Ich hebe mein Kinn und mache mir gar nicht erst die Mühe, mir die Worte des Mannes zu Herzen zu nehmen. Es gibt keinen Grund, sauer zu sein. Er schaut mich an, geradewegs, und urteilt über mich, wie er es auch sollte. Er weiß, dass ich ein Sträfling bin. Das ist es, was ich bin. Es gibt keine andere Möglichkeit, mich zu beschreiben. Mich etwas anderes als einen Mörder zu nennen. Ich werde für den Rest meines Lebens dieser befleckte Mann sein – für immer bekannt als Mörder und Verurteilter.

„Verstanden“, erwidere ich und nicke.

Seine blauen Augen verengen sich und er nickt ebenfalls, während er mir das Ticket überreicht. Ich bedanke mich bei ihm, gehe zu einer Bank, setze mich und strecke meine Beine aus. Seit fünf Jahren bin ich nicht mehr in meiner Heimatstadt gewesen. Habe nichts mehr von dem Kleinstadttratsch mitbekommen, nicht einmal die Ergebnisse eines High-School-Footballspiels gehört. Nichts.

Grinsend schaue ich auf meine Hände, die auf meinen Knien ruhen. Football. Ich vermisse es, die Bulldogs an einem Freitagabend spielen zu sehen. Doch noch mehr als das, vermisse ich die winzige Stadt, aus der ich eigentlich komme. Das ist nicht Burnet, obwohl ich dort zur Schule gegangen bin. Meine Stadt ist so winzig, dass sie nicht einmal eine eigene High School hat. Genau genommen gibt es dort gar keine Schulen. Wir wurden mit Bussen zum Unterricht gekarrt.

Gallup, Texas. Einwohner: vierhundertachtundsechzig. Dort habe ich mich immer zu Hause gefühlt. Wir haben eine Tankstelle und zwei Stoppschilder. Straßen, die allesamt unbefestigt und geschottert sind. Einen Wohnwagenpark, in dem ich selbstverständlich aufgewachsen bin, und einen Gemischtwarenladen. Das ist meine Stadt. Das ist alles, was es dort gibt. Einen Haufen unbefestigter Straßen und Häuser fernab der Hauptstraße.

Ich schließe meine Augen, während ich auf den Bus

warte. Seufzend reibe ich mir mit der Hand über das Gesicht. Ich fühle die Anwesenheit einer anderen Person und schaue nach rechts. Es ist ein Mädchen. Jung, hübsch, zierlich. Sie schaut zu mir herüber und lächelt, ihre Wangen färben sich rosa.

„Hey", sagt sie.

„Bist du wegen deines wöchentlichen Besuchs hier?", erkundige ich mich und drehe meinen Kopf in Richtung Gefängnis.

Sie nickt und wendet sich mir noch etwas mehr zu. Ihre Körpersprache signalisiert Offenheit, der Stoff ihres hautengen Tops mit tiefem Rundhalsausschnitt spannt sich um ihre Brüste. Mein Blick bleibt an ihrem Dekolleté kleben. Verdammt, ich habe seit fünf Jahren keine echten Titten mehr gesehen. Fünf verdammt *lange* Jahre.

„Ich besuche meinen Mann. In Texas sind leider keine ehelichen Besuche erlaubt", sagt sie und schmollt.

Ich lecke mir über die Unterlippe. „Nein? Wie lange sitzt er schon ein?", frage ich sie.

Sie beugt sich vor und ermöglicht mir so einen perfekten Blick auf ihre Titten. „Sechs Jahre, aber er hat *lebenslänglich* bekommen", haucht sie.

Ich stehe auf und räuspere mich. „Zu den Toiletten?", biete ich ihr an.

Wenn sie Bock auf einen Schwanz hat, bin ich mehr als bereit, ihn ihr zu geben. Ich gehe zur Herrentoilette, hole ein paar Münzen aus meiner Hosentasche, stecke sie in den Kondomautomaten und bin dankbar, dass es hier einen gibt.

Normalerweise vögele ich nie ungeschützt, aber heute würde ich definitiv eine Ausnahme machen, denn ich bin verdammt geil.

Kaum habe ich das Kondom aus der Verpackung genommen, fliegt auch schon die Tür auf und sie kommt herein. Als ich mich umdrehe, um sie anzuschauen, schließt sie ab und stolziert auf mich zu. Sie schiebt ihren Rock hoch und enthüllt ihr fehlendes Höschen.

„Es wird sehr schnell gehen", warne ich sie, denn mein Schwanz ist schon so hart, dass er Nägel in Wände schlagen könnte.

Sie grinst. „Gut. Und sorg' dafür, dass es auch hart wird."

Ich schlinge meine Hände um ihre Taille, hebe sie hoch und drücke sie mit dem Rücken gegen die Wand. Sie greift zwischen uns hindurch und öffnet wie ein verdammter Vollprofi den Reißverschluss meiner Hose. Ich schiebe sie meine Beine hinunter und hole schnell meinen Schwanz heraus. Dann spucke ich auf meine Finger, führe sie zu ihrer Muschi und lasse sie in ihre warme Hitze gleiten.

„O ja", stöhnt sie und lässt ihren Kopf zurückfallen. Die Schlampe ist schon klitschnass, völlig triefend. „Fick mich, hart. Zeig mir, wie böse du bist", fordert sie mich auf.

Ich lächele, als ich registriere, was für eine perverse, kleine Bitch sie doch ist, aber ich will mich nicht beschweren. Ich krümme meine Finger in ihr und fühle die raue Stelle, von der ich weiß, dass sie sie in den Wahnsinn treiben wird. Sie öffnet ihre Augen und japst, als ich meinen Daumen gegen ihre Klitoris presse. Ihre Hüften zittern und ich genieße die Art, wie sie meine Hand durchnässt.

Sie ist verdammt nah dran, denn ich spüre, wie ihre

Muschi zuckt, und ich weiß, dass sie ganz kurz davor steht, über die Klippe zu springen. Sie keucht, und als sie mich ansieht, sind ihre Augen weit aufgerissen. Ich lasse meine Finger aus ihrer Fotze gleiten und benetze meinen Schwanz, dem ich bereits ein Kondom übergezogen habe, mit ihrer Nässe. Ich lege beide Hände um ihre Hüften und dringe in sie ein. Es ist kein langsamer, sondern ein schneller, harter Stoß.

„Scheiße, das ist ein gottverdammtes Monster. Reiß mich nicht entzwei", schreit sie.

Ich grinse, ziehe ihn wieder heraus und stoße dann wieder zu. Ihr Kopf prallt von der Tür ab, das ist mir scheißegal. Ich klinge wie ein Arschloch, aber verdammt, ich bin seit fünf Jahren in keiner Möse mehr gewesen. Sie japst, ihre Fingernägel graben sich in meine Schultern, während ich sie gegen eine schmutzige Toilettentür ficke.

Ich ficke sie kurz, hart und schnell. Sie stößt einen quietschenden Laut aus, als sich ihre Muschi um meinen Schwanz herum zusammenzieht. Mir kommt selbst ein Grunzen über die Lippen, als ich mich ein letztes Mal in sie hineinschraube und komme – hart. Ich habe keinen Zweifel daran, dass ich, wenn ich dieses Kondom nicht übergezogen hätte, sie bestimmt geschwängert hätte, so viel Sperma hatte ich in meinen Eiern.

Ganz ehrlich, das Letzte, das ich gebrauchen kann, ist ein Baby. Schon gar nicht von einer Schlampe, die ich nicht kenne und dessen Alter lebenslänglich hinter Gittern sitzt. Fuck.

„Verdammt, das war so gut, Baby", schnurrt sie.

Ich ziehe meinen Schwanz aus ihr heraus, weiche einen Schritt zurück, ziehe das Kondom ab, verknote es und werfe es in den Müll. Dann ziehe ich wieder meine Jeans über die Hüften und schließe den Reißverschluss. Anschließend trete ich ans Waschbecken und wasche mir die Hände.

Die Kleine lehnt noch immer an der Toilettentür, ihr heftiger Atem erfüllt den Raum und hallt von den Wänden um uns herum wider. Nachdem ich mir die Hände abgetrocknet habe, drehe ich mich zu ihr um. Sie sucht meinen Blick, ihre Lippen verziehen sich zu einem Lächeln.

„Wann immer du ficken willst, komm einfach am Besuchstag hierher."

„Ist das dein Ding? Frisch entlassene Häftlinge zu ficken?" Ich denke schon.

Ihr Lächeln wird breiter, sie stößt sich von der Wand ab und kommt auf mich zu. Sie legt ihre Hände auf meine Brust und neigt den Kopf zurück. „Ich entlasse die Süßen gerne mit einem Lächeln wieder in die allgemeine Bevölkerung."

Sie legt ihre Lippen auf meine, dann wendet sie sich ab und spaziert davon. Ich sehe ihr nach und schnaube, als die Tür hinter ihr zufällt. Eine wahrhaft verdammte Mutter Theresa. Kopfschüttelnd folge ich ihr.

Als ich wieder im Freien stehe, beobachte ich, wie der Bus einfährt. Ich schaue mich um, um zu checken, ob sie noch da ist, doch ich kann sie nirgends entdecken. Achselzuckend gehe ich zum wartenden Bus, in dessen Inneren es gewaltig stinkt. Na ja. Immer noch besser, als im Knast zu sitzen.

Ich schließe meine Augen, befriedigt von dem schnellen Fick, und versuche, mich so gut es eben geht zu entspannen. Ich habe eine lange Fahrt vor mir und da ich noch nicht weiß, was ich tun werde, wenn ich ankomme, habe ich eine verdammte Pause bitter nötig.

***

Channing

Ich atme ganz tief ein und versuche, mich nicht schon wieder zu übergeben. Obwohl ich nicht weiß, wie das funktionieren soll, denn ich habe alles, was in meinem Magen gewesen ist, bereits ausgekotzt. Ich neige den Kopf, mein langer blonder Zopf fällt mir über die Schulter, dann eile ich zur Tür des Motels.

Ich muss meine Hand gar nicht erst heben, um anzuklopfen, denn sie öffnet sich, kurz bevor ich sie erreiche. Der Mann steht nicht im Türrahmen, sondern nackt dahinter. Er knallt die Tür zu und schließt sie hinter mir ab. Ich bin nicht dazu in der Lage zu sprechen. Sein Mund kracht auf meinen, seine Zähne knallen mit voller Kraft gegen meine.

Ich lege meine Hände auf seine Brust und schiebe ihn von mir. „Oh, spielen wir etwa wieder dieses Vergewaltigungsspiel?", fragt er feixend.

Ich trete einen großen Schritt zurück, stoße mit dem Rücken gegen seine Zimmertür und schüttele den Kopf. „Nein. Ich muss mit dir reden", flehe ich ihn geradezu an.

Er seufzt und rauft sich mit einer Hand die Haare. „Wir werden kein Wort mehr darüber sprechen, Channing. Ich kann sie nicht verlassen. Nicht jetzt. Sie ist …" Seine Worte reißen ab.

Normalerweise sagt er mir nie, *was* sie ist, aber ich weiß, dass da etwas ist. Er betont nur immer wieder, dass sie ihn an den Eiern hat. Ich habe ihm das geglaubt, als ich achtzehn und noch seine Schülerin gewesen bin. Doch nun, zwei Jahre später, kaufe ich ihm das nicht mehr ab. Er will nur uns? Ihn und mich? Und ich bin so dumm gewesen zu glauben, dass er sich für mich ändern würde. Dass wir glücklich bis ans Ende unserer Tage zusammenleben würden. Dass ich etwas Besonderes für ihn bin.

Im Laufe der letzten Tage ist mir klar geworden, dass es wahrscheinlich nie dazu kommen wird. Zumindest ist es das gewesen, was ich gedacht habe. Bis heute Morgen, als ich den Test gemacht habe. Jenen Test, der alles verändern wird. Ich werde endlich glücklich sein, ich kann es fühlen.

„Was ist mit ihr?", hake ich nach.

Er schaut mir direkt in die Augen, seufzt, geht zum Bett und setzt sich auf die Kante. „Sie hat mich abgefüllt, woraufhin wir an ihrem Geburtstag miteinander geschlafen haben. Sie ist schwanger."

Er lügt. Er hat sich diesen Fehltritt nicht erlaubt. Ich bin nicht dumm oder naiv genug, zu glauben, dass er uns beide nicht die ganze Zeit über gefickt hat. Keine Frau würde sich entspannt zurücklehnen und akzeptieren, über zwei Jahre hinweg keinen Sex mehr mit ihrem Mann zu haben. Auch wenn ich nicht glauben will, dass er auch noch weiterhin mit ihr geschlafen hat, weiß ich, dass er es getan hat.

„Du hast nie aufgehört, mit ihr zu vögeln, oder?", flüstere ich.

Ich muss die Wahrheit hören. Selbst wenn ich sie bereits kenne, *muss* ich sie verdammt noch mal hören. Sein Blick ruht auf mir und die Wahrheit ist da, sie ist groß und leuchtend und schlägt mir in mein verdammtes Gesicht. Er schüttelt den Kopf.

„Wie weit ist sie?", will ich wissen.

„Achte Woche", murmelt er.

Es fühlt sich an, als würde bei seinen Worten ein Messer in meinem Magen herumwüten. Achte Woche. Es ist also nicht ihr Geburtstag gewesen, sondern meiner. Ihr Geburtstag ist vor sechs Monaten gewesen. Er hat sie an meinem Geburtstag gefickt. Nachdem er sich von mir verabschiedet hat, hat er sie gevögelt. Ich zucke mit den Schultern, während ich versuche, meine Tränen zurückzuhalten.

„Wir können uns immer noch sehen. Es muss sich nichts ändern, wir müssen uns nicht ändern. Alles, was nun passiert, ist, dass sich unsere Pläne ein wenig verschieben", sagt er schnell.

Kopfschüttelnd lege ich eine Hand auf meinen eigenen Bauch. „Ich bin auch in der achten Woche schwanger, James." Seine Augen weiten sich und ein Ausdruck des Entsetzens zeichnet sich in seinem Gesicht ab.

„Nein", haucht er. „Du musst dich darum kümmern, Channing. Jennifer darf es nicht erfahren. Das darf nicht passieren", fleht er.

„Mich darum kümmern?", frage ich mit einem Stirnrunzeln. „Du willst das Kind mit deiner Frau behalten, aber unseres nicht? Wir haben dieses Baby aus Liebe gezeugt, James. Wie kannst du nur so etwas in den Raum werfen?", frage ich.

„Liebe?", spuckt er mir entgegen, als er aufsteht.

Ich sehe ihm dabei zu, wie er zu seinen Klamotten geht und sich schnell anzieht. Er sieht wütend aus, stinksauer um genau zu sein, und ich bin verdammt verwirrt. Er ist noch nie sauer auf mich gewesen, noch nie, und das erschreckt mich gerade zu Tode. Was ist denn sein Problem? Wir sind seit über zwei

Jahren zusammen. Wir sind verliebt. Warum stellt dieses Baby eine solche Last für ihn dar?

„Du warst nichts weiter als ein heißer, junger Arsch, den ich nebenbei ficken konnte. Ich werde Jennifer nie verlassen, du dumme kleine Schlampe. Wage es ja nicht, Unterhalt für diesen kleinen Bastard von mir zu verlangen. Ich werde alles abstreiten und dir keinen verdammten Cent zahlen."

Mit zusammengekniffenen Augen strecke ich meinen Rücken durch und gehe einen Schritt auf ihn zu. „Der Vaterschaftstest wird nicht lügen, James. Du bist der Vater. Warum bist du so verdammt grausam zu mir?", will ich wissen.

Er grinst. „Du bist so dumm. So verdammt ahnungslos. Du hast echt geglaubt, dass ich sie verlasse. Dass ich mich einen Dreck um dich schere? Niemals. Du warst nichts weiter als ein williges Loch zum Ficken. Das war's. Komm darüber hinweg, Channing. Ich könnte jede meiner Studentinnen ficken, und das tue ich auch. Du bist *nichts* Besonderes", sagt er und zuckt mit den Schultern.

Ich bin noch immer sprachlos, als er an mir vorbeigeht. Meine Tränen laufen mir über die Wangen, als er die Tür hinter sich zuschlägt und mich allein in dem Motelzimmer zurücklässt. Es ist billig, schmutzig und hässlich, genau wie unsere Beziehung – oder das Fehlen einer solchen.

KAPITEL 2

Rylan

Als ich aus dem Bus steige, atme ich tief ein und inhaliere die frische Luft des texanischen Hill Country ein. Sie fühlt sich anders an als an dem Tag, an dem ich in Handschellen abgeführt wurde. Sie wirkt irgendwie sauberer. Frischer. Heller. Oder vielleicht liegt das auch bloß an mir selbst. Vielleicht bin ich derjenige, der frischer und heller ist? Ich weiß, dass ich nicht sauberer bin, nicht im Geringsten. Ich bin verdammt schmutzig und werde es immer sein.

Auf dem Weg zum örtlichen Café nehme ich meine Umgebung wahr. Nichts hat sich verändert, rein gar nichts. Alles sieht noch genauso aus wie vor fünf Jahren. Als ich eintrete, reihe ich mich in die Schlange ein und bestelle meinen ersten Kaffee in Freiheit.

„Habt ihr ein Telefon, das ich benutzen könnte?", frage ich den kleinen Teenager hinter dem Tresen.

Ihr Gesicht wird rot und sie kichert. „Wir dürfen unsere Kunden nicht telefonieren lassen", flüstert sie.

Als ich mich umschaue, stelle ich fest, dass der Laden total verwaist ist. Ich lehne mich über den Tresen und lege meine Handflächen flach darauf ab. „Ich werde es niemandem verraten, wenn du es auch nicht tust, Puppe." Ich zwinkere ihr zu. Ihr Gesicht wird noch eine Nuance röter und sie kommt ins Straucheln.

„Hier, du kannst mein Handy benutzen", wispert sie und ich registriere, wie sie mit ihren Augen meinen Körper abcheckt. Ich zwinkere ihr noch einmal zu, nehme das Telefon, schnappe mir meinen Kaffee und entferne mich von ihr, um ein bisschen Privatsphäre zu haben.

Während ich die Nummer wähle, bin ich verdammt überrascht, dass ich sie überhaupt noch auswendig weiß. Ich warte, bis es klingelt, und freue mich schon auf den Moment, wenn die Person am anderen Ende der Leitung abnimmt.

„Hallo?", grunzt er.

Ich schüttele den Kopf und räuspere mich. „Wyatt?"

„Scheiße, bist du das, Ry?"

Er klingt verdammt überrascht, von mir zu hören. Warum sollte er auch nicht? Ich habe seit Jahren nicht mehr mit meinem Cousin gesprochen. Als Kinder sind wir wie Pech und Schwefel gewesen. Er hat großes Glück gehabt, denn sein Vater hat sein Leben geändert und es zum Besseren gewendet, während meine Eltern weiterhin in ihrem eigenen Dreckloch ertrinken.

„Ich bin draußen. Wollte wissen, ob ich eine Weile bei dir bleiben kann? Ich will nämlich nicht wirklich nach Hause", frage ich ihn rau.

Dreißig Jahre alt und obdachlos. Sicher, ich würde in den Wohnwagenpark zurückkehren können, in dem ich aufgewachsen bin, doch das würde bedeuten, mich wieder mit dem beschissenen Umfeld umgeben zu müssen, das aus mir den Mann gemacht hat, der ins Gefängnis gekommen ist. Ich will nicht mehr dieser Mann sein, nie wieder.

„Bei mir zu Hause kannst du aber nichts verkaufen oder deinen Scheiß durchziehen, Ry. Ernsthaft, ich werde das nicht dulden, und du musst dir einen richtigen Job suchen."

Er muss über diesen Moment nachgedacht haben, über mich, und etwas Warmes breitet sich in meiner Brust aus. Ich hebe die Hand, die den Kaffeebecher hält, und reibe mir unbeholfen die Brust. Verdammt. Ich räuspere mich und stoße einen Seufzer aus. „Ich bin nicht mehr dieser Mann, Wy. Ich habe mich verändert. Ich will ein besserer Mensch sein, es besser machen", lasse ich ihn wissen.

Vielleicht sollte es mir peinlich sein, das zuzugeben. Ist es aber nicht. Ich habe es versaut und zwar so richtig. Ich bin ein Arsch, aber keiner dieser Ärsche, der keine Reue für den Schmerz empfinden kann, den ich verursacht habe. Das Leben hat mir eine zweite Chance gegeben, und ich habe vor, sie bei den gottverdammten Hörnern zu packen und zu nutzen.

„Wo bist du?", will er wissen.

Ich räuspere mich erneut und versuche, den Knoten, der sich in meiner Kehle gebildet hat, zu lösen. Dann erzähle ich ihm, wo ich bin, und beende das Gespräch. Ich gehe zum Tresen und gebe das Handy mit einem Lächeln und einem *Danke* an das kichernde Schulmädchen zurück. Ich flirte nicht mehr mit ihr, denn sie ist jung genug, um mein Kind sein zu können, und so ein Wichser bin ich nicht.

Ich entscheide mich, nach draußen zu gehen, setze mich an einen Tisch und genieße die frische Brise und den Sonnenschein, während ich auf Wyatt warte. Ich beobachte die vorbeifahrenden Autos, denke an nichts Bestimmtes, koste einfach meine Freiheit aus. Diesen ganzen Scheiß habe ich immer als selbstverständlich betrachtet. Das passiert mir nie wieder.

Ein paar Augenblicke später fährt ein Pick-up vor. Ich muss grinsen, weil ich weiß, dass es Wyatt ist. Er steigt aus seinem übergroßen Ford F-250 und ich schüttele den Kopf.

Seine dunklen Augen begegnen meinen, und ich bemerke, wie seine Lippe zuckt. Er ist breiter als damals, als ich ihn vor sieben Jahren zum letzten Mal gesehen habe. Aber verdammt, er ist ein Wahnsinnsanblick für meine verwundeten Augen.

„Musst du irgendetwas kompensieren, um diesen Monstertruck zu rechtfertigen?", witzele ich und deute mit einem Kopfnicken zu seinem Schritt.

Wyatt schlingt seine Arme um mich und klopft mir mit der Hand auf den Rücken. „Halt die Fresse, du Schwanzlutscher. Verdammt, bin ich froh, dich zu sehen." Er tritt einen Schritt zurück und scannt mich von oben bis unten. „Du bist größer geworden und machst einen verdammt fitten Eindruck. Verflucht, du siehst gut aus, Cousin."

„Ich fühle mich auch ziemlich gut", gebe ich zu.

„Hast du eine Tasche oder so etwas?", fragt er und schaut auf den Boden.

Ich schiebe meine Hände in die Hosentaschen und zucke mit den Schultern. „Ich habe nichts, Mann. Und ich bezweifele, dass Mom irgendetwas von meinen Sachen im Wohnwagen aufbewahrt hat."

Ich weigere mich, mir das Mitleid in seinen Augen reinzuziehen, und richte meinen Blick stattdessen auf meine Füße, mit denen ich Steinchen zur Seite kicke.

„Ich habe meinen Chef angerufen. Wir brauchen einen Hilfsarbeiter, falls du dir nicht zu schade dafür bist, einen harten Job zu machen. Du musst zwar einen Pinkel-Test abgeben, dafür wird aber niemand mit der Wimper zucken, was deine Vergangenheit angeht", brummt er.

Mein Kopf schießt hoch, mir klappt der Mund auf und meine Augen weiten sich. „Willst du mich verarschen?“

Er schüttelt den Kopf. „Das würde ich nie tun, Cousin. Ich leihe dir die Kohle für ein gutes Paar Stiefel und das Nötigste, was du für den Job brauchst, wie Jeans und Hemden. Außerdem zahlen sie eine Tagespauschale, da wir etwa eine Stunde von zu Hause entfernt arbeiten werden. Wir können eine Fahrgemeinschaft bilden und uns die Spritkosten teilen“, bietet er an.

„Wie? Warum?“, stottere ich und bin unfähig, einen zusammenhängenden Satz zu bilden.

Er hebt seine Hand, legt seine Finger auf meine Schulter und drückt zu. „Ich erinnere mich noch an den Jungen, der du mal warst. Ich weiß noch, dass du nie so werden wolltest wie sie. Irgendwann bist du abgerutscht, aber Rylan, du warst nie wie sie, nicht wirklich. Das ist deine zweite Chance, und wenn du bereit bist, dafür zu arbeiten, dann will ich dich unterstützen. Ich werde dir nicht den Arsch retten, aber ich lebe allein und verdiene gutes Geld. Ich bin also in der Lage, dir zumindest ein wenig unter die Arme zu greifen. Nicht nur, weil du zur Familie gehörst, sondern weil ich davon überzeugt bin, dass du besser sein willst als sie“, sagt er und meint damit meine Eltern.

„Klingt gut“, erwidere ich und hebe mein Kinn.

Wyatt grinst und schüttelt wieder seinen Kopf. „Jetzt steig in den verdammten Truck. Dann wollen wir dich mal nach Hause bringen“, sagt er und lächelt.

***

Ich wische mir die Hände an der Schürze ab, bevor ich einen Block aus der Tasche hole und zum nächsten Tisch gehe. Ich erstarre, als ich näher komme. Da sitzt sie: Jennifer Bridges. Sie weiß nicht, wer ich bin. Sie weiß nicht, dass ihr Mann und ich zwei Jahre lang eine Affäre gehabt haben. Sie weiß nicht, dass die Babys, die wir beide austragen, Geschwister sind. Zumindest habe ich gedacht, sie weiß es nicht.

„Darf ich Ihnen etwas zu trinken bringen?", frage ich, nachdem ich tief durchgeatmet habe.

Sie sieht zu mir auf, ihr kurzes, dunkles Haar fällt ihr fast über die Schultern, als sie den Kopf zurücklegt. „Ich nehme ein Wasser und vielleicht ein kleines Glas Milch? Ich bin schwanger und Milch beruhigt meinen Magen", erklärt sie mir.

Ich spüre, wie sich meiner bei ihren Worten zusammenzieht. Natürlich weiß ich, dass sie schwanger ist, doch sie das sagen zu hören, löst etwas in mir aus. Ich lächele und wende mich ab, um ihr die Getränke zu holen. Stirnrunzelnd befülle ich das Glas mit Milch und frage mich, ob ich eigentlich alles falsch mache. Ich habe überhaupt keine Milch mehr getrunken, seit ich erfahren habe, dass ich schwanger bin. Es sei denn, Eiscreme zählt dazu. Ich habe mich in Eiscreme ertränkt, nachdem James mir vorgeschlagen hatte, unser Baby abtreiben zu lassen.

Als ich zu ihrem Tisch zurückkehre, hat sich eine weitere Frau zu ihr gesellt. Sie unterhalten sich, als ich auf die beiden zugehe. „Ist James nicht der glücklichste Mann auf Erden?", fragt die Frau mit einem zwinkernden Kichern.

„O mein Gott, zuerst war er überrascht, aber gestern Abend kam er mit Stramplern und einem Teddybären nach Hause. Er ist so aufgeregt und sagt immer, es sei ihm egal, was es wird, aber ich weiß, dass er sich einen Jungen wünscht." Ich gerate ins Stolpern, fange mich aber sofort wieder, und stelle die Getränke ab.

„Einen süßen Tee", bestellt die andere Frau. Mit einem angedeuteten Nicken eile ich davon, denn ich will nichts mehr davon hören, wie fantastisch dieses Arschloch doch ist.

Ich bringe ihr schnell den Tee, dann nehme ich ihre Essensbestellungen auf. Zum Glück ordern sie nichts allzu Spezielles oder Kompliziertes, sodass ich ihren Tisch schnell wieder verlassen kann. Ich checke noch eben die anderen Tische, bevor ich in die Küche gehe und erneut tief durchatme.

„Ich habe gehört, dass du dich selbst in Schwierigkeiten gebracht hast", meint Lulamae und lässt die Blase ihres Kaugummis platzen.

Ich schaue sie an und nicke, während die Tränen meine Augen fluten.

Sie schüttelt den Kopf. „Es ist schwer, ein hübsches Mädchen in einer kleinen Stadt wie dieser zu sein. Ich war auch mal in deiner Situation, habe aber schließlich einen tollen Mann gefunden. Musste dafür jedoch mit vielen Fröschen schlafen, um den Prinzen zu bekommen", sagt sie.

„Das spielt keine Rolle. Ich stecke da allein drin." Ich zucke mit den Schultern. „Keine Frösche mehr. Nie wieder", sage ich, als Clarence, der Koch mich zu sich herwinkt, um mir zu sagen, dass meine Bestellung die nächste ist.

Lulamae lacht und schüttelt wieder ihren Kopf. „Verlass dich nicht darauf, Süße. Du bist hübsch und jung. Ob du nun einen Braten in der Röhre hast oder nicht, irgendein Mann wird schon in dich hinein wollen." Sie zwinkert mir zu.

Ich gehe nicht auf ihre Aussage ein, sondern schnappe mir stattdessen die beiden Teller von der Theke. Ich trage sie hinaus und gehe langsam auf den Tisch zu. Ich atme mal wieder tief ein und hoffe und bete, dass ich ohne Probleme dort ankomme und anschließend weit weglaufen kann.

„Glaubst du, dass er sich endlich von der kleinen Hure getrennt hat, mit der er sich nebenbei getroffen hat?", fragt Jennifers Freundin und nimmt einen Schluck von ihrem Tee.

Ich lasse einen der Teller mit einem Aufprall auf ihren Tisch fallen. Die Augen beider Frauen richten sich auf mich, und ich weiß, dass ich kreidebleich bin. Zweifelsohne bin ich mir sicher, dass ich genauso krank aussehe, wie ich mich gerade fühle. „Entschuldigung", murmele ich. Ich schiebe die Teller vor die Frauen und frage sie, ob sie noch etwas brauchen.

„Nein", sagt Jennifer scharf.

Ich schaue zu ihr hinunter und runzele leicht die Stirn. Ihre Hand schlingt sich schnell um meine und sie drückt fest zu. Ich erstarre, bin unfähig, mich zu bewegen. „Bleib mir bloß vom Leib. Ich weiß, dass du es warst, die meine Familie zerstört hat, du kleine Hure", zischt sie.

Ich höre ihre Freundin kichern, als ich mich aus ihrem Griff losreiße. Ich weiche ein paar Schritte zurück und streiche mir eine Haarsträhne hinter das Ohr. Ohne etwas darauf zu erwidern, eile ich in den hinteren Teil des Restaurants, zu den Toiletten.

Ich schließe mich in eine der beiden Kabinen ein, vergrabe mein Gesicht in meinen Händen und weine.

Sie hat nicht Unrecht, aber sie hat auch nicht recht. Ich habe ihre Familie zerstört. Ich habe mich aber nicht an James rangeschmissen. Er hat mich angebaggert. Und dann hat er mich verlassen, als ich ihn am meisten gebraucht habe.

Sie dagegen hat ihn. Sie hat seine Liebe, seine Unterstützung, alles von ihm. Ich habe nichts. Nichts, außer diesem Baby, das er mir gemacht hat. Er hat mein Herz in Millionen Stücke zerrissen. Er hat mich zu seinem eigenen Vergnügen benutzt, weil er genau wusste, dass er sie nie für mich verlassen wird. Er wusste, dass er mich manipulieren konnte.

Und er macht das Gleiche jetzt bestimmt mit einer anderen, darauf wette ich. Ein Mann wie er wird niemals mit so etwas aufhören. Doch wie kommt es, dass ich ihn noch immer liebe? Dass ich ihn noch immer will und denke, dass ich ihn brauche? Warum tut es so verdammt weh?

„Süße?", ruft Lulamae.

„Fast fertig", sage ich und versuche, meine Stimme stark klingen zu lassen. Wohlwissend, dass sie zittert.

„Ich habe gerade all deine Tische gecheckt. Nimm dir ruhig eine Minute. Ich habe gehört, was die Schlampe zu dir gesagt hat. Nimm dir Zeit", flüstert sie.

Lulamae und ich stehen uns nicht wirklich nahe, aber ich respektiere und mag sie. Heute liebe ich sie sogar. Ich schließe kurz die Lider. Dann öffne ich die Kabinentür und gehe zum Spiegel. Ich spritze mir etwas Wasser ins Gesicht und trockne mich mit einem Papierhandtuch ab.

Meine blauen Iriden treffen auf mein Spiegelbild und sie sehen so verdammt traurig aus, aber darüber hinaus auch verängstigt und untröstlich. Ich muss

James endlich hinter mir lassen. Ich muss mich auf das Leben konzentrieren, das in mir heranwächst. Das ist, was wichtig ist. Das ist alles, was zählt. Dieses Baby. Nichts anderes.

Ich schüttele mich, drehe mich zur Tür und gehe hoch erhobenen Hauptes an die Arbeit zurück. Als ich wieder zurück bin, bin ich dankbar dafür, dass die beiden Schlampen weg sind. Ich gehe zu ihrem Tisch und verdrehe die Augen, als ich bemerke, dass sie mir nicht einmal einen Penny Trinkgeld gegeben haben.

Eine Nachricht.

In der Mitte des Tisches liegt ein gefalteter Zettel. Ich nehme ihn an mich und versuche, ihn zu entfalten. Ich sollte das nicht tun. Ich sollte ihn einfach in den Müll werfen, aber ich bin zu neugierig.

Tun Sie sich selbst einen Gefallen.
Verlassen Sie die Stadt.
-J

Ich zerknülle das Papier in meiner Faust und werfe es zurück auf den Tisch. Die Hilfskraft kommt dazu und ich lächele. „Danke, Braydon." Als ich mich von ihm entferne, lasse ich Jennifer und James hinter mir. Ich muss mich jetzt auf meinen Job konzentrieren, dann kann ich mich heute Abend in einem billigen Becher Eiscreme ertränken und heulen.

Ich kann nicht zulassen, dass weder sie noch er mich beeinflussen. Ich bin fertig mit ihnen. Immerhin bin ich zwanzig Jahre alt und werde bald Mutter. Er spielt in meinem Leben keine Rolle mehr. In meinem Leben geht es nur noch um mich und das Baby. Um niemanden sonst.

KAPITEL 3

Rylan

F"uck", ächze ich.

„Löcher per Hand graben. Wer hätte gedacht, dass der Job das Graben von Löchern per Hand beinhalten würde? Ich stöhne, drücke die Schaufel in den Boden und hebe eine weitere Ladung Erde aus. Ich beschwere mich nicht, nicht wirklich. Ich würde lieber das hier tun als irgendetwas im Knast.

Wyatt ist ein Elektrikergeselle. Er klettert auf Strommasten und hantiert mit Elektrizität. Mein offizieller Arbeitstitel lautet Erdarbeiter, aber ich bin nichts weiter als ein verdammter Lakai. Ein dreißigjähriger Lakai, und ehrlich gesagt macht mir das überhaupt nichts aus. Vielleicht werde ich auch eines Tages auf einem Mast sitzen wie Wyatt. Es ist nämlich verdammt faszinierend, ihm bei der Arbeit zuzusehen.

Mit dem Handrücken wische ich mir die Schweißperlen von der Stirn. „Bist du bald fertig damit, du Arschloch?", fragt Wyatt und kommt auf mich zu.

Ich bin überrascht, ihn am Boden zu sehen. Als ich das letzte Mal aus meinem Loch aufgeblickt habe, ist er fünfundvierzig Fuß über mir in der Luft gewesen. „Bald." Ich grinse.

Er schüttelt den Kopf und klopft mir, nachdem er sich zu mir ins Loch heruntergebeugt hat, mit der Hand auf die Schulter. „Mach das fertig und dann gehen wir zum Mittagessen", sagt er.

„Mittagessen?"

Die ganze Woche über haben wir das gegessen, was wir in unseren Lunchpaketen mitgebracht haben. Und das macht mir nichts aus. Es erspart mir, noch mehr Geld von Wyatt leihen zu müssen. Und da heute Freitag ist, werde ich meinen ersten Gehaltsscheck bekommen.

Wyatt hat mir bereits gesagt, dass ich die Hälfte für die Rückzahlung verwenden kann und die andere Hälfte, um bis zur nächsten Woche durchzuhalten. Nicht, dass der Scheck üppig ausfallen wird. Okay, mir werden zehn Überstunden ausgezahlt, aber bei zwölf Dollar pro Stunde, macht das den Kohl nicht fett.

Doch selbst zwölf Dollar pro Stunde knüppelharter Arbeit sind besser als Drogen zu nehmen und zu dealen. Sie geben mir eine Chance, Wyatt gibt mir eine Chance, und ich werde sie verdammt noch mal nicht verschwenden.

„Freitags gehen wir immer in einen Diner, oder irgendwo in der Nähe essen. Heute befindet sich einer in der Nähe", lässt er mich wissen. „Mach das hier fertig und dann komm zum Truck. Der Vorarbeiter fährt."

Ich nicke und wende ich mich wieder meinem Loch zu. Ich arbeite ein wenig schneller und härter, weil ich weiß, dass drei andere Jungs auf mich warten, und versuche, rasch fertig zu werden. Sobald das Loch die richtige Tiefe hat, bringe ich mein Werkzeug zu Wyatts Truck und schließe es weg. Dann gehe ich zum Truck des Vorarbeiters.

„Vielleicht ist heute diese hübsche, blonde Kellnerin Channing da", sagt einer der Arbeiter.

„Channing?", wiederhole ich, während ich mich anschnalle.

Wyatt und der Vorarbeiter sitzen vorne, da sie am größten sind, der Lehrling und ich sitzen auf dem Rücksitz. Der Vorarbeiter lacht und lenkt den Truck in Richtung Stadt. Wyatt dreht sich zu mir um und sieht mich an, wobei er mit den Augen rollt.

„Channing Shephard. Ein hübsches Mädchen, allerdings blutjung.“

Der Truck hält vor einem kleinen Restaurant und ich lese den Namen. „*Crazy Lucy´s*?“, frage ich. Die verrückte Lucy?

„Jepp, das hier war früher das *Gallup Diner*, erinnerst du dich noch?“

Ich schaue rüber und nicke. Scheiße, ja, ich erinnere mich. Meine Mom hat hier einen Sommer lang gearbeitet. Sie hat den Koch gefickt, der ihr den Job besorgt hat. Zumindest ist es ihr Job gewesen, bis man sie dabei erwischt hat, wie sie sich während ihrer Pause in den Waschräumen einen Schuss gesetzt hat.

„Ich erinnere mich“, murmele ich.

Wir steigen aus dem Truck und gehen zum Eingang des Diners. Wir sind alle dreckig, durchgeschwitzt und stinken sicher bis zum Himmel. „Wo immer ihr wollt, Jungs“, ruft eine ältere Frau, die hinter der Kasse steht, uns zu.

„Hier drüben“, sagt der Lehrling und wackelt mit den Augenbrauen.

Ich verdrehe die Augen und schaue zu Wyatt, der meinen Blick erwidert. Wir gehen zu einem Tisch in der Mitte des Lokals und nehmen Platz. Ich schnappe mir die Menükarte und fange an, sie zu lesen.

„Was wollt ihr trinken?“, erkundigt sich eine süße Stimme.

Als ich von der Karte aufblicke, bin ich wie erstarrt. Fassungslos von dem Anblick, der sich mir bietet. Sie ist absolut gottverdammt hübsch. Sie ist nicht nur irgendein attraktives, junges Mädchen. Sie ist atemberaubend schön. Sie sollte nicht in diesem Drecksloch arbeiten, sie sollte modeln oder so.

Als ich auf ihr Namensschild schaue, lese ich ihren Namen: Channing. Sie gehört nicht hierher. Ihr langes, blondes Haar ist zu einem Zopf zusammengeflochten und liegt über ihrer Schulter, ihre Augen haben dunkle Ringe, aber sie haben die Farbe eines texanischen Himmels. Ich kann den Rest ihres Körpers nicht abchecken, denn ich bin völlig von ihrem hübschen Gesicht geflasht.

Ich höre, wie die anderen ihre Bestellungen aufgeben und stöhne fast laut auf, als diese blauen Augen mich anschauen. „Eistee, Süße." Ich grinse.

Ihre Wangen färben sich rosa und sie legt kurz den Kopf schief, bevor sie sich umdreht und davon eilt. Ich mustere ihren Arsch, während sie geht. Er steckt in einer verdammt engen Jens, die wiederrum in einem Paar abgenutzter, brauner Stiefel steckt. Gottverdammt. Fucking verflucht. Perfekt.

„Vergiss es", warnt Wyatt mich.

Ich nehme den Blick von Channings Hintern und sehe zu ihm hinüber, wobei ich fragend die Augenbrauen hebe. „Sie ist noch nicht mal einundzwanzig", sagt er. „Außerdem eilt ihr ein gewisser Ruf voraus. Es ist besser, wenn du dich von ihr fernhältst", brummt er.

Ich schnaube. „Ich habe auch einen gewissen Ruf, Cousin", weise ich ihn auf die Tatsache hin.

Wyatt schüttelt den Kopf. „Glaub mir, bei ihr geht es um ein ganzes, verdammtes Drama, das von ihrem ein Meter fünfzig großen, heißen Körper ausgeht, und von dem du nichts wissen willst."

Ich antworte nicht, stattdessen schweige ich mich den Rest des Mittagessens aus. Die anderen Männer quatschen miteinander, der Lehrling sieht Channing bei der Arbeit zu. Auch ich beobachte sie, wenn ich die Gelegenheit dazu habe, und frage mich, wie schlimm der Klatsch über sie wohl ist. Was hat meinen Cousin dazu veranlasst, mich vor ihr zu warnen?

Ich schüttele den Kopf. Warum zum Teufel interessiert mich das überhaupt? Vielleicht liegt es nur daran, weil ich meinen eigenen Haufen Drama mit mir herumschleppe? Vielleicht liegt es aber auch daran, dass ich hinter diesen herrlich blauen, texanischen Himmelsaugen eine deutliche Traurigkeit lauern sehe.

***

Channing

Es kostet mich alles, um nicht in Ohnmacht zu fallen. Ich kenne die drei Männer, die jeden Freitag hier im Diner vorbeikommen. Sie tragen immer ihre Arbeitskleidung, sind schmutzig, verschwitzt und allesamt süß. Aber dieser Neue? Er ist so viel mehr als das. Er ist wie kein anderer Mann, den ich je gesehen habe.

„Dieser Kerl bedeutet Ärger“, meint Lulamae.

Ich halte kurz inne und drehe mich zu ihr um. „Ach ja?“, frage ich.

Ich weiß nicht, warum ich das überhaupt wissen will. Er bedeutet Ärger. Er trägt ein langärmeliges Shirt, aber sein ganzer Hals und seine Hände sind tätowiert. Ich kann mir vorstellen, dass sich noch weitere Tattoos unter seinen Klamotten befinden. Mir läuft das Wasser im Mund zusammen, wenn ich nur an die ganze Tinte denke, mit der sein Körper übersät sein muss.

James hatte keine Tätowierungen und ich habe mich nie zu Männern hingezogen gefühlt, die welche haben. Aber dieser Mann? Sie stehen ihm gut, wirklich sehr, sehr gut. Sein langes, blondes Haar hängt bis in die Stirn. Er hätte schon vor ein paar Wochen einen Haarschnitt nötig gehabt, aber wenn er es abschneiden würde, würde ich wahrscheinlich heulen. Es steht ihm nämlich ausgezeichnet. Ich beiße mir auf die Lippe, als er sich die Haare aus der Stirn streicht, bevor er einen Bissen von seinem Burger nimmt.

„Sein Vater sah damals genauso aus wie er. Und jetzt?" Sie schüttelt den Kopf. „Drogen, Alkohol und die Jagd nach jedem Rockzipfel fordern ihren Tribut von einem Mann. Er sieht nicht mehr so gut aus. Ich kann die Anziehungskraft aber völlig verstehen."

„Du hast dich mit seinem Dad getroffen?", frage ich grinsend.

Lulamae runzelt die Stirn. „Sei nicht so frech", blafft sie. Ich kichere, als sie davon stolziert.

Ich stelle die Rechnung für die vier Mitarbeiter des Energieversorgers zusammen und lege sie auf ihren Tisch. „Bezahlt, wann immer ihr wollt." Ich lächele.

Sie sagen nichts, aber als ich einen Schritt zurücktrete, fangen meine Augen den Blick des neuen Mannes ein. Er beobachtet mich, nein, das ist nicht richtig ausgedrückt, er verschlingt mich regelrecht. Ich sollte weit weglaufen. Ich bin schwanger mit dem Kind eines anderen Mannes. Ich muss mich auf dieses Kind konzentrieren. Ich sollte diesen Mann nicht einmal ansehen, geschweige denn mich fragen, wie sich sein Haar wohl anfühlt oder wo die Tattoos auf seinem Körper wohl enden.

„Danke“, erwidert einer der Männer.

Ich schaue ihn an, gerade noch rechtzeitig, damit er mir zuzwinkern kann. Lächelnd drehe ich mich um und lasse die Männer wieder allein. Ich muss meinen Scheiß auf die Reihe kriegen. Für mich gibt es keine Verabredungen, keinen Spaß und keine Flirts mit Männern. Nicht mehr. Dieser Teil meines Lebens ist für immer vorbei. Warum rafft mein Körper das nicht?

Als die Männer ein paar Minuten später gehen, seufze ich. Es ist eine Lüge, ich beobachte nicht sie. Ich beobachte *ihn*. Ich weiß nicht, wie er heißt. Ich habe ihn noch nie gesehen, aber Lulamae kennt ihn. Irgendetwas sagt mir, dass er ein hartes Leben hinter sich hat. Warum habe ich das Gefühl, ihn festhalten zu müssen?

„Halt dich von ihm fern, Mädchen. Ich warne dich“, sagt Lulamae, nachdem ich ihre Rechnung einkassiert habe.

Ich schüttele den Kopf. „Ich bin nicht auf der Suche nach einem Mann, ich habe genug Probleme“, erwidere ich und schnaube.

Sie brummt und tut so, als ob sie mir nicht glauben würde. Das ist mir egal. Sie kann mir meinetwegen den ganzen Tag lang nicht glauben. Ich bin nicht auf der Suche nach einem Mann, weder jetzt noch jemals wieder. Vielleicht kann ich eines Tages, in achtzehn Jahren oder so, mit meinem eigenen Leben weitermachen, aber offensichtlich treffe ich nicht die besten Entscheidungen, weshalb ich also vermutlich für immer allein bleiben werde.

Als ich das Lokal verlasse, winke ich Lulamae zu, die draußen zusammen mit dem Koch eine Zigarette raucht. Als ich mich in den Fahrersitz meines 2000er

Oldsmobil, einem Auto, das in Lansing von Olds Motor Vehicle produziert wurde, schwinge, springt es mit einem Würgen an. Ich kreuze die Finger und hoffe, dass das Auto noch weitere achtzehn Jahre durchhält. Ich bezweifele stark, dass ich mir jemals einen neuen Wagen leisten kann.

Als ich in die Straße einbiege, die zu meinem Haus führt, umklammere ich mein Lenkrad fester als ich müsste, da ich ein Auto vor meiner beschissenen kleinen Doppelhaushälfte parken sehe. Ich fahre in meine Parklücke, stelle den Motor ab und greife nach meiner Handtasche, die auf dem Beifahrersitz liegt.

Ich recke mein Kinn, halte den Kopf so hoch oben wie möglich und versuche, James nicht zu zeigen, wie sehr er meine Seele geschunden hat. Er sitzt auf der obersten Stufe meiner Veranda und steht auf, als ich näherkomme. „Channing", nuschelt er.

Ich würde ja gerne behaupten, dass der Klang seiner Stimme nach einer Woche keine Gefühle mehr in mir auslöst. Aber das tut sie. Ich fühle eine Mischung aus Lust, Ekel und Sehnsucht. Ich hasse es. Jedes Gefühl, das er in mir auslöst, hasse ich. Er verdient nicht einmal meine Abscheu.

„James, kann ich dir helfen?", frage ich.

Er macht einen Schritt auf mich zu und ich bleibe stehen. Ich neige meinen Kopf nach hinten, schaue ihm in die Augen und versuche, mein Zurückweichen vor ihm zu verbergen, aber das gelingt mir nicht. Er sucht meinen Blick und ich halte den Atem an, bis er sich endlich dazu entschließt, mit mir zu sprechen.

„Du hast es nicht durchgezogen, oder?", fragt er.

Ich schüttele den Kopf und seufze. „Ich werde es auch nicht tun, James. Deine Frau war heute bei mir im Diner. Kannst du ihr bitte sagen, dass sie es unterlassen soll, an meinem Arbeitsplatz aufzukreuzen?“, frage ich ihn.

Er packt mich bei den Oberarmen und schüttelt mich leicht durch. „Du kannst das Baby nicht behalten. Das erlaube ich dir nicht. Zwing mich nicht dazu, dich vor Gericht zu bringen“, knurrt er.

Ich versuche, ihm nicht ins Gesicht zu lachen, aber es gelingt mir nicht. „Wir leben in Texas. Kein Richter wird mich dazu verdonnern, ein Kind, das ich bekommen will, abtreiben zu lassen. Wenn du willst, kannst du deine Rechte abtreten, denn ich will dein Geld nicht. Ich will gar nichts von dir“, flüstere ich.

Meine Augen schwimmen in Tränen, als er auf mich heruntersieht. Er sieht wütend aus, so wütend, dass sein Gesicht rot wird. Er schüttelt mich noch ein weiteres Mal durch, dann beugt er sich vor. „Du wirst meinen Ruf nicht ruinieren, Channing. Du wirst mich nicht verarschen“, brüllt er.

„Wenn du mich nicht sofort loslässt, werde nicht ich diejenige sein, die alles ruiniert“, drohe ich ihm mit zitternden Lippen.

Er lässt mich los, woraufhin ich mir mit den Händen über die Arme reibe. „Fick dick. Niemand wird einer kleinen Hure glauben. Denn genau das bist du. Eine kleine Hure, die mich verführen wollte, um bessere Noten zu bekommen. Das ist alles deine Schuld. Es war legal, was ich getan habe. Du warst achtzehn, also versuch nicht, mir irgendetwas anzukreiden“, murrt er.

Ich mache mir nicht die Mühe, auf seiner Lächerlichkeit zu antworten. Ich gehe an ihm vorbei, stecke meinen Haustürschlüssel ins Schloss und drehe den Türknauf. Erst als meine Tür entriegelt und geöffnet ist, wende ich mich wieder zu ihm um.

„Ich hatte nie vor, dein Leben zu ruinieren, James. Ich habe dich geliebt und dachte, wir würden für immer zusammen bleiben“, lasse ich ihn wissen. Er schnaubt. Seine Augen sind eiskalt, als er mich ansieht. „Ich komme allein klar, das Baby kommt ohne dich zurecht. Lass uns einfach in Ruhe.“

James wirft seine Hände in die Luft. „Gut“, zischt er. „Du willst nicht das Richtige tun? Na schön, scheiß drauf. Pack lieber deinen Mist zusammen, denn niemand, und ich meine niemand, wird dich auch nur je wieder ansehen oder anlächeln, wenn Jennifer und ich mit dir fertig sind.“

Er verschwindet. Ich sehe ihm zu, wie er in sein Auto steigt, den Motor startet und davonfährt. Ich drücke die Tür fest ins Schloss und verriegele sie, ehe ich mich auf den Boden sinken lasse. Dann ziehe ich meine Knie an meine Brust, vergrabe mein Gesicht darin und weine.

Scheiß auf ihn. Scheiß auf ihn. Scheiß auf ihn.

James hat mich nie geliebt, nicht einmal ein kleines bisschen. Ich bin mir nicht einmal mehr sicher, ob er mich überhaupt mochte. Er wird meinen Namen in der ganzen Stadt durch den Dreck ziehen, und das sollte mich stören. Ich sollte angepisst sein, aber ehrlich? Ich bin es nicht. Viele Leute haben Geheimnisse und komplizierte, emotionale Beziehungen. Man kann nicht einmal furzen, ohne dass jemand den Geruch beurteilt. Ich bin nur sauer darüber, dass ich es zugelassen habe, so benutzt worden zu sein. Und das jahrelang.

Ich wurde von einer alleinerziehenden Mutter großgezogen. Ich kenne das Stigma, das damit einhergeht, aber die Sache ist die: Es ist mir egal. Mein Kind wird genauso stark werden, wie ich, und hoffentlich wird es nie in die Lage kommen, von seinem Lehrer verführt zu werden. So missbraucht zu werden, wie ich es wurde. Jahrelang. Von dem Gericht der öffentlichen Meinung verurteilt zu werden, wie es mir morgen mit Sicherheit passieren wird.

Ich schleppe mich in mein Schlafzimmer und lege mich ins Bett. Ich sollte etwas essen, sollte die Wäsche waschen, sollte putzen. Aber ich kann nicht. Ich kuschele mich unter meine Bettdecke und weine mich in den Schlaf. Ich tue mir selbst leid. Es ist das letzte Mal, dass ich das zulasse. James hat heute sein wahres Gesicht gezeigt. Ich bin fertig mit ihm, so etwas von fertig.

Morgen beginnt ein neuer Tag. Morgen werde ich stärker sein. Morgen werde ich mutiger sein.

KAPITEL 4

Rylan

Ich sollte nicht hier sein.

Am Samstagmorgen sitze ich schon wieder im *Crazy Lucy's* Diner. Ich bin hierher gelaufen. Ich habe keinen Grund, hier zu sein, keinen, außer sie zu sehen. Ich konnte nicht aufhören, an sie zu denken. Die ganze Nacht über bin ich wach im Bett gelegen. Ich bin auf meiner Matratze gelegen, die ich mitten im Schlafzimmer auf den Fußboden geworfen habe, und habe an ihr langes, blondes Haar und ihren süßen runden Arsch gedacht.

Ich gehe ins Diner und setze mich an denselben Tisch, an dem wir auch gestern Mittag gesessen haben. Ich beobachte die ältere Dame auf der anderen Seite des Raumes, die lächelt und sich mit den Kunden unterhält. Ich eise den Blick von ihr los und halte nach Channing Ausschau. Als sie auf mich zukommt, kann ich den Blick nicht von ihr nehmen.

Sie stolpert, was mich zum Schmunzeln bringt. „Hey", wispert sie.

Sie hebt ihre Hand und streicht sich eine Strähne hinter das Ohr. Sie trägt das Haar heute offen und es ist länger, als ich erwartet habe. Es berührt ihren Unterarm und fällt ihr in Wellen über die Schultern. Ich frage mich, ob es sich wohl genauso weich anfühlt, wie es aussieht. Ich sollte eigentlich nicht darüber nachdenken. Sie ist natürlich und hübsch, zart und rein. Sie würde einen Mann wie mich sicher keines zweiten Blickes würdigen – und das sollte sie auch nicht.

„Pancakes, Speck und schwarzer Kaffee, bitte“, raune ich. Sie lächelt und nickt. Ich schaue ihr hinterher, als sie weggeht. Genauer gesagt, ich begaffe ihren Arsch.

„Woher wusste ich nur, dass du hier bist?“, höre ich eine lachende Stimme.

Der Stuhl knarrt, als er ihn zu sich heranzieht, und sich mir gegenüber hinsetzt. Ich schüttele wegen meines Cousins den Kopf. „Verfolgst du mich?“, will ich wissen.

Er schnaubt. „Scheiße, nein, ich bin aufgewacht und du warst weg …“ Seine Worte schweifen ab, doch ich weiß, was er meint. Er hat nach mir gesucht, weil er Angst hat, dass ich wieder in die Scheiße abgedriftet sein könnte. Etwas Warmes flutet meine Brust. Meinem Cousin bin ich nicht egal, absolut nicht, und das bedeutet mir etwas.

„Ich habe die ganze Nacht an sie gedacht. Das ist total beschissen“, gebe ich zu.

Ich höre auf zu sprechen, als sie mit zwei Bechern Kaffee in der Hand zu uns an den Tisch tritt und diese vor uns abstellt. „Hast du Hunger, Wyatt?“, erkundigt sie sich.

Ein Anflug von Eifersucht durchströmt mich. Sie kennt seinen Namen, meinen aber nicht. Sie lächelt ihn an, mich nicht. Sie spricht ganz leise mit ihm, ohne zu stolpern und ohne, dass ihre Stimme zittert. Ich hasse das. Ich hasse das verfickt, und doch weiß ich, dass ich es verdammt noch mal verdient habe. Jedes bisschen.

„Ja, Eier, Speck, Brötchen und Jus, Schätzchen.“

Sie nickt, dreht sich schnell um und eilt davon. Ich werfe meinem Cousin einen Blick zu und runzele die Stirn. „Denk nicht einmal daran“, sagt er und deutet mit dem Zeigefinger auf mich. „Du musst niemanden daten, und dieses Mädchen hat schon genug um die Ohren.“

Ich recke das Kinn und lehne mich in meinem Stuhl zurück. „Und was genau?“, will ich wissen.

Er schüttelt den Kopf. „Es macht eine Menge Kleinstadttratsch die Runde. Es ist ihre Geschichte, die sie dir selbst erzählen sollte, nicht meine.“ Er zuckt mit den Schultern.

„Woher weißt du das?“, frage ich ihn und gebe es auf, ruhig und gelassen zu bleiben.

Seine braunen Augen starren mich an, mustern mich. „Ich weiß keine Details. Ich kenne lediglich den älteren Bruder des Typen. Ich weiß, in was er verwickelt ist, und den Gerüchten zufolge, steht der kleine Bruder ihm in nichts nach.“

Stirnrunzelnd denke ich über seine Worte nach. Über das, was er mir erzählt und nicht erzählt. Es gibt scheinbar eine Geschichte, eine lange, gut sortierte Geschichte, und ich will wissen, wie sie lautet. Ich will Channing davor beschützen, ich spüre das Bedürfnis bis in meinen kleinen Zeh. Es ist stärker als alles, was ich je zuvor empfunden habe. Sie hat etwas an sich, das mich anzieht.

Sie kommt mit unseren Tellern zurück und stellt sie zusammen mit etwas Ketchup und Tabasco ab. „Darf es sonst noch etwas sein?“, fragt sie. Ihre Stimme ist kaum mehr als ein Flüstern.

Als ich zu ihr aufsehe, stelle ich fest, dass sie mich nicht ansieht. Sie starrt quer durch den Raum. Ich folge ihrem Blick und entdecke ein junges Paar, das sich an einen der Tische gegenüber hinsetzt.

„Nein, danke, Kleines“, sagt Wyatt mit einer wesentlich sanfteren Stimme als üblich.

Ich mache mir nicht die Mühe, zu ihr zurückzusehen, sondern greife nach ihrer Hand und drücke sie sanft. Der Mann von gegenüber wendet seinen Blick von uns ab und starrt auf meine Hand, die ihre immer noch umschließt. Etwas Hässliches huscht über sein Gesicht, als er mich anschaut. Anstatt meine Hand wegzuziehen, lasse ich sie an Ort und Stelle und schenke ihm ein arrogantes Grinsen.

Scheiß auf ihn.

Er sieht wie ein verdammtes Wiesel aus. „Bei mir ist alles okay, Babe", raune ich und behalte seine Augen im Blick.

Sie bewegt sich nicht, ist wie erstarrt. Ich wende mich von dem Wichser ab und schaue zu ihr. Ich erwarte, dass sie ihn noch immer ansieht, doch das tut sie nicht. Sie schaut auf mich herab. Ihr Lächeln ist zittrig, aber sie sieht mich an und ich fühle mich wie ein König.

„Bist du okay?", frage ich sie beiläufig mit leiser Stimme.

Sie nickt einmal. Langsam. Ich nehme wahr, wie sie ihre Lippen fest zusammenpresst. „Das wird schon wieder", flüstert sie.

Ich will es zwar nicht, doch ich lasse ihre Hand los. Sie wendet sich ab und verschwindet in der Küche. „Ärger. Du liebst ihn, oder?", fragt Wyatt.

„Ist das der Depp, mit dem sie sich eingelassen hat?", antworte ich mit einer Gegenfrage, nehme den Sirup und kippe ihn über meine Pancakes.

Grinsend schiebt sich Wyatt ein paar Eier in den Mund. „So lautet zumindest das Gerücht."

Ich schaue wieder zu seinem Tisch hinüber. Er beobachtet mich nicht mehr, sein Blick ruht auf der Frau, die ihm gegenübersitzt. Sie ist hübsch. Ein wenig einfach, aber ich würde sie durchaus ficken, würde sie sich mir anbieten. Er lächelt und mir fällt auf, dass all seine Zähne unecht sind.

Ich weiß, wie ein Wiesel und wie ein Raubtier aussieht. Ich habe mein ganzes Leben lang mit ihnen zu tun gehabt, bin fünf Jahre lang mit Hunderten von ihnen eingesperrt gewesen. Dieser Wichser hat Dreck am Stecken, und ich habe absolut keinen Zweifel daran, dass er obendrein ein krankes Stück Scheiße ist.

Ich werde es herausfinden. Herausfinden, was er ihr angetan hat. Und dann werde ich ihr ihren Schmerz nehmen. Sie sollte nie so aussehen, als wäre ihre Welt in Fetzen zerrissen worden. Sie sollte immer lächeln. Immer. Sie sollte niemals aus Angst oder Verärgerung zittern, sondern nur aus Freude.

Ich blicke zur geschlossenen Küchentür und beschließe, dass ich sie nicht einfach allein lassen kann. Auf gar keinen Fall. Sobald ich meinen eigenen Scheiß in Ordnung gebracht habe, werde ich mich an dieses hinreißende Mädchen ranmachen. Ich werde sie zu meiner Frau machen.

***

Channing

Lulamae wirft mir noch einen Blick zu. „Ich übernehme deinen Tisch, aber Süße, entweder erstattest du Anzeige gegen dieses Arschloch, oder du verlässt besser die Stadt. Er wird dich weiterhin verfolgen", meint sie.

Ich nicke und stimme ihr zu, aber ich kann beides nicht tun. Ich habe kein Geld, um die Stadt zu verlassen. Und eine Anzeige gegen ihn erstatten, kann ich auch nicht. Ich bin achtzehn gewesen, als wir zusammen gewesen sind, und abgesehen vom ethischen Gesichtspunkt, hätte es nur dazu geführt, dass er gefeuert worden wäre. Dann wäre er jetzt nur noch wütender auf mich.

Ich muss versuchen, ihn zu ignorieren, mit meinem Leben weiterzumachen und mich um mein Baby zu kümmern. Der tätowierte Mann, seine Hand – seine Berührung – kommt mir in den Sinn. Ich schlinge meine Finger um die Stelle meiner Hand, an der er mich soeben gehalten hat. Seine Finger sind rau, nicht weich und ich kann nicht leugnen, dass ich das Gefühl von ihnen auf meiner Haut nicht mochte.

Da ist etwas in seinen Augen, etwas Gefährliches und doch sehr Sanftes. „Lula?“ Sie hält inne, zwei Teller in ihren Händen, bereit, sie mir zu reichen. „Dieser Mann, der mit den Tattoos. Wie heißt er?“, frage ich sie beiläufig.

Sie seufzt und sieht mich enttäuscht an. „Rylan Lindsay. Er ist zu alt für dich und bedeutet nur Ärger, Mädchen“, sagt sie, um mich zu warnen. Dann geht sie aus der Küche, um Essen zu servieren.

Nachdem ich mich viel zu lange hier versteckt habe, gehe ich wieder raus und mache mich an die Arbeit. Ich bin froh und gleichzeitig ein wenig enttäuscht, dass Rylan und Wyatt nicht mehr da sind. Mein Blick gleitet zu James und Jennifer und ich halte den Atem an, als die beiden aufstehen.

James schaut mich an, kalt und hart, voller Zorn und Bosheit. Zum Glück haut er ab, ohne ein Wort zu mir zu sagen. Auf dem Weg nach draußen beobachte ich jeden ihrer Schritte. Als sie an einem Pick-up vorbeilaufen, schaue ich ins Fahrerhaus und mir stockt der Atem.

Rylan und Wyatt sitzen im Wagen, ihre Augen sind auf James und Jennifer gerichtet, die in ihr eigenes Auto einsteigen. Erst als ihr Wagen rückwärts aus der Parklücke fährt, bewegt sich auch der Pick-up.

„Ärger", erinnert mich Lulamae.

Ich nicke. „Jepp", hauche ich.

Ärger.

Wenn er Ärger provoziert, dann ist er wohlmöglich die beste Art von Ärger, die ich je in meinem Leben erlebt habe. Kopfschüttelnd mache mich wieder an die Arbeit. Er ist süß, und ich weiß es zu schätzen, dass er und Wyatt sich um mich kümmern, aber mehr kann da nie zwischen uns sein. Niemals. Absolut nicht.

Sobald meine Schicht zu Ende ist, gehe ich zum Telefon hinter dem Trinkbrunnen und wähle die Nummer meines Arztes. Ich habe mich eine Woche lang davor gedrückt. Ich weiß, dass ich schwanger bin, das ist kein Geheimnis, aber eine offizielle Bestätigung dessen zu erhalten, macht mir Angst.

Auch die Tatsache, dass ich nicht krankenversichert bin, macht mir Angst. Aber ich muss tun, was ich tun muss. Für dieses Baby. Ich habe mich schon in es verliebt, bin schon gebunden. Es ist meins. Meins allein. James will es nicht, und obwohl es wehtut, kann ich damit leben.

Die letzten zwei Wochen ohne Kontakt zu James gehabt zu haben, haben Wunder für meinen Gemütszustand bewirkt. Er will uns nicht. Das ist auch gut so. Er will auch nicht die Last auf sich nehmen, für einen von uns beiden finanziell verantwortlich zu sein. Auch damit habe ich kein Problem. Ich bin damit aufgewachsen, meinen Vater nicht zu kennen, und meine Mutter hat keinen Cent von ihm bekommen. Es ist hart gewesen, aber wir haben überlebt. Zugegebenermaßen nicht immer gut, aber wir haben es geschafft.

Ich werde anders als meine Mom sein, ich werde es besser machen. Ich werde nicht ständig wechselnde Männerbekanntschaften mit nach Hause bringen. Ich werde mich nicht besaufen oder mir irgendeinen Scheiß in meinen Körper spritzen. Ich werde liebevoll, freundlich und fürsorglich sein. Ich werde mir für dieses Kind die Finger wund schuften. Ich werde die beste Mutter sein, die ich sein kann, egal wie müde ich auch bin.

„Praxis von Doktor Chapman“, höre ich die Sprechstundenhilfe sagen.

Ich räuspere mich und sage ihr, dass ich schwanger bin und schätzungsweise in welcher Woche. Sie brummt und macht mir einen Termin für den kommenden Freitag. In einer Woche werde ich also die offizielle Bestätigung erhalten, dass das Leben, das in mir heranwächst, real ist.

Nachdem ich aufgelegt habe, verlasse ich das Diner. Als ich in meinem Auto sitze, lasse ich den Motor an, fahre aber nicht direkt nach Hause. Ich muss einkaufen gehen, und zum Glück habe ich genug Trinkgeld bekommen, um heute Abend ein bisschen zu prassen. Vielleicht kann ich sogar etwas Eiscreme für mich kaufen.

Ich fahre die Main Street entlang und lenke den Wagen in eine freie Parklücke. Dann schalte ich den Motor ab und schaue aus dem Fenster. Dandelions & Dragons. Die örtliche Babyboutique. Ich habe noch nie hineingeschaut, musste es auch noch nie. Jetzt tue ich es. Ich habe einen sehr wichtigen Grund, hineinzugehen.

Ich wische meine Hände an meiner Jeans ab, atme ein und wieder aus, bevor ich zur Eingangstür gehe. Sobald ich drinnen bin, werde ich von einer Vielzahl an Babyschnickschnack begrüßt. Kleine Kleider, Schuhe, Lätzchen, Söckchen – überall.

„Guten Tag, kann ich Ihnen helfen?", erkundigt sich die Stimme hinter dem Verkaufstresen.

Ich drehe mich zu ihr um und lächele. Mein Lächeln wird zittrig, als ich erkenne, wer dort steht. „Hey Avery" rufe ich und winke ihr zu.

Langsam gehe ich auf sie zu und zwinge meine Füße dazu, in Bewegung zu bleiben. Ich bin mit Avery zur High School gegangen, und obwohl wir nicht die allerbesten Freundinnen gewesen sind, sind wir uns immer freundlich begegnet. Mir ist klar, dass nach diesem Besuch jeder in der Stadt um meine Situation Bescheid wissen wird. Jeder einzelne Mensch. Irgendwann wäre das sowieso passiert, aber ich bin irgendwie noch nicht bereit dazu, dass es heute passiert.

„O mein Gott, hey Mädchen, hey", ruft sie zurück und kommt hinter dem Tresen hervor.

Sie umarmt mich, als wären wir schon ewig beste Freundinnen. „Suchst du nach einem Geschenk für jemanden?", will sie wissen, nachdem sie einen Schritt zurückgetreten ist.

Ich spüre, wie mein Gesicht heiß wird. „Ich schaue mich nur um", erwidere ich ausweichend.

„Oh, etwas Bestimmtes?", fragt sie und schaut mich neugierig an.

„Sachen für Neugeborene", gebe ich zu.

Ihre Augen leuchten auf, dann blickt sie auf meinen Bauch. „Für dich?", fragt sie beinahe kreischend. Ich nicke und weiß, dass es nun kein Zurück mehr gibt. „Meine Güte, du bist schon die zweite Schwangere von der High School, die heute hier vorbeikommt. Tja, die Frau von Mr. Bridges war zwar nicht mit uns auf der Schule, aber du hast sie gerade verpasst. Sie ist auch schwanger", informiert Avery mich.

Mir dreht sich der Magen um. Es ist hässlich und schmerzvoll. Ich lege meine Hand auf meinen Unterbauch und versuche, zu atmen. Wird es jemals wieder aufhören? Das bezweifele ich. Aber so etwas von.

„Oh, das ist ja wunderbar für sie", lüge ich mit zusammengebissenen Zähnen.

„Ich kann mich noch daran erinnern, wie sehr du ihn mochtest und so." Sie lächelt. „Gott, war er nicht der bestaussehende Lehrer unserer Schule? Weißt du, ich habe das Gerücht gehört, dass er eine Affäre mit einer Schülerin hatte. Ich habe es aber nie geglaubt. Nach dem heutigen Tag konnte ich es einfach nicht glauben, denn er war total vernarrt in seine Frau." Sie seufzt, als wäre James der Traumprinz schlechthin.

Wenn sie doch nur wüsste, was für ein Mann er in Wahrheit ist. Aber vermutlich würde sie mir sowieso nicht glauben. Es scheint, als hätte sie eine extrem hohe Meinung von ihm, genauso wie der Rest der Stadt. „Wer ist der glückliche Daddy?", fragt sie.

Mein Körper wird aus seinem Tagtraumzustand gerüttelt und ich schenke ihr ein trauriges Lächeln. „Es gibt keinen Daddy. Nur mich", erwidere ich.

Sie verdreht die Augen. „Ich weiß, dass du nicht von ganz allein schwanger geworden bist, Mädchen." Sie grinst.

Ich beiße mir auf die Lippen und denke darüber nach, ob ich sie anlüge, ihr die Wahrheit sage oder einfach den Namen weglassen und ihr so viel wie möglich von der Wahrheit erzählen soll. Ich entscheide mich für Letzteres.

„Ein Typ, mit dem ich zusammen war. Es hat sich herausgestellt, dass er noch nicht bereit ist, Vater zu werden. Also gibt es nur mich." Ich lächele.

Das ist sozusagen die Wahrheit, und es ist mir weniger unangenehm, sie laut auszusprechen, als es die volle Wahrheit oder eine Lüge wäre. Von nun an werde ich einfach bei dieser Geschichte bleiben. Das ist einfacher.

„Oh, du armes Ding. Männer können solche Bastarde sein", sagt sie grinsend.

Sie traut ihren eigenen Worten nicht. Sie hofft noch immer auf einen Märchenprinzen. Ich schnaube. Sie kann gerne einen haben. Märchenprinzen gibt es nicht. Nicht in der realen Welt. Du kannst dich nicht darauf verlassen, dass ein Mann auf einem weißen Pferd angeritten kommt und dich rettet. Ich weiß, dass ich nie wieder so etwas glauben werde. Nie wieder.

KAPITEL 5

Rylan

Die Bar ist zugequalmt, die Belüftung ist beschissen. Ich weiß einfach nicht, was ich von diesem Kuhkaff halten soll, während ich die Leute auf der Tanzfläche beobachte. Ich führe mein Glas Wasser an den Mund und frage mich, ob ich noch dazu in der Lage bin, ein paar Biere hinunterzukippen. Seit fünf Jahren habe ich keinen Tropfen Alkohol mehr getrunken. Obwohl Bier noch nie ein Problem für mich gewesen ist. Whiskey hingegen schon.

„Oh, die Jungs sind da", verkündet Wyatt.

Ich folge seinem Blick, der zur Tür gleitet. Zwei Männer kommen herein. Einer von ihnen müsste Ford Matthews sein, der andere kommt mir bekannt vor, doch ich habe keinen blassen Schimmer, wer er ist. Sie nicken in unsere Richtung. Als sie sich abwenden, nehme ich an, dass sie als erstes die Bar ansteuern.

„Du musst sie vergessen. Mit ihr willst du dich nicht befassen, Ry", brummt Wyatt.

Kopfschüttelnd lasse ich meinen Blick über die Frauen im Raum schweifen. Sie sind es, die ich nicht will. Keine von ihnen hat die gleiche Anziehungskraft auf mich, wie die kurvige, kleine Blondine. Nicht einmal annähernd. „Ich kann nicht. Sie hat etwas an sich." Ich zucke mit den Schultern.

„Beschädigte Ware", sagt er.

Ich schaue mir meinen Cousin genau an. Er scheint es zu verstehen, ich weiß zwar nicht warum oder wie, aber er tut es. „Eine kaputte Seele, die sich zu einer anderen hingezogen fühlt", erkläre ich ihm.

Er nickt. „So in etwa."

„Hey", höre ich eine Stimme neben uns.

Ich habe Recht behalten. Die beiden Männer, die sich zu uns an den Tisch gesellen, haben frischgezapfte Biere in der Hand. Sie stellen sich mir vor. Und auch in dem Punkt habe ich richtig gelegen, denn einer der Jungs ist Ford Matthews, der andere ist Louis Kingston.

„Ich wusste, dass ich dich kenne", sage ich und hebe mein Wasser, um Louis zuzuprosten. Er neigt lediglich leicht den Kopf, offensichtlich will er keine große Sache aus seiner Anwesenheit machen. „Schnappst du dir den Gürtel und wirst Schwergewichtsmeister?", will ich wissen.

Sein Kopf fährt hoch und grinst. „Du weißt, wie der Hase läuft", erwidert er.

Ein verdammter Schwergewichts-Champion. Und er sitzt an meinem Tisch. „Ich habe deinen letzten Kampf gesehen, als ich noch weggesperrt war. Verdammt fantastisch", sage ich und hebe abermals mein Wasserglas.

Seine Augen weiten sich leicht und er lächelt. „Danke, Bruder."

„Wie bist du in dieser kleinen Stadt gelandet?", frage ich und ziehe eine Augenbraue hoch.

Er räuspert sich und nimmt einen Schluck von seinem Bier. „Ich habe ein Stück Land mitten im Nirgendwo gekauft, ein Haus darauf gebaut und das brauchte Stromleitungen. So habe ich Wyatt kennengelernt. Der Rest ist sozusagen Geschichte. Ich komme immer hierher, wenn ich nicht für einen Kampf trainieren muss. Hier finde ich am besten zur

Ruhe", erklärt er.

„Es ist friedlich hier. Manchmal fast schon zu ruhig", meint Ford. Dann schaut er mich an. „Wie geht es dir, Rylan? Es ist verdammt lange her."

Er streckt mir seine Hand über den Tisch hinweg entgegen, woraufhin ich sie schüttele. „Das ist es. Als ich dich das letzte Mal gesehen habe, warst du noch Footballer der Burnet High School."

Er schüttelt den Kopf. „Homecoming ist in ein paar Wochen, du solltest hingehen. Wir fahren jedes Jahr dafür in die Stadt, manchmal kommt sogar Beaumont dafür her", sagt er und erwähnt unsere Heimatstadtlegende.

Fuck.

Ich habe Beaumont Griffin total vergessen. Er ist ein Jahrgang über uns gewesen und der Quarterback des Footballteams, Point Guard im Basketballteam, im Chor und hat bei jeder Schultheateraufführung mitgespielt. Er ist Mitglied in einer Million Clubs und steht auf der Ehrenliste. Es ist unnötig zu erwähnen, dass wir nicht in denselben Kreisen verkehrten. Niemand hat je ein schlechtes Wort über ihn fallen gelassen. Beaumont Griffin ist eine Legende gewesen, lange bevor er die Stadt verlassen hat.

Und jetzt?

Nun, er ist wirklich eine Legende. Er ist ein Popstar. Auf allen roten Teppichen vertreten, hat ein paar Gastauftritte in einigen Fernsehsendungen gehabt. Beaumont hat es geschafft, er hat es verdammt nochmal geschafft. Das kann man nicht über viele Leute sagen, die hier aufgewachsen sind, aber auf Beaumont trifft es voll und ganz zu.

Die drei Männer unterhalten sich miteinander, aber meine Gedanken sind pausenlos bei der süßen kleinen Blondine. Ich kann nicht aufhören, an sie zu denken. Sie hat sich in meinem Gehirn festgebrannt.

Ich brauche sie.

Gott, ich brauche sie.

Ich weiß nicht, warum ich es so verdammt heftig fühle, aber ich tue es. Im Moment ist es kein Wunsch, sondern eher ein Bedürfnis. Vielleicht kann ich sie vor diesem Arschloch beschützen, wenn ich mich mit ihr anfreunde. Vielleicht reicht mir das ja schon aus. Aber das bezweifele ich, verdammt noch mal.

„*Fuck*, diese beschissene Stadt", ächzt Ford.

Ich sehe zu ihm rüber und runzele die Stirn. „Was ist mit der Stadt?", erkundige ich mich, da er nicht weiterspricht.

Wyatt grinst und schlägt Ford auf den Arm. „Er ist nur angepisst, weil er schon jede hier gefickt hat, mit der er nicht verwandt ist."

„Und ich habe nie einen Nachschlag bekommen", sagt er lachend.

Ich lache ebenfalls. „Du musst in die Stadt fahren, Mann. Besorg dir eine zickige Stadtmuschi", sage ich und zeige mit dem Finger auf ihn.

Er runzelt die Stirn. „Nee, die mögen das Land nicht. Die bleiben lieber unter sich, in der Stadt", erwidert er.

Ich zucke mit den Schultern und beuge mich etwas vor. „Ich habe doch nicht gesagt, dass du eine der Schlampen heiraten sollst. Zeig ihnen deinen kleinen Hinterwäldler-Schwanz und dann verschwinde wieder."

Louis, der neben mir sitzt, lacht. „Ford ist darauf aus, auf seiner großen Familienranch Babys zu machen."

Die Erwähnung des Wortes *Baby* schickt eine Welle an Schuldgefühlen durch meinen ganzen Körper hindurch. Ich versuche, sie abzuschütteln, doch das gelingt mir nicht. Ich räuspere mich und schaue zu Wyatt herüber, der mir einen verdammt mitleidigen Blick zuwirft. Ich hasse es. Ich verdiene sein Mitleid nicht. Ganz und gar nicht.

„Du brauchst ein junges, anständiges Mädchen. Es muss hier doch ein paar Ladys geben, mit denen du nicht verwandt bist", sage ich. „Allerdings wirst du hier kein Heiratsmaterial finden."

Er grinst und führt sein Bier an die Lippen. „In der Kirche genauso wenig", entgegnet er.

„Warum nicht?", will Louis wissen, obwohl es für mich so klingt, als wüsste er die Antwort bereits, weil er laut lacht.

Ford nimmt seinen Bierdeckel und wirft ihn Louis an den Kopf. Er fängt ihn gerade noch rechtzeitig ab, und schmeißt ihn auf den Tisch. „Du weißt, warum."

„Weil sie deinen perversen Schlafzimmer-Scheiß nicht mitmachen wollen." Wyatt lacht.

Entgeistert schaue ich Ford an. Ich hätte nie gedacht, dass er auf perverse Sachen steht. Nicht zu High School-Zeiten und auch heute nicht. Er ist immer ein Saubermann, trägt einen Cowboyhut und ein kariertes Hemd mit verdammten Perlmuttknöpfen.

„Das ist nichts Perverses", sagt er.

„Jetzt bin ich verdammt neugierig. Ihr Bitches fangt jetzt besser an zu singen", befehle ich und lache, als Ford mir den Mittelfinger zeigt.

„Es ist nicht pervers", entgegnet er mit Nachdruck.

Wyatt lehnt sich vor. „Es müssen immer Filme von Sterling, wie zum Beispiel *Der Spion und sein Bruder*, im Hintergrund laufen", flüstert er.

„Das ist nicht pervers“, sagt Ford abermals.

„O Fuck, diesen Sterling-Scheiß habe ich total vergessen. Verdammt, die Drogen ruinieren einem ganz schön das Gedächtnis“, brumme ich.

Ford steht auf. Sein Gesicht ist rot und er sieht verdammt sauer aus. „Ich muss die Filme nicht im Hintergrund laufen lassen. Ihr seid Arschlöcher, es ist nur ein einziges Mal vorgekommen, verdammt noch mal“, schnauzt er. Er dreht sich um und geht weg. Wir sehen ihm nach, bis er im Klo verschwunden ist.

„Stimmt, es kam nur einmal vor“, gibt Wyatt achselzuckend zu.

„Sie waren doch unzertrennlich. Was ist mit ihnen passiert?“, will ich wissen.

Louis beobachtet die Toilettentür, aber er ist derjenige, der zuerst spricht. „Sie wollte ein Star werden. Doch das wird man nicht, wenn man auf einer Farm festsitzt und Matthews Babys zur Welt bringt“, sagt er. In seinen Worten liegt ein gewisser Biss und eine Traurigkeit, die ich bis tief in meinen Bauch spüre.

Ich wische mir mit einer Hand übers Gesicht. Wir sind alle am Arsch. Alle von uns. Schweigend sitzen wir da und ich bin mir nicht sicher, woran Wyatt und Louis gerade denken. Aber ich? Ich denke über meine Vergangenheit und meine Zukunft nach. Ich kann nämlich nicht zulassen, dass meine Vergangenheit meine Zukunft bestimmt, aber ich kann genauso wenig die süße, kleine Blondine mit in den Abgrund reißen. Nicht, wenn ich nicht genau weiß, auf welchem Weg ich mich befinde.

Freunde.

Ich muss mir überlegen, wie ich ihr einfach nur ein Freund sein kann. Dieses Wort klingt für mich verdammt unanständig. Ich hasse es, verdammt nochmal. Ich frage mich, ob mein Schwanz dazu in der Lage sein wird, nur mit ihr befreundet zu sein und nicht zu versuchen, ein Freund mit gewissen Bonusleistungen zu werden.

Als ich zur Tanzfläche blicke, bemerke ich an einem Kneipentisch vier Frauen stehen, die zu uns herüberschauen. „Bedeuten die Ärger?", frage ich Wyatt und deute mit meinem Kinn auf die Gruppe.

Er grinst. „Inwiefern?"

Ich starre ihn vielsagend an.

Er schüttelt den Kopf und seufzt. „Nö, nicht wirklich. Sie sind nur nuttig."

„Gut. Das ist genau das, was ich brauche. Bis gleich, Jungs", sage ich und stehe auf.

Louis lacht und ich höre noch, wie Ford ihn fragt, wohin ich gehe. Ich habe eine Mission. Nur eine Mission. Ich muss Channing aus dem Kopf kriegen. Ich kann sie nicht haben. Ich darf nicht versuchen, sie für mich zu gewinnen. Sie kann in ihrem Leben keinen Abschaum wie mich gebrauchen, und auch nicht in ihrem Bett. Nicht jetzt. Niemals.

***

Channing

Der Fernseher in meinem Wohnzimmer ist ultralaut, doch ich ignoriere ihn. Alles, woran ich denken kann, ist meine Begegnung mit Avery heute Nachmittag. Jetzt wird es jeder in der Stadt wissen. Jeder wird wissen, dass ich schwanger bin und kein Daddy in Sicht ist.

Mir dreht sich der Magen um. Mein Leben, das ohnehin schon kompliziert gewesen ist, wurde gerade auf den Kopf gestellt. Die Stadt, die sich bereits ein Bild von mir gemacht hat, wird mich jetzt in der Luft zerreißen. Ich bin sicher, viele Leute werden Spekulationen anstellen. Es ist ja nicht so, dass wir überaus diskret waren. Vor allem, weil wir uns in den letzten zwei Jahren regelmäßig in dem einzigen Motel der Stadt getroffen haben. Ich bin mir sicher, dass uns viele Leute gesehen haben oder zumindest zwei und zwei zusammenzählen können.

Als ich die Augen schließe, erscheint vor meinem geistigen Auge Rylan. Seine verschmitzten und doch so wunderschönen Augen. Sein Lächeln, sein hübsches Gesicht, seine Tattoos. Er ist nicht wie James, absolut nicht wie er, und doch kann ich nicht aufhören, an ihn zu denken.

Ich lege meine Hand auf meinen Bauch und frage mich, wie es wohl wäre, wenn ich auf dem Markt wäre. Würde er dann etwas mit mir zu tun haben wollen? Ob ich ihn vor zwei Wochen überhaupt eines zweiten Blickes gewürdigt hätte? Ich weiß es nicht. Ich weiß nicht, ob er mir überhaupt aufgefallen wäre, wenn ich doch immerzu nur an James gedacht habe. Zumindest nicht, als ich noch davon ausgegangen bin, James würde mich lieben und wir würden für immer zusammenbleiben.

Dumm.

Genau das bin ich gewesen. Völlig blind und dumm. James hat sich nie um mich geschert, niemals. Zwei Jahre meines Lebens habe ich an diesen Manipulator vergeudet. Diesen Kinderschänder. Zugegeben, ich bin achtzehn Jahre alt gewesen, als das mit uns angefangen hat, aber das ändert nichts an der Tatsache, dass ich seine Schülerin und auf der High School gewesen bin.

Ich stehe auf, schalte den Fernseher aus und gehe ins Bett. Meine Gedanken wollen nicht verstummen, auch nicht, nachdem ich mich in meine verblichenen, alten, kratzigen Laken gekuschelt habe. Ich rolle mich auf der Seite zusammen und denke über all das nach, was in den nächsten Wochen passieren könnte.

Die Leute werden hinter meinem Rücken kichern, sie werden flüstern und auf mich zeigen. Einige werden mir böse Blicke zuwerfen, und jeder wird über mich tratschen und Spekulationen anstellen. Sie werden sich ihre eigene Geschichte zurechtlegen und sie überall verbreiten. Vielleicht hat James recht. Vielleicht sollte ich in Erwägung ziehen, diesen kleinen Ort zu verlassen.

Ich habe hier nichts, nicht wirklich. Keine Familie, die zu mir steht. Kein richtiges Zuhause, nur diese kleine, gemietete Ein-Zimmer-Doppelhaushälfte. Absolut nichts gehört mir hier, rein gar nichts. Ich habe nur gebrauchte Möbel, sogar meine Klamotten sind secondhand.

Ich schlafe sehr unruhig, so wie jede Nacht, seit ich von meiner Schwangerschaft erfahren habe. Ich frage mich, ob ich jemals wieder gut schlafen werde. Das bezweifele ich. Da ist diese Leere in mir. Nicht nur wegen James, sondern auch wegen des Traums, den ich mal hatte. Er ist jetzt tot. Ich werde nie eine richtige Familie haben. Alles, was ich habe, sind dieses Baby und mich. Wir gegen die Welt.

KAPITEL 6

Channing

Ich bin enttäuscht, da meine Schicht vergangen ist, ohne dass Rylan oder Wyatt aufgetaucht sind. Nach zwei aufeinanderfolgenden Tagen habe ich Rylan nicht nur erwartet zu sehen, sondern mich sogar auf seinen Besuch gefreut. Mit einem schweren Seufzer serviere ich die letzte Essensbestellung, bevor ich nach Hause gehen kann. Dieser Tisch mit den vier Mädchen ist einfach nur nervig. Ich kenne sie noch aus der Schule, sie sind ein Jahr jünger als ich. Damals sind sie schon sehr beliebt gewesen, und wie es aussieht, sind sie es noch immer.

„Ich weiß nicht, wo dieser Kerl herkam, oder warum er hier gelandet ist, aber ich danke Gott dafür. Das war der beste Sex, den ich je hatte", quietscht eins der Mädchen und kichert.

„Im Gefängnis", sagt eins der anderen Mädels.

Die Augen des ersten Mädchens weiten sich, als ich den Teller mit den Pancakes vor ihr abstelle. „Verdammt. Böse Jungs haben eben immer den geilsten Schwanz. Kein Wunder, dass es so verdammt dreckig mit ihm war."

„Ich weiß nicht, Süße. Rylan Lindsay bedeutet Ärger. Ich kann nicht glauben, dass du mit zu ihm nach Hause gegangen bist", sagt sie. Das Herz in meiner Brust bleibt stehen. Es hört bei ihren Worten komplett auf zu schlagen.

Das erste Mädchen kichert. „So weit ist es doch gar nicht gekommen. Er hat mich gegen die Hintertür der Bar gefickt." Sie zuckt mit den Schultern.

Schnell stelle ich das restliche Essen ab und sehe zu, dass ich von ihnen wegkomme. Diesmal verstecke ich mich aber nicht in der Küche. Ich möchte es, tue es aber nicht. Ich kann mich nicht länger vor allem und jedem verstecken. Ich muss stark sein. Für mich und für dieses Baby.

Warum rege ich mich überhaupt so auf? Rylan ist Single und erwachsen. Ich habe keinen Anspruch auf ihn. Ich habe keinen Grund, diesen Schmerz, diese Eifersucht zu empfinden – keinen einzigen. Er gehört mir nicht, genauso wenig, wie ich ihm gehöre. Wir sind nur zwei Bekannte, nicht mehr und nicht weniger.

Sobald die Mädchen mit dem Essen fertig sind und ihre Rechnung bezahlen, wobei jede mir nur einen Dollar Trinkgeld gibt, stempele ich aus und gehe. Ich habe genug Tip zusammen, um meine unbezahlte Stromrechnung und die Hälfte meiner Wasserrechnung zu begleichen, ohne meinen Gehaltsscheck anrühren zu müssen.

Als ich vor dem Supermarkt halte, stoße ich einen weiteren schweren Seufzer aus. Ich habe zwanzig Dollar zur Verfügung. Damit kann ich zwar nicht viel kaufen, aber wenn ich sparsam bin und nur auf Sonderangebote zurückgreife oder vielleicht noch ein paar Coupons einsetze, kann ich mir Essen für ein oder zwei Tage leisten.

Ich gehe in den Laden, nehme mir einen kleinen Einkaufskorb und mache mich auf den Weg zu den Frischwaren. Mir läuft das Wasser im Mund zusammen angesichts der großen Auswahl an frischen Früchten. Ich will sie alle haben.

Ein Einkaufswagen stößt gegen meine Hüfte, während ich die Erdbeeren anstarre und mich frage, ob eine kleine Packung in mein Budget passen könnte. Als ich mich umschaue, schrecke ich zusammen. Jennifer Bridges ist die Fahrerin des Wagens. Sie schaut mich an und in ihren Zügen liegt ein Ausdruck von purem Hass.

„Sorry", murmele ich, obwohl ich genau weiß, dass es nicht meine Hüfte war, die gegen ihren Wagen gestoßen ist.

„Hure", beleidigt sie mich, während sie an mir vorbeigeht. Währenddessen stößt sie gegen meine Schulter.

Ich verliere das Gleichgewicht und falle gegen die Auslage mit den Erdbeeren. Mein Hintern prallt genau gegen die Kante. Meine Augen füllen sich mit Tränen, als ich auf meine Schuhe hinunterschaue. „Alles in Ordnung, Süße?", fragt eine sanfte Stimme. Ich spüre, wie sich eine warme Hand auf meine Schulter legt und leicht zudrückt.

Ich hebe meinen Kopf und blicke in die schönsten hellbraunen Augen, die ich je gesehen habe. Es sind Rylans. Einen Moment lang tauche ich vollkommen in seinem Blick ab. Dann erinnere ich mich an die Mädchen von vorhin, und entziehe mich mit einem Schulterzucken seinem Griff. Sein Blick wandert zu meiner Schulter, während er die Hand mit einem Stirnrunzeln wieder sinken lässt.

„Channing?"

Ich presse meine Lippen fest aufeinander und nicke, während ich den Rücken durchdrücke. „Mir geht es gut", flunkere ich.

Mir geht es nicht gut. Ganz und gar nicht. Sie hat mich verletzt, und ich bin mir sicher, wären wir nicht in der Öffentlichkeit gewesen, dann wäre es noch viel schlimmer ausgegangen. Das macht mir Angst, vor allem, weil ich allein lebe. Ich muss etwas unternehmen, ich muss weg von hier.

„Ich komme schon klar", tische ich ihm eine weitere Lüge auf.

Er schüttelt den Kopf und legt eine Hand um meine Taille, bevor ich ihn stehen lassen kann. Dann drückt er mich gegen seine Brust und ich japse auf. Ich kann mir nicht helfen, gegen seinen harten Körper gepresst zu werden, macht mich sprachlos. Ich bin nicht mehr dazu fähig, einzuatmen.

„Diese Schlampe ist doch aus einem bestimmten Grund hinter dir her. Du wirst mir jetzt sagen, warum. Genug von dieser Scheiße", flucht er.

Ich schüttele den Kopf, doch seine Augen, die auf mich gerichtet sind, sind ernst. „Da gibt es nichts zu erzählen. Es spielt keine Rolle", sage ich, drücke meine Handflächen gegen seine Brust und versuche, ihn von mir zu schieben.

Auch er schüttelt ein paar Mal den Kopf. In seinen Augen leuchtet etwas auf, das ich nicht deuten kann. Er zieht mich ein wenig enger an sich und senkt den Kopf. Ich halte den Atem an, als seine Lippen mein Ohr berühren. „Dahinter steckt eine Geschichte. Ich will sie von dir hören. *Heute noch*", raunt er.

Abermals versuche ich, mich gegen ihn zu stemmen, doch das lässt er nicht zu. Sein Kopf bewegt sich erneut, diesmal berühren seine Lippen die Unterseite meines Kiefers. Ich stoße zischend meinen Atem aus. „Rylan", hauche ich.

„Hmmm", brummt er.

„Wo ist denn deine kleine Freundin?", frage ich ihn.

Sein Körper versteift sich und er neigt sein Gesicht, sodass er mich mit großen Augen überrascht ansehen kann. „Freundin?"

„Vier Mädchen waren heute im Diner. Eine schien ganz angetan von deinen Fähigkeiten zu sein."

Seine Lippe zucken und verziehen sich zu einem Lächeln. Einem überheblichen Lächeln. Ich stemme mich wieder gegen seine Brust, und dieses Mal gewährt er mir den Abstand. „Was hat sie gesagt?", will er grinsend wissen.

Ich presse meine Lippen fest aufeinander und drehe meinen Kopf von ihm weg. Doch er lässt die Bewegung nicht zu, denn er fängt meinen Kopf mit der Hand ab, legt seine Finger unter mein Kinn und zwingt mich, ihn wieder anzusehen. Sein lässiges Auftreten ist verpufft, sein Blick ist ernst auf mich gerichtet.

„Wir reden. Kauf den Kram, den du brauchst, und dann fahren wir zu dir. Ich gebe Wyatt Bescheid, dass ich bei dir bin", sagt er.

Ich öffne den Mund, doch er sieht bereits zu Wyatt hinüber. Ich habe gar nicht realisiert, dass er vor den Bierregalen steht. Er runzelt die Stirn, als er zu uns herübersieht, nickt Rylan zu und geht dann.

„Rylan, es gibt nichts zu bereden. Es ist nicht dein Problem, sondern meins", murmele ich.

Seine Augen durchbohren mich regelrecht mit einem scharfen Blick, und er schüttelt den Kopf. „Lass uns gehen", befiehlt er. Er schlingt die Finger um den Griff meines Einkaufkorbes und nimmt ihn mir ab. Die andere Hand legt er auf meinen unteren Rücken, sodass wir gemeinsam durch den Laden gehen.

„Das sind aber nicht viele Lebensmittel", sagt er, nachdem ich mich dazu gezwungen habe, meine Einkäufe in den Korb zu legen. Er hat kein Wort gesagt, sondern ist einfach geduldig neben mir hergegangen und hat meinen Korb getragen.

„Ich brauche nicht viel", erwidere ich achselzuckend und beiße mir in die Innenseite meiner Wange.

Er runzelt die Stirn, nickt dann, sagt aber zum Glück nichts weiter dazu. Wir gehen zur Expresskasse und er stellt den Korb auf das Förderband. Als ich über die Kassen hinwegschaue, sehe ich sie. Sie beobachtet mich, ihre Lippen sind zu einem Grinsen verzogen, während sie darauf wartet, ihren überfüllten Einkaufswagen ausladen zu dürfen.

Rylan schaut erst mich an, dann sie. Langsam dreht er seinen Kopf wieder zu mir. „O ja, wir werden miteinander sprechen", verkündet er.

Es dauert nicht lange, bis wir fertig sind. Die Kasse zeigt eine Einkaufssumme von neunzehn Dollar und achtunddreißig Cent an. Ich hole den abgenutzten Zwanzig-Dollar-Schein heraus, bin aber nicht schnell genug. Rylan gibt Tulip, der Kassiererin, das Geld, bevor ich die Rechnung zahlen kann.

„Rylan." Ich schlinge meine Finger um sein Handgelenk.

„Lass nie eine Frau für irgendeinen Scheiß bezahlen. Mein Dad hat mir nicht viel beigebracht, aber diesen Ratschlag hat er mir mit auf den Weg gegeben", entgegnet er rau.

Bei seinen Worten beginnt mein Herz in der Brust zu hüpfen. Noch nie hat ein Mann irgendetwas für mich bezahlt, es sei denn, James zählt, der immer die Motelrechnung beglichen hat. Sobald meine kleine, magere Einkaufstüte gepackt ist, nimmt Rylan sie an sich und wir gehen gemeinsam aus dem Laden.

„Du musst fahren, Babe. Ich habe meinen Führerschein noch nicht zurück. Ich arbeite diese Woche daran, ihn für die Arbeit zurückzubekommen", erklärt er mir.

Ich nicke und bin unsicher darüber, warum er mir das alles erzählt, und bin auch irgendwie erstaunt darüber, wie locker er über seine Situation spricht. Ich würde denken, dass es ihm peinlich ist, dass er sogar ein wenig verärgert ist, doch das ist er nicht. Er geht total lässig damit um, und das ist sexy.

Ich mache mir nicht die Mühe, den Kofferraum meines Autos zu öffnen. Rylan stellt die Tüte auf dem Boden des Beifahrersitzes ab, dann steigt er in den Wagen und platziert seine Füße daneben. Ich starte den Motor, schnalle mich an und drehe die Klimaanlage auf, weil ich Angst habe, dass es für ihn zu heiß in meinem Auto sein könnte.

„Meine Klimaanlage kühlt nicht wirklich herunter", sage ich, als ich den Rückwärtsgang einlege.

Er erwidert nichts, er schaut nur geradeaus. Dementsprechend ruhig verläuft die Fahrt zu mir nach Hause. Das macht mich nervös, aber ich will ihm auch nicht ein sinnloses Gespräch aufzwängen.

Ich umklammere fest das Lenkrad und frage mich, was unser Gespräch wohl bringen wird. Ich weiß, dass ich ihm von dem Baby erzählen muss, und wenn ich das tue, wird er bestimmt schnell das Weite suchen. Das sollte er auch besser tun. Er sollte mich verdammt noch mal in Ruhe lassen.

Ich bin ein Wrack, und scheinbar will Jennifer mir obendrein auch noch eins reinwürgen. Als wäre es nicht schon schlimm genug, verlassen worden und schwanger zu sein. Obwohl, vielleicht habe ich es ja verdient. Ich habe sie wissentlich mit ihrem Mann betrogen. Letzten Endes habe ich etwas falsch gemacht und nicht sie.

***

Channing schweigt weiterhin, als sie in die Einfahrt eines kleinen Doppelhäuschens in einem älteren Wohnviertel biegt. Während ich mich umsehe, stelle ich fest, dass hier zwar alles ein wenig heruntergekommen, aber es besser als überall dort ist, wo ich als Kind aufgewachsen bin. Sie rackert sich den Arsch ab, und sie hat etwas vorzuweisen. Ich finde das erstaunlich für ein Mädchen in ihrem Alter. Ihr Leben ist das komplette Gegenteil von dem, was ich bisher erlebt habe.

Sie bleibt weiterhin schweigsam, während wir ins Haus gehen. Ich schließe die Tür hinter mir und folge ihr in die Küche. Dort stelle ich die Einkaufstüte mittig auf den Tisch, an dem zwei Personen Platz finden können, und warte, bis sie die Einkäufe weggeräumt hat.

Als sie damit fertig ist, lehnt sie mit ihrem kleinen Arsch gegen den Tresen und hält die Kante fest mit ihren Fingern umklammert. „Du wolltest reden", sagt sie mit ruhiger Stimme. Ihr Blick ist auf ihre Füße gerichtet. „Das will ich. Sieh mich an, Süße", raune ich.

Sie hebt den Blick, um meinen zu erwidern. Ihre blauen Augen sind groß und erscheinen ein wenig ängstlich. „Willst du mir nicht sagen, was es mit diesem Paar auf sich hat? Die Frau im Supermarkt war die Gleiche wie im Diner. Beide waren dir gegenüber ziemlich feindselig, und heute hat sie dich sogar körperlich attackiert. Wenn ich ein anderer Mann wäre, aus einer anderen Zeit, wäre sie nicht so großkotzig aus dem Laden stolziert", sage ich.

Channing holt tief Luft und scheint zu verstehen,

was ich meine. Vielleicht nicht in dem Umfang, wie ich es gemeint habe, aber zumindest versteht sie mich. Sie lässt den Atem mit einem Seufzer wieder raus. „Setzen wir uns doch auf die Couch", meint sie und deutet mit der Hand zum Wohnzimmer.

Ich begebe mich in den gemütlichen Raum und setze mich in eine Ecke des Sofas. Mit dem Rücken zum Schlafzimmer und zur Küche, frontal zur Eingangstür.

Sie geht an mir vorbei und ihr Duft bleibt an mir hängen. Sofort zuckt mein Schwanz. Ich versuche, nicht auf ihre prallen Titten zu starren, während sie sich hinsetzt. Sie schaut mir in die Augen und ich warte darauf, dass sie die Bombe platzen lässt. Ich kann mir vorstellen, dass sie riesig sein wird. Verdammt gigantisch.

„Ich weiß nicht, warum ich dir das überhaupt erzähle", flüstert sie.

„Du hast ein Problem, und es wird nicht einfach so wieder verschwinden. Du brauchst jemanden, der dir den Rücken freihält, und außer der Frau, mit der du zusammenarbeitest, hast du scheinbar niemanden."

Sie nickt langsam. Ihre blauen Augen füllen sich mit Tränen. Ich ändere meine Sitzposition. Tränen sind überhaupt nicht mein Ding. Mit weinenden Frauen habe ich bisher nie etwas am Hut gehabt. Ich habe nie eine Langzeitfreundin gehabt und meine Mutter hat auch nie geheult, es sei denn, sie hat versucht, an Drogen ranzukommen. Im Grunde genommen habe ich rein gar nichts mit Gefühlen am Hut, doch Channing schaut mich mit ihren großen, blauen, tränengefüllten Augen an, und ich will nur, dass der Schmerz verschwindet.

„Wenn ich es dir gesagt habe, wirst du gehen und

nie wieder zurückschauen. Ich kenne dich überhaupt nicht, und weiß schon jetzt, dass ich das auch nicht ändern will", haucht sie.

Ich hebe mein Kinn, öffne die Beine und stütze meine Ellenbogen darauf ab. „Ich war die letzten fünf Jahre geduldig, Channing. Ich kann scheinbar ein ziemlich geduldiger Mann sein, wenn es denn sein muss", erwidere ich und schenke ihr ein kleines Lächeln.

Sie atmet ein, dann steht sie auf. Unbeholfen zupft sie an ihrem Oberteil, sodass es nun eng an ihrem Körper anliegt. Da ist eine kleine Wölbung. Nicht groß, aber mir ist klar, was diese bedeutet, ohne nachhaken zu müssen. Wenn ich sie so auf der Straße sehen würde, würde ich denken, dass sie bloß etwas aufgebläht ist oder vielleicht zu viele Kohlenhydrate gefuttert hat. Aber so wie ihre Beine zittern, ist das nicht der Fall.

„Du bist schwanger", sage ich. Das ist keine Frage. Es ist eine Feststellung. Als ich meinen Blick von ihrem kleinen Bäuchlein nehme, erkenne ich erst ihre zitternde Lippe, dann ihren wässrigen Blick. „Dieser verheiratete Mann ist also der Vater?", frage ich.

Wyatt hat recht. Der kleine Bruder steht dem Großen in nichts nach. Er ist hinter jedem jungen Arsch her, und wenn ich raten müsste, dann ist Channing noch seine Schülerin gewesen, als das alles begonnen hat. Wyatt hat mir ein paar Dinge über Jacob Bridges und die jungen Mädchen erzählt, die er gerne mit ins Bett nimmt. James Bridges ist offenbar aus dem gleichen Holz geschnitzt.

„Er will, dass ich es abtreiben lasse. Seine Frau ist auch schwanger", wimmert sie, bevor sie wieder aufs Sofa sinkt.

Ich denke über mich selbst nach. Ich denke an die Frau, die ich getötet habe. An das ungeborene Kind, das ich ermordet habe. Dann denke ich an die Chance, alles wieder gut zu machen. Nein, ich kann weder diese Frau noch ihr Baby zurückholen. Aber ich kann Channing helfen. Vielleicht kann ich sie beschützen.

Vielleicht.

Wenn sie es zulässt.

Wenn sie mir erlaubt, ihr zu helfen – ihnen beiden zu helfen.

KAPITEL 7

Channing

Rylan fixiert mich. Er ist nicht weggelaufen. Eigentlich hat er gar nicht auf meine Offenbarung reagiert. Ich habe mich nicht dazu durchringen können, die Worte laut auszusprechen und bin froh, dass ich meinem Körper das Sprechen überlassen habe. Das ist die beste Lösung gewesen. Meine ich zumindest.

„Denkst du darüber nach? Das Baby wegmachen zu lassen?", will er wissen und deutet auf meinen Bauch.

Sofort lege ich schützend eine Hand auf meinen Bauch. „Niemals", hauche ich.

Ein Lächeln schleicht sich auf seine Lippen. „Dann habe ich richtig vermutet. Ich musste aber sichergehen", erwidert er mit einem Schulterzucken.

Wir schweigen ein paar Augenblicke und ich warte darauf, dass er etwas sagt. Denn ich weiß, dass er noch etwas zu sagen hat. Das muss er, denn er kann das auf keinen Fall so im Raum stehen lassen. Trotzdem bin ich sehr nervös, was wohl noch aus seinem Mund kommen wird.

„Rylan?" Ich halte die Stille keinen Moment länger aus.

Er schaut mich an und ich bin erschrocken über die Intensität, die in seinem Blick liegt. „Du brauchst mich", brummt er. „Ich bin die meiste Zeit über in meinem Leben kein guter Mensch gewesen, aber du brauchst mich."

Ich schüttele den Kopf und meine Unterlippe zittert. „Das tue ich nicht."

Er grinst, seine Coolness ist zurück und steht ihm geradezu ins Gesicht geschrieben. Er beugt sich vor, seine Hand umschließt meine. Ich schaue herunter und betrachte seine stark tätowierte Hand und seinen Arm, der auf meiner glatten, cremefarbenen Haut liegt. Wir beide sind so unterschiedlich. Er ist so anders.

„Liebst du ihn?", will er wissen.

„Ich dachte, dass ich es tue. Aber das war keine Liebe. Das kann es auf keinen Fall gewesen sein", gebe ich zu.

Er nickt einmal, dann drückt seine Hand zu. „Dann brauchst du mich, dann braucht ihr beide mich. Zumindest so lange, bis diese ganze Scheiße vorbei ist", sagt er mit einem Nicken.

„Ich würde dich nie darum bitten, denn du bist ein freier Mann. Ich bin mir sicher, dass du einer schwangeren Frau nicht zur Seite stehen willst", erwidere ich.

Abermals drückt er meine Hand. „Du musst mich nicht darum bitten, Süße. Ich biete es dir freiwillig an. Ihr braucht mich. Ihr beide. Ich wusste es in dem Moment, als ich dich zum ersten Mal sah."

„Was hast du gewusst?", erkundige ich mich im Flüsterton.

Er beugt sich zu mir. Seine Lippen sind nah bei meinen, und doch nicht nah genug. „Dass du etwas Besonderes bist und ich dich in meinem Leben haben will. Ich wusste nur nicht, wie. Obwohl ich mir sicher war, dass ich mit dir keinen One-Night-Stand möchte. Und da das die einzige Form der Beziehung ist, die ich je mit einer Frau hatte, war ich im Zwiespalt."

Ich zucke mit dem Kopf, unsicher, was er mir sagen will. „Was willst du mir damit sagen?" Ich will es wissen, oder vielleicht muss ich es wissen.

„Ich weiß es nicht. Ich weiß nur, dass du mich brauchst und ich glaube, dass ich dich auch brauche. Es gibt einen Grund, warum ich ständig in deiner Nähe sein will. Es gibt einen Grund, warum du nach mir rufst", sagt er und klingt so verdammt ruhig.

Ich weiß nicht, wie er so ruhig bleiben kann, wo mein Herz so verdammt schnell rast und droht, aus meiner Brust zu springen.

Rylan hebt seine Hand und schlingt seine Finger um meinen Nacken. Sie sind warm und erwecken den Anschein, als würden sie mich beschützen können. In seiner Nähe fühle ich mich sicher. Ich weiß, dass ich nicht so fühlen sollte. Nicht nach dem, was Lulamae mir über ihn erzählt hat. Er bedeutet Ärger. Er ist gerade aus dem Gefängnis entlassen worden. Er ist ein Sträfling.

Die andere Hand legt er auf meinen Bauch. Mir stockt der Atem, was ihn zum Lachen bringt. Es ist kein eingebildetes Lachen, sondern ein schönes und echtes. Seine weißen Zähne sind gerader, als ich sie mir vorgestellt habe.

„Lass mich für dich sorgen. Und wenn du es mir nur als Freund erlaubst, dann ist das okay. Wenn es irgendwann mehr als das wird, dann werde ich mich nicht beschweren. Aber du brauchst mich, Channing. Lass mich für euch beide sorgen."

Ich beiße mir auf die Lippe und atme tief ein. Ohne darüber nachzudenken, treffe ich eine schnelle Entscheidung. „Ja. Einverstanden. Ich habe Angst vor dieser Frau, und ehrlich gesagt, will ich James nicht in meiner Nähe haben. Ich bin viel zu nervös wegen dem, was auf mich zukommt, und ich bin Frau genug, um zuzugeben, dass ich nicht alles allein schaffen kann“, sage ich.

Ich habe keine Ahnung, warum ich ihm vertraue, aber ich tue es. Ich fühle mich zu ihm hingezogen, genau wie er sich zu mir hingezogen fühlt. Seine Finger, die in meinem Nacken liegen, drücken leicht zu. Ich sehe ihn an, atme aus und lächele.

„Wie weit willst du mich reinlassen, Süße?“, fragt er.

Ich will ihm alles ganz genau erzählen. Die hellbraunen Augen, die mich ansehen, sind einladend. Fast zu einladend. Ich beiße mir auf die Lippe, unsicher, ob ich ihn so nah an mich heranlassen kann, wie ich das gerne hätte. Wenn es das ist, was er überhaupt will. Ich möchte ihm sagen, dass er alles von mir haben kann, ganz und gar, so wie er mich gerne hätte. Aber das tue ich nicht.

„Was immer du willst, Rylan. Es liegt ganz bei dir. Ich öffne mich dir, für das hier, für alles, was du mir bereit bist zu geben. Ich will alles. Alles, was ich bekommen kann. Andernfalls muss ich mir überlegen, wegzuziehen, denn so, wie es momentan aussieht, glaube ich nicht, dass ich es ganz auf mich alleingestellt in dieser Stadt aushalten kann.“

Er senkt den Kopf, seine Nase berührt meine, weshalb ich die Augen schließe, den Atem anhalte und darauf warte, dass er mich küsst. Aber er küsst mich nicht. Ganz und gar nicht. Er lässt stattdessen meinen Nacken los und zieht sich zurück. Langsam öffne ich die Augen und er lächelt mich an.

„Fangen wir doch damit an, dass du mir deine Termine nennst. Ich werde am Freitag bezahlt. Ich schulde Wyatt etwas Geld, aber der Rest meines Lohns gehört mir. Ich verdiene nicht besonders viel, aber genug, um dir auszuhelfen. Vielleicht können wir irgendwann in eine größere Wohnung ziehen, aber wie wäre es, wenn ich für den Anfang an diesem Wochenende mit meinen Habseligkeiten bei dir einziehe? Ich kann eine Zeit lang auf der Couch schlafen.“

„Du willst hier einziehen?“ Ich krächze die Worte regelrecht.

Er grinst, seine Augen lächeln genauso wie sein Mund. Gott, er ist umwerfend. Ich glaube nicht, dass ich mit ihm zusammen wohnen kann. Nicht in dieser kleinen Einzimmerwohnung. Allein auf dieser Couch nimmt er schon so unheimlich viel Platz ein. Wenn er überall präsent ist, wird mir das zu viel.

„Ich kann dich ohne ein Auto, und wenn ich weiterhin mit Wyatt zusammenwohne, nicht beschützen. Außerdem glaube ich, dass er sein Haus wieder für sich haben will.“

Ich presse meine Lippen aufeinander und kaue ein paar Sekunden lang auf ihnen herum. Dann nicke ich, denn er hat recht. „Ich kann dich aber nicht auf dieser kleinen Couch schlafen lassen.“

Er schüttelt den Kopf. „Süße, glaub mir, ich habe schon an viel schlimmeren Orten gepennt. Das hier ist völlig in Ordnung. Ich versuche, wieder auf die Beine zu kommen, und du versuchst, in gewisser Weise das Gleiche. Wir werden uns gegenseitig unterstützen, und du bist sicher froh, wenn du etwas an den Mietkosten einsparen kannst. Du willst bestimmt anfangen, für den ganzen Babykram zu sparen“, meint er.

Meine Hand wandert zu meinem Bauch zurück und ich kann das Lächeln nicht länger unterdrücken. Dann nicke ich. Wenn ich nur daran denke, wie teuer die Sachen in dieser Babyboutique gewesen sind, dann wird mir schlecht. Ich kann mir von dort nichts

leisten, und hoffe, dass ich wenigstens das Nötigste
zusammenbekomme. Wenn jemand einen Teil der
Miete und Rechnungen trägt, wird es sicherlich wesentlich einfacher sein, für den kleinen Menschen in
mir etwas zusammen zu sparen.

„Okay, einverstanden", sage ich nickend.

Ich erstarre, als er sich zu mir vorbeugt und kann
nicht leugnen, dass ich ein wenig enttäuscht bin, als
seine Lippen nur meine Stirn berühren. Sie sind
warm und weich, doch ich hätte sie gerne irgendwo
anders gespürt. Dass sie nur auf meiner Stirn gelandet sind, damit werde ich mich wohl abfinden müssen. Zumindest für den Moment.

***

Rylan

„Bist du total irre?", fragt Wyatt, nachdem Channing
mich bei ihm zu Hause abgesetzt hat.

„Wahrscheinlich", gebe ich zu. „Aber sie ist
schwanger, und du hast selbst mitbekommen, was
diese Schlampe ihr angetan hat. Channing sollte nicht
allein sein."

„Du weißt, dass nur, weil du ihr hilfst, es nichts an
den Dingen ändern wird, die du getan hast", sagt er
mit nunmehr weicherer Stimme.

Ich nicke. „Ich weiß, dass es das nicht wird. Aber
vielleicht verschafft mir das vor Gott ein paar Punk-
te, dass ich zumindest versucht habe, ein besserer
Mensch zu sein."

„Und die Tatsache, dass du in ihr Höschen willst,
hat keinen Einfluss auf deine Entscheidung?", will er
wissen und hebt eine Augenbraue.

Lachend schlage ich ihm leicht auf den Arm. „Ich tue niemandem weh." Ich zucke mit den Schultern. „Als ich weggesperrt war, habe ich eine Menge über Möglichkeiten und Gefühle dazugelernt. Ich habe sofort in ihrer Gegenwart etwas empfunden, und das nicht nur mit meinem Schwanz. Sie braucht mich, Wyatt. Ich denke, dass ich sie vielleicht auch brauche, dass ich beide brauche."

Er schüttelt den Kopf. „Verarsch sie bloß nicht. Sie ist ein gutes Kind in einer beschissenen Situation, aber dennoch ein gutes Kind."

„Aus meiner Perspektive betrachtet, ist sie ganz bestimmt kein Kind mehr." Ich zwinkere ihm zu.

„Du bist so ein verdammt geiler Bastard."

Ich hebe eine Augenbraue. „Fünf Jahre lang eingesperrt mit nichts weiter als meiner Hand. Da wärst selbst du verdammt geil, aber das ist nicht der Grund, warum ich tue, was ich tue. Sie braucht mich wirklich. Selbst wenn ich nicht mit ihr in der Kiste lande, bin ich bereit, ihr zu helfen."

Zum Glück erwidert Wyatt nichts darauf. Er schüttelt bloß den Kopf, sodass ich weiß, dass er meine Aktion für einen fehlgeleiteten Versuch hält, mein Verhalten zu entschuldigen. Das ist es auch, aber nur zum Teil. Ich fühle mich weiterhin wie das letzte Stück Scheiße, und was ich getan habe, lastet noch immer schwer auf meinen Schultern. Und das wird auch immer so sein, es wird nie wieder verschwinden.

Ich habe zwei Menschen umgebracht, ich habe sie getötet und es gibt nichts, dass das wiedergutmachen könnte. Kein noch so großer Schutz für eine Mutter und ein Kind wird das jemals ungeschehen machen. Aber ich kann ein besserer Mensch werden, das habe ich versprochen. Ich habe mir selbst versprochen, genau das zu werden, und das ist die Gelegenheit. Auch wenn es verdammt egoistisch ist, so ist es dennoch eine Gelegenheit, es besser zu machen. Besser zu sein.

„Wir müssen morgen früh arbeiten", meint Wyatt.

Ich nicke und stehe von der Couch auf. „Ist das okay für dich? Glaubst du, ich mache einen verdammt großen Fehler?", will ich wissen.

Seine Augen ruhen auf mir, und ich schwöre, dass sie sich verdunkeln. „Ich mache mir Sorgen um dich. Ich sorge mich darum, dass du wieder zu dem Mann wirst, der du einst warst. Im gleichen Atemzug will ich für dich, dass dein Plan aufgeht. Nicht nur deinetwegen, sondern auch für Channing. Das Mädchen hat den Scheiß nicht verdient, der ihr angetan wurde, doch du genauso wenig."

Er geht, ohne mir die Möglichkeit zu geben, darauf zu antworten. Das ist auch gut so, denn ich habe keine Ahnung, was ich überhaupt darauf antworten soll. Ich will nicht wieder der Mann sein, der ich mal gewesen bin – nie wieder. Allerdings wäre es ein Leichtes, wieder in alte Muster zu verfallen.

Ich habe mich eingeigelt und bin zu einem Einsiedler geworden, seit ich wieder draußen bin. Bis auf den Abend mit Wyatt und seinen Freunden in der Bar, bin ich nicht rausgegangen. Ich habe allerdings nichts getrunken und mich nur an Wasser gehalten, obwohl ich mir nichts sehnlicher als ein Glas Whiskey gewünscht habe.

Ich ziehe mich bis auf meine Boxershorts aus und krieche unter die Decke. Dann verschränke ich die Finger ineinander, lege sie in den Nacken und starre an die Decke.

Channing erscheint vor meinem inneren Auge. Ihr

langes, blondes Haar, ihre großen, ängstlichen Augen. Aber auch Bilder dieses Vollidioten tauchen auf. Nur dass er nicht mehr atmet. Er liegt in einer Lache seines eigenen Blutes. Ich würde es tun. Er hat es verdient.

Ich habe miterlebt, was sie mit Pädophilen im Knast angestellt haben. Dieser Wichser ist genauso einer. Es ist völlig egal, was Channing sagt, er ist ein Pädophiler. Wenn ich ihn zu Fall bringen könnte, würde ich es tun. Ich bezweifele jedoch, dass irgendjemand in dieser Stadt ihr oder mir glauben würde.

Der Ex-Knacki und die andere Frau, die zweifellos von allen verachtet werden. Wir sind sowas von am Arsch. Die gute Nachricht ist, dass sie mich nun auf ihrer Seite hat. Ich hoffe nur, sie findet, dass ich es wert bin. Dass ich dieser Position würdig bin, in die ich mich selbst platziert habe.

Ich schließe meine Augen und versuche, nicht mehr an sie oder an ihn zu denken. Daran zu denken, was er dem Mädchen angetan hat, wird meinen Hass und meine Wut nur noch mehr befeuern. Ich kann nicht zulassen, in noch mehr Negativität zu ertrinken. Ich habe selbst genug, die mich umgibt.

Ich setze mich ruckartig auf, mein Herz rast. Etwas hat mich wachgerüttelt. Ich verharre und lausche den Umgebungsgeräuschen des Hauses. Da höre ich ein Geräusch, das vom Flur ausgeht. So leise ich kann, schleiche ich zu meiner Zimmertür und öffne sie langsam, bis ich den Kopf durch den Spalt stecken kann.

Eine dunkelhaarige Frau kommt auf Zehenspitzen aus Wyatts Zimmer auf mich zu geschlichen. „Hast du dich verlaufen?", flüstere ich meine Frage.

Sie erstarrt, ihre Augen stieren mich durch die Dun-

kelheit an. Sie sieht aus wie ein Reh im Scheinwerfer-
licht. „Nein?", erwidert sie und es klingt wie eine
Frage.

„Wird er nicht sauer sein, weil du dich aus seinem
Bett geschlichen hast?"

Sie beißt sich auf die Lippe, zuckt mit einer Schulter, kichert und schüttelt den Kopf. „Vermutlich."

„Raus hier, Mädchen", sage ich und schüttele ebenfalls den Kopf.

„Danke, du siehst echt gut aus, Ry", murmelt sie,
während sie versucht, an mir vorbeizugehen.

Ich strecke eine Hand nach ihr aus und greife ihr
Handgelenk, ehe sie an meiner Tür vorbeigeht. Sie
stoppt, und jetzt, da ich sie deutlich sehen kann, trifft
mich der Schlag. „Sammi?", raune ich.

Sie nickt, wirft einen Blick auf die geschlossene
Schlafzimmertür hinter sich, dann schaut sie wieder
zu mir. „Ich kann mich nicht fernhalten", gibt sie zu.

„Das ist nicht gesund. Für keinen von euch", entgegne ich.

Sammi schluckt, was ich deutlich wegen der Stille im
Haus hören kann. „Ich verlasse morgen früh die
Stadt. Er weiß es nicht. Ich muss mit meinem Leben
weitermachen und er mit seinem", meint sie.

„Fünfzehn Jahre sind eine verdammt lange Zeit, um
einen solchen Abgang hinzulegen", sage ich.

„Wir brauchen unsere Freiheit. Richtest du ihm das
von mir aus?"

„Du bist ein Feigling, weißt du das?"

Sie schnaubt. „Baby, ich bin schon ein Feigling, seit
ich zwölf Jahre alt bin. Das weiß ich. Der ganze
Scheiß wird sich nie ändern, deshalb verlasse ich die
Stadt."

„Ich werde es ihm ausrichten."

Sammi lächelt mich unsicher an, als ich ihr Handgelenk loslasse. Sie eilt auf Zehenspitzen aus dem dunklen Haus, als wäre der Teufel hinter ihr her. Jemand räuspert sich hinter mir, weshalb ich mich zu meinem Cousin umdrehe. „Sie ist weg. Endgültig", verkündet er.

Ich nicke. „Das ist sie."

„Gut. Wir hätten es schon lange beenden müssen."

Ich schnaube. „Genau. Vor fünfzehn Jahren, als sie getan hat, was sie tat", sage ich.

Er nickt und schaut durch den dunklen Flur. „Ich habe über die Jahre versucht, sie zu hassen, aber ich konnte es nicht. Seit sie wieder hier ist, ziehen wir einander bloß gegenseitig runter. Ich brauche einen Neuanfang. Sie braucht ihn auch. Sammi ist kein schlechter Mensch, sie hat nur vor langer Zeit eine beschissene Entscheidung getroffen. Das nehme ich ihr nicht übel."

„Du bist ein besserer Mann als ich, Cousin", lasse ich ihn wissen.

Er nickt einmal und fährt sich dann mit der Hand durch die Haare. „Nicht wirklich. Nur verdammt resigniert. Wenn ich ihr oder mir selbst nicht vergebe, dann trage ich viel zu viel Hass in mir. Fünfzehn Jahre haben den Schmerz nicht verschwinden lassen, aber ich bin nun ein anderer Mann. Ich kann ihr verzeihen."

Ohne etwas zu sagen, kehren wir zurück in unsere Zimmer. Ich schätze, dass Wyatt nicht wieder einschlafen kann, nein, ich weiß, dass er es mit Sicherheit nicht schafft. Auch ich liege wach und denke über Channing nach. Wyatt denkt vermutlich über seine gemeinsamen Jahre mit Sammi nach. Und als unsere Wecker gleichzeitig um vier Uhr morgens klingeln, um uns für die Arbeit zu wecken, sehen wir beide aus, als hätten wir gleich viel geschlafen: nämlich gar nicht.

Keiner von uns spricht, als wir uns für die Arbeit fertig machen. Wir gehen zur ganz normalen Tagesordnung über und hoffen, dass der morgige Tag ein besserer wird. Ein Tag, der uns weniger emotional auslaugt.

KAPITEL 8

Channing

Lulamae wirft mir einen Blick zu. Ich weiß genau, was für ein Blick das ist. Sie urteilt über mich. Sie weiß, dass irgendetwas im Busch ist, und sie versucht herauszufinden, was es ist, während sie gleichzeitig beschließt, dass es entweder total schrecklich oder dumm sein muss. Wahrscheinlich eine Mischung aus beidem. Wenn ich das im Vorfeld bereits weiß, macht es die Entscheidung dann besser oder schlechter?

„Okay. Sag´s mir", fordert sie von mir, während wir nebeneinanderstehen und die Zuckertöpfe für den morgendlichen Ansturm auffüllen.

Ich seufze und weigere mich, ihr ins Gesicht zu sehen. „Rylan Lindsay zieht bei mir ein." Ich halte den Atem an und warte darauf, dass sie etwas dazu sagt. Sie reagiert nicht sofort, und gerade als ich denke, dass sie es stillschweigend hinnehmen wird, antwortet sie.

„Warum?"

Nun schaue ich sie doch an und schenke ihr ein zittriges Lächeln. „Jennifer und James sind feindselig und wütend, weil ich nicht tue, was sie von mir verlangen. Jennifer hat mich gestern mit einem Einkaufswagen gerammt. Rylan hat das mitbekommen. Er hat Angst um uns. Er weiß über meine Situation Bescheid und hat gesagt, er hilft mir mit den Rechnungen. Rylan schläft auf der Couch", murmele ich.

Lulamae schnaubt. „Der Junge wird keine fünf Minuten auf deiner Couch schlafen. Er wird sich in der ersten Nacht in dein Bett schleichen und sich zwischen deine Schenkel legen. Merk dir meine Worte, Schatz. Diese Lindsays machen nichts, ohne eine Gegenleistung einzufordern und er wird sicher dafür sorgen, dass eine warme Pussy im Nebenzimmer nicht unberührt bleibt.“

„Lula“, zische ich.

Sie zuckt mit den Schultern, tritt einen Schritt zurück und klopft sich den Zucker von den Handflächen. „Das ist die Wahrheit, Kleines. Wenn du mich fragst, ist der Sex mit Rylan wahrscheinlich besser als der mit diesem Lehrer.“ Bevor sie sich umdreht und mich stehen lässt, zwinkert sie mir noch zu.

Mit offenem Mund schaue ich ihr hinterher, bis sie in der Küche verschwunden ist. Die Glocke über der Eingangstür läutet, weshalb ich leicht zusammenzucke. Ich schließe den Mund und gehe los, um die Gäste in Empfang zu nehmen.

Eine Welle der Übelkeit trifft mich hart, als ich erkenne, wer gerade zur Tür hereingekommen ist. In diesem Moment wünsche ich mir sogar, es wäre James oder Jennifer. Doch nein, die Person, die mich anstarrt, ist eine abgekämpfte Version von mir. Meine Mutter.

„Einen Tisch für eine Person?“, frage ich sie und versuche, mich von ihrer Anwesenheit nicht beeindrucken zu lassen.

Ich kann mir nicht vorstellen, dass sie hier ist, um zu essen. Meine Mutter hat wahrscheinlich in den letzten zehn Jahren keine richtige Mahlzeit mehr zu sich genommen. Sie sieht verbraucht und abgemagert aus. Das typische Erscheinungsbild einer drogenabhängigen Alkoholikerin.

„Mir ist zu Ohren gekommen, dass du geschwängert wurdest", sagt sie.

Ich bin froh darüber, dass das Diner bis auf Lulamae und den Koch, Clarence, leer ist. Ich höre ein Geräusch hinter mir und weiß, dass es Lulamae ist, die aus der Küche kommt. Meine Mutter hat mich schon eine ganze Weile nicht mehr aufgesucht. Als sie herausgefunden hat, dass dieser Job hier nicht genug abwirft, um ihr die Drogen zu finanzieren, bin ich nur noch Luft für sie gewesen. Sie hat so getan, als gäbe es mich nicht, was eindeutig besser ist als die Alternative.

„Ich weiß nicht, was dich das angeht", zische ich und ziehe eine Augenbraue in die Höhe.

Sie lächelt breit, und ich erschaudere beim Anblick eines fehlenden Zahnes. „Nur so ein Gedanke. Du wirst bestimmt einen Babysitter brauchen, und wer wäre da besser geeignet als die Großmutter dieses *Dings*?"

Ich kneife die Augen zusammen und schaue sie mir genau an. Sie ist zweifelsohne hier, weil sie Geld will. Das Problem ist, ich habe keins für sie. Und selbst wenn, würde ich ihr sagen, dass ich pleite bin. Diese Schlampe ist abscheulich. Das ist sie schon immer gewesen. Außerdem hat sie mein Baby gerade ein *Ding* genannt.

„Ich brauche keinen Babysitter. Aber danke für das Angebot", erwidere ich und hebe eine Hand, um abzuwinken.

Sie runzelt die Stirn und verschränkt die Arme vor der Brust. „Du wirst Hilfe brauchen. Sei nicht so hochmütig zu glauben, dass du dich um ein Neugeborenes kümmern und arbeiten kannst, du arrogante Schnepfe."

Ich knirsche mit den Zähnen, weil ausgerechnet sie

mich eine arrogante Schnepfe nennt.

„Ich habe Hilfe, danke“, lüge ich.

Na ja, gänzlich gelogen ist es ja nicht. Aber ich habe mir noch keinerlei Gedanken über eine Tagesbetreuung gemacht. Da Rylan bei mir einziehen wird, habe ich einen größeren finanziellen Spielraum, Gott sei Dank. Ohne ihn würde ich nicht wissen, was ich tun soll.

„Wer hilft dir?“, bellt sie.

„Das geht dich nichts an, und jetzt verschwinde“, schreit Lulamae.

Meine Mutter hebt die Hand und zeigt mit dem Finger auf sie. „Halt die Klappe, du alte Hexe.“

Lulamae geht um mich herum und ich weiß schon, wonach sie sucht. Ein paar Sekunden später höre ich, wie sie die Schrotflinte durchlädt, woraufhin meine Mutter aufkeucht. „Ich sagte, du sollst verschwinden, Linda. Ich werde mich nicht wiederholen“, knurrt sie.

Meine Mutter scheint endlich den Ernst der Lage zu verstehen, denn sie dreht sich um und geht. Bevor sie das Restaurant verlässt, zeigt sie uns den Stinkefinger. „Ihr seid lächerlich, ihr arroganten Schnepfen. Und du bist ein verdammter Nichtsnutz. Vergiss nicht, wo du herkommst. Du bist ein Stück Scheiße, Miss Eingebildet“, kreischt sie, ehe sie geht.

Lulamae und ich sehen ihr schweigend hinterher. Sie steigt nicht in ein Auto, sondern stapft in ihrem Jeansminirock, dem Top und den Plateau-Flipflops den Schotterweg entlang. „Du bist nicht wie sie, Mädchen“, sagt Lulamae ein paar Augenblicke später, während sie die Waffe wieder an ihren Platz zurücklegt. „Ich weiß, dass ich nicht wie sie bin, Lula. Aber ich habe Angst, dass ich genauso werde“, gebe ich zu.

Lulamae schnaubt. „Kein Grund zur Sorge, Schätzchen. Du wirst nie so werden. Das wirst du dir selbst nicht erlauben. Du wirst dir den Arsch abrackern, damit du nicht so wirst. Ich weiß, dass du es tun wirst, denn genau das habe ich getan. Und ich bin nicht wie meine Mom. Gott sei Dank", sagt sie.

„War deine Mutter auch so ein Biest?", frage ich sie.

Lulamaes Augen verfinstern sich und sie nickt. „Dagegen ist deine eine Heilige." Sie dreht sich um und geht in die Küche zurück.

Plötzlich habe ich noch größeren Respekt vor ihr. Nicht, dass ich sie vorher nicht respektiert hätte, denn das habe ich, wirklich. Aber da ich nun weiß, dass sie aus einem ähnlichen Umfeld wie ich kommt, empfinde ich ihr gegenüber anders. Fühle mich ihr irgendwie mehr verbunden.

Der Rest des Tages verfliegt wie im Flug. Sobald ich Feierabend habe, steige ich in mein Auto und fahre nach Hause. Ich bin erschöpft, mehr als müde, aber auch zufrieden. Die Welt sieht heute schon ein bisschen besser aus, und dass, obwohl meine Mom eine Szene gemacht hat.

Mein Leben hat eine Wendung eingeschlagen, die ich nie beabsichtigt habe. Ich hätte es nie für möglich gehalten, aber so ist es nun einmal, und ich kann kaum erwarten, was als Nächstes passiert. Vielleicht wird nie etwas zwischen Rylan und mir laufen. Vielleicht wird unser Arrangement nicht länger als ein paar Monate funktionieren, aber ich habe das Gefühl, dass mir etwas Großes bevorsteht. Ich werde es so nehmen, wie es kommt.

Mit ein paar Dollar Trinkgeld in der Tasche, entschließe ich mich dazu, mir ein günstiges Eis zu gönnen. Als ich auf den Parkplatz des Supermarktes auffahre, halte ich nach Jennifers Wagen Ausschau. Ich bezweifele, dass sie heute wieder hier sein wird, aber ich fühle mich nicht wohl dabei, allein irgendwo hinzugehen. Ich habe mich in dieser Stadt noch nie so gefürchtet wie jetzt.

Selbst als meine Mutter mit all ihren drogenabhängigen Bekannten und Freunden abgehangen ist, habe ich mich sicher gefühlt – heute nicht. Jennifer und James werden die Sache nicht auf sich beruhen und mich nicht in Ruhe lassen. Dabei will ich doch gar nichts von ihnen, keinen Penny. Ich will sogar nicht, dass sie in die Nähe meines Babys kommen. James kann seine Rechte gerne abtreten oder was auch immer er tun muss, aber ich will nicht, dass er irgendeinen Anspruch auf mein Baby erhebt. Dieses Baby ist nämlich mein Baby.

In der Gewissheit, dass ihr Auto nicht auf dem Parkplatz steht, steige ich aus und gehe in den Laden. Ich brauche nur ein paar Minuten, um mein Schokoladen-Cookies-Eis zu holen, bis ich wieder ins Auto steige und nach Hause eile, bevor es wegschmilzt.

Als ich in meine Einfahrt abbiege, habe ich das Eis schon fast wieder vergessen. Der Mann, der vor meiner Haustür wartet, starrt mich mit seinen stechenden Augen an. Mein Herz beginnt bei seinem Anblick wie verrückt zu rasen.

***

Rylan

Ich halte keine weitere schlaflose Nacht aus. Wyatt hat gesagt, ich solle einfach meinen Kram zusammenpacken und heute zumindest schon teilweise bei ihr einziehen. Nachdem ich den ganzen Tag gearbeitet habe, habe ich meine Tasche gepackt und bin mit den wenigen Sachen, die ich besitze, zu ihr gefahren. Jetzt stehe ich vor ihrer Haustür und warte darauf, dass sie nach Hause kommt. Wyatt hat mich vor ein paar Minuten mit dem Versprechen hier abgesetzt, mich morgen früh zur Arbeit abzuholen.

Als ihr Auto auf die Einfahrt fährt, halte ich den Atem an. Ihre Augen blicken in meine, als sie den Wagen parkt. Sie bleibt noch ein paar Augenblicke im Auto sitzen, doch ich gehe nicht zu ihr hinüber. Ich warte. Sie wird schon zu mir kommen müssen.

Sie auf mich zukommen zu lassen, widerspricht meiner Natur, aber wenn es um Channing geht, tue ich das Gegenteil von dem, was ich normalerweise tun würde – zumindest bei dem ersten Mal. Danach werde ich mit ihr machen, was immer ich will. Beim ersten Mal muss sie jedoch zu mir kommen.

Sie steigt langsam aus dem Wagen und hält eine kleine Einkaufstüte in ihrer Hand. Ich grinse. Die Verpackung ist verräterisch. Ich weiß sofort, dass sie Eiscreme gekauft hat.

„Was machst du hier?", fragt sie im Flüsterton. Es ist einer der süßesten Laute, die ich je gehört habe. Ich frage mich, wie sie wohl klingt, wenn sie kommt.

„Ich habe letzte Nacht total beschissen geschlafen. Ich brauche meinen Schlaf, um arbeiten zu können. Also ziehe ich ein bisschen früher als geplant bei dir ein." Ich zucke mit den Schultern.

„Ein bisschen früher als geplant", wiederholt sie.

Sie schaut auf ihre Einkaufstüte, dann wieder hoch. Ihr Gesicht wird blass. Ich weiß, was sie denkt. Sie hat nicht genug Essen gekauft, aber verdammt noch mal, ich brauche nichts. Ich bin schon öfter hungrig zu Bett gegangen.

Ich warte darauf, dass sie die Treppe hinaufgeht und somit näher auf mich zu kommt. Ich strecke eine Hand aus, lege sie um ihre Taille und ziehe sie gegen meine Brust. „Mach dir keine Sorgen darum, wie du mich satt kriegen sollst, Süße. Am Freitag, wenn ich meinen Gehaltsscheck bekomme, gehen wir einkaufen und legen uns einen Vorrat an", raune ich und senke den Kopf.

Ich reibe mit meiner Nase gegen ihre und atme ihren Duft ein, weil ich so viel von ihr in mich aufnehmen will, wie ich nur kann. Sie wimmert, aber so leise, dass ich mich frage, ob es ihr überhaupt bewusst ist. Scheiße, ich will sie. Ich werde die Nacht nicht überleben, ohne zumindest einen Vorgeschmack von ihrer Süße bekommen zu haben.

„Ich schmelze", haucht sie.

Ich grinse und schließe für einen Moment die Augen. Ich weiß, dass sie von ihrem Eis spricht, aber mein Schwanz weiß das nicht. Mein Schwanz will ganz und gar mit ihrer Pussy verschmelzen, ausgequetscht und gemolken werden.

Fuck.

Ich zwinge mich dazu, einen Schritt zurückzutreten und lasse sie die Tür aufschließen und ins Haus gehen. Dann hebe ich meine Tasche auf, folge ihr, schließe die Tür und sperre sie ab. Sie geht in die Küche, doch ich zwinge mich dazu, ihr nicht zu folgen. Stattdessen stelle ich mein Zeug neben der Couch ab und schaue mich in ihrer Wohnung um.

„Ich habe nicht viel", sagt sie leise, als sie zurück im Wohnbereich ist.

„Besser als meine letzte Unterkunft, die von Wyatt

mal ausgeklammert." Ich zwinkere ihr zu.

„Wie bist du dort gelandet? Im Gefängnis, meine ich", will sie mit sanfter Stimme wissen.

Ich sehe zu Boden, atme tief ein und frage mich, wie viel ich ihr erzählen soll. Die ganze Geschichte scheint mir zu viel zu sein. Als ich meinen Blick wieder hebe, atme ich schwer aus. Ich werde ihr so viel erzählen, wie ich kann, ohne dass es zu viel wird. Ich will sie nicht wütend machen, zumindest rede ich mir das selbst ein. In Wahrheit will ich nicht, dass sie mich hasst, dass sie mich abstoßend oder widerwärtig findet – ich will nicht, dass sie mich so sieht, wie ich mich sehe.

„Ich bin betrunken Auto gefahren. Dabei bin ich mit meinem Auto in einen anderen Wagen reingecrasht, und der Fahrer ist gestorben. Fahrerin. Es war eine Frau", fluche ich.

Während ich die Worte laut ausspreche, verkrampft sich mein Magen. Ich beobachte sowohl Channing als auch die Art und Weise, wie sie auf mein Geständnis reagiert. Zuerst ist sie überrascht, dann offensichtlich enttäuscht. Ich warte auf die Abscheu, doch die kommt nicht. Stattdessen erkenne ich so etwas wie Traurigkeit, sogar Mitleid.

„Wenn das Mitleid in deinen Augen ist, dann will ich es nicht", schnauze ich sie an.

Ihre Lippen zucken und sie schüttelt den Kopf. „Kein Mitleid. Nur Traurigkeit. Wegen der Frau, ihrer Familie und dir", flüstert sie.

„Mir?"

Channing nickt. Sie hebt eine Hand und legt sie um mein Kinn. Mit dem Daumen fährt sie über meine Unterlippe und ich versuche, keine Reaktion auf ihre

Berührung zu zeigen, doch es klappt nicht. Mein ganzer Körper bebt, und mein Schwanz drückt sich gegen den Reißverschluss meiner Jeans und bettelt darum, befreit zu werden.

„Wegen dir", murmelt sie. Mit ihren großen blauen Augen sieht sie zu mir auf.

Ich schnappe nach ihrem Handgelenk, halte es fest und ziehe ihre Finger zwischen meine Lippen ein, sauge an ihnen und stöhne wegen ihres Geschmacks. Das stoppt keineswegs meinen Hunger. Im Gegenteil. Es bewirkt genau das Gegenteil. Als ich ihre Daumen wieder rauslasse, beuge ich mich vor. Ihre Lippen schweben nahe vor meinen, weshalb ich mich beherrschen muss, sie nicht einfach auf ihre zu pressen.

„Du brauchst kein Mitleid mit mir zu haben. Niemals. Ich hatte die fünf Jahre verdient, eigentlich sogar mehr, und ich sehe mich selbst als jemanden, der glimpflich davongekommen ist", brumme ich. Ihre Augen weiten und ihre Atmung beschleunigt sich. „Ich verdiene kein bisschen deiner Traurigkeit. Niemals."

Ich gebe ihr nicht die Chance etwas darauf zu erwidern, sondern nehme mir eine Antwort von ihr. Und das, obwohl ich mir selbst versprochen habe, es nicht zu tun. Ich küsse sie, koste so viel von ihr, wie ich kann. Sie stöhnt und das ist verdammt sexy. Ich lege meine Hand auf ihre Hüften, halte sie fest und ziehe sie gegen meine Brust. Ich nehme und nehme, und nehme verdammt noch mal alles von ihr.

Ich bin ein verfickter Egoist. Der egoistischste Mann auf diesem gottverdammten Planeten. Ich sollte das hier nicht tun, denn ich habe mir vorhin selbst geschworen, es nicht zu tun.

Aber die Sache ist die: Ich bin ein verdammter Lügner.

Das bin ich schon immer gewesen.

Und ich werde immer einer sein.

KAPITEL 9

Channing

Ich sollte ihn von mir stoßen. Ich sollte ihm sagen, dass er aufhören soll. Ich sollte eine ganze Menge Dinge tun. Aber ich unternehme nichts. Was ich stattdessen tue, ist, meine Handflächen gegen seine harte Brust zu pressen und noch lauter zu stöhnen. Rylans Finger greifen nach meinen Hüften und ich wünschte, sie würden tiefer oder höher wandern. Ich wünschte, sie würden über meinen ganzen Körper gleiten. Ich weiß, dass sich seine rauen, schwieligen Finger fantastisch auf meiner Haut anfühlen werden.

„Rylan", wimmere ich, nachdem er den Kuss langsam beendet hat. Er knabbert an meiner Unterlippe, als wolle er sich absolut nicht von mir trennen, und genau das will ich auch nicht. Niemals.

Er lacht. „Ich hätte das nicht tun sollen."

Ich lege meine Hände um seinen Bizeps, weil ich Angst davor habe, dass er vor mir wegläuft, dass er sich einfach umdreht und geht. Ich hätte nie gedacht, dass es möglich ist, einen Mann zu wollen, den ich überhaupt nicht kenne. Aber ich will ihn. Ich will ihn ganz und gar. Ich will ihn jetzt.

Ich sehe zu ihm auf und blinzele ein paar Mal, bevor ich einen lauten Seufzer ausstoße. „Ich sollte das hier auch nicht tun, aber trotzdem stehen wir hier. Geh nicht", bitte ich ihn.

Seine hellbraunen Augen blicken direkt in meine. Ich weiß nicht, was er in meinem Blick sieht, doch was immer es ist, veranlasst ihn zu nicken. Er trifft eine

Entscheidung, innerlich. Er spricht sie nicht aus, aber wie auch immer er sich entschieden hat, ich bin zu nervös, um ihn danach zu fragen. Ich schnappe nach Luft, als er sich zu mir herunterbeugt, sein Gesicht näher an meins bringt und mir in die Unterlippe beißt.

„Ich habe mir selbst versprochen, dich nicht anzurühren. Ich habe es mir sogar geschworen", informiert er mich.

„Aber?"

„Ich bin ein verdammter Lügner", erwidert er. „Ein gottverdammter Lügner." Er legt einen Arm um meine Oberschenkel, den anderen unter meinen Hintern, und hebt mich hoch.

Ohne ein weiteres Wort zu sprechen, halten wir den Blickkontakt, während er mich in mein Schlafzimmer trägt. Mein Herz rast. Es pocht so stark und schnell in meiner Brust, dass ich mir sicher bin, dass Rylan es schlagen hören kann. Wenn dem so ist, lässt er sich nichts anmerken. Seine Augen beobachten mich aufmerksam und werden mit jedem Schritt, den er sich bewegt, dunkler.

„Du kannst noch immer nein sagen. Das gefällt mir vielleicht nicht, aber ich werde es überleben", meint er. „Gerade so." Er grinst.

Ich nehme meine Hand von seinem Bizeps und schlinge meine Finger um seinen Nacken. Er wartet darauf, dass ich etwas erwidere. „Ich sollte dich nicht wollen", flüstere ich. Enttäuschung blitzt in seinen Augen auf. Ich lehne mich vor und streiche mit meinen Lippen über seine. „Aber ich will dich. Ich habe noch nie jemanden so begehrt wie dich", gebe ich schamlos zu.

Er lässt mich langsam herunter, mein ganzer Körper

gleitet an seiner Vorderseite entlang. Ich stöhne auf, als meine Brüste seine Brust berühren. Das Gefühl des Stoffs und der Druck auf meine Nippel lässt das Verlangen durch meinen ganzen Körper hindurchschießen.

„Ich will alles von dir haben, will dich besitzen", knurrt er, bevor er seine Lippen auf meine krachen lässt. Ich umklammere seinen Hals und reibe meine Brüste an seiner harten Brust, um irgendwie den Schmerz zu lindern.

Als er den Kuss beendet, wandern seine Lippen meinen Hals hinunter und verharren auf meinem Schlüsselbein.

„Nimm mich, Rylan. Nimm dir alles von mir. Bitte", flehe ich.

Er grinst und tritt einen Schritt zurück. „Du wirst es mir sagen, wenn ich dir wehtue. Ich werde dann sofort aufhören, das schwöre ich dir, Channing", verspricht er.

Ich nicke. Er ist süß. Schon jetzt ist er süßer als James es je gewesen ist. Was auch immer es bedeutet, dass er sich alles von mir nehmen will, er kann es haben. Ich gebe mich ihm bereitwillig hin und werde es vermutlich hinterher bereuen, aber im Moment würde ich ihm so ziemlich alles geben. So wie er mich ansieht, wie er mich fühlen lässt, kann er haben, was immer er will.

„Du wirst mir nicht wehtun."

Er zieht eine Augenbraue hoch und seine Lippen zucken. „Okay", raunt er. „Ab aufs Bett, Süße", befiehlt er.

Es ist ein leiser, heiserer Befehl. Seine Stimme ist gedämpft und seine Augen funkeln nur so vor Schamlosigkeit. Mein ganzer Körper zittert vor Erregung. Meine Nippel drücken sich noch fester gegen meinen BH. Langsam setze ich mich auf die Bettkante.

Rylan macht einen Schritt auf mich zu, dann noch einen. Ich spreize die Beine, da er immer weiter auf mich zukommt. Erst als seine Beine gegen meinen Schritt drücken und meine Schenkel weit gespreizt sind, bleibt er stehen. Er hebt eine Hand, legt sie mittig auf meine Brust und lässt sie dann ganz langsam nach unten gleiten, bis er sie auf meinem Bauch ruhen lässt.

Ich schaue zu ihm auf. Er konzentriert sich weiter auf meinen Bauch, seine Finger streicheln mich. Dann greift er an den Saum meines Oberteils und zieht es mir langsam über den Kopf. Anschließend legt er seine Hand wieder auf meinen Bauch.

Er bewegt sich nicht, scheint wie erstarrt und stiert mich an.

„Rylan?", frage ich nach ein paar Augenblicken des Schweigens. Was auch immer er denkt, ist für mich nicht zu deuten. Ich blicke in seine braunen Augen und warte darauf, dass er etwas sagt. Irgendetwas.

„Ich werde mich um dich kümmern, Channing. Um euch beide. Ich schwöre euch, ihr seid bei mir sicher", verspricht er.

Ich nicke. Ich weiß nicht, was ich darauf erwidern soll. In meiner Kehle hat sich ein fetter Kloß gebildet, weshalb ich nicht sprechen kann, selbst wenn ich es wollen würde. Er kniet sich hin, legt beide Hände um meine Beine und schließt sie. Ich schnappe nach Luft, als seine Finger den Knopf meiner Jeans finden und er ihn langsam öffnet. Dann schiebt er den Reißverschluss herunter. Bevor ich begreife, was sich da gerade abspielt, habe ich nur noch meinen BH und meinen Slip an. Er lässt seine Hände an den Außenseiten meiner Oberschenkel hinaufgleiten, um dann seine Finger in meinem Höschen einzuhaken.

„Heb den Hintern an, Süße", fordert er mich auf.

Wie automatisiert hebe ich meine Hüften für ihn an. Er zieht mir den Slip von den Beinen. So quälend langsam, dass ich mich frage, ob er alles so langsam angehen wird. Ich hoffe, er tut es. Es ist nämlich das sinnlichste Gefühl der Welt. James ist immer so schnell gewesen. Er hat mich hart und schnell gefickt und sich überhaupt nicht um mich gekümmert. Das hier ist so anders. So viel aufregender und erregender als alles andere, das ich je erlebt habe.

Rylan schiebt eine Hand zwischen meine Knie und übt etwas Druck aus. Ich öffne meine Beine für ihn. Röte überzieht meine Brust und legt sich auf meine Wangen. Er beendet den Blickkontakt und schaut stattdessen auf meine Pussy. Peinlich berührt versuche ich, meine Beine wieder zu schließen, doch das lässt er nicht zu.

„Niemand hat jemals … du bist viel zu nah dran", hauche ich.

Er schaut mir in die Augen. „Was heißt, noch nie?"

Ich zucke leicht zusammen. „Außer meinem Arzt hat mich noch nie jemand so gesehen. Also, da unten", flüstere ich.

Er runzelt die Stirn und rückt noch näher an mich heran. Ich halte den Atem an, als er seine Finger ganz langsam an den Innenseiten meiner Oberschenkel hinaufgleiten lässt. Als er meine Mitte erreicht, lasse ich den Atem mit einem langgezogenen Seufzer wieder entweichen. Sein Finger gleitet durch meine Spalte und umspielt meinen Kitzler.

„Rylan", wimmere ich.

Er beugt sich vor, und ich versuche erneut, meine Beine zu schließen, doch seine Schultern sind einfach zu breit. Plötzlich liegt sein Mund auf mir und ich stoße einen Schrei aus. Er lacht, woraufhin warme Luft über meinen Körper strömt und mich dazu veranlasst, zu stöhnen.

Automatisch öffne ich meine Beine noch etwas weiter. Ich brauche mehr von ihm. So viel mehr. Seine Zunge umkreist meine Klitoris, und ich keuche laut auf, als ich mich auf die Matratze zurückfallen lasse.

Ich schließe die Augen, drücke meinen Rücken durch und dränge mich seinem Gesicht entgegen. Er knurrt, seine Zähne kratzen an meiner Klit. Er saugt an ihr, seine Zunge schnalzt, und das ist das aufregendste Gefühl der Welt. So etwas habe ich noch nie gespürt. Der Rausch, der mich durchflutet, ist fast so schön wie sein Mund.

„Irgendetwas passiert", jammere ich und werfe meinen Kopf nach links und rechts. Er fühlt sich an, als würde ich jeden Moment einen Höhepunkt bekommen, aber noch nie hat sich dieser so mächtig angefühlt. Der Druck, der sich in mir aufbaut, ist stärker als alles, das ich je erlebt habe.

Er knurrt abermals, seine Zunge bearbeitet meine Klitoris. Dann schiebt er zusätzlich dazu noch zwei Finger in mich hinein. Er bewegt sie, bis mein ganzer Körper unkontrolliert zu beben beginnt. „Oh, Gott. Oh, *mein Gott*", schreie ich.

Rylan hört damit auf, meine Pussy zu lecken. Seine Finger ficken mich langsam, bis mein Körper wie ein nasser Sack zusammenfällt. „*Jesus*", flucht er gegen meine Haut, während seine Lippen meinen Körper hinaufwandern.

Ich spüre seinen Mund, meine Haut ist sich seines

Körpers hyperbewusst. Wie sich seine Kleidung anfühlt, wie seine Lippen mich schmecken. Die Art, wie seine Zunge Kreise auf meiner Haut malt. „Rylan", stöhne ich. Er feixt, dann ist sein Gewicht von mir verschwunden, genauso wie auch sein Mund.

Ich öffne die Augen und hebe den Kopf an. Er greift nach dem Saum seines Oberteils und zieht sich mit einer Hand das Shirt über den Kopf. Mir läuft das Wasser im Mund zusammen, als ich zum ersten Mal seine Brust sehe. Sie ist nicht nackt, nicht im Geringsten. Jeder Zentimeter seiner Haut ist mit überwiegend schwarzen Tattoos bedeckt. Einige dunkle Farben sind ebenfalls zu finden, doch fast alles ist schwarz oder grau schattiert. Sie sind atemberaubend.

Als seine Hose zu Boden fällt, wandert mein Blick sofort zu seinen Hüften. Ich vergesse, auf die Tinte zu achten, vor allem, als er seine Daumen in die enge Boxershorts schiebt und sie über seine Oberschenkel zieht.

Sein Schwanz springt sofort heraus. Er ist lang und dick. Ich frage mich, wie es sich wohl anfühlen wird, wenn er mich dehnt. Ob es wohl stechen und schmerzen wird? Wird er sich Zeit lassen oder ist er ungeduldig? Ich kann mich nicht entscheiden, welche Option ich mir wünsche. Will ich, dass er die Kontrolle behält, oder dass er sie verliert und zügellos ist?

Wir beobachten einander gegenseitig. Das einzige Geräusch im Raum sind unsere keuchenden Atemzüge. Ich möchte seine Berührungen überall auf meinem Körper spüren. Genauso, wie ich seinen Mund überall fühlen will. Ich wünsche mir, dass er mir tief in die Augen schaut. Zum ersten Mal in meinem Leben habe ich das Gefühl, dass dieser Mann mich eines Tages lieben könnte. Dass ich geliebt werden könnte, wirklich geliebt von einem anderen Menschen. Nicht manipuliert oder benutzt, sondern geliebt.

„Rylan?", frage ich.

Er lächelt. „Süße", keucht er, legt seine Hand um seinen Schwanz und streichelt ihn sanft. „Rutsch ein bisschen auf dem Bett zurück und lass mich mit rein."

Ich setze mich auf, greife hinter mich und öffne meinen BH, bevor ich ihn über meine Arme ziehe und auf den Boden werfe. Dann lehne ich mich zurück, halte meine Beine offen und bereit für ihn. Er kommt zwischen meine Schenkel und beugt sich über mich, wobei er darauf achtet, nicht gegen meinen Bauch zu drücken. Er stützt seine Unterarme und Ellenbogen auf dem Bett ab, um über mir zu schweben.

Rylan drückt seinen Schwanz gegen meine Mitte. Schweigend starren wir einander in die Augen. „Die Vereinbarung, die wir vor kurzem getroffen haben, ändert sich in der Sekunde, in der ich in dich eindringe, Channing", kündigt er an.

Ich hebe meine Hüften an und stöhne auf, als ich seinen Schwanz an meiner feuchten Mitte spüre. Er stöhnt, hat den Kiefer fest zusammengebissen und seine Augen leuchten auf als er auf mich herabsieht.

„Ich denke, mit dir stellen Veränderungen kein Problem dar. Ich kann aber nicht versprechen, dass es perfekt werden wird. Ich mache eine Menge durch, aber ich will es versuchen. Ich will es mit dir versuchen", lasse ich ihn wissen.

***

Ohne ein weiteres Wort, dringe ich langsam in Channings Körper ein. Dass das absolut falsch ist, weiß ich, da sie nicht in der richtigen Verfassung ist. Ich benutze sie. Ich weiß, dass ich das tue. Doch ich kann mich nicht zurückhalten. Ihr Geschmack ist unglaublich, ihre Muschi nicht von dieser gottverdammten Welt. Je tiefer ich in sie hineingleite, desto schuldiger fühle ich mich.

Ich schüttele den Kopf und versuche, die Schuldgefühle loszuwerden.

„O ja", zischt sie, als ich bis zur Wurzel in ihr stecke.

Ich ziehe mein Knie näher an ihren Arsch heran und schaue auf sie herab. Sie fühlt sich so verdammt eng um mich herum an. Ihre Hände legen sich auf meine Brust, ihre Nägel graben sich leicht in meine Haut. Ich stoße ein Zischen aus und kippe die Hüften, sodass mein Becken ihre empfindliche Klitoris stößt.

„Großartig", krächze ich.

Ich ziehe mich langsam aus ihr zurück und dringe wieder in sie ein. Dabei neige ich den Kopf, um jede Bewegung beobachten zu können. Es ist herrlich, denn ihre Schenkel zittern bei jedem Vorstoß meines Schwanzes. Ihr Atem stockt, und ich weiß, dass sie das Tempo nicht mehr lange aushalten wird. Und ehrlich gesagt, ich auch nicht.

„Mehr, bitte, mehr", bettelt sie, als ich kurz davor bin, die Kontrolle zu verlieren.

Ich schiebe eine Hand unter ihren Kopf und wickele meine Finger in ihre Haare. Die andere Hand lege ich zwischen unsere Körper, um mit dem Daumen ihre Klit zu massieren.

Erst als ich sie auf das vorbereitet habe, was jetzt kommt, ziehe ich mich aus ihr zurück und stoße wieder in ihre feuchte Hitze. Ich ficke sie, halte mich nicht zurück. Das Einzige, was ich nicht tue, ist, mein Gewicht auf ihren Bauch zu legen.

„Das ist zu viel", schreit sie, während sie mit ihren Hüften sowohl meinem Daumen als auch meinen Stößen entgegenkommt.

Ich grinse. „Das ist es nicht. Genieß es, Channing. Entspanne deinen Körper und nimm, was ich dir gebe."

Sie nickt, ihre Augen sind groß. Ich ficke sie härter, aber nicht schneller. Ich stoße tief in ihren wartenden, warmen Körper. Sie fühlt sich fantastisch an, und wenn ich die ganze Nacht durchhalten könnte, würde ich ihre süße Fotze auf gar keinen Fall verlassen. Ich höre ihr Knurren und erkenne, wie sich ihr Kiefer verkrampft. Sie ist so verdammt nah dran, was so gottverdammt schön anzusehen ist.

„Kämpf dagegen an, Süße. Fuck, es wird so gewaltig werden, wenn du loslässt", raune ich atemlos.

Ich spüre das Prickeln unten an meinem Rücken, das mich warnt, dass ich selbst kurz davorstehe, zu explodieren. Meine Eier ziehen sich zusammen, aber ich ändere weder das Tempo noch die Intensität. Ich stoße weiter in sie hinein, während mein Daumen ständig mit festen Kreisen ihre Klitoris reibt. Ich will einen zweiten Orgasmus. Ich will spüren, wie sie meinen Schwanz zusammendrückt, nicht nur meine Finger.

Sie keucht, ihr Körper verkrampft sich, und ich weiß, dass sie kurz davor ist, zu fallen. Ich spüre, wie ihre Muschi meinen Schwanz zerquetscht, während ihr ganzer Körper unter mir vibriert. Erst dann lasse ich los, stoße noch dreimal in sie hinein, ehe ich aufhöre und ihren Körper mit meiner Erlösung fülle.

„Fuck", fluche ich. Ihre Pussy pulsiert um meinen Schwanz herum und saugt jeden Tropfen aus ihm heraus.

Ich möchte gerne über ihr zusammenbrechen, doch ich tue es nicht. Mein Arm zittert, meine Finger ziehen fester an ihrem Haar, während wir stillschweigend daliegen. Bevor ich sie doch noch zerquetsche, rolle ich mich von ihr herunter auf den Rücken. Ich lege meinen Arm um sie und ziehe sie zu mir, sodass sie auf mir liegt.

Dabei gleitet mein Schwanz aus ihr raus, aber wenigstens sind ihre Titten noch gegen meine Brust gedrückt. Ich streichele mit den Fingerspitzen langsam von ihrem Rücken zu ihrem Hintern, bis ihr Körper völlig mit meinem verschmilzt.

„Das ändert alles", murmele ich.

Sie dreht den Kopf, ihre Augen blicken durch ihre dichten Wimpern in meine. „Ja?"

Ich nicke. „Ich werde sowas von verdammt beschissen bei diesem Scheiß sein. Ich hatte noch nie eine Frau, und jetzt habe ich so viel mehr als nur eine Frau. Ich bekomme ein Baby. Aber das ist mir scheißegal, ihr gehört mir. Ihr beide."

„Rylan", wispert sie.

Kopfschüttelnd bewege ich meine Hände ihre Wirbelsäule hinauf, lege eine in ihren Nacken und die andere an ihre Wange.

„So ist es. Ich glaube, dass alles, was passiert, einen bestimmten Grund hat, Channing. Ihr beide braucht mich, und glaub mir, wenn ich dir sage, dass ich euch beide genauso brauche, wenn nicht sogar noch mehr.“

Sie starrt mich an und öffnet ein paar Mal den Mund, bevor sie die Lippen wieder schließt und sie zusammenpresst. Sie nickt, anstatt zu sagen, was ihr durch den Kopf geht. Es spielt keine Rolle, sollte das ein Protest sein, kommt sie damit nicht durch. Sie gehört mir – sie gehören mir.

„Willst du ein Eis?“, frage ich feixend.

Ihre Augen verdunkeln sich bei der Erwähnung ihres Lieblingssnacks. Sie beißt sich auf die Unterlippe, woraufhin ich grinsen muss. „Ich habe zwar nicht viel im Haus, aber das, was ich da habe, kannst du gerne essen“, flüstert sie.

Ich drücke meine Finger fester in ihre Haut, meine Lippen zucken. „Du hast mich schon ausreichend gefüttert.“

Sie braucht eine Sekunde, doch dann keucht sie auf, als sie versteht, was ich meine.

„Rylan“, quietscht sie und ihr Gesicht wird feuerrot.

Ich hebe den Kopf an und küsse sie. „Süße, ich könnte allein von deiner Muschi leben. Sie ist das Beste, das ich je gekostet habe.“

Ich räume ihr gar nicht erst die Chance ein, meine Aussage zu widerlegen. Ich drehe sie auf den Rücken und klettere aus dem Bett. Während ich sie in ihrem Zimmer allein lasse, gehe ich in die Küche und hole ihr ein Eis aus dem Gefrierschrank. Mein Magen knurrt, doch ich ignoriere den Hunger.

Morgen früh werde ich mit Wyatt frühstücken gehen. Und am Freitag werde ich Unmengen an Lebensmitteln einkaufen. Channing und ich haben momentan vielleicht nicht viel, und vielleicht werden wir auch nie viel haben, aber sie wird nie hungern müssen – niemals. Und das Baby auch nicht. Nicht so, wie ich es als Kind musste. Channing und dieses Baby werden all das haben, was ich nie hatte. Und noch so viel mehr.

KAPITEL 10

Channing

„Ich hab's dir doch gesagt", ruft Lulamae, als ich das Diner betrete.

Ich erstarre, mein Blick trifft ihren und ich lächele. „Hast du", gebe ich achselzuckend zu.

„Und du siehst aus, als würde es dir nichts ausmachen, dass ich es dir doch gesagt habe. Das heißt, es war gut?", fragt sie.

Ich zucke mit den Schultern. „Möglicherweise. Ich werde es dir nicht verraten." Ich zwinkere.

Lula rollt mit den Augen, widmet ihre Aufmerksamkeit wieder der Kaffeekanne und brüht weitere Kannen für den morgendlichen Ansturm auf. „Es war also gut", murmelt sie vor sich hin.

Ich kichere, zum ersten Mal seit Jahren kichere ich. Ich fühle mich wie ein alberner Teenager. Rylan ist schuld. Er ist unglaublich. Ich weiß nicht, wie das passieren konnte, vor allem so schnell, aber das ist mir egal. Ich bin glücklich. Richtig glücklich.

Ich lege eine Hand auf meinen Bauch und seufze, bevor ich nach meinem Notizblock und einem Stift für den Tag suche. Nichts kann mich aus der Ruhe bringen, nicht heute und vielleicht sogar nie wieder. Ich weiß, dass meine Gedanken verrückt sind, aber heute glaube ich wirklich daran.

Gestern Abend hat mir Rylan Eis gebracht, und ich habe es im Bett neben ihm eingekuschelt verdrückt. Ich habe noch nie eine Nacht mit einem Mann verbracht und ich bin deswegen ein bisschen nervös gewesen. Ich habe ununterbrochen geplappert, doch er hat mich nicht unterbrochen oder mir gesagt, dass ich nervig bin. Er hat zugehört, oder zumindest nehme ich an, dass er mir zugehört hat, denn viel erzählt hat er nicht.

Die ganze Zeit über hat er mit meinen Haaren gespielt und das hat sich sinnlich und sexy, liebevoll und schön angefühlt. Es ist wie ein Traum gewesen. Hätte er mich nicht mit seinem Mund zwischen meinen Beinen geweckt, dann würde ich glauben, noch immer zu schlafen.

„Du bist das reinste Chaos. Wach auf, Mädchen, wir müssen arbeiten", meint Lulamae lachend, als sie an mir vorbeiläuft und mich mit ihrer Hüfte anstupst.

Meine Beine geraten ins Schwanken, ich richte mich auf und verdrehe die Augen. Sie hat nicht Unrecht, aber ich habe noch nie das Gefühl gehabt, auf einer Wolke zu schweben. So wie jetzt gerade. Rylan ist erstaunlich und beflügelnd zugleich. Sobald sich die Türen öffnen und die Leute ins Restaurant strömen, gibt es keinen Moment der Langeweile. Wir haben sofort super viel zu tun, und auch der Rest des Tages verläuft nicht wesentlich ruhiger.

Normalerweise herrscht zwischen der Frühstücks- und Mittagszeit eine Ruhephase, aber aus irgendeinem Grund ist das heute nicht der Fall. Ich schenke gerade an einem meiner Tische Wasser nach, als mir ein kalter Schauer über meinen Nacken läuft. Die Leute an meinem Tisch beginnen zu tuscheln, und da weiß ich, dass etwas im Busch ist.

Ich hätte es merken müssen. Diese Stadt ist so mikroskopisch klein. Avery hat mich schon im Umstandsmodengeschäft gesehen. Kein Wunder, dass heute so viele Leute hier sind. Sie wollen wissen, wer der Vater ist, und ich bin mir sicher, sie hegen einen

Verdacht.

Als ich mich umdrehe, mit meiner Karaffe in der Hand, weiß ich nicht, was ich erwarten soll. Mich trifft der Schlag, als ich James und seinen Bruder Jacob mitten im Diner stehen sehe. Sie haben die Arme vor der Brust verschränkt und sie starren mich an. Wenn die ganze Stadt noch nicht wusste, wer der Vater ist, so weiß sie es jetzt – dessen bin ich mir sicher.

„Einen Tisch für zwei?", frage ich und versuche, unberührt zu klingen.

James reckt das Kinn in die Luft. Ich muss nicht einmal zu Lulamae sehen, um zu wissen, dass sie alle Hände voll zu tun hat. In meinem Bereich hingegen gibt es noch zwei unbesetzte Tische. „Beide Tische wären frei. Wollt ihr was trinken?", frage ich und versuche, so lässig wie möglich zu klingen.

Sie ignorieren mich, eilen an mir vorbei zu einem der leeren Tische und nehmen Platz. Mir läuft es eiskalt den Rücken hinunter. Zum ersten Mal, seit ich James wiedersehe, fühle ich nichts weiter als Abscheu und Hass auf ihn. Ich will eigentlich überhaupt nichts für ihn empfinden, und doch fühle ich etwas.

Ich bin nicht mehr traurig, verärgert oder besorgt um ihn. Ich habe diese Emotionen hinter mir gelassen, jetzt bin ich stinksauer. Total und verdammt wütend. Auf ihn und die Art und Weise, wie er mich zwei Jahre lang behandelt hat. Niemand kann mir mein letztes High School Jahr wieder zurückgeben. Er hat meinen Lebensweg für immer verändert. Und obwohl ich weiß, dass zu einem Tango immer zwei Menschen gehören, ist er der Erwachsene gewesen. Nicht ich. Überhaupt nicht. Und dann ist da noch sein Bruder. Er ist genauso schlimm, wenn nicht sogar schlimmer als James. Vorausgesetzt, dass die Gerüchte über ihn wahr sind.

„Bereit zu bestellen?", frage ich, nachdem ich tief durchgeatmet und bis zehn gezählt habe.

„Burger, Pommes und Cola für uns beide", gibt James die Bestellung auf. Ich nicke, schreibe es auf und tue so, als ob ich mich wirklich auf die Aufgabe konzentriere, obwohl ich die Bestellung im Schlaf aufgeben könnte.

„Braucht ihr sonst noch etwas?", frage ich.

„Wäre eine Abtreibung zu viel verlangt?", zieht Jacob mich auf.

Ich lasse die Frage an mir abperlen, zumindest versuche ich es. „Eigentlich schon. Ist ein wenig menschlicher Anstand zu viel verlangt?" erwidere ich.

Er schnaubt, öffnet den Mund, beschließt aber dann, ihn wieder zuzumachen. Ich wünschte, er würde es nicht tun. Ich wünschte, er würde einfach sagen, was immer er zu sagen hat. Wie, wenn man ein Pflaster abreißt. Ich kann es ertragen, den kurzen Schmerz – irgendwie – und wenn nicht, gehe ich einfach zu den Toiletten und weine ein oder zwei Augenblicke lang.

„Genug", knurrt James. „Ich muss wissen, dass du die Klappe hältst, Channing."

Ich hebe eine Augenbraue. „Du bist an meinen Arbeitsplatz gekommen. Du bist bei mir zuhause aufgekreuzt, um es in meinem Vorgarten mit mir zu diskutieren. Deine Frau hat mich neulich im Supermarkt mit einem Einkaufswagen angefahren. Erkennst du ein Muster? Wenn du willst, dass die Stadt sich weiterhin das Maul zerreißt, dann mach ruhig weiter so, James. Sie tratschen, weil du deine Angelegenheiten wie immer offen zur Schau stellst. Ich habe zu niemandem ein Wort gesagt.“

James Augen verengen sich, ich habe jedoch nicht die Zeit, auf irgendeine halbherzige, schwachsinnige Antwort zu warten. Ich wende mich von ihm ab und gehe in die Küche, um seine und Jacobs Bestellung aufzugeben. Ich bin fast versucht, ihnen einen *speziellen Burger* zu servieren, aber ich behalte die Kontrolle, wenn auch nur knapp.

Ich ignoriere die beiden und ihre wütenden Blicke, bis ihr Essen fertig ist. Sobald ihre Teller bereit sind, bringe ich ihnen das Essen.

„Kann ich euch noch etwas bringen?“

„Verlass einfach die Stadt, Channing. Mach es dir leichter und geh“, sagt James.

Ich ziehe eine Augenbraue hoch und schaue mich um. Ungefähr zwanzig Augenpaare beobachten uns und warten darauf, dass es abgeht. Aber das ist mir egal, denn James ist derjenige, der sich lächerlich macht. Ich bin die Tochter einer drogenabhängigen Alkoholikerin. Ich bin zwanzig Jahre alt, arbeite in einem schmierigen Diner und bin schwanger, ohne dass sich der Vater um mich kümmert. Es ist James, der einen Ruf zu verlieren hat, der eine Karriere hat, die auf dem Spiel stehen könnte, wenn die Wahrheit ans Licht kommt – nicht ich.

„Du meinst, ich soll es dir leichter machen? Nein, ich glaube nicht, dass ich dir diesen Gefallen tue. Dies hier ist meine Heimatstadt. Ich werde hier mein Baby großziehen“, sage ich.

Ich sage es laut genug für die Leute, die versuchen, unser Gespräch zu belauschen. Ich weiß, dass sie mich verstanden haben, denn ich höre einige scharf einatmen. James sackt in einem Stuhl zusammen und versucht, sich kleiner zu machen. Es ist mir egal, wie er sich gerade fühlt, denn er hat sich das alles selbst zuzuschreiben.

Ich lege ihnen die Rechnung auf den Tisch und lasse die beiden Arschlöcher allein. Ich gehe in die Küche und atme tief ein, als die Tür hinter mir ins Schloss fällt. Um wieder herunterzukommen, lege ich meinen Kopf gegen die Wand und nehme mir einen Moment Zeit.

„Vielleicht solltest du in eine andere Stadt ziehen. Nicht, weil ich glaube, dass er recht hat, oder weil ich will, dass sein intakter Ruf nicht in den Schmutz gezogen wird. Ich möchte nur, dass du und das kleine Etwas, das du in dir trägst, in Sicherheit seid“, meint Clarence, der Koch.

Normalerweise ist er sehr schweigsam, weshalb ich mich wieder aufrichte. Meine Augen treffen seine. Er lächelt traurig, sein Blick wandert zu meinem Bauch und dann wieder hoch zu meinem Gesicht. „Beschütze das Kleine. Es ist für keinen von euch beiden gesund, es in einer Stadt aufwachsen zu lassen, in der ein Mann nebst seiner Familie lebt, die so viel Hass in sich tragen.“

Ich schlucke und nicke einmal. „Ich habe jemanden an meiner Seite, der mir hilft.“

Clarence grinst, zwinkert mir zu, schaut kurz nach seinen Burgern, dann wieder zu mir. „Rylan wird auch Schutz brauchen, Channing. Er hat einen ähnlichen Hintergrund wie du, aber irgendwo auf seinem Weg ist er ins Straucheln geraten und es ist hässlich geworden. Es wäre gar nicht so schlecht, in eine andere Kleinstadt in der Nähe zu ziehen. Warum ziehst du nicht nach Burnet? Oder vielleicht Lampasas? Denk bitte einmal darüber nach, Darling.“

Ich nicke und wende mich von ihm ab. Bevor ich

die Küche verlasse, bleibe ich kurz stehen und schaue zu ihm zurück. „Danke, Clarence. Ich werde heute mit Rylan sprechen." Ich schenke ihm ein zittriges Lächeln.

Er nickt einmal, dann kümmert er sich wieder um das Essen. Als ich die Küche verlassen habe, bin ich froh, dass sich das Lokal ein wenig geleert hat. Lulamae hebt ihre Hand, um mich zu fragen, ob es mir gut geht. Ich winke zurück und setze ein falsches Lächeln auf. Sie schüttelt den Kopf, ein Grinsen umspielt ihre Lippen. Sie weiß, dass ich ihr etwas vorzumachen versuche, und ich bin mir sicher, dass sie mir später einen Rat mit auf den Weg geben wird.

Der Rest des Tages verläuft ruhiger, und ich bin froh und dankbar dafür. Ich räume gerade den letzten Tisch des Tages ab, als ich mir plötzlich ein Lächeln nicht verkneifen kann. Morgen findet mein erster Arzttermin statt. Der Gedanke geht mir durch den Kopf und lässt mich seufzen.

Ich bin so aufgeregt. Ich hoffe, dass sie ein Ultraschallbild machen werden. Ein Bild von einem kleinen Klecks, den ich nicht wirklich verstehen oder deuten kann. Trotzdem möchte ich eins haben. Ich möchte dieses kleine Leben in meinem Körper sehen.

„Hier, du hast den ganzen Tag noch nichts gegessen", sagt Lulamae und setzt mir einen Teller mit einem Burger, Salat und Obst vor die Nase.

„Lula…", versuche ich zu protestieren.

„Werde bloß nicht frech."

Sie dreht sich um und geht. Ich setze mich ächzend hin und schäme mich nicht dafür, den Burger in die Hand zu nehmen und ihn innerhalb von fünf Minuten verputzt zu haben. Ich bin ausgehungerter, als es mir bewusst gewesen ist. Als ich fertig bin, gehe ich und zähle mein Trinkgeld.

Nachdem ich es zusammengezählt habe, bin ich mir sicher, dass ich ein Abendessen für Rylan und mich besorgen kann. Es muss etwas Billiges und Einfaches sein, aber wenigstens werden wir satt. Zum Glück ist morgen Freitag, und da werde nicht nur ich bezahlt, sondern auch er.

Auf dem Weg zum Supermarkt überlege ich, was ich ihm kochen könnte. Ich bin zwar keine besonders begnadete Köchin, aber ich bin mir sicher, dass ich etwas Essbares für uns beide zaubern kann. Allein der Gedanke, ihn zu bekochen, bringt mich zum Lächeln. Selbst der Besuch von James und Jacob hat mich nicht aus der Ruhe bringen können. Nicht, wenn ich den ganzen Tag über an Rylan denken muss.

***

Rylan

Wyatt fährt vor Channings Haus und parkt seinen Wagen. Wir sind heute sehr beschäftigt gewesen und haben nicht wirklich die Gelegenheit gefunden, miteinander zu quatschen. Ich merke ihm an, dass er definitiv etwas zu sagen hat. Ich mache keine Anstalten, auszusteigen, sondern lehne mich im Sitz zurück und warte.

Es ist völlig normal, dass Wyatt ein paar Augenblicke braucht, um seine Gedanken zu sortieren. Er ist noch nie jemand gewesen, der einfach mit der Tür ins Haus fällt. Auch nicht, als wir noch Kinder gewesen sind. „Bleibst du dabei, also bei ihr? Du weißt hoffentlich, dass du sie nicht einfach so verlassen kannst, oder?", fragt er.

Ich weiß, dass er über Sammi nachgedacht hat. Besonders nach ihrem Besuch und ihrer Abreise. Er hat darüber nachgedacht, was vor all den Jahren zwischen ihnen passiert ist.

„Ich bin dreißig Jahre alt und kein Kind mehr, Wy. Mir sind die Konsequenzen durchaus bewusst. Sie bekommt ein Baby, und vielleicht trägt dieses Baby eines Tages meinen Nachnamen. Ich bin voll dabei." Ich zucke mit den Schultern.

„Wie kannst du so etwas sagen? Du kennst sie nicht einmal wirklich. Du bist erst drei Wochen aus dem Knast raus, Cousin", entgegnet er und zeigt auf mich.

Ich nicke und hebe schmunzelnd mein Kinn. „Ja. Ich weiß, wie lange ich schon draußen bin", sage ich so klugscheißerisch, wie es auch klingen soll. „Wichtiger ist aber, dass sie mich braucht, dass sie mich brauchen, und verdammt … wenn sich das nicht gut anfühlt!?"

„Stell nur sicher, dass du es aus den richtigen Gründen tust. Ich möchte nicht, dass einer von euch irgendwann etwas bereut", meint er.

Mir ist klar, dass seine Bedenken alle mit seiner Vergangenheit zu tun haben. Verdammt, ich habe auch einen ganzen Berg an Reue vor mir herzuschieben. Doch er muss sie loslassen, sonst zerstören sie ihn und jede potenzielle Zukunft, die er mit einer anderen, wunderbaren Frau haben könnte.

„Channing ist etwas Besonderes. Ich bitte sie nicht, mich morgen zu heiraten, aber ich weiß sicher, dass wir eine Zukunft haben. Sie gehört mir, Wyatt. Sie ist für mich bestimmt."

Er drückt kurz meine Schulter und seufzt. „Ich weiß, ich mache mir bloß Sorgen um dich und auch um sie."

Ich nicke ihm zu und öffne die Tür. „Keine Sorge, ich schaffe das schon." Ich zwinkere ihm zu.

Er grinst und sagt, dass wir uns morgen früh wiedersehen. Ich nehme die Stufen, die zum Doppelhaus führen, und klopfe an die Haustür. Ich habe zwar einen eigenen Schlüssel, doch es fühlt sich noch nicht richtig an, ihn zu benutzen. Zugegeben, ich wohne hier und schlafe mit Channing in einem Bett, aber ich will erst sichergehen, dass sie sich mit mir wohlfühlt, bevor ich mich frei im Haus bewege.

Während ich darauf warte, dass sie öffnet, ziehe ich meine schmutzigen Arbeitsstiefel aus. Als sie es tut, blicke ich von meiner hockenden Stellung hoch und bin völlig geflasht davon, wie verdammt hübsch sie ist. Ich stehe auf, klemme mir die Stiefel unter den Arm und trete ein. Ich lasse sie neben der Tür fallen und schließe hinter mir ab.

„Rylan?", fragt sie.

Ich lege meine Hand um ihre Taille und ziehe sie an meine Brust. Ich senke den Kopf und presse meine Lippen für einen harten Kuss auf ihren Mund. Sofort stöhnt sie auf und schmilzt dahin. Sie bettet ihre Hände auf meiner Brust und neigt den Kopf leicht zur Seite, um mehr von mir zu bekommen.

Ich gleite mit der Zunge an ihren Lippen entlang und koste von ihr. Als sie ihren Mund öffnet, heißt sie mich mit einem Stöhnen willkommen. Ich packe mit meiner schmutzigen Hand ihren Arsch, drücke zu und genieße den Klang ihres Atems. Langsam beende ich den Kuss, nicht weil ich es will, sondern weil ich weiß, dass sie atmen muss.

„Das Essen ist fertig", wispert sie.

Ich hebe den Kopf und runzele die Stirn. „Ich habe

dir doch gesagt, dass ich bis morgen warten kann, Süße. Ich werde meinen Gehaltsscheck einlösen und Lebensmittel einkaufen. Bis dahin hat das mit dem Essen Zeit, das schwöre ich dir.“

Sie lächelt, und heilige Scheiße, mit ihren geschwollenen roten Lippen und den gesenkten Lidern, sieht sie wie ein wahrgewordener feuchter Traum aus. Ich möchte sie ins Schlafzimmer tragen und so lange ficken, bis sie meinen Namen schreit. Ich meine, ich werde es später auf jeden Fall tun, aber ich will es jetzt.

„Ich weiß, dass du das gesagt hast. Es gibt nichts Besonderes. Nur Tacos“, erwidert sie achselzuckend.

Ich streichele ihr mit einer Hand über die Wange. „Nichts Besonderes? Du hast mir Tacos gemacht?“

Sie nickt. „Ich war im Supermarkt. Es gibt nur Rindfleisch, frische Tortillas, Tomate, Bohnen und Reis, Rylan. Es ist wirklich nichts Ausgefallenes.“

Ich küsse sie ein weiteres Mal. „Es ist vielleicht nichts Besonderes, aber Süße, noch nie hat jemand für mich gekocht.“

„Was? Du meinst, keine feste Freundin?“, fragt sie und ihr Gesicht färbt sich dabei rosa.

Ich schüttele den Kopf. „Nein, Channing, niemand“, murmele ich.

„Und als du klein warst?“

Ich könnte ihr ein paar Horrorgeschichten erzählen, aber ihrem Gesichtsausdruck nach zu urteilen, hat sie selbst welche auf Lager. Eines Tages werden wir unsere Lebensgeschichten miteinander teilen, doch noch nicht heute. Nicht, wo es leckere Tacos gibt. Es wird vielleicht nicht mehr in diesem Jahr passieren, aber es wird passieren – eines Tages.

„Wyatts Mutter hat damals viel für mich getan. Sie

ist eine gute Frau, die sich um mich gekümmert hat, als meine Eltern es nicht taten. Sie hat mir Sandwiches gegeben, die ich in meinem Zimmer versteckt habe", lasse ich sie wissen.

„Ist Wyatts Mom deine Tante?"

Ich lasse meine Hand von ihrem Hintern weiter nach oben zu ihrem unteren Rücken gleiten, und führe sie in die Küche. „Ja, durch eine Heirat. Meine Mutter und Wyatts Vater sind Geschwister. Die gute Nachricht ist, dass Wyatts Dad nicht die gleiche miese Drogen- und Alkoholsucht hat, die meine Mom hatte. Wyatt hatte es viel besser als ich, und zum Glück war seine Mutter bereit, etwas davon mit mir zu teilen." Ich zucke mit den Schultern.

Channing setzt sich an den kleinen Tisch mir gegenüber. Als ich ihr in die Augen schaue, rechne ich damit, Traurigkeit und Mitleid in ihrem Blick zu sehen, aber dem ist nicht so. Alles, was ich sehe, ist Verständnis. Geradezu ein gottverdammtes, bildschönes Verständnis. Und das ist verdammt schön.

„Da freue ich mich aber für den kleinen Jungen Rylan." Sie lächelt.

Ich schüttele den Kopf und lächele sie ebenso an. „Ja, mir hat das auch gefallen", gebe ich zu.

Wir sprechen nicht mehr über unsere Vergangenheit. Stattdessen laden wir das Essen auf unsere Teller. Ich halte mich zurück, weil ich nicht zu viel essen will, damit sie noch ausreichend zu essen hat. Sie trägt ein Leben in sich, und ich werde es überleben, wenn ich nicht so viel in mich reinstopfe, bis ich satt bin.

Ich beobachte sie beim Essen und frage mich, ob ich jemals zuvor eine Frau beim Essen beobachtet habe. Wenn nicht, dann habe ich echt etwas verpasst.

Es ist sinnlich, sexy und geradezu erotisch. Wenn sie fertig ist, werde ich hart wie ein verdammter Stein sein. Wenn sie glaubt, dass sie diese Küche ohne mindestens zwei Orgasmen verlassen kann, dann hat sie ihren verdammten Verstand verloren.

KAPITEL 11

Channing

Ich spüre seinen Blick auf meinem Rücken, während ich das Geschirr abspüle. Ein Kribbeln jagt mir über den Rücken, während ich unsere Teller abwasche und abtrockne. Ich will seine Berührungen, sehne mich sogar danach. Ich habe den ganzen Tag an seinen Mund gedacht, an seinen Schwanz. Ich weiß nicht, wie lange ich es noch aushalte, bis ich mich nicht mehr zusammenreißen kann und ihn packe.

So habe ich mich noch nie zuvor gefühlt. Es ist neu und aufregend. Ich sollte ihn nicht so sehr wollen, wie ich es tue. Ich sollte ihn nicht wollen, da ich noch bis vor ein paar Tagen gedacht habe, in James verliebt zu sein. Nicht, wenn ich das Baby eines anderen Mannes in mir trage. Aber ich bin hier, er ist hier, und ich will ihn – jedes kleine bisschen von ihm – den Sträfling und den guten Mann.

Ich zucke zusammen, denn ich habe nicht erwartet, dass Rylan seine Hand auf meinen Bauch legt. Sein Mund berührt meinen Hals und ich kann das Stöhnen, das mir entweicht, nicht länger unterdrücken.

„Ry", hauche ich.

Er brummt gegen meinen Hals, seine Zunge leckt mich, um mich zu schmecken. Seine Finger tänzeln über meinen Bauch und öffnen in Windeseile den Knopf meiner Hose. Ich presse meine Lippen fest aufeinander, schiebe meinen Hintern etwas nach hinten und spüre seine Härte durch meine Jeans hindurch.

„Süße", knurrt er und zerrt an meinem Reißverschluss, bevor er mir die Hose und den Slip über die Beine schiebt.

Ich versteife mich, denn ich frage mich, ob er mich genauso ficken wird, wie James es getan hat. Trocken und schmerzhaft. Aber als seine Finger durch meine Spalte gleiten, verschwinden die negativen Gedanken wieder. Sanft fährt er mit seinen Fingern durch meine Mitte, fühlt die Nässe, die sich dort angesammelt hat, und gleitet weiter zu meinem Kitzler. Er spielt mit mir – er nimmt mich so, wie er es will, und ich liebe es.

„Fuck, du bist so feucht", murmelt er gegen meine Haut. Ich wimmere, nicke, bin ansonsten aber nicht dazu in der Lage, zu sprechen. „Heb diese göttlichen Hüften für mich an", befiehlt er mir.

Ich tue, was er verlangt, kippe sie und halte mich so fest am Rand des Waschbeckens fest, dass meine Knöchel weiß hervortreten. Er verschwindet, dann spüre ich etwas Warmes und Feuchtes an meiner Spalte, und es sind nicht seine Finger. Ich blicke nach unten und sehe Rylans Kopf zwischen meinen Beinen. Von hinten.

Seine Zunge flattert über meinen Kitzler, meine Beine zittern ohne Vorwarnung und ich kann mich nicht mehr beherrschen. Ich reibe mich an seinem Gesicht. Wahrscheinlich ist das wenig ladylike, aber im Moment ist mir das völlig egal. Alles, woran ich denken kann, ist sein Mund auf mir und wie fantastisch er sich anfühlt.

Ich kann meine Beine nicht weiter spreizen, und meine Bewegungen werden dank der Jeans, die um meine Knie liegt, behindert. Es ist sexy, es ist ein wenig schmutzig, und es ist verdammt heiß. Rylans

Hände greifen nach meinem Hintern und spreizen meine Pobacken, während er sich weiter intensiv um meine Klit kümmert.

„Ich bin so nah dran", keuche ich.

Meine Worte sind atemlos, und ich bin überrascht, dass ich überhaupt sprechen kann. Ich schließe die Augen, mein Kopf fällt nach vorne und ich schiebe meine Hüften noch weiter zurück. Rylan knurrt, bevor er mich noch schneller bearbeitet. Zuerst bekomme ich eine Gänsehaut, dann stoße ich einen langen Seufzer aus, als ich komme. Es ist keine Explosion, sondern eher eine süße Erleichterung.

Rylan bewegt sich zwischen meinen Schenkeln, aber ich kann nicht einmal versuchen, hinter mich zu schauen oder irgendetwas anderes zu tun, als einfach dort zu stehen. Meine Hände, die sich am Waschbecken festhalten, sind der einzige Grund, weshalb ich nicht wie ein nasser Sack zu Boden gehe. Dann spüre ich seine Wärme an meinem Rücken sowie seinen Schwanz zwischen meinen Beinen.

„Rylan", japse ich.

Er legt seine Hände auf meine. Dann löst er meinen Griff um das Waschbecken, verschränkt seine Finger mit meinen und wir halten uns gemeinsam fest. Seine Arme umschließen und beschützen mich. Ich hebe den Kopf und schaue zu ihm auf.

Seine braunen Augen sehen mich an, warm und sanft, so verdammt weich, dass ich mich frage, wie um alles in der Welt er Teil meines Lebens geworden ist. Dann bewegt er seine Hüften so langsam, als hätte er alle Zeit der Welt. Als er in mich eindringt, schiebe ich meinen Hintern nach hinten und nehme so viel von ihm in mir auf, wie ich nur kann. Sein Schwanz dehnt mich, aber ich bin darauf vorbereitet und sehne mich danach.

„Süße", wispert er, als er gänzlich in mir steckt. Seine Finger verschränken sich mit meinen, und eine Wärme durchströmt meinen Körper, wie ich sie noch nie zuvor gespürt habe. „Du fühlst dich so gut an", stöhnt er. „So süß, meine Frau."

Die Wärme wird intensiver, je mehr er sich bewegt. Ich will, dass er es mir härter und schneller macht, doch er behält die Kontrolle. Seinem Blick nach zu urteilen, will er es heute langsam. Seine Frau. Seine. Kein schmutziges Geheimnis. Keins, das er vor der Welt verstecken muss, für das er heruntergekommene Motelzimmer mietet, das er fickt und dann verlässt. Nein, ich gehöre ihm. Meine Augen schwimmen in Tränen und ich versuche, sie zurückzuhalten.

Er gleitet langsam in mich hinein und wieder heraus und liebt mich auf eine Weise, wie ich sie noch nie zuvor gespürt habe – von innen heraus. Seine Augen halten mit meinen Blickkontakt, sein Schwanz leistet ganze Arbeit und dehnt mich wieder und wieder. Ohne es bewusst zu merken, bebt mein Körper und sucht nach Erlösung. Aber ich komme leider nicht zum Höhepunkt, denn er bewegt sich viel zu langsam.

„Ich brauche mehr. Nur etwas, bitte", bettele ich regelrecht.

Er lächelt, nimmt meine Hand in seine und führt sie vom Spülbecken weg. Er schiebt unsere Hände zwischen meine Beine. Ich keuche auf, als er meine Finger gegen meinen Kitzler drückt.

„Rylan. Ich habe noch nie, nicht wirklich", stottere ich.

Er grinst, seine Augen werden noch eine Spur weicher. Sie sind so wunderschön, dass ich vergesse, dass unsere Hände zwischen meinen Beinen sind, während ich mich in seinem Blick verliere. Er bewegt seine Finger gegen meine Klitoris, und ich keuche laut auf.

„Komm für mich, Channing. Lass mich spüren, wie du meinen Schwanz melkst, Süße", wispert er.

Ich nicke, denn ich bin unfähig dazu, zu sprechen, während seine Finger gegen meine gepresst weiterhin meine Klit reiben. Schließlich hört er auf, sich zu bewegen und ich verliere mich in mir selbst darin, mich zu befriedigen. Er stöhnt, seine Augen halten meine gefangen. Mein Körper zittert, er bebt sogar, während ich mich immer schneller und schneller der Erlösung nähere.

„Komm, Channing", sagt er rau.

Ich wimmere, meine Hüften fangen bei jeder Berührung an zu zucken. Meine Augen fallen von ganz allein zu, und ich stoße einen Schrei aus, als ich endlich komme. Er knurrt und krümmt die Finger. Dann stößt er wieder zu. So lange, bis ich spüre, wie sein Schwanz noch mehr anschwillt und sich letztlich in mir entlädt. Ich lasse meinen Kopf auf seine Schulter fallen, meine Lippen finden seinen Hals und ich küsse ihn, während er seinen Orgasmus genießt.

„Fuck", flucht er. „Fuck, Süße."

***

Rylan

Ich bleibe so lange wie möglich tief in Channing. Ich sauge ihren Duft durch meine Nase ein und genieße, wie sie meinen Hals küsst. Ich zittere und koste es aus, wie sie sich anfühlt. Überall. Langsam, quälend langsam, ziehe ich mich aus ihr zurück und trete einen kleinen Schritt zurück, um sie loszulassen. Ich grinse, als ich bemerke, wie mein Sperma an der Innenseite ihres Oberschenkels herabrinnt.

Ich ziehe meine Hose wieder an und schließe den Reißverschluss. Dann helfe ich Channing dabei, sich die Hose ebenfalls wieder anzuziehen. Obwohl ich ein wenig enttäuscht bin, dass sie nun wieder verhüllt ist. Nächstes Mal will ich sie rund um die Uhr nackt haben. Beim Abwaschen, beim Kochen oder vielleicht nackt auf mich wartend in der Küche. Channing ist wirklich alles, was ich brauche.

„Danke für das Abendessen, Süße", murmele ich in ihrem Nacken und knabbere mit den Zähnen an ihrer Haut.

Sie dreht sich schnell zu mir um, legt ihre Hände auf meine Brust und lehnt ihren Kopf zurück. „Bekomme ich jedes Mal, wenn ich für dich koche, ein solches Dankeschön?" Ihre Lippen verziehen sich zu einem Lächeln.

Ich senke den Kopf und streiche mit meinen Lippen über ihre. „Wenn es das ist, was du willst, dann sollst du es bekommen." Ich drücke meine Lippen auf ihre, koste den Kuss aus und lasse dann meine Zunge tief in ihren Mund gleiten.

„Ja, das ist, was ich will", sagt sie schweratmend. Ich grinse, trete einen Schritt zurück und schaue aufs Waschbecken. Das Spülbecken ist leer, aber es stapelt sich eine Menge sauberes Geschirr daneben.

„Was immer du willst, du sollst es bekommen." Ich zucke mit den Schultern. „Hast du vielleicht ein Handtuch zum Abtrocknen für mich?"

Sie öffnet die Schublade neben sich und holt eins

heraus. „Du willst abtrocknen?", fragt sie und hört sich total erstaunt an.

Ich schnaufe. „Es ist doch nichts dabei, ein paar Teller abzutrocknen. Leg du dich auf die Couch oder so. Vielleicht kannst du dir ja einen Film ansehen?", schlage ich vor.

Sie starrt mich an. Ich frage sie nicht, warum sie so überrascht darüber ist, nur, weil ich ihr beim Aufräumen helfe und vorgeschlagen habe, sie solle sich einen Film anschauen. Sie hat so etwas noch nie erlebt, denn sie hatte noch keinen Partner. Gleiches gilt für mich. Auch für mich ist alles neu, und ich weiß, dass ich es irgendwann verkacken werde. Aber heute Abend und an jedem weiteren Abend, werde ich versuchen, ihr das Leben leichter, besser und glücklicher zu machen.

Channing hat das verdient. Verdammt, sie hat so viel mehr, so viel Besseres verdient. Ich werde versuchen, dass sie es nicht auf ganzer Linie bereut, mich in ihr Haus, in ihr Bett und in ihr Herz gelassen zu haben.

Sobald ich das Geschirr abgetrocknet habe, räume ich weg, was ich kann, weil ich mir nicht sicher bin, wohin der Großteil der Sachen gehört. Das saubere Geschirr, das ich nicht wegräumen kann, lasse ich einfach auf dem Tresen stehen. Anschließend mache ich mich auf den Weg ins Wohnzimmer. Channing liegt zusammengerollt auf dem Sofa und ist bereits völlig weggedämmert.

Lächelnd gehe ich zu ihr rüber, beuge mich langsam zu ihr herunter und schiebe meine Arme unter ihren Körper. Ich hebe sie hoch und trage sie ins Schlafzimmer. Sie kann morgen früh duschen, heute Abend ist sie zu erschöpft dafür. Sie braucht ihre Ruhe.

Vorsichtig lege ich sie auf dem Bett ab und beginne damit, sie auszuziehen. Ich überlege kurz, ob ich ihr einen Schlafanzug anziehen soll, entscheide mich dann aber dagegen, da dieser morgen früh, wenn ich zur Arbeit muss, nur im Weg sein wird.

Der Fick von heute Morgen ist nicht von dieser Welt gewesen und ich habe vor, ihn morgen früh zu wiederholen – genauer gesagt, will ich ihn jeden Tag wiederholen, bis zum Tag meines Todes. Channings Körper fühlt sich so unglaublich gut an. Ich ziehe das Laken über ihre nackten Brüste, beiße die Zähne zusammen und kämpfe dagegen an, dass mein Schwanz wieder hart wird.

Ich lasse sie allein und entscheide mich dazu, zu duschen. Ich hatte einen langen, schweißtreibenden Tag, gekrönt von einem fantastischen Fick. Es ist zwar erst acht Uhr abends, trotzdem bin ich mindestens genauso müde wie Channing. Ich brauche etwas Schlaf. Ich dusche schnell, seife mich ein, spüle meinen Körper ab und gehe anschließend in Gedanken durch, was ich morgen alles einkaufen will.

Als ich sauber bin, trockene ich mich mit Channings verdammt mädchenhaftem, hellgelben Handtuch ab und mache mich dann auf den Weg ins Bett. Ich verzichte auf Schlafklamotten und steige nackt ins Bett. Ich lege meinen Arm um ihre Taille und ziehe ihren Rücken gegen meine Vorderseite. Sie brummt im Schlaf und drückt sich noch etwas dichter an mich heran.

Ich schließe die Augen und inhaliere ihren Duft. Das ist es gewesen, was mir in meinem Leben gefehlt hat. Genau das hier. Bevor ich weggegangen bin, hätte ich mir nie vorstellen können, regelmäßig neben derselben Frau zu schlafen, oder überhaupt neben einer Frau. Ich habe viele Schlampen gefickt und bin dann gegangen. Ich habe es nur sehr selten überhaupt im Bett getrieben, geschweige denn neben einer von ihnen geschlafen.

Nun, da ich fünf Jahre lang ganz allein in einer kalten Zelle gepennt habe, weiß ich diesen Moment nur noch mehr zu schätzen. Ich mag vielleicht wie eine Pussy klingen, aber ich werde keine gottverdammte Sekunde von dem vergeuden, was Channing mir zu bieten hat. Ich werde es genießen, jede verdammte Minute, in der sie mir gehört.

So sehr ich mir auch wünsche, dass das mit uns ewig andauert, so weiß ich nicht, ob das realistisch ist. Bleibt überhaupt noch jemand mit einer Person den Rest seines Lebens zusammen? Würde sie mich überhaupt so lange ertragen?

Wyatt hat nicht Unrecht, wenn er sich um sie sorgt, denn er ist ein guter Kerl, der sich um eine gute Frau sorgt. Eigentlich sollte er meinen Platz einnehmen und sich um Channing und das Baby kümmern. Aber ich bin viel zu egoistisch, um das zuzulassen. Um zuzulassen, dass irgendein anderer mich ersetzt.

Ich ziehe sie ein wenig fester gegen meine Brust, schiebe mein Bein zwischen ihre Beine und lege meine Hand um eine ihrer vollen Titten. Ich drücke sie sanft, während ich Nässe auf meiner Haut spüre. Die Erinnerung an das, was wir vor einer Stunde miteinander erlebt haben, gibt mir das Gefühl von Sicherheit.

Ich weiß nicht, was die Zukunft bringen wird, ob sie mich am Ende hasst, wenn ihr auffällt, wie verdammt schlecht ich in Wahrheit bin. Wenn ihr klar wird, dass ich eine Frau wie sie getötet habe, eine zukünftige Mutter und ihr Kind. Aber im Moment werde ich jedes bisschen mit und von ihr aufsaugen und genießen und sie vor diesem Vollidioten James beschützen.

KAPITEL 12

Channing

Der Arzt reicht mir das kleine Schwarz-Weiß-Bild. Ein Baby. Es ist echt, wirklich echt. Es ist zu hundert Prozent bestätigt. Mit einem Herzschlag, der auf dem Bildschirm zu sehen ist und allem Drum und Dran. Ich werde bald Mutter sein. Ich kann nicht fassen, dass das wirklich passiert. Der positive Schwangerschaftstest, die morgendlichen Übelkeitsanfälle, die ich nicht ganz verstanden habe, die feste Rundung meines Bauches, all das hat sich noch nie so real angefühlt, wie dieses winzig kleine Foto.

„Wer ist der Vater des Kindes?", fragt die Sprechstundenhilfe.

Der Arzt ist gegangen und hat mir gesagt, ich soll einen Termin in vier Wochen vereinbaren. Ich starre die Sprechstundenhilfe an der Empfangstheke an, sie ist etwa zehn Jahre älter als ich, und ich weiß nicht, was ich ihr antworten soll. Soll ich ihr sagen, dass es keinen Vater gibt? Soll ich ihr sagen, dass Rylan der Vater ist? Die Chancen stehen nämlich gut, dass er mich durch jede Phase hindurch begleiten wird. Es sei denn, er haut ab.

Ich beschließe ins kalte Wasser zu springen und es ihr einfach zu sagen. „Rylan Lindsey." Sie erstarrt, ihr Blick trifft meinen und sie sieht aus, als wäre sie von einem Güterzug überrollt worden. „Kennen Sie ihn?"

Es würde mich nicht überraschen, denn sie sieht ungefähr so alt aus wie er. Sie ist hübsch, und ich glaube nicht, dass Rylan, in Bezug auf Frauen, ein

Kind von Traurigkeit gewesen ist. Sie blickt hinter sich zu der offenstehenden Tür und dann wieder zu mir.

„Ich kenne ihn von der Schule. Sie wissen, dass wir die Blutproben auf Drogen untersuchen“, sagt sie spöttisch. Ihr nunmehr blasses Gesicht gewinnt wieder an Farbe.

Ich blinzele. Unsicher, ob ich sie wirklich richtig verstanden habe. „Ich werfe nichts ein. Habe ich noch nie. Und Rylan auch nicht“, lasse ich sie wissen. Ich weiß es nicht sicher, aber er scheint sauber zu sein. Und ich habe genug Erfahrung im Umgang mit Süchtigen, um die Anzeichen deuten zu können.

„Noch nicht. Ist er nicht gerade aus dem Gefängnis entlassen worden?“, fragt sie und zieht die Augenbrauen hoch, während sie auf meinen Bauch und dann wieder zu mir schaut.

Ich nicke. „Ja, ist er. Nicht, dass es Sie etwas angehen würde oder irgendetwas mit meiner Schwangerschaft zu tun hätte“, schnauze ich.

Sie streckt eine Hand aus und legt sie um mein Handgelenk. „Passen Sie einfach auf sich auf. Sie wissen, dass er eine Frau auf dem Gewissen hat, oder?“

Ich senke den Kopf und schaue auf ihre Hand, die mich festhält. „Ja, ich weiß, warum er in den Knast musste. Im Gegensatz zu Ihnen werfe ich ihm das aber nicht vor oder verurteile ihn dafür. Ich bin nicht auf Drogen, er ist nicht auf Drogen, und ich wäre Ihnen dankbar, wenn Sie keine falschen Gerüchte über uns verbreiten würden.“

Sie grinst und lässt mein Handgelenk los. „Er hat Sie total geblendet. Komplett und total in die Irre geführt, Liebes.“

„Hat er nicht, aber danke für Ihre gehässige War-
nung.“

Ihre Augen weiten sich, bevor sich ihre Lippen zu
einem finsteren Lächeln verziehen. „Wir werden sehen.“

Ich ignoriere sie, drehe mich um und gehe. Ich ver-
staue das Ultraschallbild in meiner Handtasche und
verlasse die Arztpraxis.

Normalerweise arbeite ich freitags immer, aber für
diesen Termin habe ich beschlossen, mir den Tag
freizunehmen und dafür nächsten Dienstag zu arbeiten, obwohl ich dienstags immer freihabe. Da mir
nun ein ganzer freier Tag zur Verfügung steht, gehe
ich als Erstes zur Bank und löse meinen Gehaltsscheck ein.

Dann gehe ich, mit einem ganzen Batzen Bargeld in
der Tasche, zum Büro meines Vermieters und bezahle die Miete für den kommenden Monat. Manchmal
zahle ich sie wöchentlich, aber da Rylan mich jetzt
unterstützt, beschließe ich, ihm einen Vertrauensvor-
schuss zu gewähren.

Da ich jetzt nur noch ein paar Dollar übrig habe,
tanke ich und fahre zum Walmart. Ich mache mir
nicht die Mühe, einen Einkaufswagen zu holen, denn
ich habe sowieso nicht mehr so viel Geld übrig, um
etwas einzukaufen.

Ich gehe in den hinteren Teil des Ladens, zu den
Babysachen. Die Kleidung liegt ordentlich gefaltet
auf den Tischen oder hängt an Stangen. Mit zittrigen
Fingern schaue ich mir ein Preisschild an. Die Preise
hier sind viel besser als in der Boutique.

Zugegeben, es ist immer noch mehr, als ich zur
Verfügung habe, aber wenigstens scheinen die Sachen nicht unerschwinglich zu sein. Ich will nicht,

dass ich mein Kind nicht ausstatten kann, und weigere mich, James auf Unterhalt zu verklagen. Er hat es nicht verdient, dieses Baby kennenzulernen oder seinen Namen zu wissen.

Langsam schaue ich mir jedes einzelne, hübsche Kleidungsstück an, bevor ich mich in die Gänge mit den Dingen des täglichen Bedarfs begebe. Das ist der Punkt, an dem ich leicht überwältigt bin. Babys brauchen so viel. Es gibt Cremes und Puder, Windeln, Milchnahrung und Feuchttücher. Ich fühle mich verloren, während ich all die angebotenen Dinge anstarre.

„Du siehst verängstigt aus", sagt ein Mädchen zu mir.

Ich schaue zu ihr hinüber und stelle fest, dass sie ein Baby im Kinderwagen liegen hat. Ihr Wagen ist bis obenhin vollgepackt mit Babysachen.

„Das bin ich", gebe ich zu.

Sie lächelt. Sie sieht ein paar Jahre älter aus als ich, aber sie sieht zudem aus, als hätte sie die Lebenserfahrung einer Neunzigjährigen. Ich frage mich, ob ich auch jemals so aussehen oder ob ich immer völlig verängstigt und verloren wirken werde.

„Das war ich auch. Ehrlich gesagt, hätte ich nie damit gerechnet, dass ich diese ganze Mutter-Sache gewuppt bekomme. Aber jetzt bin ich hier." Sie zuckt mit den Schultern und lächelt.

Ich erwidere ihren Blick, obwohl ich das Gefühl habe, dass meine Lippen zittern. „Ich bin irgendwie ganz verloren", gebe ich zu.

Etwas Dunkles durchzieht ihre Züge und sie nickt. „Ja, ich weiß, Channing. *Ich auch.*" Sie dreht sich um und geht weg. Ich sehe ihr hinterher und bin zu schockiert, um nachzufragen, was sie damit gemeint hat. Doch dann durchfährt mich etwas Unangenehmes. Sie kannte meinen Namen. Sie wusste ihn.

Ich schaue mir keine Babysachen mehr an. Tatsächlich verlasse ich den Walmart ziemlich benommen. Ich sehe mich auf dem Parkplatz um und hoffe darauf, ihr noch einmal zu begegnen. Ich kenne sie zwar nicht aus der Schule, doch sie scheint wichtig zu sein. Ich kann es fühlen. Sie ist wie ich. Ist sie auch ein Mädchen, das James, oder jemand anderes, manipuliert und benutzt hat? Ich muss mehr über sie erfahren, ich muss wissen, dass ich nicht die Einzige bin, damit wir ihn vielleicht aufhalten können.

In meinem Auto sitzend, beobachte ich die nächste Stunde lang die Ausgänge. Sie kommt nicht aus dem Laden. Sie kann nicht mehr da drin sein, doch vielleicht ist sie es. Ich warte weitere dreißig Minuten. Dann starte ich den Motor.

Ich muss nach Hause. Rylan hat bald Feierabend, und er hat mich daran erinnert, dass wir heute Abend zusammen einkaufen gehen wollen. Ich will nicht zu spät kommen. Ich freue mich wahnsinnig, Zeit mit ihm zu verbringen. Ich habe ihn heute total vermisst.

Diese ganze Beziehungssache ist so aufregend und absolut neu für mich. Ich hätte nie gedacht, dass ich jemals so starke Gefühle empfinden könnte. Und doch bin ich hier und liebe es. Ich fahre nicht zu schnell, nehme aber trotzdem den kürzesten Weg nach Hause. Ich zittere förmlich vor Aufregung, als ich vor meinem Doppelhaus vorfahre.

Ein Blick auf die Uhr verrät mir, dass mir gerade noch genügend Zeit bleibt, mich frisch zu machen, bevor Rylan von der Arbeit nach Hause kommt. Unserem Zuhause. Ich schwebe auf Wolke sieben, wenn ich nur daran denke, dass ich ein Zuhause mit jemandem teile, der bei mir sein will. Der mich will. Jemand, der aufrichtig und frei ist. Jemand, der dazu in der Lage ist, mich und dieses Baby zu lieben.

Rylan verkörpert all das. Er will uns, er will diese Familie, und ich weiß, dass es dafür noch viel zu früh ist, aber ich spüre, dass er es wirklich ernst meint. Er braucht uns, genauso wie wir ihn brauchen. Ich glaube, dass wir zusammen ein wundervolles Leben haben werden. Ich kann es einfach fühlen.

„So, so, so, das macht also dieser nichtsnutzige Abschaum, seit er wieder raus ist. Er ist nicht einmal nach Hause gekommen, um seine Mama und seinen Vater zu besuchen. Er weiß nicht einmal, dass wir wieder zusammen sind", höre ich eine tiefe, raue Stimme sagen.

Als ich den Kopf anhebe, bemerke ich zwei Schatten vor der Haustür. Sie stoßen sich ab und gehen auf mich zu. Ich erstarre, halte den Atem an und beobachte die beiden. Der Mann ist groß, viel zu dünn, sein Haar ist dunkelbraun und seine Augen haben den gleichen Farbton wie die von Rylans. Die Frau hat Rylans dunkelblondes Haar, aber ihre Augen sind rauchblau und auch sie ist viel zu dürr. Sie sieht aus wie meine Mom. Wenn ich wüsste, wer mein Vater wäre, würde ich ihn mir genauso wie Rylans Dad vorstellen.

„Sie sind Rylans Eltern", murmele ich.

Die Frau grinst, doch der Mann sieht überrascht aus. „Hat er dir von uns erzählt?", fragt er.

Ich zucke mit den Schultern. „Ein wenig. Er hat mehr über Wyatts Eltern gesprochen", erwidere ich und meine Worte landen einen Volltreffer. Rylans Vater zuckt zusammen. Seine Mutter verzieht die Lippen zu einem noch hässlicheren Grinsen. Ich hätte nie gedacht, dass das möglich ist, doch die Frau vor mir altert in ihrer Wut direkt vor meinen Augen.

„Sich einmischende Arschlöcher, das waren sie", lässt sie mich wissen.

Ich reagiere nicht auf ihre offensichtlich schwachsinnige Aussage. Ich halte den Mund und frage mich, ob ich noch ausreichend Freiminuten auf meinem Prepaid-Handy habe, um Lulamae um Hilfe zu bitten. Sie wohnt nur ein paar Blocks weiter, und ich weiß, dass sie ein paar Schrotflinten im Haus hat, die sie jederzeit gerne gegen diese zwei Halbstarken einsetzen würde. Vor allem, da sie so begeistert gewesen ist, sie gegen meine eigene Mom einzusetzen.

„Soll ich Rylan ausrichten, dass Sie hier waren, wenn er von der Arbeit kommt?", frage ich.

Ich wundere mich, woher sie überhaupt wussten, wo er wohnt. Er ist zuerst bei Wyatt untergekommen, und lebt erst seit ein paar Tagen hier. Ich runzele die Stirn und frage mich, wie sie herausgefunden haben, wo er ist, und warum sie so plötzlich auf der Matte stehen, da er ja schon ein paar Wochen draußen ist.

„Arbeit", schnaubt seine Mutter. „Drogen verkaufen meinst du wohl."

Ihre Worte treffen mich. Sie ist hier, weil sie einen Schuss will. Das ist die einzige Erklärung. Rylan hat mir erzählt, dass sie sich nie um ihn gekümmert hat, aber ich wette, sie hat Drogen von ihm bekommen, als er gedealt hat. Daran habe ich keinen Zweifel. Meine Mutter würde mich auch um Drogen anbetteln, wenn ich diejenige wäre, die dealen würde.

„Nein, er hat einen Job. Er arbeitet mit Wyatt zusammen", erkläre ich ihnen.

Nun ist sein Vater derjenige, der lacht. „Vielleicht

für eine Minute. Bis er merkt, dass das Geld die harte Arbeit nicht wert ist. Dann wird er wieder auf der Straße leben. Ich habe da ein paar Angebote für ihn. Wir warten einfach hier, kleines Mädchen." Er zwinkert mir zu.

Sein Lächeln ist schief, ihm fehlen ein paar Zähne. Das macht mich traurig für ihn, denn ich kann mir vorstellen, dass er einmal gut ausgesehen hat. Ich kann verstehen, warum Lulamae sich damals zu ihm hingezogen gefühlt hat. Vor zwanzig Jahren oder vielleicht mehr. Er ist mal ein attraktiver Mann gewesen. Aber die Zeit hat es nicht gut mit Mister Lindsay gemeint. Sie ist überhaupt nicht gut zu ihm gewesen. Im Gegenteil, sie ist über ihn hinweggefegt und hat aus ihm ein Klappergestell aus Haut und Knochen gemacht.

Ich höre den Motor eines Lastwagens weiter unten in der Straße brummen und atme erleichtert auf. Rylan ist zu Hause, und Wyatt ist bei ihm, was bedeutet, dass sein Cousin da sein wird, um Rylan zu unterstützen, wo ich unweigerlich versagen würde. Ich kenne ihn noch nicht gut genug, um zu wissen, wie ich ihn unterstützen kann, wenn er seiner Familie gegenübersteht.

***

Rylan

„Was zur Hölle…" Wyatts Worte reißen ab. „Woher in drei Teufels Namen wissen die, wo du wohnst?"

Überrascht runzele ich die Stirn. Meine Eltern stehen mitten in Channings Vorgarten und unterhalten sich mit ihr. Wyatt gibt Gas, dann tritt er auf die

Bremse und parkt den Wagen.

„Ich habe keine Ahnung", erwidere ich, als er die Tür öffnet und hinter sich zuschlägt.

Ich folge ihm und wundere mich, warum er deutlich wütender als ich ist. Sollte ich nicht angepisst darüber sein, dass sie hier sind? Bin ich aber nicht. Verärgert? Sicher, aber nicht wütend. Wenn es um meine Eltern geht, empfinde ich eigentlich kaum etwas. Ich hasse sie nicht, aber ich mag sie auch nicht sonderlich. Sie sind einfach nur Leute, die in einem Wohnwagenpark am Rande der Stadt leben. Nicht mehr und nicht weniger.

„Was zum Teufel macht ihr hier?", blafft Wyatt, als ich auf die vier zugehe.

Ich gehe direkt zu Channing, lege meine Hand um ihre Taille und ziehe sie an meine Seite. Ich bin verdammt schmutzig, durchnässt von Schweiß und Dreck und auch mit Schlamm bedeckt, aber ich brauche sie, damit sie mich erdet. Ich runzele bei diesem Gedanken die Stirn. *Brauchen*. Ich brauche sie. Sie ist mein Rettungsanker, schon seit ich sie das erste Mal gesehen habe. Sie beruhigt mich auf eine Weise, wie ich sie noch nie zuvor erlebt habe.

„Rylan, lässt du etwa zu, dass dieser verzogene Rotzbengel so mit deiner Mama redet?", kreischt meine Mutter und schmollt dann.

Ich schnaube. „Ihr seid beide erwachsen. Lasst Wyatt in Ruhe. Er hat sich um mich gekümmert, obwohl er das nicht musste", sage ich. „Was wollt ihr hier?"

Ihr Blick wird bitterböse, jedoch nicht in meine Richtung, sondern in Wyatts. Sie hat immer geglaubt, Wyatt und seine Eltern hätten mich gegen sie aufgehetzt. Sie übernimmt keinerlei Verantwortung für ihre eigenen Taten, ihre eigenen Fehler. Es sind immer die anderen Schuld… nie sie.

„Du weißt, wieso wir hier sind", sagt mein Dad und kratzt sich am Hals. Ich schüttele den Kopf und ziehe Channing noch enger an meine Seite.

„Ich mache das nicht mehr, und ich habe nicht vor, wieder damit anzufangen", lasse ich ihn wissen.

Mein Vater lacht und fährt sich mit den Fingern durchs Haar. „Wenn wir nicht verzweifelt wären, dann wären wir nicht hier."

„Ich weiß nicht einmal, wie ihr mich gefunden habt, und das ist mir eigentlich auch scheißegal. Ihr seid hier nicht willkommen. Wenn ihr noch einmal hierherkommt, dann hetzte ich euch den Sheriff auf den Hals", erwidere ich.

Der Kopf meiner Mom fliegt hoch, mein Vater zuckt zusammen, Wyatt lacht. Channing steht still und regungslos neben mir, aber ich glaube nicht, dass ihr Schweigen etwas zu bedeuten hat. Sie kennt solche Situationen aus ihrem eigenen Leben. Wahrscheinlich harmonieren wir deshalb so gut. Weil wir beide versuchen, uns aus den Gräbern zu befreien, die unsere Eltern uns geschaufelt haben.

„Das würdest du nicht tun. Nicht mit deinem eigenen Fleisch und Blut", zischt Mom.

Ich lehne mich etwas vor und zeige mit dem Finger auf sie. „Lass es ruhig darauf ankommen, verdammt noch mal. Ich versuche, sauber zu bleiben. Ich habe einen Job und eine Frau. Ich habe Freunde, und ich habe endlich die Familie, die ich brauche. Was ich nicht will oder gebrauchen kann, sind zwei Junkies, die mir nachstellen. Verschwindet, bevor ich die Polizei rufe", verkünde ich hart.

Mein Vater schlingt seine Hand um das Handgelenk

meiner Mom und zerrt an ihr. „Nein, du wirst nicht lange clean bleiben. Schon bald wirst du mit uns im Rinnstein liegen. Ich kam hierher, weil du die besten Beziehungen hast. Ich habe fünf Jahre davon geträumt, endlich das gute Zeug auszuprobieren. Du bist mir etwas schuldig“, sagt sie.

Mein Vater zieht ihren mageren Körper die Straße hinunter, und ich öffne den Mund, um etwas zu sagen, doch Wyatt kommt mir zuvor.

„Rylan schuldet dir einen Scheiß. Du bist Abschaum. Du bist ein wertloser Junkie und er war immer so viel besser als ihr beide. Ihr habt nur versucht, ihn auf euer Niveau herunterzuziehen, aber selbst als er gedealt hat, als er selbst Drogen genommen hat, war er immer noch besser als ihr. Verschwindet, oder ihr müsst euch nicht nur mit dem Sheriff herumschlagen, sondern auch mit mir“, brüllt er.

Wenige Augenblicke später verschwinden meine Eltern um die Ecke. Ich starre auf einen keuchenden Wyatt. Sein Gesicht ist knallrot, und er ist stinksauer.

„Du weißt, dass du dich meinetwegen nicht so aufregen sollst. Sonst bekommst du noch einen Herzinfarkt“, sage ich.

Er dreht sich zu mir um und langsam schleicht sich wieder ein Lachen auf seine Lippen. „Scheiße. Du weißt, dass ich die zwei Ärsche nicht ausstehen kann.“

Ich lege meine Hand auf seine Schulter und ziehe ihn in eine kurze Umarmung. „Ich liebe dich, Cousin.“

„Ich dich auch, Ry. Und jetzt geh mit deiner Frau shoppen. Ich gehe morgen Abend aus, wenn ihr Lust habt, kommt doch mit. Das Wasser geht auf mich, Ry“, erwidert er.

Ich lasse ihn wissen, dass ich ihm eine Nachricht schicken werde. Er lässt uns allein im Vorgarten zurück. Channing steht an meiner Seite, ich bin äußerlich schmutzig und müde, aber innerlich so sauber wie schon lange nicht mehr. Mein gutes Leben, die Scheiße, die mich umgibt, und der Dreck meiner Eltern haben sich in Luft aufgelöst.

Ich senke meinen Kopf, presse meine Lippen auf Channings Scheitel, schließe meine Augen und atme ihren süßen Duft ein. O ja. Der verdammt beste Duft.

„Wie war dein Arzttermin, Süße?", frage ich sie.

„Duschen, dann einkaufen, dann erzähle ich dir alles." Sie lächelt.

Ich sauge den Anblick ihres wunderschönen Gesichts in mir auf und speichere es für einen anderen Tag in meinem Kopf ab. Einen Tag, an dem sie mich vielleicht nicht mehr so euphorisch und glücklich ansieht. Fuck. Dieses Mädchen. Sie ist die eine für mich. Ich kann es bis ins Mark spüren.

KAPITEL 13

Rylan

Channing zerbricht sich über jeden einzelnen Artikel, den sie in den Einkaufswagen legt, den Kopf. Sie hat eine Liste mit Zutaten, die sie die Woche über verarbeiten will, zusammengestellt, und rechnet die Preise der einzelnen Lebensmittel mit einem Taschenrechner zusammen. Ich bewundere ihre Vorgehensweise beim Einkaufen, deswegen dränge ich sie nicht und sage ihr auch nicht, dass sie etwas anders machen soll. Sie hat einen Plan, und ich will sehen, ob er aufgeht.

Ich stütze meine Unterarme auf dem Griff des Einkaufswagens ab und warte geduldig darauf, dass sie sich endlich für eine Packung Reis entscheidet. Mir ist völlig egal, welchen sie nimmt, denn ich werde ihn ja nicht kochen. Vom Kochen habe ich absolut keine Ahnung.

„Was meinst du?", fragt sie mich.

Ich runzele die Stirn. „Wozu?"

Sie lächelt und schüttelt den Kopf. „Ich habe gerade etwa fünf Minuten lang mit dir gesprochen."

Ich zucke mit den Schultern, da ich offensichtlich weggetreten gewesen bin und ihr keine Aufmerksamkeit geschenkt habe. Glücklicherweise scheint sie deswegen nicht angepisst zu sein. Das ist gut für mich, denn ich neige öfter dazu, einfach abzuschalten und mich in meinen Gedanken zu verlieren.

„Sorry, Süße", murmele ich.

Ihr Gesicht wird weicher und sie presst die Lippen aufeinander. „Ich wollte wissen, ob du lieber Hähnchenbrustfilet mit Reis oder gebratenes Hähnchen mit Reis möchtest."

„Bereitest du es selbst zu?"

Sie schaut auf die Verpackung und dann wieder zu mir. „Hähnchenbrust mit Reis und Brokkoli."

„Dann ist es genau das, was ich will", entgegne ich.

Es ist nicht das, was ich will, aber eigentlich ist es mir scheißegal, was sie kocht. Selbst Hotdogs von der Tanke zu essen ist besser als das, was ich im Knast vorgesetzt bekommen habe. Also ist es mir egal. Die Sache ist die, dass ich weiß, dass sie sich selbst unter Druck setzt, um mich glücklich zu machen. Das hat sie nicht nötig. Ich bin schon glücklich, wenn sie in meiner Nähe ist. Was immer sie auch kocht, es geht für mich in Ordnung. Ich werde essen, was sie mir vorsetzt.

Sie schüttelt den Kopf, denn offensichtlich glaubt sie mir nicht. Ich greife nach der Schachtel und nehme sie ihr vorsichtig aus der Hand.

„Süße, es ist mir ehrlich gesagt egal. Du kochst, ich esse. Was auch immer du willst, ich werde es essen. So lange ist nicht irgendein vegetarischer Tofu-Scheiß ist."

Channing runzelt die Stirn, dann öffnet sie den Mund, um etwas zu sagen, als jemand den Gang herunterkommt. Der Einkaufswagen der Frau streift Channings Bein und sie gibt einen kleinen Laut der Überraschung von sich.

„Hure", zischt die Frau.

Sie zieht schnell von dannen, und ich drehe mich um, um sie aufzuhalten und zu fragen, was zum Teufel hier los ist, als Channings Hand sich um meinen Unterarm schließt, um mich aufzuhalten. Ich schaue auf ihre kleine Hand hinunter, dann hebe ich langsam den Blick, um sie anzuschauen. Ihre Augen schwimmen in Tränen.

„Ignoriere sie einfach", wispert sie.

Ich knurre und schaue mich wieder um. Die Frau ist weg, wie ein verdammter Feigling ist die davon gelaufen. „Sie ignorieren? Du sagst das so, als wäre das etwas völlig Normales." Channing wird blass, und da weiß ich, dass es für sie genau so ist. „Ist das normal?"

Sie schaut noch immer auf den fast leeren Einkaufswagen, dann wieder hoch zu mir. „Du weißt, dass die Leute Dinge sagen werden. So sind sie einfach. Neulich waren James und sein Bruder im Diner und haben mir eine große Szene gemacht. Da waren Leute dabei, die nun offensichtlich tratschen."

Ich atme tief ein und wieder aus, bevor ich spreche. „Sie sollten ihre verfickten Fressen halten. Und das nächste Mal, wenn dieses elende Stück Scheiße auch nur dieselbe Luft wie du atmest, ruf den Sheriff. Das ist kein Scherz, Channing. Hetz ihm die Polizei auf den Hals."

Sie lässt meinen Arm los und dreht sich mit gesenktem Kopf von mir weg. Ich umrunde den Wagen, lege meine Hand um ihre Hüfte und drücke sie leicht. Dann bette ich mein Kinn auf ihre Schulter und drehe den Kopf leicht zur Seite, um meine Lippen auf ihren Hals drücken zu können.

„Niemand würde mir glauben, Rylan. Meine Mutter ist, wer sie ist, und außerdem war ich achtzehn, als wir zusammenkamen. Ich war zwei Jahre bereitwillig mit ihm zusammen. Er hat einen tadellosen Ruf. Er ist eine große Stütze seiner Gemeinde. Ich bin das, wie diese Frau mich genannt hat." Ihre Stimme ist kaum mehr als ein Flüstern, ihre Traurigkeit nimmt den ganzen Raum um uns herum ein.

„Das bist du nicht, Channing. Wage es ja nicht, auch nur eine Sekunde lang zu denken, dass du es bist", knurre ich gegen ihren Hals.

Sie umfasst meine Hand mit ihrer und drückt meine Finger, bevor sie mich loslässt. „Ich wusste, dass er verheiratet ist. Ich wusste, ich bin nur seine Geliebte. Ich wusste es, und habe immer weiter gemacht. Ich wusste es, und alles, woran ich denken konnte, war, dass ich es kaum erwarten kann, dass er sie verlässt und mit mir zusammen kommt."

„Dir war aber klar, dass er sie nie verlassen würde, oder?", frage ich sie.

Channing legt ihren Kopf in den Nacken. Ihre Augen sind von einer solchen Traurigkeit erfüllt, einer so überwältigenden Schwermut, dass ich mir nichts sehnlicher wünsche, als zu James Bridges´ Haus zu fahren und ihm die Scheiße aus dem Leib zu prügeln – und das wieder und wieder.

„Ich wusste es. Tief in meinem Inneren habe ich es immer gewusst, aber es wurde mir erst kürzlich deutlich vor Augen geführt."

Ich streichele über ihre Wange. Meine Augen suchen ihren Blick und ich spüre ihr Bedauern bis tief in meine Seele. Auch ich trage Bedauern in mir, tiefes Bedauern. Sie wird darüber hinwegkommen, die Leute werden es wieder vergessen. Irgendwann. Sie wird weitermachen und eines Tages glücklich sein. Wahrscheinlich nicht mit mir, aber sie wird glücklich sein. Ich werde ihr dabei helfen, und wenn sie dazu bereit ist, das Stück Scheiße, das ich nun mal bin, hinter sich zu lassen, dann werde ich sie mit einem Lächeln gehen lassen.

„Worte sind genau das, Channing. Sie sind nur

Worte. Nur weil sie benutzt werden, um einen Menschen zu beschreiben, heißt das nicht, dass sie uns definieren", lasse ich sie wissen.

Sie schüttelt den Kopf. Offensichtlich hört sie mir nicht richtig zu oder sie will es nicht. Sie ist zu sehr in ihrer eigenen Abscheu vor ihrer Situation gefangen. „Sie definieren mich aber, Rylan. Worte beschreiben und definieren die Person, zu der ich mich habe machen lassen", flüstert sie.

Ich kann nicht glauben, dass wir dieses Gespräch in einem verdammten Supermarkt führen, aber hier sind wir. Ich senke den Kopf und fange ihren Blick ein, halte ihn fest und weigere mich, wegzusehen. „Ich bin ein Ex-Knacki, ich bin ein Krimineller, ich bin schuldig und ein Mörder. Für manche bin ich böse und verdiene es, in einer Zelle zu verrotten. Sind das die Worte, mit denen du mich definieren würdest? Den Mann, der mit dir das Bett teilt?", fordere ich mit rauer Stimme und etwas lauter als beabsichtigt von ihr zu wissen.

„Auf gar keinen Fall. Du bist der beste Mann, den ich kenne", flüstert sie.

Ich senke meinen Kopf, drücke meine Lippen auf ihre und küsse sie sanft. Sie seufzt und ihr Körper schmilzt ein wenig in meinen Armen. „Und du bist die beste Frau, die ich kenne, Channing", raune ich gegen ihre Lippen. „Die netteste, selbstloseste, sexieste und süßeste Frau, die ich kenne. Das sind die Worte, die ich wähle, um dich zu definieren. Nicht die, die irgendeine besserwisserische Fotze benutzt hat. Deren Meinung bedeutet mir einen Scheißdreck."

Sie nickt, obwohl ich mir nicht sicher bin, ob sie mir glaubt. Doch das wird sie. Eines Tages wird sie mir glauben. Sie wird einsehen, dass sie nicht die Person ist, die diese engstirnigen Schlampen aus ihr machen wollen. Sie wird merken, dass sie nur ein Mädchen ist, das manipuliert wurde.

Er hat sie ins Visier genommen. Er kannte ihre Hintergrundgeschichte und wusste, dass sie sich durch seine Aufmerksamkeit besser fühlen würde. Das ist es, was sie tun. Missbrauchstäter, Pädophile, verdammte Arschlöcher. Egal, als was man sie definiert, das ist es, was sie tun. Channing ist unschuldig, im Gegensatz zu mir. Sie verdient es nicht, dass die Leute sie abstempeln und ihr bescheuerte Ausdrücke ins Gesicht schleudern.

Wir beenden den Einkauf. Channing prüft nicht mehr so oft die Preise und scheint nur noch die Heimfahrt hinter sich bringen zu wollen. Ich bleibe stumm. Ich möchte sie mit nach Hause nehmen, sie in unserem eigenen kleinen Ort der Abgeschiedenheit behüten und ihr zeigen, wie viel sie mir bedeutet. Ich möchte, dass sie alles andere auf der Welt vergisst.

***

Channing

Nachdem wir die Lebensmittel ausgeladen haben, stehe ich vor der offenen Kühlschranktür und starre den Inhalt an. Meine Vorratsschränke und mein Kühlschrank sind in meinem ganzen Leben noch nie so voll gewesen. Niemals. Rylan hat das möglich gemacht. Ohne ihn würde ich mich weiterhin von Mahlzeit zu Mahlzeit hangeln und darauf hoffen, dass ich noch genug Geld für ein Abendessen für den nächsten Tag habe.

„Machst du heute Abend Pizza?", fragt er.

Er sitzt an dem kleinen Tisch und hat ein Lächeln auf den Lippen. Wir haben eine Aufbackpizza mit frischen Zutaten mitgenommen. Sie ist fast doppelt so groß wie eine Fünf-Dollar Pizza und kostet nur einen Bruchteil davon. Es ist ein Schnäppchen, und sie sieht so gut aus, dass mir das Wasser im Mund zusammenläuft. Ich möchte fast noch ein bisschen warten, denn ich habe Angst, sie zu früh zu essen. Ich will die Vorfreude darauf lieber noch ein wenig genießen, aber Rylans Gesichtsausdruck verrät mir, dass es genau das ist, was er heute Abend essen möchte.

„Sicher." Ich lächele.

Ich nehme die Pizza aus dem Kühlschrank und lege sie auf der Arbeitsplatte aus, ehe ich den Ofen vorheize. „War alles in Ordnung beim Arzt? Ich wünschte, ich hätte dich begleiten können. Aber bei meinem Terminkalender werde ich das wohl nie können", meint Rylan.

Ich wende mich der Pizza zu und entferne die Plastikverpackung. Mit einem Nicken beginne ich zu sprechen und behalte die Information über das Foto für mich. Zumindest so lange, bis ich es aus meiner Handtasche holen kann. Ich erzähle ihm fast alles, was ich beim Arzt gemacht habe. Er muss jedoch nicht wissen, dass ich in einen Becher pinkeln musste. Aber ich verrate ihm, welche Empfehlungen mir der Doktor gegeben hat und welche Lebensmittel ich meiden soll. Nicht, dass ich in nächster Zeit auf den Geschmack von Schwertfisch kommen werde.

Sobald die Pizza im Ofen ist, hole ich meine Handtasche und nehme das kleine Bildchen heraus. Ich drücke es an meine Brust und gehe zu Rylan herüber.

Er sieht mich an, den Kopf zur Seite geneigt und mit einem neugierigen Geschichtsausdruck. Ich kann es ihm nicht verdenken, denn ich habe ein so breites Lächeln auf den Lippen, das ich es nicht vor ihm verbergen könnte, selbst wenn ich wollte.

„Weißt du, dass sie einen Ultraschall gemacht haben?", frage ich ihn.

Er antwortet nicht, sondern schüttelt lediglich den Kopf. Ich lege das Bild auf den Tisch und schiebe es zu ihm herüber.

Ich beobachte, wie er es betrachtet, und seine Finger bloß die Ecke des fadenscheinigen Papiers berühren.

„Wo ist denn das Baby?", will er wissen und klingt fast ein wenig entsetzt.

Ich beuge mich vor und deute auf den kleinen Klecks. „Das ist der Kopf, und das der Körper. Diese kleinen Dinger, die herausragen, sind die Arme und Beine, die sich gerade noch entwickeln", erkläre ich ihm und zeige es ihm genauso, wie der Arzt es mir gezeigt hat.

Er reagiert nicht sofort, seine Augen sind völlig auf das Bild vor ihm fokussiert. Ich frage mich, ob es noch zu früh ist. Das mit uns, hat sich so schnell entwickelt. Vielleicht ist es zu viel für ihn, es zu sehen – zu real. Es hat sich selbst für mich wie ein schwerer Schlag angefühlt, aber jetzt ist es meine Realität. In mir wächst ein menschliches Leben heran.

„Wow", keucht er. „Komm her."

Ich rücke näher an ihn heran. Rylan greift nach meinen Hüften und zieht mich zwischen seine Beine. Ohne ein Wort zu sagen, schiebt er mein Shirt am Bauch etwas hoch. Ich warte ab, unsicher, was ich tun soll. Ich fahre mit meinen Fingern durch seine Haare.

Er legt den Kopf in den Nacken und starrt mir in die Augen. Ich schmelze sofort dahin, als ich seinen Gesichtsausdruck sehe. Seine Augen sind ein wenig glasig, sein Mund leicht vor Ehrfurcht geöffnet, und sein Gesicht ist so entspannt und weich, dass ich mich in diesem Moment noch mehr zu ihm hingezogen fühle.

„Das gehört uns", murmelt er. „Ich weiß, dass es nicht meins ist, aber irgendwie ist es das schon. Es ist wunderschön, Channing. Du bist wunderschön."

„Wie kannst du nur immer so süß sein?", frage ich.

Er grinst. „Ich bin nicht süß. Außer vielleicht zu dir."

Lächelnd senke ich meinen Kopf und küsse ihn. „Ich glaube nicht, dass das wahr ist. Dein Cousin liebt dich, und du warst wesentlich netter zu deinen Eltern, als du musstest."

Er grinst wieder, diesmal gegen meinen Mund, woraufhin ich meine Schenkel zusammenpresse. Seine Hände umklammern meine Hüften, und er zieht mich so weit nach unten, bis mein Hintern auf seinem Bein landet. Eine seiner Hände lässt meine Hüfte los und gleitet meine Wirbelsäule hinauf, um in meine Haare zu greifen. Er zieht daran und neigt meinen Kopf. Ich wimmere, als sein Mund auf meinen trifft.

Seine Zunge füllt mich aus, schmeckt mich. Ich erlaube ihm, ihn mich einzutauchen, mich zu nehmen – alles von mir. Er hat recht. Dieses Baby ist seins, ich bin seins – wir sind seins. Ich lege meine Arme um seine Schultern und schmiege mich enger an ihn. Er stöhnt auf, als gleichzeitig der Timer des Backofens klingelt.

Langsam stehe ich auf und gehe auf wackeligen Beinen zum Ofen. Ich bücke mich, hole die Pizza heraus und lege sie auf ein Schneidebrett, bevor ich sie zum Tisch bringe. Rylan verfolgt jede meiner Bewegungen.

Als ich mit den Tellern und dem Pizzamesser wieder bei ihm bin, lächelt er. Er nimmt mir den Pizzaschneider ab und zerteilt die Pizza in perfekte Stücke. Er gibt vier davon auf meinen Teller, fünf auf seinen.

„Ich kann das nicht alles essen", sage ich.

Er schnaubt. „Ich wette, dass du es kannst, Süße. Gib unserem Baby etwas zu essen." Er zwinkert mir zu.

„Der Arzt hat gesagt, dass der weitverbreite Mythos, für zwei essen zu müssen, ein Ammenmärchen ist. Er sagte, ich solle so essen, wie ich es normalerweise tue, und es nicht übertreiben", halte ich dagegen.

Ohne darauf einzugehen, schnappt Rylan sich über den Tisch hinweg eins meiner Stücke und hält es mir vor den Mund. „Beiß zu."

Ich öffne meinen Mund und probiere einen Bissen. Er lächelt und beißt selbst ab. Er füttert mich. So esse ich jeden Krümmel meines Tellers auf. Es ist sexy, intim und geradezu orgasmisch. Ich habe ihn noch nie so begehrt, wie in diesem Moment. Als ich mit dem Essen fertig bin, bin ich bereit, ihn zu vernaschen.

„Lass uns ins Bett gehen." Er grinst mich an, seine Augen verdunkeln sich.

Ich stehe auf, säubere mir meine Hände mit einem Papiertuch, das ich als Serviette benutze, und nehme die Teller, um sie abzuräumen. Rylan legt seine Hände um meine Handgelenke. „Gönn dir eine Dusche oder nimm ein Bad. Was auch immer du willst. Ich räume hier auf“, meint er.

„Echt?“, hake ich nach.

Grinsend schüttelt er den Kopf. „Ja, Süße, wirklich.“

Ich lasse ihn in der Küche zurück und gehe ins Schlafzimmer. Wird so der Rest meines Lebens verlaufen? Kann das wirklich sein? Ich habe das Gefühl, dass jeden Moment eine Bombe platzt. Als ob das alles nur ein Traum ist. Und doch ist es wahr. Zugegeben, Rylan ist nicht perfekt, aber das bin ich auch nicht.

Ein Mann bietet mir an, mir zu helfen, mit mir ein Baby großzuziehen, das nicht von ihm ist. Solche Männer findet man nicht jeden Tag. Er ist etwas Besonderes. Wunderschön und besonders. Ich fühle mich wie das glücklichste Mädchen der Welt, und jedes Mal, wenn mich das Gefühl beschleicht, dass etwas Schlimmes passieren wird, versuche ich es zu unterdrücken, weil dieses Gute, das mir aktuell widerfährt, alles übertrifft, was ich je für möglich gehalten habe.

KAPITEL 14

Ich stehe draußen auf der Veranda. Die warme texanische Brise weht mir um die Nase und signalisiert mir, dass das Wetter umschlagen wird. Wir haben hier so gut wie nie einen Winter, doch wenn er mal über uns hereinbricht, dann kann es echt bitter werden. Ich frage mich, ob wir wohl etwas von dem Hurrikan zu spüren bekommen, der sich im Golf zusammengebraut hat.

Wir sind weit genug vom Meer entfernt, um nicht evakuiert werden zu müssen oder übermäßig besorgt zu sein, wenn ein Hurrikan wütet. Aber wir sind nah genug dran, um Starkregen abzubekommen, der in einigen Gebieten zu Überschwemmungen führen kann. Mein Telefon klingelt. Ich hole es aus der Tasche und runzele die Stirn, als ich sehe, dass Wyatt anruft. Wir treffen uns in einer halben Stunde mit ihm. Was ist so wichtig, dass es bis dahin nicht warten kann?

„Hallo?"

„Hey, ich wollte dir nur sagen, dass wir auf Abruf bereitstehen müssen", meint er.

„Auf Abruf?"

Er lacht. „Ja, wenn dieser Hurrikan über uns hinwegfegt und das tut, was sie voraussagen, dann werden sie uns am Golf brauchen, um die Stromversorgen wieder sicherzustellen", erklärt er mir.

Ich räuspere mich und fahre mir mit der freien Hand durch die Haare. „Ich hätte nicht gedacht, dass ihr mich mitnehmt", murmele ich.

„Der Sturm soll uns erst am Montag treffen, also werden wir wahrscheinlich am Dienstag oder Mittwoch aufbrechen. Das heißt, du brauchst deinen Führerschein bis Montag zurück. Meinst du, du schaffst die Prüfung?“

Ich schlucke. „Jepp, wahrscheinlich.“

„Das wird doch kein Problem werden, oder?“, fragt er.

Lachend schüttele ich den Kopf, obwohl er es nicht sehen kann. „Nein, es wird kein Problem geben, Wyatt. Ich habe den vom Gericht angeordneten Entzug im Knast gemacht. Ich habe meine Strafe voll abgesessen, also habe ich auch keine Bewährungsauflagen oder Ähnliches. Mir geht es gut, Cousin.“

„Okay. Ich wollte dir eigentlich auch nur sagen, dass wir während des Bereitschaftsdienstes nichts trinken dürfen. Also wird das eine alkoholfreie Nacht für uns.“

Ich höre, wie sich die Tür hinter mir schließt, und drehe mich um. Channing ist auf die Veranda gekommen. Ihr langes Haar hat sie zu einem Zopf geflochten, der ihr über der Schulter hängt. Sie hat sich nicht geschminkt, wie immer, und ist trotzdem verdammt schön. Mein Blick scannt ihren Körper und mein Schwanz drückt gegen meinen Reißverschluss.

Sie trägt ein tief ausgeschnittenes weißes Tank-Top, das eng an ihrem kleinen runden Bauch anliegt und an der Hüfte endet. Ich räuspere mich und mustere ihre unanständig kurzen, abgeschnittenen Jeansshorts. Ihre langen Beine sind nackt und sie trägt ein Paar abgewetzte braune Stiefel, die ihr bis zur Mitte der Wade reichen.

„Ich trinke nicht mehr, Wyatt. Du musst dir also keine Sorgen machen“, murmele ich und kann meinen Blick nicht von Channing nehmen.

„Dann bis gleich“, entgegnet er, bevor er den Anruf beendet. Ich stecke mein Handy zurück in die Hosentasche, rühre mich aber nicht vom Fleck.

Ihr Blick findet meinen, und sie hält ihn fest, während sie langsam auf mich zukommt. Ich kann nicht genug von ihr bekommen, aber in diesem Moment, in dieser süßen, verdammten Country-Girl-Aufmachung, möchte ich sie zurück ins Haus schleifen und ficken.

„Bereit zu gehen?“, will sie wissen und fummelt an den Schlüsseln in ihrer Hand herum.

Ich brumme, gehe einen Schritt auf sie zu, greife nach ihr und lege meine Hand um ihre Taille, ehe ich sie zu mir heranziehe. Sie legt ihre Hände auf meine Brust und lehnt ihren Kopf nach hinten, um zu mir aufsehen zu können. Ich senke den Kopf und küsse sie.

„Ich bin bereit, mich erneut in dir zu vergraben“, knurre ich und presse meinen harten Schwanz gegen ihre Hüfte.

Ihr Mund öffnet sich leicht. „Das will ich auch. Ich will dich mehr, als ich je jemanden wollte.“

Ich streiche mit meinen Lippen über ihre und lege meinen Mund fest auf ihren, bevor ich spreche. „Gott sei Dank, denn du hast mich am Arsch, Süße.“

Sie kichert leise, ihre Hände gleiten meine Brust hinauf und legen sich um meinen Nacken. „Zum Glück.“

Ich küsse sie abermals und warte nicht auf eine Gelegenheit, meine Zunge in ihren Mund gleiten zu lassen, sondern ergreife sie. Ich nehme sie in Besitz und werde so lange damit weitermachen, wie sie mich lässt. Sanft knabbere ich an ihrer Unterlippe und beende dann langsam den Kuss. Als ich sie ansehe, sind ihre Lippen geschwollen.

„Bereit zu gehen, Süße?“, flüstere ich.

„Ja.“ Sie nickt. „Überall hin.“

Ich grinse. Ich würde auch mit ihr überall hingehen. Verdammt noch mal, überall hin, wohin sie will. „Dann lass uns verschwinden.“

Ich schlendere zum Auto, öffne die Fahrertür und warte, bis sie eingestiegen ist, ehe ich sie hinter ihr schließe. Dann jogge ich zur Beifahrerseite. Ich bin sogar ein bisschen aufgeregt, da ich am Montag meinen Führerschein zurückbekomme. Ich habe zwar kein eigenes Auto, doch ich freue mich darauf, Channing kutschieren zu können. Es fühlt sich unnatürlich an, sie fahren zu lassen – verdammt unnatürlich.

„Geht es dir gut?“, will sie wissen, nachdem wir von der Auffahrt gefahren sind und uns auf den Weg zur Bar machen.

Ich lege meine Hand in ihren Nacken und drücke leicht zu. Ihre Finger krallen sich am Lenkrad fest. „Wyatt hat angerufen. Er glaubt, dass wir ein paar Tage zum Golf herunterfahren müssen, weil ein Hurrikan im Anmarsch ist. Er wollte nur, dass ich für den Notfall vorbereitet bin, und hat mich gefragt, ob ich dazu bereit bin, am Montag meinen Führerschein zurückzuholen. Ich muss ein hydraulisches Arbeitsfahrzeug fahren können“, erkläre ich ihr.

Sie kaut auf ihrer Lippe. Mein Blick fällt auf ihre Finger und ich merke, wie sich ihr Griff um das Lenkrad lockert.

„Klappt es denn? Wirst du deinen Führerschein zurückbekommen, meine ich?“

„Fahr auf den Parkplatz, dann lass mich dir etwas

erklären, okay?“

Sie nickt, während sie mit dem Lenkrad hantiert und den Wagen auf einen Kiesparkplatz lenkt. Sobald das Auto steht, dreht sie sich zu mir um. Ich lege meine Hand wieder in ihren Nacken, weil ich sie immer irgendwie berühren muss.

„Ich habe meine Haftstrafe voll abgesessen. Ich hätte früher auf Bewährung entlassen werden können. Wegen guter Führung oder so, aber das wollte ich nicht. Ich hatte das Gefühl, dass ich die volle Strafe verdient habe, und noch viel mehr als das. Ich habe ein Zwölf-Schritte-Programm absolviert, und jetzt, da ich draußen bin, gelte ich als frei. Ohne Bewährungsauflagen oder so“, erkläre ich ihr.

Sie sagt einen gefühlt unerträglich langen Moment nichts. Dann spricht sie endlich, und wieder einmal bin ich von dieser Frau total überwältigt, die ich eigentlich gar nicht verdient habe.

„Du hast deine Zeit abgesessen, vollständig abgesessen, und arbeitest hart daran, ein besserer Mann zu werden als der, der du einst warst. Du erstaunst mich immer wieder, Rylan. Und du willst mich? Mich? Ich verstehe es nicht, aber ich werde es nicht infrage stellen. Niemals.“

Ich lehne mich über die Mittelkonsole und streichele ihre Wange. Dann presse ich meine Lippen auf ihre. Der Kuss ist hart und schnell. Ich möchte ihn vertiefen, jedoch nicht hier und nicht jetzt.

„Ich verdiene es nicht einmal, deine Luft zu atmen, Süße“, sage ich. „Eines Tages wirst du das auch noch merken. Ich hoffe, dass du mich nicht hasst, wenn der Tag gekommen ist. Aber du sollst wissen, dass jede Sekunde an deiner Seite ein gottverdammtes Geschenk für mich ist.“

Sie lächelt und drückt noch einmal kurz ihre Lippen auf meine. „Lass uns reingehen, denn ich möchte unbedingt deine Freunde kennenlernen.“

Grinsend ziehe ich mich von ihr zurück. „Du hast mich zu einem Weichei gemacht, Channing“, erwidere ich fassungslos.

Ihre Lippen verziehen sich zu einem breiten Grinsen. Ohne etwas darauf zu entgegnen, steigt sie aus dem Auto. Ich schaue ihr kurz hinterher, ehe auch ich aussteige, an ihre Seite eile und meinen Arm um ihre Taille lege. Seite an Seite schlendern wir in die Bar.

„O hey, darfst du hier überhaupt schon rein?“, frage ich sie, kurz bevor wir die Eingangstür erreichen.

Sie lächelt. „Sie servieren hier Essen. Ich darf nur nichts trinken. Nicht, dass ich das könnte, selbst wenn ich es wollte“, sagt sie und legt ihre Hand auf ihren Bauch.

***

Channing

Die Bar ist total verraucht. Mir wird ganz anders bei dem Gedanken daran, dass ich in den kommenden Stunden den ganzen Qualm passiv einatmen muss. Rylan und ich zeigen unsere Ausweise vor und ich bekomme einen roten Stempel auf den Handrücken gedrückt, der dem Barkeeper als Hinweis dient, mir keinen Alkohol auszuschenken.

„Hier ist es verdammt noch mal zu rauchgeschwängert für dich“, ruft Rylan mir über einen Country-Song hinweg zu, der aus dem Inneren der Bar dröhnt. „Holen wir die Jungs und gehen nach draußen." Mit seinem Kinn deutet er auf einen runden Tisch, an dem mehrere Kerle sitzen.

Ich habe ein wenig Angst, in die Gesichter der Jungs zu schauen. Ich kann mir denken, dass sie schon eine Menge Gerüchte über mich gehört haben. Es ist ja mittlerweile kein Geheimnis mehr. Vor allem jetzt, wo einige Leute beschlossen haben, ihren Hass gegen mich an Orten wie Supermärkten auszulassen. Ich wusste, dass die Wahrheit irgendwann ans Licht kommen würde, denn das ist in dieser Stadt immer so. Trotzdem habe ich gehofft, es würde nicht so schnell passieren.

Rylans Lippen berühren meine Schläfe. „Raus hier", raunt er.

Ich antworte ihm nur mit einem Lächeln und folge der Gruppe Männer ins Freie. Als wir dort sind, atme ich tief ein und bin dankbar dafür, dass meine Lungen wieder saubere Luft bekommen – und mein Baby.

„Tut mir leid, Channing, ich habe nicht an den Qualm gedacht, als ich euch alle eingeladen habe", meint Wyatt.

Ich versuche, nicht rot zu werden und lächele. „Mach dir keine Sorgen, ich habe auch nicht daran gedacht. Ich sollte lieber damit anfangen, mir über solche Dinge Gedanken zu machen." Ich zucke mit den Schultern.

„Du wirst dich daran gewöhnen, Liebes." Er zwinkert mir zu. „Ich möchte dir die Jungs vorstellen. Das ist Ford Matthews", beginnt er und zeigt auf einen Mann in einer dunklen, ausgewaschenen Bootcut-Jeans und einem karierten Hemd mit Perlenknöpfen. Er trägt Stiefel, aber keinen Cowboyhut, dafür aber ein altes, schmutziges Basecap. Ich kenne ihn aus dem Diner.

Ford zwinkert mir ebenfalls zu, woraufhin ich spüre, dass mein Gesicht nun doch heiß wird. Er sieht gut aus. Ich würde es nie zugeben, aber ich habe ihn ein paar Mal angeschmachtet. Er ist älter als ich, etwa so alt wie Wyatt und Rylan, aber er ist Single und echt ein gutaussehender Kerl.

„Das ist Louis Kingston. Er ist vor ein paar Jahren zu unserer Clique dazugestoßen, und ich bin mir sicher, du weißt, wer Beaumont ist", sagt Wyatt.

Langsam drehe ich meinen Kopf, um *den* Beaumont Griffin neben mir stehen zu sehen.

„Heilige Scheiße", entfährt es mir.

Beaumonts dunkle Augen blicken direkt in meine. „Hey, Herzblatt", begrüßt er mich. Er ist sexy. Dunkles Haar, Dreitagebart, und berühmt. Nicht nur ein bisschen berühmt, sondern ganz oben in den Charts. Er ist das Aushängeschild unserer kleinen Stadt, und steht direkt neben mir.

„Hey", krächze ich.

Alle Männer lachen.

„Hey Rylan, wie geht's, Mann? Lange nicht mehr gesehen." Er hält ihm seine Hand entgegen und Rylan tut es ihm gleich.

„War schon schlimmer", sagt Rylan und schüttelt seine Hand. „Aber ich will mich nicht beklagen."

Beaumont sieht zu mir herüber, sein Blick gleitet über meinen Bauch und dann wieder hoch zu meinem Gesicht. „Ich schätze, das kannst du wirklich nicht, Rylan. Glückwünsche sind jetzt wohl angebracht."

„Danke, wir freuen uns sehr. Hey, ich habe heute das erste Foto bekommen", lässt er die Jungs wissen.

Voller Ehrfurcht holt er das Ultraschallbild aus seiner Gesäßtasche und reicht es herum. Er erklärt ihnen genau, was sie da sehen, und fünf überdurchschnittlich heiße Typen begutachten mein Baby mit staunenden Gesichtern.

„Möchtest du zur Feier des Tages eine Cola?", fragt Ford.

Rylan steckt das Bild grinsend zurück in seine Tasche. „Logo, ich begleite dich", antwortet er. Er lässt mich los und wendet sich von mir ab. „Willst du ein Wasser, Süße?"

Ich nicke. „Danke."

Ford und Rylan machen sich auf den Weg in die Bar, um Getränke zu holen. Ich bleibe mit den anderen Männern zurück, aber ich fühle mich überhaupt nicht unwohl damit. Im Gegenteil. Ich bin glücklich. Wyatt legt seinen Arm um meine Schultern.

„Ich habe meinen Cousin noch nie so glücklich erlebt", sagt er und drückt mich sanft.

Ich sehe zu ihm auf. Mein Lächeln passt genau zu seinem. „Er sagt, ich mache ihn zu einem Weichei."

Wyatts Gesicht wird noch strahlender. Auch Louis und Beaumont lachen. Mir steigt die Hitze in die Wangen und ich frage mich, ob ich gerade etwas Falsches gesagt habe. „Jeder Mann wäre froh, dich an seiner Seite zu haben, Channing. Ich habe das Gefühl, jeder von uns wäre stolz darauf, als *Weichei* bezeichnet zu werden, wenn er eine so tolle Frau an seiner Seite hätte." Er zwinkert mir zu.

„Wenn das nicht mal wahr ist", erwidert Louis.

Beaumont zuckt mit den Schultern. „Ich habe mich einmal verliebt und weiß nicht, ob ich es noch einmal könnte."

„Du laberst doch nur Scheiße", sagt Louis und zeigt auf Beaumont. „Du bist wie wir alle. Die Liebe einer anständigen Frau würde dich auf den Boden der Tatsachen zurückholen und dich zur größten Pussy von uns allen machen."

Beaumont antwortet nicht, sondern hebt seine Hand und zeigt ihm den Mittelfinger. Wir alle lachen, als Ford und Rylan zurückkommen.

„Was ist so lustig?", will Rylan wissen und reicht mir mein Wasser, bevor er wieder einen Arm um meine Taille legt.

„Wir sprechen über Beziehungen", klärt Wyatt ihn auf. Ich seufze erleichtert, da er nicht wiederholt, was ich soeben erzählt habe. Ich hätte nichts sagen und einfach meinen Mund halten sollen.

„Sie machen dich zu einem verdammten Weichei, und das ist dir scheißegal", verkündet Rylan.

Wyatt, Louis und Beaumont brechen in schallendes Gelächter aus, noch schallender als vor ein paar Augenblicken. Und so verbringe ich meinen Samstagabend in der Gesellschaft dieser Jungs. Sie lachen und witzeln herum. So viel Spaß hatte ich nie und plötzlich bin ich dankbar dafür, dass Rylan diese tollen Jungs an seiner Seite hat. Vielleicht sieht er endlich ein, dass er ein guter Mensch ist, wenn er von diesen klasse Männern umgeben ist.

KAPITEL 15

Channing

Ich gähne, während das warme Wasser der Dusche über meinen Körper läuft. Ich bin gestern Abend zu lange aus gewesen. Ich bin vielleicht erst zwanzig Jahre alt, aber ich bin schwanger, und das Austragen eines Babys kostet viel mehr Energie, als ich mir das vorgestellt habe. Nicht, dass ich mir das jemals hätte vorstellen können, bis es mir passiert ist. Auf jeden Fall aber bin ich erschöpft.

Sobald ich sauber bin, einschließlich meiner nach Rauch stinkenden Haare, wickele ich ein Handtuch um meinen Körper und versuche, leise zu sein, als ich mich auf den Weg zurück ins Schlafzimmer mache, um mich für die Arbeit anzuziehen.

„Du bist aber früh wach", höre ich Rylans heisere, verschlafene Stimme.

Ich zucke leicht zusammen und drehe mich zu ihm um. Er lehnt am Kopfende des Bettes, die Decke hat er bis zur Taille hochgezogen. Seine Brust liegt frei und sein Haar ist vom Schlaf und von meinen Fingern der letzten Nacht ganz zerzaust.

„Ich muss die Frühschicht übernehmen", flüstere ich und kann meinen Blick nicht von ihm nehmen.

„Scheiße", zischt er. „Warum hast du mir das nicht gesagt? Du musst ja hundemüde sein."

Achselzuckend gehe ich zur Kommode, öffne eine Schublade und nehme ein gewöhnliches Höschen und einen BH heraus. Sie passen nicht zusammen, und ich frage mich, ob Rylan deswegen enttäuscht ist. Ich trage nie Dessous, ehrlich gesagt besitze ich gar keine. Bis zu diesem Moment habe ich mir auch nie Gedanken darüber gemacht.

„Süße, ein Mann kann nicht alles ertragen", stöhnt er. Ich schaue über meine Schulter zu ihm. „Du hast doch noch ein bisschen Zeit, oder?", fragt er mit einem frechen Grinsen auf den Lippen.

Mein Blick wandert zu seinen Hüften und ich keuchen augenblicklich auf. Ich kann die Kontur seiner harten Länge durch die Decke hindurch sehen. Rylan schläft üblicherweise nackt. Und ich genieße das.

„Ein wenig."

Er zieht die Decke von seinen Hüften, und ich lasse das Handtuch fallen. In seinen Augen flackert es auf, ehe sie sich verdunkeln. Ein Schauer läuft mir über den Rücken. Meine Nippel werden sofort hart und meine Beine zittern bei jedem Schritt, den ich in Richtung Bett mache.

Ich stütze mich mit den Knien auf dem Bett ab und krieche langsam seine Beine entlang, bis ich auf seinen Hüften sitze. Ich wimmere, als ich sein hartes Glied an meiner Mitte spüre. Rylans Hände legen sich auf meine Hüften, umklammern sie fest, während er seinen Schwanz an meiner Pussy reibt.

„Rylan", japse ich.

Er stöhnt und seine Finger packen noch etwas fester zu. Mein Kopf kippt nach hinten, ich drücke den Rücken durch und stoße einen tiefen Seufzer aus. Ich will ihn in mir spüren, ich sehne mich danach und bin kurz davor, ihn anzuflehen. Doch dann hebt er mich hoch und ich spüre seine Eichel an meinem Eingang.

„Ja", rufe ich, als ich mich auf ihn herabsenke. Er lacht, aber das ist mir egal. Ich hingegen kann nur aufatmen, weil die Leere endlich gefüllt ist.

Rylan beugt sich vor und nimmt eine meiner Brustwarzen zwischen seine Lippen. Ich reite ihn, hebe meine Hüften an und drücke mich gegen sein Becken. Er stöhnt gegen meine Brust. Mein Kopf ist immer noch nach hinten gelehnt, mein nasses Haar klebt an meinem Rücken. Seine Finger halten meine Hüfte festumklammert, und ich weiß, dass ich blaue Flecken bekommen werde, aber auch das ist mir egal. Ich werde sie lieben, weil er sie mir verpasst hat.

„Kommst du für mich, Süße?", fragt er.

Ich senke den Kopf und sehe zu ihm hinunter. Er beißt sanft in meine Brustwarze. „Ich will nicht", gebe ich zu.

Er grinst an meiner Brust und zieht den anderen Nippel zwischen seinen Lippen ein, um ihm die gleiche Aufmerksamkeit zu schenken. „Warum nicht?", will er wissen.

Ich fahre mit den Fingern durch seine Haare, um sie zu packen. „Wenn ich es tue, dann ist das hier ganz schnell vorbei."

Er zieht die Augenbrauen hoch, während er an meinem Nippel saugt und seine Zähne in meine Brust drückt. Er saugt ihn tief in seinen Mund ein, dann lässt er ihn ganz schnell wieder frei. „Du willst nicht, dass es vorbei ist?" Seine Stimme klingt beinahe ehrfürchtig.

Ich schüttele den Kopf. „Es fühlt sich zu gut an."

Es ist mir egal, ob ich verzweifelt oder albern klinge. Denn wenn es um Rylan geht, dann komme ich mir nie albern vor. Nicht ein einziges Mal. Mit ihm fühle ich mich immer schön, begehrt und größtenteils perfekt. Obwohl ich weiß, dass ich von all diesen Dingen meilenweit entfernt bin, behandelt er mich, als wäre ich etwas Besonderes, etwas Einzigartiges.

„Süße", knurrt er. „Verdammt, ich will den ganzen Tag tief in dir vergraben bleiben – jeden Tag."

Ich beuge mich leicht vor, bohre meine Finger in seine Schultern und ficke ihn. Wir halten die ganze Zeit über Blickkontakt, sagen aber kein Wort. Ich reite ihn hart und schnell, meine Lust steigert sich immer weiter, mein Atem wird schwerer. Seine Finger graben sich noch fester in meine Hüften und ich spüre, wie sein Schwanz noch weiter in mir anschwillt.

Er ist nah dran, ich bin nah dran. Für eine Sekunde denke ich, dass wir gemeinsam kommen werden, bis mein Körper sich dazu entschließt, als erstes einen Orgasmus zu erleben. Ich stoße ein überraschtes Keuchen aus. Meine Hüften zucken, während sich mein Griff um seine Schultern verstärkt und ich mich enger an seine Brust schmiege. Ich zittere und schließe die Augen.

Rylan bewegt seine Hüften ein wenig und stößt noch ein paar Mal von unten in mich hinein, ehe er mit einem langgezogenen Stöhnen sein Gesicht in meinen Haaren vergräbt und in mir kommt. Er zittert, ich zittere. Wir sind beide verschwitzt und nehmen uns Zeit, uns von unserem Rausch zu erholen.

„Ich muss mich für die Arbeit fertig machen", durchbreche ich nach einer Weile die Stille des Raumes.

Er grinst, seine Zunge leckt über meinen Hals. „Jepp, Süße. Fuck. Ich werde dich heute vermissen. Wann hast du Feierabend?"

Ich schaue in seine hellbraunen Augen. „Um drei."

Er brummt. „Ich kümmere mich heute Abend ums Essen. Ich kann zwar nicht gut kochen, aber ich werde mich darum kümmern."

Ich beuge mich vor und küsse ihn. „Klingt fantastisch."

„Du weißt doch noch gar nicht, was ich koche. Außerdem bin ich ein echt beschissener Koch."

Lächelnd schüttele ich den Kopf. „Du könntest mir einen Teller mit Chili aus der Dose vorsetzen, und ich würde es lieben." Ich zucke mit den Schultern. Ich würde es vermutlich nicht lieben, aber das würde bedeuten, dass ich nicht in der Küche stehen muss, und diesen Umstand würde ich lieben.

„Du lügst, aber das finde ich süß."

***

Rylan

Ich begutachte den Inhalt des Kühlschrankes und versuche, mich zu entscheiden, was ich Channing heute Abend kochen soll. Seufzend schließe ich die Tür, lehne meine Stirn dagegen und frage mich, warum ich ihr überhaupt versprochen habe, zu kochen. Ich wollte nett sein, ich wollte helfen, aber ich bin ein verdammt mieser Koch. Ich bin gottverdammt schlecht darin, nicht nur schlecht, sondern wirklich miserabel.

Ein Klopfen an der Haustür reißt mich aus den Gedanken. Ich stoße mich vom Kühlschrank ab und gehe zur Tür, um zu öffnen. Ich mache mir nicht die Mühe, vorher durch den Türspion zu schauen. Als ich die Tür öffne, klappt mir wegen des Mannes, der vor mir steht, der Kiefer runter.

„Kann ich dir helfen?", knurre ich den Kerl an, den ich am liebsten so lange verprügeln würde, bis er keinen Atemzug mehr tut.

Er grinst, weil er offensichtlich weiß, wie sehr ich ihn fertig machen will, es aber nicht kann. „Wo ist sie und warum zum Teufel bist du hier?"

Jetzt bin ich an der Reihe zu lachen. Ich lehne mich gegen den Türpfosten, verschränke die Arme vor der Brust und blicke ihn direkt an. „Ich wohne hier. Mit meiner Freundin."

Sein Gesicht wird zunächst blass, dann knallrot. Ich zeige keine Reaktion auf seinen innerlichen Wutanfall.

„Du fickst sie, während mein Baby in ihr heranwächst?", brüllt er.

Ich möchte ihn zu Boden werfen und ihm mit meinen gottverdammten Händen zeigen, wie sehr ich ihn hasse. Aber ich tue es nicht. Ich gebe mich weiterhin unbeeindruckt vom ihm, seiner Anwesenheit und dem Schwachsinn, den er so von sich gibt. Er ist es nicht wert. Er ist ein Kinderschänder. Und wenn ich wüsste, wie man ihm deswegen den Prozess machen könnte, würde ich es tun. Ich habe miterlebt, was sie mit Männern wie ihm im Knast anstellen.

Er weicht einen kleinen Schritt zurück. Offensichtlich hat er Angst vor mir. Das ist gut. Das sollte er auch haben. „Ich liebe es, sie zu ficken, weil ich weiß, dass sie jedes Mal kommt und ich der einzige Mann bin, der ihr Orgasmen schenken kann. Ich ficke sie gerne mit dem Wissen, dass sie mein Kind in sich trägt. Ich ficke sie, weil sie mir gehört. Sie kommt jeden Tag zu mir nach Hause, sie schläft mit mir ein und sie lächelt mich an, als wäre ich der einzige Mann in diesem verdammten Universum."

„Es ist nicht dein Kind", zischt er.

Ich schaue ihm herausfordernd in die Augen. „Ach, nein? Wenn ich sie morgen heiraten würde, würde das Baby meinen Nachnamen tragen. Und außerdem scheint es, als wäre ich derjenige, der ein Ultraschallbild des Kindes in der Tasche trägt. Anscheinend bin ich derjenige, der das Baby großziehen wird. So wie es aussieht, ist es mein Kind. Sie gehört mir. Sie gehören beide mir. Du bist ein absoluter Niemand.“

Er macht einen Schritt auf mich zu und versucht, einschüchternd zu wirken. Keine Chance. Dieser kleine Pisser könnte nicht mal eine verdammte Mücke einschüchtern. „Das werden wir ja noch sehen. Mein Blut, meine DNS. Sie gehört mir. Wenn ich ihr heute sagen würde, dass ich sie will und Jennifer verlasse, dann würde sie so schnell zu mir gerannt kommen, dass dir schwindelig wird.“

Ich neige den Kopf leicht zur Seite und schaue ihn an. Er ist sich seiner Sache nicht sehr sicher. Er versucht, Sicherheit auszustrahlen, aber tief in seinem Inneren ist er sich absolut unsicher. Ich hingegen bin mir sicher, dass Channing mich nicht für ihn verlassen würde. Zumindest glaube ich das nicht. Er versucht bloß, Zweifel in meinem Kopf zu säen.

Das wird aber nicht funktionieren.

Channing weiß, dass ein Leben mit ihm überhaupt kein richtiges Leben wäre. Ich habe vielleicht nicht viel Geld, aber ich werde mich immer um sie kümmern. Ich werde immer für sie da sein, und dieser Wichser wird weiter Achtzehnjährige in sein Bett locken, wie ein verdammter Pädophiler, wie er einer ist, es nun mal tut.

„Warum spielst du mit ihr? Sie war zwei Jahre lang deine Geliebte. Ist sie dir als Mensch völlig egal? Oder geht es nur darum, weil du das, was du nicht haben kannst, willst? Jetzt, wo sie nicht mehr zu haben ist, willst du sie unbedingt zurück?“

Er knirscht mit den Zähnen, und in diesem Moment weiß ich, dass ich den Nagel auf den Kopf getroffen habe. Er will sie überhaupt nicht, sondern begehrt das, was er nicht haben kann. Er ist so ein durchschaubarer Mann. Und leider ist Channing in seine kranken und total verdrehten Spiele verwickelt worden.

„Geh nach Hause zu deiner Frau, James“, sage ich rau.

Auf der Straße höre ich das Motorengeräusch eines Trucks. Er sieht hinter sich, aber ich starre ihn weiterhin an. Ich muss nicht aufschauen, um zu wissen, dass es Wyatt ist, der auf der Straße vor unserem Haus parkt. Ich kenne das Geräusch des Motors. James’ Augen schauen wieder in meine und er verengt seine zu Schlitzen.

„Du wirst meine Familie nicht bekommen“, verkündet er.

Ich schnaube. „Du hast recht. Ich will weder die hässliche Fotze, die du geheiratet hast, noch sonst irgendetwas von ihrer ekligen Möse. Ich bin mir sicher, dass sie gottverdammte Zähne in ihrer Fotze hat, weshalb du einen kleinen Schwanz hast.“

Er stürzt sich auf mich, doch ich weiche nicht einen Millimeter zurück. Wyatt packt James am Hemdkragen und zieht ihn von mir weg, wobei er darauf achtet, dessen Arsch nicht zu Boden zu schleudern. James wehrt sich gegen den Griff und stolpert einige Schritte zurück. Hastig streicht er sich sein Hemd glatt.

„Vielleicht solltest du es dir beim nächsten Mal zweimal überlegen, ob du zu meinem Haus kommst und Hand an mich legst.“ Ich zucke mit den Schultern.

James lächelt, es ist hässlich und fies. „Ach ja? Du hast doch noch nicht mal eine Waffe, *Sträfling*“, bellt er.

Ich nicke ein paar Mal. Er hat recht. Ich habe keine. Ich werde nie eine besitzen dürfen. Ich bin ein verurteilter Verbrecher. Es hat keinen Prozess gegeben. Ich wusste, dass ich im Unrecht gewesen bin, und habe meine Zeit abgesessen. Das bedeutet aber nicht, dass das, was ich getan habe, mich nicht mehr belastet. Und auch nicht, dass es mich nicht für den Rest meines Lebens verfolgen wird, oder dass Idioten wie James mich nicht mehr so ansehen, als wäre ich weniger wert als sie. Ich habe mich vor langer Zeit damit abgefunden, dass das nun mein Leben ist. Doch nur weil ich mich damit abgefunden habe, heißt das nicht, dass es nicht frustrierend ist, wenn irgendwelche Arschlöcher auf mich herabsehen.

„Ich habe keine Waffen. Aber ich habe ein Telefon und keine Angst davor, die Cops zu rufen und dich wegen Hausfriedensbruch, Belästigung und Stalking anzuzeigen. Wyatt hier ist Zeuge, wie du Channing und mich belästigt hast. Und das mehr als einmal.“

„Als ob dir jemand glauben würde“, speit er mir entgegen.

Ich presse die Lippen fest zusammen. „Vielleicht, vielleicht auch nicht. Aber wenn du das Risiko eingehen willst, kann ich gerne sofort anrufen“, biete ich ihm an, greife in meine Hosentasche und hole mein Handy heraus.

James Augen verengen sich erneut und er weicht einen Schritt zurück. Ich lehne mich gegen den Türrahmen, um so zu tun, als hätte ich mich diese Unterhaltung nicht im Geringsten gejuckt. „Wirf ab jetzt immer einen Blick über deine Schulter“, sagt James und zeigt mit dem Finger auf mich.

„Verpiss dich von hier. Du bist ein verdammter Scheißkerl, James. Du machst mir keine Angst", lasse ich ihn wissen.

Er geht, aber ich weiß, dass es nicht das letzte Mal gewesen ist, dass ich ihn sehe. Er wird wiederkommen und vermutlich versuchen, uns das Leben so lange zur Hölle zu machen, bis er etwas anderes gefunden hat, das seine Aufmerksamkeit erregt. Im Moment geht es ihm nur um die Herausforderung. Für ihn ist alles nur ein krankes Spiel. Für mich geht es um mein ganzes Leben, meine Familie.

„Er wird Ärger machen", murmelt Wyatt.

Ich nicke. „Jepp, das wird er. Es ist Zeit, den Sheriff anzurufen, wenn er das nächste Mal hier aufkreuzt. Ich habe die Spielchen satt."

„Ich hätte nie gedacht, dass du lieber die Polizei einschaltest, anstatt dich selbst um den Scheiß zu kümmern." Wyatt lacht.

Er macht sich nicht über mich lustig oder versucht mich zu ärgern. Überhaupt nicht. Stattdessen sieht er beinahe stolz aus. Vielleicht ist er das wirklich und vielleicht sollte ich das auch sein. Er hat ja recht. Vor fünf Jahren wäre ich ausgerastet, wenn so ein Arschloch wie James mich nur schief angesehen oder mit mir auf die Art gesprochen hätte, wie er es soeben getan hat.

„Ich habe eine Frau und ein Baby, an die ich denken muss. Ich kann nicht zurück in den Knast, weil ich mich mit einem Arschloch gezofft habe, das mich sicher verklagen würde, nur weil ich ihn schief von der Seite angeguckt habe."

Wyatt räuspert sich. „Du weißt, dass es einen freien Job in Fredericksburg gibt. Fredericksburg ist in der

Nähe, aber auch weit genug weg, damit dieses Arschloch und deine Eltern nicht ständig in eurem Vorgarten auftauchen. Außerdem ist die Stadt ein bisschen größer, vielleicht passt das besser zu euch", meint er.

„Dieselbe Firma?"

Er nickt. „Ja, es ist quasi nur eine Versetzung. Gleiche Bezahlung, die gleichen Leistungen. Nichts ändert sich für dich, außer dem Standort und die Arbeitskollegen."

Ich möchte nicht von Wyatt getrennt sein. Ich hänge gerne mit ihm ab oder arbeite gerne mit ihm zusammen. Aber er hat recht. Räumlich von meinen Eltern, James und seiner Frau getrennt zu sein, wäre nicht schlecht. Das ist definitiv etwas, worüber ich mit Channing sprechen sollte.

„Du weißt aber schon, dass der Scheiß dort passiert ist, oder?", frage ich ihn.

Er nickt. „Ich weiß. Allerdings ist es der nächstgelegene Ort, an dem das Unternehmen momentan einen Erdarbeiter sucht", erwidert er.

„Wann hast du dich umgehört?"

Ich weiß nicht, ob ich mich freuen oder darüber ärgern soll, dass er diese Informationen parat hat. Wyatt lächelt, hebt eine Hand und klopft mir auf die Schulter. „An dem Tag, als diese Schlampe Channing im Lebensmittelladen gerammt hat. Ich wusste, dass du dich in ihr Leben einmischen würdest, und ich wusste auch, dass die Scheiße hässlich werden wird. Ich will nur das Beste für euch. Ich glaube nicht, dass James oder seine Frau in nächster Zeit verschwinden werden."

Ich nicke, lege mir eine Hand in den Nacken und massiere meine Verspannungen. „Nein, das werden sie nicht. Das haben sie bereits bewiesen. Ich werde heute Abend mit ihr reden.“ Ich nicke. „Lust auf Frühstück?“

„Willst du nach ihr sehen, um sicherzugehen, dass dieses Arschloch nicht zu ihr ins Diner gefahren ist?“

Ich grinse. „Scheiße, ja. Ich kann diesen Wichser nicht leiden.“

Ich schließe die Haustür hinter mir ab und folge Wyatt zu seinem Truck. Ich steige ein, vergesse das versprochene Abendessen und konzentriere mich stattdessen auf einen möglichen Umzug, die Arbeit, James und Channing. Ich will sichergehen, dass sie und das Baby sich an einem sicheren Ort aufhalten, und ich weiß, dass dies nicht die richtige Stadt ist. Nicht, wenn dieses Arschloch ständig auftaucht.

KAPITEL 16

Channing

Ich serviere Mr. Fairweather gerade sein Omelett, als die Klingel der Dinertür bimmelt. Ich hebe den Blick und schaue mir die Neuankömmlinge an. Ich kann nicht verhindern, dass ich lächele. Es sind Rylan und Wyatt. Ich weiß, dass ich Rylan erst vor ein paar Stunden verlassen habe, aber jetzt, da ich ihn sehe, kommt es mir wie eine Ewigkeit vor.

Ich bin verdammt verliebt in diesen Mann. Sein Lächeln bedeutet, dass er dasselbe für mich fühlt. Zum ersten Mal in meinem Leben bin ich in jemanden verliebt, der auch in mich verliebt ist. Das ist ein unglaubliches Gefühl.

„Irgendwo auf dieser Seite", sage ich zu den beiden und deute mit dem Kopf auf meinen Bereich.

Wyatt hebt zur Antwort das Kinn, Rylan zwinkert mir zu. Ich frage Mr. Fairweather, ob er noch etwas braucht. Mir schlottern die Knie, doch es juckt mich auch, zu Rylans Tisch zu rennen.

Mr. Fairweather streckt seine Hand aus und tätschelt mir den Arm. „Geh zu deinem Verehrer, Liebes."

Ich beiße mir auf die Lippe. „Ist das so offensichtlich?"

Er grinst. „Abgesehen von der kleinen verräterischen Wölbung, die du da hast, sind die Blicke, die dir von der anderen Seite des Diners zufliegen, ziemlich offensichtlich. Ich freue mich, dich so glücklich zu sehen, Channing. Ein so liebes Mädchen wie du hat es verdient." Er lächelt mich noch mal an und widmet sich wieder seinem Essen.

Ich trete reaktionslos einen Schritt zurück. Seine Worte treffen mich auf eine Weise, von der ich weiß, dass er sie nicht beabsichtig hat, doch sie treffen mich trotzdem. *Es verdienen.* Habe ich es wirklich verdient, so glücklich zu sein? Ich habe mehrere Sünden begangen, indem ich mit James zusammen gewesen bin. Und eine weitere Sünde, indem ich mit Rylan zusammengezogen bin, obwohl wir nicht verheiratet sind.

Zugegeben, ich bin kein religiöser Mensch, aber habe ich es wirklich verdient, so glücklich zu sein? Ich habe jahrelang mit einem verheirateten Mann geschlafen. Jahrelang. Ich habe gewusst, dass er verheiratet ist, dass es Jennifer gibt. Also bin ich nicht unschuldig.

Die Antwort ist klar: Ich verdiene einen Scheißdreck. Ich verdiene definitiv keinen Mann, der mich so ansieht, wie Rylan es tut. Diesen Mann, der seine Hände nicht von mir lassen kann, der sich bereit erklärt hat, die Vaterschaft meines Kindes zu übernehmen. Den mein Kind braucht, den Mann, den ich brauche. Ich verdiene gar nichts. Ich bin egoistisch, vielleicht ein wenig naiv, weil ich weiß, dass ich ihn nicht verdiene, ihn aber trotzdem nicht freigebe.

Langsam wende ich mich von Mr. Fairweather ab und mache mich auf den Weg zu Rylan und Wyatt. Ich kann nicht aufhören, darüber nachzudenken, was Mr. Fairweather gesagt hat. Ich wiederhole es ein Dutzend Mal in meinem Kopf, bis ich ihren Tisch erreiche. Das Einzige, was meine Gedanken zum Verstummen bringt, ist Rylans Hand, die sich um meine Kniekehle legt.

Ich zucke leicht zusammen. Seine Stirn ist gerunzelt,

er sieht besorgt aus. Er drückt mich und seine Lippen zucken, während er seine Hand auf die Rückseite meines Oberschenkels gleiten lässt. Dann lässt er mich los.

„Geht es dir gut, Süße?", will er wissen. Ich nicke und schenke ihm ein falsches Lächeln. Er schüttelt den Kopf und erwischt mich. „Blödsinn. Ist dieses Arschloch hier aufgekreuzt?"

„Nein, ich war nur in Gedanken. Nichts weiter. Was wollt ihr zum Frühstück?"

Er schüttelt den Kopf und grinst. Da er den Mund öffnet, weiß ich, dass das, was er sagen will, nicht jungendfrei ist. Deswegen hebe ich meine Hand und lege sie über seinen Mund, während er etwas murmelt und dann meine Handfläche ableckt. Ich ziehe meine Hand zurück, kichere und wische sie mir an meiner Shorts ab.

„Kann ich ein paar Pfannkuchen mit Würstchen bekommen, Süße?", fragt er.

„Brötchen, gebratene Hähnchenbrust, Jus und Spiegelei", bestellt Wyatt.

„Mein Gott, wie verkatert bist du?" Rylan lacht. „Du wolltest doch gar nichts trinken."

Rylan berührt mit seinem Zeigefinger meinen Handrücken, während ich mir die Bestellungen notiere. „Kannst du bald eine Pause machen?", erkundigt er sich und sieht dabei irgendwie nachdenklich aus. Sein Verhalten hat sich innerhalb eines Wimpernschlages verändert.

„Ich kann eine Pause machen, wenn ich dir dein Essen gebracht habe", antworte ich, verschwinde in die Küche und gebe die Bestellung auf. Clarence räuspert sich, weshalb ich einen Moment innehalte. „Clarence?", frage ich.

Er runzelt die Stirn. „Du und der Junge müsst aus Gallup verschwinden. Hast du mit ihm darüber gesprochen?"

Ich beuge mich runter und beobachte Rylan durch das kleine Fenster. „Noch nicht. Er kommt gerade wieder auf die Beine, Clarence. Ich hingegen werde wahrscheinlich nie wieder richtig auf die Beine kommen. Ich frage mich, ob wir überhaupt jemals aus diesem gigantischen Loch, in dem wir feststecken, wieder herauskommen."

Clarence schnaubt. „Mädchen, dieser Mann und sein Bruder führen nichts Gutes im Schilde, und ihr zwei seid deren Hauptziele. Tut allen einen Gefallen und verpisst euch."

„Du sagst mir, ich soll lieber abhauen, anstatt mich zu wehren?"

Er beugt sich vor, seine Augen verdunkeln sich ein wenig. „Channing, ich sage nicht, dass du abhauen sollst, sondern ich verlange es von dir. Es ist nicht falsch, mit dem Leben davonzukommen. Manchmal ist das Mutigste, was man tun kann, wegzulaufen", meint er.

Kommentarlos wende ich mich von ihm ab und gehe zurück. Ich fülle Kaffee nach, sammele schmutziges Geschirr ein und stelle es in die Spüle. Dann ist es Zeit, für die Bestellungen von Wyatt und Rylan. Ich bringe ihnen das Essen und setze mich mit einem Seufzer neben Rylan.

Ich sehe ihm dabei zu, wie er seine Pancakes mit Butter und Sirup bestreicht und sie anschließend in fast perfekte Rechtecke schneidet.

„Hast du Hunger, Süße?", fragt er und hält mir seine Gabel vor den Mund.

Fast hätte ich abgelehnt, doch mein Magen knurrt.

Er grinst, als ich den Mund öffne und er mich füttert. Der süße Sirup löst eine Geschmacksexplosion auf meiner Zunge aus und ich kann das Stöhnen nicht unterdrücken, das mir entweicht. Rylan bringt seine Lippen dicht an mein Ohr.

„Du hörst dich genauso an, wenn du meinen Schwanz in den Mund nimmst. Verdammt, ich werde allein beim Gedanken daran hart, Channing."

Mein Atem stockt, als ich das Essen herunterschlucke. Seine Lippen streifen mich knapp unterhalb des Ohres, dann widmet er sich wieder seinem Essen zu. „Ich wollte mit dir reden", sagt er. Seine Stimme scheint völlig unbeeinflusst von den Worten zu sein, die er mir soeben zugeraunt hat.

„Worüber?"

Er schaut Wyatt an, der einmal nickt. Dann blickt er wieder zu mir und schenkt mir ein zögerndes Lächeln. „Wyatt meinte, dass ich die Chance habe, die Crew zu wechseln. Was würdest du davon halten, nach Fredericksburg zu ziehen?"

Mein Herz setzt einen Schlag aus. „Umziehen?"

Er nickt. „Gleiche Bezahlung, gleiche Firma und Position, aber mit allem, was dazugehört. Wyatt hat sich für mich umgehört. Wir werden noch nah genug sein, um bei Bedarf hierher zu kommen, aber weit genug weg…" Er lässt den Satz so stehen, doch ich weiß, worauf er hinaus will.

„Ich weiß nicht, ob mich unter diesen Umständen jemand einstellt", sage ich und lege eine Hand auf meinen Bauch.

Rylan runzelt die Stirn. Offensichtlich hat er das nicht mitbedacht. Er streckt seine Hand aus und legt sie auf meine. „Ich möchte tun, was für uns richtig ist." Seine Stimme ist sanfter, sein Tonfall ruhig.

Ich nicke. „Ich weiß“, erwidere ich, bevor ich schlucke.

„Ich muss am Dienstag los, lass uns in der Zwischenzeit darüber nachdenken“, schlägt er vor.

Wyatt räuspert sich, weshalb wir ihn beide ansehen. Er hat ein Grinsen im Gesicht. „Ich wollte nur eine Sache anmerken. Wenn du von dem Sondereinsatz wegen des Hurrikans zurückkommst, hast du genug Geld zusammen für einen Umzug. Ich denke, ihr könnt es auch mit nur einem Gehaltsscheck schaffen. Sicher, es wird eng, aber ich schätze, es ist machbar.“

„Was meinst du damit, dass ich genug Kohle für einen Umzug zusammenbekommen werde?“, fragt Rylan.

Wyatt nimmt einen großen Bissen von seiner gebratenen Hühnerbrust und kaut darauf herum, während wir ihn anstarren. „Wir bekommen pro Tag mindestens sechszehn Arbeitsstunden bezahlt. Für jeden Tag, den wir weg sind. Alles, was über die regulären vierzig Stunden hinausgeht wird als Überstunden bezahlt. Während wir auf Montage sind, arbeiten wir sieben Tage die Woche. Ein Sturm ist genau das, wofür wir Arbeiter leben. Der Lohn für den Sturm ist die Arbeit wert.“

„Scheiße“, zischt Rylan.

„Das klingt nach einer Menge Geld“, flüstere ich.

Wyatt grinst. „Normalerweise arbeiten wir mindestens hundert Stunden pro Woche.“

„Fuck.“ Rylan hustet. „Pack deine Sachen, Süße. Wenn ich zurückkomme, ziehen wir um.“

„Aber alle, die wir kennen, leben hier“, gebe ich zu bedenken.

Rylan legt seine Hand in meinen Nacken und massiert ihn sanft. „Ich weiß, aber das bedeutet auch, dass er und seine Frau hier sind. Sie werden nicht so schnell verschwinden. Wenn ich zur Arbeit gehe, möchte ich dich in Sicherheit wissen. Im Moment kann ich das nicht garantieren und das macht mich fertig.“

Ich befeuchte meine Lippen mit der Zunge. „Okay.“

„Okay?“, hakt er nach.

Ich nicke. „Ich will das mit dir. Ich will, was auch immer auf uns zu kommt. Ich will auch, dass wir sicher sind, denn hier fühle ich mich nicht mehr sicher. Ich kann ja nicht mal in einen Supermarkt gehen, ohne Angst zu haben, dass irgendwer etwas Gemeines zu mir sagt. So will ich nicht auf ewig weiterleben, und du hast recht, sie werden nicht einfach so verschwinden“, stimme ich ihm zu.

Rylans Lippen verziehen sich zu einem Grinsen, sein Daumen streicht über meine Unterlippe. „In Ordnung, Süße. Bring deine Schicht hinter dich. Reiche deine Kündigung ein und dann lass uns einen verdammten Sprung ins kalte Wasser wagen.“ Er grinst.

Ich beuge mich vor und gebe ihm einen schnellen Kuss. „Wir sehen uns in ein paar Stunden.“

Er lächelt mich an und streicht mit seiner Hand über meinen Bauch, bevor ich aufstehe. Ich spüre Rylans Blick auf mir, als ich zu meinen anderen Tischen gehe und sie alle überprüfe.

Nachdem ich meine Runde gemacht habe und zu seinem Tisch zurückkomme, sind er und Wyatt weg. Ihre Rechnung ist bezahlt und sie haben ein großzügiges Trinkgeld dagelassen. Ich weiß, dass es von Wyatt kommt, denn er ist schon immer überaus großzügig gewesen. Ich glaube, er hat von meinen

Geldsorgen geahnt.

Tatsache ist, dass Rylan im Moment nicht so viel verdient. Wenn er in diesem Job bleibt, wird er eines Tages so viel verdienen, dass wir davon leben können. Wir werden nie reich sein. Wir werden nie etwas anderes sein als Menschen, die sich von einem Gehaltsscheck zum nächsten hangeln, aber das ist für mich völlig in Ordnung.

Ich weiß, was es bedeutet, arm zu sein, und auch, was es heißt, Eltern zu haben, die keinerlei Ambitionen haben. Ich bin anders, Rylan ist anders. Wir werden uns für unsere Familie die Finger blutig arbeiten – zumindest hoffe ich das, denn ich für meinen Teil verspreche, dass ich es tun werde.

***

Rylan

Ich gehe mit Wyatt durch den Supermarkt und überlege, was ich Channing heute Abend kochen kann. Wyatt lacht über mich, während er seine Lebensmittel in den Wagen packt. Es ist alles nur Müll. Anscheinend muss man auf Montage nur Fraß aus Tüten und Schachteln verdrücken. Er hat Chips, Sonnenblumenkerne, Dörrfleisch, Kekse und Energydrinks sowie ein paar Flaschen Wasser in den Wagen gepackt.

„Da sie keinen Grill hat, bin ich am Arsch", ächze ich.

Abermals lacht Wyatt, dann holt er ein Fertiggericht aus der Kühltruhe. „Normalerweise würde ich sagen, dass dieser Scheiß hier Geldverschwendung ist, weil man diesen Mist auch wesentlich günstiger herstellen kann. Du wirst ein paar Wochen unterwegs sein, also ist es faktisch keine Verschwendung, wenn du ein bisschen Kohle für Channing hinblätterst, sondern eine Notwendigkeit", erklärt er mir und drückt mir die Packung gegen die Brust. Ich nehme den Scheiß entgegen. Es ist ein komplettes Abendessen für zwei Personen. Hackbraten, Kartoffelpüree und grüne Bohne. „Es ist gar nicht so schlecht, ich habe es schon mal probiert." Er zuckt mit den Schultern.

Der Preis ist auch in Ordnung, und es wurde frisch zubereitet. So steht es zumindest auf der Umverpackung. „Das könnte funktionieren. Meinst du, ich sollte noch ein paar Kekse oder so besorgen?", frage ich und schaue in die Auslage der Bäckerei.

„Ich denke, du solltest deiner Frau etwas Kuchen mitbringen", erwidert er.

Ich lächele und denke an die Torte, die sie das letzte Mal unbedingt haben wollte, als wir hier gewesen sind. Ich marschiere zur Kuchenauslage.

„Wie kann ich dir helfen?", fragt die Dame hinter dem Tresen.

Ich schaue mir die kleinen runden Küchlein an und will wissen, ob sie auch welche mit Schokolade hat. „Ich habe einen Schokoladenkuchen mit Schokoglasur im Angebot", sagt sie und bückt sich. Ich beobachte, wie sie den Kuchen hervorholt.

„Channing wird dich dafür entweder hassen oder lieben. Ich bin mir nicht sicher", feixt Wyatt hinter mir.

„Ich nehme ihn", sage ich.

Die Verkäuferin lächelt und packt den Kuchen ein. Wir verlassen den Laden. Ich mit meinem Fertigessen und dem Kuchen, Wyatt mit seinem Haufen Junkfood. „Ich mache mir Sorgen, sie auf unbestimmte Zeit allein lassen zu müssen“, gebe ich zu, während Wyatt den Wagen in Richtung meines Hauses lenkt.

Er nickt. „Soll ich Louis bitten, ein Auge auf sie zu werfen? Er meinte, er wäre den kommenden Monat in der Stadt. Ich weiß, dass er sich draußen auf seiner Ranch manchmal verdammt langweilt.“

Während ich über seine Worte nachdenke, beiße ich mir auf die Lippe. Ich will nicht, dass irgendein anderer Kerl ein Auge auf Channing wirft. Aber ich bin auch nicht dumm. Ich sollte jede Hilfe annehmen, die ich kriegen kann. Und wem könnte ich ihre Sicherheit besser anvertrauen als einem Schwergewichtschampion?

„Der Mann, der in sie verliebt ist, sagt verdammt noch mal nein“, verkünde ich mit einem Grinsen. „Der Kerl, der sich um ihre Sicherheit sorgt, kann so ein Angebot jedoch nicht ablehnen.“

Wyatt schüttelt den Kopf und parkt den Wagen vor meinem Haus. „Louis ist nicht so.“ Ich schnaube, denn jeder Mann ist so. Ich bin kein verdammter Idiot und ich bin auch nicht von gestern. „Ich werde ihm sagen, dass er Abstand halten soll. Kein Kontakt.“

Jetzt schüttele ich den Kopf. „Ich vertraue ihr.“

„Glaub James kein Wort. Sie würde dich nie für ihn verlassen. Nicht mal dann, wenn er mit einem Ehering wedeln würde.“

Ich hebe mein Kinn. „Wir sehen uns morgen früh.“

Ich lasse meinen Cousin zurück und mache mich auf den Weg ins Haus. Ich schließe mich ein und räume alles weg, was fürs Abendessen gekühlt werden muss.

Ich würde ja gern sagen, dass mein Cousin recht

hat. Channing würde mich nie für James oder einen anderen verlassen. Aber ich bin auch Manns genug, um zuzugeben, dass ich mir in meiner Beziehung zu ihr noch nicht ganz sicher bin. Wir sind erst frisch zusammen, doch vertraue darauf, dass ich sie für mich allein habe. Ich weiß, wo mir der Kopf steht, ich weiß, dass sie die Richtige für mich ist. Es gibt keine andere Frau da draußen, die Channing das Wasser reichen kann. Ich hoffe nur, dass sie verdammt noch mal das Gleiche für mich empfindet.

KAPITEL 17

Channing

Ich stöhne auf. Mein Bauch ist voll, mein Körper gesättigt und warm, als ich mich an Rylan heranschmiege. Er schlingt die Arme um meinen Rücken und zieht mich noch enger an sich heran. Ich lege meine Arme um seinen Bauch, bette meinen Kopf an seiner Brust und seufze. „Musst du gehen?"

Er schnaubt. „Louis Kingston wird ein Auge auf dich haben. Aber ja, ich muss gehen."

Ich hebe den Kopf und schaue ihm in die Augen. Unsicher, ob ich ihn wirklich richtig verstanden habe. „Louis Kingston wird ein Auge auf mich haben?"

Rylan runzelt leicht die Stirn. „Wyatt hat es vorgeschlagen. Offenbar langweilt sich Louis auf dem Land. Er wird nicht rund um die Uhr hier sein oder so. Ich sorge mich einfach."

„James wird nichts unternehmen. Er redet viel, wenn der Tag lang ist", lasse ich ihn wissen.

Etwas Düsteres schleicht sich in seine Züge und er schüttelt den Kopf. „Ich bin mir da nicht so sicher und außerdem hat seine Schlampe dich angegriffen. Ich werde nicht hier sein können, also soll Louis in der Nähe sein. Wyatt gibt dir seine Telefonnummer für den Notfall", murrt er.

„Kann es sein, dass es dir gegen den Strich geht, dass er ein Auge auf mich wirft?"

„Ich will niemanden, außer mir natürlich, in deiner Nähe wissen. Das hört sich so verdammt verrückt an, jetzt, da ich es laut ausgesprochen habe", knurrt er.

Ich kichere, beuge mich vor und presse meine Lippen auf seine. „Nein, das stimmt nicht. Ich verstehe es. Mir würde es auch nicht gefallen, wenn eine andere Frau bei dir vorbeischaut.“

Er schiebt seine Hüften gegen meine Oberschenkel. Ich stöhne auf, als er seinen Schwanz gegen meine Mitte drückt. Rylan neigt den Kopf, seine Lippen berühren meine erneut, seine Zunge gleitet in meinen Mund und er schmeckt mich.

Sein Kuss ist heiß und feucht, lang und köstlich. Ich will nicht, dass er ihn jemals beendet. Niemals. Ich wimmere, als er sich von mir zurückzieht, und ein weiteres Mal, als er beginnt, meinen Hals hinunterzuküssen, bis er meine Brüste erreicht. Er zieht meine Brustwarze in seinen Mund und verwöhnt sie zärtlich mit seiner Zunge.

Mit einer Hand tauche ich in seine Haare ein. Ich presse mich ihm entgegen und schließe die Augen, während er an meiner Brust saugt und knabbert. Die ungeteilte Aufmerksamkeit, die er mir schenkt, jagt einen Schauer über meinen ganzen Körper.

„Ry, das fühlt sich göttlich an“, keuche ich.

Ich drücke meinen Rücken durch, sodass ich ihm die Brüste noch weiter entgegenstrecke, und eine Gänsehaut breitet sich auf meinem Körper aus. Er stöhnt und öffnet den Mund noch etwas weiter, um sich noch mehr von meiner Brust zu nehmen. Ich ziehe fester an seinen Haaren und beiße die Zähne zusammen, während sich meine Hüften nach Erleichterung sehnen, praktisch darum betteln.

Er gibt meine Brust frei und küsst sich langsam über meinen Bauch meinen Körper hinunter. Dann schwebt sein Mund über meiner Pussy.

„Rylan“, zische ich, als ich seinen warmen Atem spüre.

„Genau so. Ich mag dich genau so, Channing. Nass und wartend. Verdammte Scheiße, du bist wunderschön, Süße“, raunt er.

Ich kneife die Augen zusammen, mein Kopf bewegt sich hin und her, ich versuche, mich zu beruhigen und zu entspannen. Doch ich kann nicht. Ich bin ein einziges Bündel aus Bedürfnissen und Verlangen. Seine Zunge schmeckt meine Mitte, gleitet so verdammt langsam durch sie hindurch, dass meine Schenkel zu zittern beginnen. Ich weiß nicht, wie er behaupten kann, ich würde umwerfend aussehen, wenn ich doch ein einziges, bedürftiges Chaos bin.

„Du schmeckst verdammt gut“, knurrt er, nachdem er seine Zunge um meine Klit herumgewirbelt hat. „Ich muss in dir sein.“

Ja. Ja. Ich brauche ihn auch. So, so dringend.

Er weicht etwas zurück und ich denke, dass er nun in mich eindringen wird, doch er tut es nicht. Als ich nicht sofort spüre, wie er in meine Mitte stößt, macht sich Enttäuschung in meiner Brust breit. Stattdessen steht er auf, steigt falsch herum wieder auf die Matratze und bringt meinen Kopf in Position. Er legt seine Handflächen auf der Matratze neben meinen Hüften ab und lehnt sich immer weiter runter. Die Spitze seines Schwanzes streift meine Lippen, als er damit beginnt, an meiner Klitoris zu saugen.

„Öffne den Mund, Channing. Ich werde es langsam angehen lassen, Süße“, verspricht er mir, während sein Atem meine Mitte streift.

Ich öffne den Mund und hebe gleichzeitig meine Hüften an. Rylan stöhnt, sein Schwanz gleitet zwischen meine Lippen. Er fickt meinen Mund, seine Stöße sind schwach und langsam. Er drängt mich nicht dazu, ihn tiefer aufzunehmen, als ich kann. Es ist sinnlich, und ich fühle mich gleichzeitig so verdammt sexy.

Er hält sich zurück. Ich habe das Gefühl, dass sein massives Kontrollvermögen das Einzige ist, das ihn davon abhält, mir seinen harten Schwanz in die Kehle zu rammen. Der Gedanke, dass er auf diese Weise die Kontrolle verlieren könnte, erregt meinen ganzen Körper. Vielleicht wird es eines Tages passieren. Hoffentlich.

Im Moment behandelt er mich, als wäre ich zerbrechlich, als wäre ich etwas ganz Besonderes. Und ich liebe es – in jeder Hinsicht. Ich weiß, dass mehr in ihm steckt. Eine Dunkelheit, die direkt unter der Oberfläche lauert, und ich will auch das. Ich will alles von ihm. Jedes verdammte Stück.

Ich stöhne um seinen Schwanz herum und hebe meine Hüften an, als sich seine Zunge ausschließlich auf meine Klit konzentriert. Wir arbeiten im Einklang. Meine Hüften heben sich, während sich seine senken. Ich spüre, wie sein Schwanz in meinem Mund noch mehr anschwillt, und ich weiß, dass er kurz davor ist. Der Gedanke, dass er meinetwegen kommt, wegen der Art und Weise, wie ich ihn errege, ist aufregend und bringt mich selbst näher an den Rand der Explosion.

Er knurrt an meiner Pussy, seine Zähne kratzen über meine Klitoris und dann passiert es. Das ist der Moment, indem ich über den Rand der Klippe falle. Ich schreie, unfähig, noch länger an seinem Schwanz zu saugen und zu lecken und verliere mich in meinem eigenen Höhepunkt.

Meine Augen fallen zu, ich spüre sein Gewicht nicht mehr auf mir und mein Körper zuckt unkontrolliert. Der erste warme Schwall von Rylans Samenerguss trifft auf meine Brust, weshalb ich vor Überraschung die Augen öffne. Er stöhnt, während er mit der Hand seinen Schwanz streichelt.

Ich lecke mir bei seinem Anblick über die Lippen. Seine muskulösen Arme, sein starker, tätowierter Oberkörper. Die Art und Weise, wie sein Haar, das herabhängt, seine Augen ein wenig bedeckt. Seine Zähne, die er in seine Unterlippe gebohrt hat.

Alles an ihm ist absolut wunderschön.

Er schaut mich an, grinst und lässt seinen Schwanz los. Wortlos streicht er mit seinem Penis über meine Brüste, ich beobachte seine Bewegungen und streichele seine Hand.

„Fuck. Wie konnte das passieren?"

„Was?"

Er lächelt, wobei ich finde, dass es fast ein trauriges Lächeln ist. Sein Zeigefinger spielt mit seinem Sperma. Er verstreicht es erst um eine Brustwarze herum, dann um die andere. „Du bist hier mit mir? Ich kann noch immer nicht fassen, dass das jetzt mein Leben ist", antwortet er.

Ich drücke sein Handgelenk so lange, bis er seinen Arm nicht mehr bewegt und in der Bewegung innehält. „Das Gleiche könnte ich auch sagen. Ich denke genau wie du, Rylan. Die einzige Erklärung, die ich habe, ist, dass wir füreinander bestimmt sind. Früher habe ich das Sprichwort, dass alles nur aus einem bestimmten Grund passiert, gehasst, doch jetzt verstehe ich es."

Er lächelt, doch seine Augen erreicht es nicht. Sie wirken nachdenklich, nahezu traurig. „Ich werde dich vermissen."

Rylan schwingt seine Beine über den Rand der Bettkante und vergräbt sein Gesicht in seinen Händen.

In diesem Moment arbeitet etwas in ihm, das ich nicht verstehe. Auch ich setze mich auf, krabbele hinter ihn, lege meine Wange gegen seinen Rücken und schlinge meine Arme um seine Taille. Es ist mir egal, dass ich so sein Sperma auch auf seinem Körper verteile. Wir können duschen. Zusammen.

„Ich werde dich auch vermissen, aber denk doch nur an all die aufregenden Dinge, die wir in Zukunft miteinander erleben werden", flüstere ich.

Er brummt und eine seiner Hände legt sich um meine. Er drückt mich, dann räuspert er sich. „Lass uns aufräumen. Wir haben morgen einen langen Tag vor uns."

Wir sprechen nicht weiter miteinander. Ich bin zu sehr in meinen eigenen Gedanken versunken, um Rylans plötzlichen Stimmungsumschwung zu verstehen. Es ist kein großer, aber ich spüre, dass ihn etwas belastet. Und es geht sicher nicht nur darum, dass er für ein paar Wochen weg sein wird. Es geht um etwas Größeres, es ist mehr als das – etwas Tieferreichendes.

Nachdem wir geduscht haben, gehen wir wieder ins Bett. Er zieht mich an seine Brust, seine Lippen berühren meine Schulter und ich gehe davon aus, dass er etwas sagen möchte, doch er stößt stattdessen nur einen Seufzer aus.

„Wenn du willst, dann kannst du mit mir reden", flüstere ich in die Dunkelheit.

Er räuspert sich, bleibt aber noch einen Moment lang still. „Ich weiß, Channing. Ich weiß, dass ich das kann, und dafür bin ich dir so verdammt dankbar."

Eigentlich sagt er nichts. Gar nichts. Aber die Tatsache, dass er zu wissen scheint, dass er mit mir reden kann, ist schon mal die halbe Miete. Ich verschränke meine Finger mit seinen. Ich sage auch nichts weiter, obwohl ich noch so viel zu sagen und zu fragen hätte. Trotzdem tue ich es nicht. Ich schließe die Augen und genieße es in seinen Armen zu liegen.

Rylans Oberschenkel schieben sich zwischen meine Beine und drücken gegen meine Mitte. „Du bedeutest mir alles, Channing. Es tut mir leid, falls ich es versaut habe", wispert er.

Er hat so leise gesprochen, dass ich mir nicht sicher bin, ob er die Worte wirklich laut aussprechen wollte. Sie stimmen mich traurig, obwohl sie mich glücklich machen sollten. Ich reagiere nicht auf sein geflüstertes Geständnis, sondern atme ruhig und gleichmäßig weiter. Ich hoffe, dass er eines Tages begreift, dass er das Beste ist, was mir und diesem Baby passieren konnte. Dass er uns alles bedeutet. Er wird nichts vermasseln, weil er sich viel zu sehr bemüht, alles richtig zu machen. Er ist ein guter Kerl, mit einem guten Herzen, und wir werden alle Hürden gemeinsam meistern. Das müssen wir einfach.

***

Rylan

„Der Anruf erreichte mich heute Morgen. Wir müssen spätestens bis Mittag auf der Straße sein", sagt Wyatt von seinem Wagen aus.

Ich nicke. „Ich werde es Channing sagen. Sie hat gestern Abend meine Sachen für mich gepackt. Ich bin bereit."

Ich wende mich von ihm ab und warte nicht darauf, dass er noch etwas antwortet. Als ich ins Schlafzimmer jogge, sehe ich Channing auf der Seite liegen. Sie hat die Hände unter ihrer Wange gebettet und lächelt, bevor sie die Augen aufschlägt.

„So schnell zurück?", fragt sie heiser.

Sie ist müde. Ich habe sie heute Morgen gefickt, bevor ich aufgestanden bin und mich geduscht habe. Ich hätte es nicht tun sollen, doch ich konnte nicht anders. Ihr Körper ist so warm und weich und hat sich gegen meinen geschmiegt. Außerdem macht sie, während sie schläft, diese süßen Geräusche.

„Ich habe um acht einen Termin bei der Zulassungsstelle, und wir müssen uns bis mittags auf den Weg machen. Das hat Wyatt mir gerade gesagt", erkläre ich ihr und setze mich neben sie.

Ihre Augen weiten sich, und ihr zufriedener, träger Gesichtsausdruck ist verschwunden. Sie sieht nicht panisch aus, aber sie wirkt besorgt. Ich fahre mit den Fingern über ihre Lippen. Sie sind noch immer geschwollen von meinen Küssen heute Morgen, von meinem Knabbern und Saugen. Ich liebe ihre Lippen. Verdammt, ich liebe jedes Körperteil von ihr.

„Versprich mir, dass du auf dich aufpasst. Der Hurrikan hat noch nicht einmal richtig losgelegt. Ich habe den Wetterbericht verfolgt", sagt sie.

Ich lächele, beuge mich vor und drücke meine Lippen auf ihre. „Ich passe auf mich auf. Das schwöre ich dir, Süße. Ich komme, so schnell ich kann, zu dir zurück."

Sie seufzt erleichtert und nickt. „Ich vermisse dich jetzt schon."

Ich zwinkere ihr zu. „Louis Telefonnummer ist in deinem Handy eingespeichert. Zusätzlich dazu habe ich einen Zettel geschrieben und ihn auf die Küchenzeile gelegt. Ich bekomme meinen Lohn, während ich unterwegs bin. Da ich aber noch kein Bankkonto habe, werden sie meine Gehaltsschecks im Büro aufbewahren. Ich weiß noch nicht, wie ich sie dir überschreiben kann."

„Wir kommen schon klar, Rylan. Ich werde auch arbeiten und verdiene genug, um während deiner Abwesenheit für mich selbst zu sorgen. Kümmere dich lieber um deine Sicherheit", sagt sie mit sanfter, süßer Stimme.

Ich senke den Kopf und küsse sie ein letztes Mal. „Ruf mich an, wenn du mich brauchst. Ich werde versuchen, mich jeden Tag bei dir zu melden", verspreche ich ihr.

Sie lächelt, doch sie erwidert nichts darauf. Ich stehe auf und eile aus dem Zimmer. Wenn ich nicht sofort gehe, und zwar schnell, dann weiß ich nicht, ob ich überhaupt dazu in der Lage sein werde, sie zu verlassen. Ich schnappe mir meine Tasche, werfe sie mir über die Schulter und schließe die Tür hinter mir ab.

Ich jogge zu Wyatts Pickup, werfe meine Tasche auf die Ladefläche und steige ins Führerhaus.

„Geht es ihr gut?", will er wissen und legt einen Gang ein.

Ich schaue zum Haus zurück, während er anfährt. „Sie ist okay. Ist Louis mit allem einverstanden?", hake ich nach.

Wyatt lacht, weshalb ich schnell meinen Kopf zu ihm drehe, um ihn anzusehen. Er schaut mich nicht an, sein Blick ist auf die Straße gerichtet und ich warte geduldig ab, denn ich weiß, dass er noch einen Kommentar zum Besten geben wird. Ich balle meine Hände zu Fäusten und versuche, meinen verdammten Arsch zu beruhigen und nicht meinen verdammten Cousin zu verprügeln.

„Mach dich nicht verrückt. Mit Louis geht alles klar, und Channing wird es an nichts fehlen. Alter, bist du leicht zu reizen.“

Beinahe hätte ich einen dummen Spruch über Sammi auf ihn losgelassen und darüber, wie leicht er zu reizen ist, wenn ich nur ihren Namen erwähne, aber das lasse ich. Stattdessen lehne ich mich zurück und beschließe, mich auf meine bevorstehende Führerscheinprüfung zu konzentrieren.

Fuck, ich hoffe, ich bestehe den Scheiß. Ich brauche den Lappen für meinen Job, aber vorrangig für mich selbst. Um mir selbst zu beweisen, dass ich ihn bestehen kann. Ich habe seit dem Unfall, den ich verursacht habe, nicht mehr hinter einem Steuer gesessen. Ich muss die verdammte Straße beherrschen, um zu beweisen, dass ich umsichtiger bin als vor fünf Jahren. Dass ich nicht mehr dieser Mann bin.

Ich brauche ihn für Channing und das Baby, aber ich brauche ihn auch für mich selbst. Vor allem, weil sich der Jahrestag des Unfalls nähert. Und das verdammt schnell.

KAPITEL 18

Channing

Lulamae lächelt mich an. Sie lächelt und schüttelt mit dem Kopf. Verrücktes Huhn. Lucy sieht zu Lulamae, dann wieder zu mir. Auch sie lächelt. Dann höre ich Clarence im hinteren Teil der Küche lachen, und es klingt fast wie ein *Ich-hab's-dir-doch-gesagt-Lachen*.

„Ich wusste, dass er dir guttun würde", sagt Lulamae.

Ich runzele die Stirn. „Du hast gesagt, dass er nur Ärger macht und dass ich mich von ihm fernhalten soll", erinnere ich sie an ihre Worte.

Sie zuckt mit den Schultern. „Das war, bevor ich wusste, dass er kein Abklatsch seines Vaters ist. Jetzt, da ich ihn besser kenne, finde ich es super, dass ihr beide ein Paar seid."

Ich winke ab und weigere mich mit ihr das Gespräch zu vertiefen. „Wie dem auch sei, wäre es okay, wenn ich so lange weiterarbeite, bis Rylan zurück ist?", wende ich mich wieder an Lucy, der Besitzerin von *Crazy Lucy's* Diner.

„Schätzchen, du kannst so lange bleiben, wie du willst. Wir stellen sowieso niemanden ein, bis du nicht gegangen bist. Meine Tochter braucht einen Job, und Gott weiß, dass sie mich bald dazu bringt, mit dem Saufen anzufangen. Vielleicht lasse ich sie einfach von dir ausbilden", meint Lucy.

„Tausend Dank", erwidere ich.

Sie lacht. Es ist ein sanftes, melodisches Lachen. „Schätzchen, du bist seit deinem sechszehnten Lebensjahr bei mir beschäftigt. Ich würde dich nie einfach auf die Straße setzen. Du gehörst zur Familie. Ich bin wirklich froh, dass du einen so guten Mann gefunden hast, der einsieht, wie wichtig es für dich und in deiner Situation ist, dich aus dieser Stadt rauszuholen.“ Sie senkt ihre Stimme und deutet mit dem Finger auf meinen Bauch.

„Danke, Lucy, vielen Dank“, flüstere ich, während sich meine Augen mit Tränen füllen.

Sie fuchtelt mit einer Hand vor mir herum. „Jetzt lasst uns an die Arbeit gehen. Die Leute wollen ihre Brötchen und Bratensoße, sie wollen Würstchen und Pancakes. Lasst uns einen schönen Tag haben.“

Lula legt mir einen Arm um die Schultern und drückt mich sanft. „Ich freue mich wirklich für dich, Channing. Ich wünschte, du müsstest nicht gehen, ich wünschte, dieser Idiot würde bekommen, was er verdient, und du würdest bleiben, aber ich freue mich trotzdem für dich“, murmelt sie. Sie lässt mich los und entfernt sich schnell von mir. Ich erwidere nichts darauf, denn sie zeigt nicht oft ihre Gefühle. Und wenn sie es tut, kann sie es nicht ausstehen, wenn man sie darauf anspricht.

Ich atme tief ein und langsam wieder aus. Dann gehe ich an die Arbeit, so wie Lucy es mir aufgetragen hat. Mein Tag vergeht schnell, und das stimmt mich verdammt glücklich. Es scheint, als wäre jeder Tag eine neue emotionale Herausforderung für mich. Ich bin nur froh, dass ich mich heute nur mit Rylans Abreise habe auseinandersetzen müssen. Ich weiß nicht, ob ich in diesem Moment noch mehr würde verkraften können.

Nach getaner Arbeit nehme ich mein Prepaid-Handy in die Hand und eile zu meinem Auto. Zum Glück habe ich noch jede Menge an Vorräten von unserem gemeinsamen Lebensmitteleinkauf übrig, sodass ich nicht beim Supermarkt anhalten muss. Ich bin müde, mir tun die Füße weh, und ich will nur noch ein langes Nickerchen machen, bevor ich etwas esse und dann zu Bett gehe.

Ich fahre in meine Einfahrt, parke den Wagen und steige gähnend aus. Mit gesenktem Kopf gehe ich auf die Haustür zu, doch etwas lässt mich erstarren. Ich schaue mich um und erkenne einen Mann, der an ein schickes, schwarzes Auto gelehnt ist.

Mir stockt der Atem. Der Mann lächelt und hebt eine Hand. Er ist groß, breitgebaut und hat dunkles Haar. Als er seine Sonnenbrille abnimmt, stoße ich einen Seufzer der Erleichterung aus. Es ist Louis, der auf mich zu gejoggt kommt.

„Habe ich dich etwa erschreckt?", fragt er stirnrunzelnd.

„Ein bisschen, aber nicht wirklich. Ich hab eine Sekunde gebraucht, um dich zu erkennen", sage ich und lächele ihn an.

Er ist echt gutaussehend. Man sieht ihm an, dass ihm schon ein paar Mal auf die Nase geschlagen wurde, aber insgesamt sieht er sehr gut aus. Ich weiß nicht, warum er keine Freundin hat, und der Gedanke stimmt mich sogar ein wenig traurig. Er verdient jemanden, wie alle von Rylans Freunden. Jeder verdient jemanden.

Da kommt mir ein Gedanke in den Sinn. O Gott, ich bin einer dieser Menschen, die eine glückliche Beziehung führen und wollen, dass alle anderen das gleiche Glück erfahren. Ich hätte nie gedacht, dass ich mal so sein würde. Aber ich bin auch nie glücklich gewesen und habe keine echte Beziehung mit James geführt.

„Ich wollte nur sichergehen, dass du gut von der Arbeit nach Hause gekommen bist", sagt er achselzuckend.

Ich lächle noch immer und frage mich erneut, warum er noch Single ist. „Mir geht es gut. Heute ist nichts passiert. Es war ein guter Tag."

„Wenn du etwas brauchst, weißt du ja, wie du mich erreichen kannst, oder?"

Ich nicke. Louis wendet sich ab und eilt wieder zu seinem Auto. „Wir sehen uns", ruft er mir zu und winkt, als er auf der Fahrerseite des Wagens steht.

„Bis dann", erwidere ich zurückwinkend.

Ohne zu zögern, öffne ich meine Haustür und gehe rein. Ich schließe mich im Haus ein, werfe die Handtasche auf die Couch und gehe in die Küche. Dort steht noch ein Schokoladenkuchen, der nicht nur meinen Namen ruft, sondern ihn geradezu schreit.

Ich öffne den Kühlschrank und schaue mir den Kuchen an. Rylan hat gestern Abend nur ein kleines Stück gegessen, meins ist doppelt so groß gewesen wie seins. Es ist noch etwa der halbe Kuchen übrig. Ich überlege, ob ich mir einen Teller und ein Messer nehmen und mir ein Stück abschneiden soll, doch dann denke ich daran, wie viel Geschirr ich abwaschen muss.

Deswegen nehme ich die Kuchenverpackung aus dem Kühlschrank und hole mir aus der Schublade eine Gabel. Ohne groß darüber nachzudenken, setze ich mich aufs Sofa, schalte den Fernseher ein und falle über den Kuchen her.

Da niemand hier ist, bekommt niemand mit, dass

ich den Kuchen direkt aus der Verpackung esse. Und es ist auch niemand da, mit dem ich ihn teilen könnte. Zum ersten Mal seit Wochen bin ich ganz allein. Wahrhaftig allein. Ich sehe mich im Haus um, ein Gefühl der Einsamkeit schleicht sich in meine Brust und verwandelt sich in Schmerz. Es sollte mir nichts ausmachen. Ich lebe schon immer allein. Seit ich achtzehn Jahre alt gewesen bin.

Aber Rylan hat alles verändert, er hat mich verändert. Ich habe mich daran gewöhnt, ihn hier zu haben, ihm Essen zu kochen, an seine Seite gekuschelt aufzuwachen. So ungern ich es auch zugebe, sogar mir selbst gegenüber, fühle ich mich jetzt fast abhängig von ihm. So ein Mädchen bin ich eigentlich nicht. Ich bin unabhängig, zumindest habe ich das immer gedacht. Aber vielleicht bin ich das auch nie gewesen.

„Scheiße", hauche ich. „Scheiße. Ich bin mittellos, verfressen und vollkommen abhängig von diesem Mann."

Mein Herz beginnt zu rasen, es schlägt hart und schwer in meiner Brust. Es ist passiert, ohne dass ich es mitbekommen habe. Nein, das ist nicht wahr. Es ist passiert, weil ich das so wollte. Es ist passiert, weil sich jedes Mädchen tief in ihrem Inneren schön, besonders und geliebt fühlen will. Bei James habe ich mich nie so gefühlt, bei Rylan hingegen schon – jeden Tag.

Eine Welle der Schuldgefühle bricht über mich herein. Nutze ich ihn aus? Benutze ich diesen Mann, der auf der Suche nach einem Neuanfang ist, um mir selbst einen Vorteil zu verschaffen? Meine Zähne graben sich in meine Unterlippe. Der Kuchen schmeckt nicht mehr ganz so gut wie noch vor wenigen Augenblicken. Ja, er schmeckt fast schon ein wenig bitter.

Ich stelle ihn auf den Couchtisch vor mir ab und starre geradeaus. Der Fernseher läuft, aber ich sehe nichts. Alles, woran ich denken kann, sind Rylan und ich, und die Tatsache, dass ich mich manipulativ fühle. Ich hatte nie vor, so zu sein, ihn zu benutzen. Aber ist es nicht genau das, was ich tue?

Nutzt er dich nicht auch aus?, flüstert mir eine Stimme ins Ohr.

Tut er das? Benutzen wir einander gegenseitig? Wenn das der Fall ist, ist es dann schlimm? Er will einen Neuanfang und ich auch. Ist es so schlimm, dass wir ihn gemeinsam wagen? Wir halten aneinander und uns gegenseitig fest.

Ich beiße mir noch fester auf die Lippe. Ich lege mich auf die Seite und starre die Mattscheibe an. Ohne wirklich zu schauen, nur um irgendwohin zu sehen. Schließlich fallen mir die Augen zu und ich schlafe ein. Gefühlte zwei Sekunden später klingelt mein Telefon und weckt mich.

Während ich nach meinem Telefon greife und mich im Wohnzimmer umsehe, fühle ich mich ein wenig orientierungslos. Es ist dunkel, die Sonne scheint nicht mehr durch das Fenster und der Fernseher läuft immer noch.

„Hallo?" Ich gehe ran, meine Stimme ist noch etwas belegt.

„Ich habe dich hoffentlich nicht geweckt, oder?", fragt Rylan.

Als ich seine Stimme höre, überkommt mich ein Gefühl der Ruhe. Alle Zweifel, die ich vorhin gehabt habe, sind verschwunden. Was auch immer es ist, was auch immer der Grund dafür ist, ich weiß allein durch das Hören seiner Stimme, dass es richtig ist –

er ist richtig.

„Ich bin auf der Couch eingeschlafen“, gebe ich zu.

Er lacht, seine Stimme ist tief und heiser. „Wir sind im Hotel angekommen. Wir werden morgen den Sturm abwarten und sobald er weitergezogen ist, mit der Arbeit anfangen“, sagt er.

„Ich mache mir Sorgen um dich.“

Er brummt. „Ich mache mir mehr Sorgen um dich.“

Ich erzähle ihm von Louis, dass er vorbeikommen ist, um sich zu vergewissern, dass ich es sicher von der Arbeit nach und ins Haus geschafft habe. Er entgegnet nichts darauf, sondern stößt nur ein unglückliches Stöhnen aus. „Du weißt, dass ich verdammt eifersüchtig darauf bin, dass er bei dir ist und ich nicht, obwohl ich weiß, dass ich hier bin, um für unsere Zukunft vorzusorgen“, erklärt er mir.

„Sei nicht eifersüchtig. Es gibt niemanden außer dir, Ry.“

Er seufzt erneut. „Ich kann aber nicht anders. Du hast einfach etwas an dir. Nur du schaffst es, mich fühlen zu lassen, was ich fühle.“

Ich schließe die Augen und ein Lächeln zeichnet sich auf meinen Lippen ab. „Mir geht es genauso.“

Wir quatschen noch ein paar Minuten miteinander, doch leider nicke ich zwischendrin immer wieder weg. Rylan drängt mich dazu, ins Bett zu gehen. Wir legen auf, und als der Anruf endet, sind all die Schuldgefühle völlig verraucht. Ich fühle mich weder manipulativ noch benutzt, ich bin Hals über Kopf verliebt.

***

Wyatt wirft etwas nach mir, als er durch die Tür kommt. Ich hebe automatisch die Arme, um abzufangen, was auch immer es ist. Als die Papiertüte in meiner Hand landet, grinse ich.

„Frühstückstacos." Mein Grinsen wird breiter.

„Gewöhn dich nicht an das gute Essen. Wir werden bestimmt bald nur durchgeweichte Sandwiches oder altes Brot bekommen", sagt er.

„Ich hatte schon Schlimmeres." Ich zucke mit den Schultern und nehme die Tacos aus der Tüte. „Hast du schon gegessen?" Ich schaue auf die sechs Tacos, die die Hälfte der weißen Papiertüte ausmachen.

Er grinst. „Jepp, die süße kleine Kellnerin hat mir die Tacos besorgt…"

„Tacos und sonst noch etwas?", will ich wissen.

Er schüttelt den Kopf. „Ein Gentleman genießt und schweigt, Arschloch."

„Lügner."

Er schnappt sich ein Kissen und wirft es nach mir. Ich nehme einen Happen von meinem Frühstück und das Kissen trifft mich am Kopf, doch ich zeige keine Reaktion. Ich esse einfach weiter mein Essen, was ihn zum Lachen bringt.

„Es würde dir nicht schaden, wenn du dir endlich mal jemand Neues suchst", murmele ich.

„Jepp." Er wendet sich von mir ab und schaut aus dem Fenster.

Draußen ist es verdammt windig. Die Bäume schwanken so sehr, dass ich mir nicht sicher bin, ob sie den Sturm überstehen. Der Sturm ist da, und wir müssen einfach abwarten und hoffen, dass nichts Schlimmes passiert.

Das spiegelt so ziemlich mein Leben wider. Warten. Ich warte auf den Moment, in dem Channing herausfindet, dass eine schwangere Frau wegen meiner Dummheit getötet wurde. Wenn sie hinter die Wahrheit kommt, wird sie zweifellos genauso heftig wüten, wie dieser Hurrikan der Stärke vier, der gerade auf die Golfküste trifft.

„Sammi ist nicht die einzige Frau auf diesem Planeten. Lass deine Wut raus und dann zieh verdammt noch mal weiter", schlage ich vor. Ich ignoriere meine eigenen Dämonen, die mich regelrecht anschreien.

Er schnaubt. „Du weißt aber schon, dass ich auch mit anderen Frauen zusammen war, oder? Nur weil ich immer wieder mit ihr in der Kiste lande, heißt das nicht, dass sie die einzige Frau ist, die ich gevögelt habe."

Ich nehme einen weiteren Bissen von meinem Taco. „Davon bin ich ausgegangen, Wyatt. Aber mal ganz im Ernst, Cousin, du hast dich niemandem geöffnet. Nur weil du auch andere fickst, heißt das nicht, dass du darüber hinweg bist."

„Und das sagt mir der Experte in Beziehungsfragen, der versucht, seine Schuldgefühle zu bewältigen, indem er sich um eine frisch sitzengelassene Schwangere kümmert?"

Ich verenge meinen Blick und mein Kiefer krampft. Ich weiß, dass er gerade wild um sich schlägt. Er mag Channing, und er hat auch schon mehrfach betont, dass er sich freut, dass wir zusammen sind. Er meint den Scheiß, den er gerade gesagt hat, nicht ernst, auch wenn er sich im Moment wie ein gottverdammtes Arschloch aufführt.

„Du musst den Spieß jetzt nicht umdrehen. Wir sprechen gerade über dich", sage ich.

Er seufzt und fährt sich mit einer Hand durch die Haare. „Ja, ich weiß. Fünfzehn Jahre klingen nach einer verdammt langen Zeit, aber in Wahrheit fühlt es sich an, als wäre das, was sie getan hat, erst gestern passiert. Ich bin so verdammt wütend, und dabei mag ich sie nicht einmal mehr, Ry", lässt er mich wissen.

„Warum hast du sie dann wieder in dein Leben gelassen?", frage ich ihn eher neugierig als anklagend. Ich mag kein Profi in Sachen Beziehungen sein, aber ich weiß genug, um zu erkennen, dass das, was Wyatt und Sammi über Jahre hinweg miteinander veranstaltet haben, für keinen der beiden gesund gewesen ist.

Er schnaubt. „Ich mag jetzt wie ein Arschloch klingen. Wir hatten keinen Sex, sondern wir haben miteinander gefickt. Es war roh, irgendwie animalisch, und es war wütend. Sie hat es akzeptiert, und ich glaube, tief in ihrem Inneren wusste sie, dass sie es verdient hat, und ich ebenso."

Ich weiß nicht, was ich sagen soll. Die Geschichte ist total abgefuckt und traurig. Sammi und ich haben allerdings etwas gemeinsam. Wir haben beide getötet, aber aus unterschiedlichen Gründen. Sie ist jung und verängstigt und ich bin jung und dumm gewesen. Wir müssen beide für den Rest unseres Lebens mit unserer Vergangenheit leben.

Jedoch kenne ich Wyatt und er wird ihr nie verzeihen. Genau aus diesem Grund müssen beide nach vorne schauen. Ich zolle Sammi meinen Respekt dafür, dass sie den Arsch hochbekommen hat und weggezogen ist. Dass sie ihr Leben in die Hand genommen und ihn freigegeben hat. Beide brauchen ihren Freiraum, und Wyatt wird niemals derjenige sein, der Gallup verlässt. Nie und nimmer.

Er muss nur noch dasselbe tun, und nach vorne blicken. Die Vergangenheit kann nicht verändert werden, sie kann nicht wieder repariert werden. Sie ist bereits Geschichte. In der Zukunft können wir uns ändern, wachsen und bessere Menschen werden.

Ich öffne meinen Mund, um ihm das zu sagen, doch er starrt aus dem Fenster und ist völlig in seine Gedanken versunken. Also mache ich mit dem Frühstücken weiter und schweige. Er wird es hoffentlich irgendwann kapieren. Hoffentlich wird er eines Tages seine Channing finden und es endlich verstehen, verdammt.

KAPITEL 19

Channing

Ich habe Rylan das letzte Mal vor zwei Wochen gesehen. Er ruft mich immer einmal am Tag an, und wenn er es tut, klingt er müde – völlig erschöpft und ausgelaugt. Ich habe die Berichterstattungen über den Hurrikan gesehen, und mir blutet das Herz. Ich frage ihn immer, ob es ihm gut geht, aber er weicht mir aus. Er sagt, er will nicht über sich sprechen, denn seine Sorgen gelten mir und dem Baby.

Die Tatsache, dass er sich mehr um mich als um sich selbst kümmert, erwärmt mich von innen heraus, denn mir geht es genauso. Ich mache mir mehr Sorgen um ihn als um mich. Ich bringe einen Teller mit einem Burger zu einem Tisch und stelle ihn mit einem Lächeln ab, als es an der Tür klingelt und ein neuer Gast hereinkommt.

Als ich mich umdrehe, bin ich überrascht, Louis und Beaumont im Eingangsbereich stehen zu sehen.

„Wo immer ihr wollt", sage ich lächelnd.

Sie erwidern das Lächeln nicht, woraufhin ich die Stirn runzele. Ich möchte sie fragen, ob alles in Ordnung ist, als James und Jennifer direkt nach ihnen das Diner betreten. Ich schließe meinen Mund und sehe sie mit zusammengekniffenen Augen an.

Louis und Beaumont kommen auf mich zu und versperren mir mit ihren Körpern die Sicht auf James und Jennifer.

„Bleib ganz ruhig, Liebes", murmelt Beaumont.

„Was ist los?", will ich wissen.

Louis schüttelt den Kopf. „Keine Ahnung. Wir haben den Sheriff verständigt. Er wird in ein paar Minuten hier sein. Geh den beiden einfach aus dem Weg, während wir abwarten. Komm, nimm unsere Bestellung auf. Ignorier die Ärsche“, meint er.

„Der Sheriff wird nichts unternehmen. Ein Highschool Lehrer und seine Frau, das perfekte Paar? Er wird einen Scheiß tun“, reagiere ich unwirsch.

Louis und Beaumont legen ihre Handflächen auf meine Schultern und schieben mich vorwärts. Die beiden Männer lassen mich erst wieder los, als sie an einem freien Tisch sitzen. Es kostet mich alles, mich nicht umzudrehen und James und Jennifer anzusehen. Ich halte meinen Blick auf Louis und Beaumont gerichtet. Beide tauschen sich über die Speisekarte aus und stellen mir Fragen, offensichtlich um mich von den beiden Menschen abzulenken, die mir mein Leben zur Hölle machen wollen.

Als die Eingangstür wieder klingelt, ich mich umdrehe und den Sheriff im Eingangsbereich stehen sehe, räuspert Louis sich und steht auf. Der Sheriff deutet mit dem Kinn auf Louis und gibt ihm zu verstehen, dass wir zu ihm herüberkommen sollen.

„Haben Sie mich angerufen?“, fragt er Louis.

„Das habe ich. Miss Shephard hat ein Problem mit einigen Gästen hier. Sie scheinen sie zu belästigen“, erklärt er ihm.

Der Blick des Sheriffs wandert zu mir. Er runzelt die Stirn und etwas Dunkles huscht über sein Gesicht. „Ich rücke normalerweise nicht aus, nur weil jemand in ein Lokal kommt, um etwas zu essen“, erwidert er.

Ich schrecke zurück, doch Louis legt mir eine Hand auf den Rücken, um mich zu stützen. „Es ist mehr als das, Robby, und das weißt du genau“, tadelt Beaumont, während er sich von seinem Stuhl erhebt.

Die Augen des Polizisten weiten sich, er dreht den Kopf in Beaumonts Richtung und ein Lächeln umspielt seine Lippen. „Verdammt, Beaumont, ich wusste nicht, dass du in der Stadt bist.“

„Bin ich aber. Diese Leute haben meine Freundin belästigt. Nicht nur hier, sondern auch bei ihr zu Hause, im Supermarkt und in der ganzen Stadt“, klärt Beaumont ihn auf.

Der Beamte seufzt und widmet mir wieder seine Aufmerksamkeit. „Es tut mir leid, Channing. Ich kann nicht viel für dich tun. Sie haben dir in keiner Weise wehgetan. Du warst seine Geliebte, weshalb das ziemlich schlecht für dich aussieht.“ Ich zucke bei seinen Worten zusammen. „Mr. und Mrs. Bridges sind angesehene Mitglieder der Gesellschaft…“ Er spricht nicht weiter, doch ich weiß genau, was er damit andeuten will.

Ich nicke. „Verstehe. Ich ziehe in ein paar Wochen um. Ich muss nur noch darauf warten, dass mein Freund die Arbeiten wegen des Hurrikans beendet“, erkläre ich ihm und lege eine Hand auf meinen Bauch. „Ich will einfach nur in Sicherheit sein, während ich darauf warte, dass er nach Hause kommt.“

Ihm entgeht mein nicht ganz so subtiler Unterton nicht und er räuspert sich. Er weiß, dass ich mit James geschlafen habe. Die ganze Stadt weiß es. Es würde mich mehr überraschen, wenn *niemand* davon wüsste.

Er räuspert sich ein weiteres Mal und rückt dann seinen Cowboyhut zurecht. „Ich werde mit ihnen sprechen und ihnen sagen, dass sie sich von dir fernhalten sollen. Das ist alles, was ich im Moment für dich tun kann.“

Ohne noch mehr dazu zu sagen, wendet er sich ab und geht zu James und Jennifer hinüber, die diesmal zufällig in Lulamaes Bereich sitzen. Ich werfe einen kurzen Blick auf die beiden, bevor ich mich wieder Beaumont und Louis zuwende.

„Danke für den Versuch.“ Ich lächele. Mein Lachen ist zittrig und unecht. Beide sehen es, aber zum Glück kommentieren sie es nicht.

Louis grinst. „Wie wäre es, wenn wir etwas zu essen bestellen und ein wenig abhängen?“

„Klingt gut“, pflichtet Beaumont ihm bei.

Mit bebenden Fingern, die zu meinem gekünstelten Lächeln passen, notiere ich mir ihre Bestellungen. Sie sind ziemlich kompliziert, denn sie haben eine Million Änderungswünsche. Eigentlich bin ich ihnen dankbar dafür, denn bis ich mit meinen Notizen fertig bin, habe ich mich wieder beruhigt.

Louis und Beaumont verbringen den Rest des Nachmittags im Diner und haben ein Auge auf mich, bis meine Schicht zu Ende ist. Ich weiß, was sie da tun, und es ist mir unangenehm, weil sie meine Babysitter spielen müssen, aber irgendwie bin auch froh darüber. Ich habe das Gefühl, dass James und Jennifer aus einem bestimmten Grund hergekommen sind, und zwar, um mich zu quälen.

„Danke, Jungs“, sage ich, als wir drei zu meinem Auto gehen.

„Arbeitest du morgen?“, will Louis wissen.

Ich schüttele den Kopf. „Morgen ist mein einziger freier Tag diese Woche.“

Er nickt. „Gut. Ich mochte den Blick in den Augen

dieses Typen nicht.“

Ich denke an James und daran, wie er mich behandelt, wie er mich gefickt hat. Mit ihm zu schlafen, ist gänzlich anders gewesen als mit Rylan. Rylan macht Liebe mit mir. Ich schüttele den Kopf, denn James hat nie mit mir geschlafen. Kein einziges Mal. Er hat mich gefickt, und es ist ihm egal gewesen, ob ich gekommen bin oder nicht. Was wir gehabt haben, ist nicht ansatzweise mit dem zu vergleichen, was Rylan und ich haben. Es ist schmutzig und manipulativ gewesen. Und jetzt, wo es vorbei ist, ekelt mich die ganze Sache nur noch an.

Rylan sorgt sich um mich. Er zeigt mir das jeden Tag, auf die eine oder andere Art. Wenn er mich berührt, selbst wenn er es hart und schnell tut, spüre ich nichts anderes als seine Liebe. Mein Herz kommt ins Stolpern, wenn ich nur an ihn denke. Er liebt mich. Er hat es zwar nie laut ausgesprochen, doch ich spüre es bei allem, was er für mich tut. Ob ich ihn auch liebe? Diese Frage schwirrt mir eine Minute lang durch den Kopf.

Das tue ich.

Ich liebe ihn.

„Channing?“, fragt Louis.

Ich zucke zusammen und drehe mich zu ihm um, die Hand am Griff meiner Autotür. „Ja?“

Er lächelt freundlich. „Bereit nach Hause zu fahren? Wir werden dir folgen. Beaumont kann deinen Wagen fahren, wenn du willst“, bietet er an.

Kopfschüttelnd winke ich ab, steige in mein Auto und starte den Motor. Rylan ist immer noch der Mittelpunkt meiner Gedanken. Er und die Tatsache, dass ich mich in ihn verliebt habe.

Ich presse die Lippen aufeinander und kann das Lächeln nicht unterdrücken, das meine Mundwinkel umspielt, während ich nach Hause fahre. Ich bin glücklich. Glücklicher, als ich sein sollte. Glücklicher, als ich es sein darf. Aber ich bin es.

***

Rylan

Der Heimweg sollte sich anfühlen, als ob er mit Gold gepflastert wäre. Mir ist heiß, mir tut alles weh, ich bin müde und fühle mich krank. Ich bin nur aus einem Grund krank: wegen morgen. Ich sollte die kommenden Tage hierbleiben, aber ich kann nicht. Wir fahren in einem Konvoi und ich muss Wyatts Truck den ganzen Weg über nach Hause folgen.

Ich habe Channing nicht einmal gesagt, dass ich auf dem Rückweg bin. Zuerst wollte ich sie überraschen, jetzt bin ich verdammt nervös. Ich bin mir nicht sicher, ob ich sie überhaupt treffen sollte. Als ich das letzte Mal mit ihr telefoniert habe, ist sie so glücklich gewesen, dass ich ihr nicht sagen wollte, was mich bedrückt. Scheiße, ich weiß nicht einmal, ob ich es ihr jemals sagen kann. Je näher wir Gallup kommen, desto mieser fühle ich mich.

Als wir endlich den Werkhof erreichen, parke ich meinen Truck und stelle den Motor ab, doch ich steige nicht aus. Ich bleibe hinter dem Lenkrad sitzen und starre durch die Frontscheibe. Die zwei Wochen, die ich weg gewesen bin, haben sich wie eine Ewigkeit angefühlt. Doch der morgige Jahrestag fühlt sich wie eine rohe Wunde an. Sie wird niemals verheilen. Sechs Jahre später und sie ist noch nicht abgeheilt. Ich habe das Gefühl, noch einmal jenen Tag zu durchleben. Den Moment, als ich erfuhr, was ich getan und welchen dauerhaften Schaden ich verursacht habe.

Wyatt erschrickt mich, indem er an die Tür der Fahrerkabine klopft. Ich öffne sie, meine Augen sind wahrscheinlich gerötet, weil ich eine Pussy bin und die ganze Heimfahrt über geflennt habe. Ich kann nicht zu Channing zurückgehen. Ich kann nicht nach Hause kommen und der Mann sein, den sie braucht. Ich kann diesen Traum nicht leben.

„Rylan“, spricht mich Wyatt sanft an.

„Kann ich mit zu dir?“, will ich wissen.

Er schüttelt den Kopf. „Ich will ja sagen, aber ich kann nicht.“

Stirnrunzelnd schaue ich meinen Cousin an, bevor ich aus dem Wagen steige. „Was heißt, du kannst nicht?“

„Du musst das allein durchstehen, Ry. Es ist ein Teil von dir. Ich weiß, was morgen für ein Tag ist und warum du mit zu mir willst. Du kannst dieses Mädchen nicht verlassen. Nicht nach allem, was du durchgemacht hast, und nach all den Fortschritten, die du gemeistert hast, um dort zu sein, wo du jetzt bist. Du hast ihr ein Versprechen gegeben, Rylan. Du hast Pläne geschmiedet. Sie verlässt sich auf dich. Gib nicht auf.“

„Es ist kein Aufgeben, ich versuche bloß sie zu retten“, knurre ich.

Er schüttelt erneut den Kopf und fährt sich mit den Fingern durch die Haare. „Du rettest sie nicht, wenn du wie ein Feigling den Schwanz einziehst.“

„Ich beschütze sie vor mir selbst. Genau das werde ich tun“, blaffe ich ihn an.

Wyatt lehnt sich vor, er schaut mir direkt in die Augen. „Lügner. Lass dir von ihr helfen, so wie du ihr hilfst. Lauf nicht weg. Sei nicht wie dein Vater." Seine Worte treffen genau ihr Ziel. Ich zucke zusammen.

„Du glaubst, du würdest alles wissen, Wyatt", erwidere ich rau.

„Aber?"

„Du weißt einen Scheiß", brumme ich.

Ich lasse ihn stehen und mache mich auf den Weg ins Büro, um meine letzten Gehaltsschecks abzuholen. Der Vorarbeiter bittet mich am Montagmorgen in aller Frühe wieder zur Arbeit zu kommen. Ich sage weder zu noch ab. Ehrlich gesagt weiß ich nicht, ob ich überhaupt hier sein werde.

In diesem Moment würde ich das eher bezweifeln. Ich muss verdammt noch mal dieses Wochenende überstehen. Den morgigen Tag. Das ist, was ich tun muss.

Als ich den Hof verlasse, ruft Wyatt meinen Namen, doch ich ignoriere ihn. Es sind nur ein paar Meilen bis in die Stadt, und die kann ich zu Fuß gehen. Ich habe nur einen Gedanken, einen einzigen. Ich brauche einen verfickten Drink. Ich würde mich auch gerne mit Shit zudröhnen, aber das steht nicht zur Debatte – ein Drink ist im Moment alles, was ich brauche. Ein paar Minuten später hält Wyatt neben mir.

„Steig in den Wagen", ruft er mir durch das heruntergekurbelte Fenster zu. Ich ignoriere ihn weiterhin, während er mit seinem Auto neben mir herfährt. „Steig in den verdammten Wagen, du sturer Scheiß-Lindsay", knurrt er.

Ich bleibe stehen und drehe mich zu ihm um. „Das ist richtig. Ich bin ein Lindsay. Ich bin ein gottverdammter, nichtsnutziger Lindsay. Und werde nun das tun, was wir am besten können. Ich besorge mir Schnaps und Gras und werde mich das ganze Wochenende zudröhnen. Wir werden sehen, ob ich am Montagmorgen aufwache und zur Arbeit komme. Wenn nicht, dann bleibt mir eine alte Karriere, die ich wieder reaktivieren kann", blaffe ich ihn an.

„Wenn du das tust, dann bist du nicht der Mann, für den ich dich gehalten habe, Rylan. Wenn du das tust, dann bist du nicht der Mann, den Channing braucht."

„Sie wird trotzdem noch ihre Beine für mich breit machen. Sie wird mir immer noch ihre süße Muschi geben. Eifersüchtig?"

Seine Augen verengen sich. Er sieht mich an, als wäre ich Abschaum, denn das, was ich gerade gesagt habe, würde nur ein Drecksssack sagen. „Fick dich, Rylan. Wenn aus dir das wird, was die Leute von dir erwarten, dann fick dich ins Knie. Werde wie dein Daddy."

Er rast davon und lässt mich mit einem Wirbelwind aus Staub und Steinen zurück. Scheiß auf ihn. Scheiß drauf. Ich weiß, dass das, was ich gesagt habe, nicht in Ordnung ist. Ich weiß, dass ich nicht wirklich so empfinde. Ich weiß, dass dieser Tag mich jedes Jahr durchdrehen lässt. Aber dieses Jahr ist es noch viel schlimmer als sonst. Dieses Jahr habe ich Channing und ein Baby.

Dies ist der entscheidende Moment, ob ich es schaffe oder zusammenbreche.

Zusammenbrechen.

Ich werde verdammt noch mal zusammenbrechen.

Ich sehe es deutlich vor mir.

Ich kann mich einfach nicht zurückhalten.

KAPITEL 20

Channing

Nachdem ich länger geschlafen habe, als bestimmt gut für mich ist, lasse ich mir Zeit, um mich für den Tag zurecht zu machen. Ich bin dankbar, einen freien Tag zu haben. Ich habe nur einen pro Woche, also nehme ich mir Zeit und genieße jeden Moment. Ich fange an, das Haus aufzuräumen, zu saugen und zu wischen, das Bad zu putzen und eine Ladung Wäsche zu waschen.

Als das Haus sauber ist, beschließe ich, zum Supermarkt zu fahren. Am späten Nachmittag setze ich mich hinter das Steuer meines Wagens und starte den Motor, bevor ich mein Handy aus der Tasche hole. Ich schaue nach, ob ich irgendwelche Benachrichtigungen erhalten habe, und bin enttäuscht, als ich keine finde.

Ich habe seit Mittwochabend nichts mehr von Rylan gehört. Gestern hat er mich das erste Mal, seit er abgereist ist, nicht angerufen. Unsere Gespräche verlaufen normalerweise kurz, aber er hat sich mindestens einmal pro Tag gemeldet. Außer gestern. Ich weiß nicht warum, aber ich bin besorgt. Sogar ein bisschen beunruhigt, dass ihm unten am Golf etwas zugestoßen ist.

Ich entscheide mich dazu, im Walmart einzukaufen, weil der Gummizug meiner Hose an seine Grenzen stößt und ich mir eine größere Hose kaufen muss, zusammen mit einem neuen BH. Mir ist klar, dass ich überall zunehmen werde, ich habe nur gehofft, dass das nicht so schnell der Fall sein wird.

Nachdem ich meine Einkäufe erledigt habe, eile ich nach draußen, lade meine Einkaufstaschen ins Auto und fahre nach Hause. Es wird bereits dunkel, ein Zeichen dafür, dass der Sommer offiziell zu Ende ist und der Winter vor der Tür steht. Wir haben hier nicht viel vom Herbst. Normalerweise geht der Sommer direkt in den Winter über. Ich kann es an der Luft schmecken, dass er da ist.

Ich parke in meiner kleinen Einfahrt, nehme die Einkaufstaschen an mich und trage sie ins Haus. Als ich das Wohnzimmer betrete, erstarre ich. Mein Körper ist wie gelähmt. Nicht aus Angst, sondern vor Schock. Auf dem Sofa sitzt Rylan, aber er sieht nicht wie der Mann aus, an den ich mich so gewöhnt habe.

Er hält eine halbleere Whiskeyflasche in der Hand, führt sie an seine Lippen und trinkt einen großen Schluck. In meinem Kopf schrillen die Alarmglocken, rote Lichter blitzen am Rand meines Sichtfeldes auf. Er trinkt nicht mehr. Er ist auf dem Weg der Besserung. Was zum Teufel geht hier ab?

„Rylan?", frage ich im Flüsterton.

Er leckt sich über die Lippen, leckt sich den Alkohol ab. Ich will ihn küssen, auch wenn ich im Moment ein wenig Angst davor habe, den Mann zu küssen, den ich so vermisst habe. Er rührt sich nicht, ich auch nicht, wir starren einander bloß an. Ich weiß nicht, was er denkt, aber ich habe Angst vor diesem Fremden, der mir gegenübersitzt.

„Ich habe sie getötet", lallt er.

Ich stelle die Taschen auf dem Teppich ab und traue mich einen Schritt näher an ihn heran. Er bewegt sich nicht. Sein Blick ist auf den Boden gerichtet.

„Wen hast du umgebracht, Rylan? Sprichst du von

der Trunkenheitsfahrt? Die ist über fünf Jahre her, Baby", sage ich sanft, während ich mich langsam weiter auf ihn zubewege.

Sein Blick schweift zu mir, er sieht wütend aus. Ich frage mich, ob er mich überhaupt wahrnimmt oder nur seine Vergangenheit erneut durchlebt. „Vor sechs Jahren, heute auf den Tag. Es fühlt sich wie damals an. Sie sind meinetwegen tot", knurrt er.

Als ich vor ihm stehe, sinke ich auf die Knie und lege meine Hände auf seine Oberschenkel. „Du musst das hinter dir lassen. Es gehört der Vergangenheit an. Das bist du nicht mehr. Aber das hier bist du auch nicht", flehe ich ihn regelrecht an. Meine Augen tränen, meine Worte klingen bettelnd.

Ich brauche ihn.

Ich brauche meinen Fels in der Brandung.

Ich brauche ihn.

Er hält weiterhin den Blickkontakt. „Wenn du wüsstest. Wenn du nur alles wüsstest, Channing", lallt er.

„Dann sag es mir. Behalt es nicht für dich und versuche nicht, es in Alkohol zu ertränken. Das wird nicht funktionieren. Es wird nichts ändern, es wird noch immer da sein, wenn du wieder nüchtern bist", erkläre ich ihm.

Er beugt sich etwas vor, seine Wut füllt den Raum und macht es mir schwer, zu atmen. „Ich weiß, verdammt. Ich lebe jeden gottverdammten Tag damit. Es geht nie wieder weg, es ist immer in meinen Gedanken. Jede Stunde, die ich wach bin, denke ich an die beiden."

„Die beiden? Du hast mir gesagt, es wäre eine Frau gewesen", flüstere ich.

Er schaut kurz zur Seite, dann wieder zu mir. „Es war eine Frau. Eine schwangere Frau."

Ich rühre mich nicht. Seine Worte klingen nach, sie erschüttern meinen ganzen Körper. „Eine schwangere Frau." Meine Augen weiten sich. „Oh Gott", stöhne ich.

Er grinst, streckt eine Hand aus und streichelt mir über die Wange. „Ahh, jetzt verstehst du es." Seine Stimme ist spöttisch, sanft, und total unfreundlich.

Ich stoße mich von ihm ab, stehe auf und weiche einen Schritt zurück. „Du willst also damit andeuten, dass du nur mit mir zusammen bist, weil du eine Frau und ihr ungeborenes Kind bei einem Unfall unter Alkoholeinfluss getötet hast", kombiniere ich. Sein Grinsen wird noch breiter und ich möchte es ihm am liebsten aus seinem selbstgefälligen Gesicht schlagen. Ich schüttele den Kopf. „Das glaube ich dir nicht."

„Ach ja? Dann bist du dümmer als ich dachte."

Seine Worte versetzen meinem Herzen einen Stich. Er hat ausgeholt und härter zugeschlagen, als ich es je für möglich gehalten habe. Ich erinnere mich daran, dass er betrunken ist. Er ist rückfällig geworden, und hat zum ersten Mal seit über fünf Jahren einen Tropfen getrunken. Dafür gibt es einen Grund, und ich habe das Gefühl, dass dieser Grund möglicherweise der Jahrestag ist.

Plötzlich fliegt meine Haustür auf, ich springe zur Seite und sehe Wyatt vor mir stehen.

„Fuck", zischt er.

„O toll, der Wundercousin. Der perfekte Mann. Hey, vielleicht kannst du dich Channing annehmen und ihr verdammter Ritter in weißer Rüstung sein. Kümmere dich um sie und ihr Baby. Ich weiß, dass du das willst. Ihr wärt ein besseres Paar."

Ich öffne den Mund, um etwas zu sagen, doch Wyatt kommt mir zuvor. „Fick dich, Rylan. Wir haben alle unsere Probleme. Du bist in Channing verliebt, also hör auf, dich wie ein verdammtes Arschloch aufzuführen. Reiß dich zusammen, nicht nur für dieses Baby und sie, sondern für dich selbst. Heute ist ein verdammt trauriger Tag, aber weißt du was? Du bist nicht derjenige, der gestorben ist. Ich dachte, du würdest für sie das Richtige tun. Ich dachte, du würdest dich ändern, ein besserer Mensch werden, damit nicht alles umsonst war."

Mein Herz schlägt so heftig in meiner Brust, dass es wehtut. Ich hebe meine Hand und lege sie auf die schmerzende Stelle und reibe, um den Schmerz zu lindern, der durch meinen ganzen Körper zu pulsieren beginnt.

„Warum sollte ich es versuchen? Ich werde mich jedes Jahr wieder so fühlen", bellt Rylan.

„Für uns solltest du es versuchen", sage ich mit leiser Stimme.

Rylans Blick wandert zu mir. Etwas Hässliches huscht über sein Gesicht, er knurrt und ich weiß, dass er etwas sagen wird, das mich verletzen und möglicherweise vernichten wird. Ich stelle mich darauf ein und warte auf seine Worte.

„Es gibt kein *uns*, Channing. Ich dachte, ich könnte dich retten, damit ich mich besser fühle, aber so funktioniert das nicht. Das habe ich jetzt verstanden."

Wyatt legt eine Hand auf meine Taille und zieht mich sanft von ihm weg. Mein ganzer Körper beginnt zu zittern, während mir Tränen in die Augen steigen und über die Wangen laufen. Rylan zuckt zusammen, sagt weder etwas noch verzieht er die Miene.

„Lass ihn in Ruhe, Channing. Wenn er sein Leben

versauen will, dann lass ihn. Man kann die Leute nicht vor sich selbst beschützen.“

Wyatt führt mich aus dem Haus. Ich erlaube ihm, mich zu seinem Wagen zu begleiten. Er hat ihn auf dem Bordstein geparkt. Er muss hierher gerast sein, weil er weiß, was heute für ein Tag ist. Und ich habe das Gefühl, dass er ebenso geahnt hat, was Rylan sich heute Abend leisten würde.

„Wusstest du, dass er sich betrinken würde?“, frage ich ihn, als wir in seinem Pickup sitzen.

Wyatt startet den Motor, seine Hände umklammern das Lenkrad. Die Tränen strömen mir über die Wangen, doch ich schluchze nicht und gebe auch sonst keine Geräusche von mir. Mein Körper zittert noch immer leicht, während ich darauf warte, dass er mir antwortet.

„Wir haben uns gestritten. Ich hatte gehofft, er würde nicht tun, was er getan hat. Heute ist der Jahrestag und ich hätte nicht erwartet, dass er wirklich wieder zu trinken anfängt“, brummt er.

Ich schaue zum Haus zurück, während Wyatt davonfährt. „Er ist noch nicht gänzlich verloren. Er wird sich schon wieder fangen“, versuche ich ihn und mich zu überzeugen.

„Verlass dich nicht darauf, Channing. Allerdings ist es besser, wenn er es jetzt tut, als wenn das Baby da ist und du auf ihn angewiesen bist.“

Ich ziehe meine Füße auf den Sitz, drücke meine Wange auf die Knie und starre aus dem Beifahrerfenster raus. Weiß Wyatt es nicht? Sieht er es denn nicht? Ich bin bereits abhängig von Rylan. Ich bin in dieses Arschloch verliebt.

„Du kannst so lange bei mir bleiben, wie du willst. Ich habe ein Gästezimmer und will keine Miete von dir haben oder so.“

Ich hebe den Kopf und schaue ihn an. „Warum? Warum bietest du mir das an? Du kennst mich doch gar nicht“, sage ich und frage mich, ob Rylan vielleicht doch recht hat. Hat Wyatt etwas für mich übrig? Möchte auch er mein Retter sein?

Wyatt zuckt mit den Schultern und fährt weiter in Richtung seines Hauses. „Rylan hat dir ein Versprechen gegeben. Er wollte dich finanziell entlasten, mit dir umziehen. Du erwartest ein Baby. Für all diese Dinge braucht man Geld. Wenn du meine Mitbewohnerin sein willst, während du ein bisschen was zur Seite legst, ist das für mich in Ordnung.“

„Nur deine Mitbewohnerin, richtig?“, hake ich nach.

Sein Kopf und der Truck bewegen sich so schnell, dass mir mulmig zumute wird. Er tritt auf die Bremse und starrt mich an. „Was er gesagt hat, stimmt nicht. Ich will dich nicht. Ich habe eine Menge Scheiße in der Vergangenheit durch und das ist es, wovon er gesprochen hat. Wir haben alle unsere Dämonen und leider haben Rylan und ich eine Sache gemeinsam“, erklärt er mir.

„Die da wäre?“, frage ich, nachdem er verstummt ist.

Seine Augen verfinstern sich und er senkt leicht den Kopf. „Tote Babys.“

Ich schnappe nach Luft, starre ihn an und versuche, in sein Inneres zu blicken. Doch er hat die Mauern so hoch gezogen, dass es keinen Weg gibt, hinter sie zu schauen. Eine Welle der Traurigkeit erschüttert mich.

„Unterschiedliche Umstände, gleiches Endresultat. Nur, dass die Mutter in meinem Fall noch lebt. Deshalb werde ich dir helfen, und weil du die Scheiße nicht verdient hast, mit der James oder Rylan dich zugeschüttet haben."

„Und sonst nichts weiter?", frage ich.

Er grinst. „Soll Rylan mich umbringen? Nein, danke. Du bist süß, Channing, aber ich mag meine Kehle gern unversehrt."

Er legt wieder einen Gang ein und fährt dann zu seinem Haus. Ich kann nicht aufhören, über seine Worte nachzudenken. Über Rylan und die schwangere Frau, die er getötet hat. Alles in meinem Kopf gleicht einem Wirbelsturm und ich frage mich, ob ich ihm seine Verfehlungen überhaupt vergeben kann. Er kann sich nicht einmal selbst verzeihen, aber kann ich es?

***

Rylan

Channing und Wyatt verlassen das Haus und ich balle meine Hände zu Fäusten vor Wut, als sie die Tür hinter sich schließen. Aber so wollte ich es doch, oder nicht? Wenn dem so ist, warum bin ich dann so verdammt wütend? Ich habe sie nicht verdient, das ist mir klar, seit ich sie zum ersten Mal gesehen habe. Ich weiß, dass Wyatt sie gut behandeln wird, er hat sie verdient. Das alles ist mir bewusst und trotzdem will ich sie.

Ich führe die Flasche an meinen Mund, doch ich trinke nichts. Stattdessen schleudere ich sie mit voller Wucht gegen die Eingangstür. Mit einem Gefühl der Genugtuung beobachte ich, wie sie gegen die weiß gestrichene Tür knallt, in tausend kleine Stücke zerbricht und der Schnaps den Eingangsbereich flutet.

Ich schließe die Augen und lege meinen Kopf auf

der Couch ab. Fuck. Ich bin so ein Versager.

Irgendwann schlafe ich ein. In meinem Traum sitze ich wieder auf dem Fahrersitz von vor sechs Jahren.

Ich nehme die Hand vors Gesicht und ohrfeige mich lachend selbst. „Verdammt, ich bin total im Arsch", nuschele ich so vor mich hin.

Ich habe gedacht, ich bin fahrtüchtig. Ich versuche nachzurechnen, wie viele Shots ich drüben im Big Tommy *getrunken habe. Ich habe das Geld abgeliefert, die mir meine Verkäufe eingebracht haben, und wir haben ein bisschen gefeiert — oder vielleicht auch ein bisschen mehr. Ich lache wieder vor mich hin, denn ich kann mich nicht mehr erinnern.*

Ich sollte wahrscheinlich nicht hinter diesem Steuer sitzen.

Das ist der letzte Gedanke, den ich habe, bevor mein Auto irgendetwas rammt. Ich weiß nicht, was es ist, aber was auch immer es gewesen ist, muss verdammt groß sein. Mein Körper bewegt sich im Inneren des Fahrzeuges und es kommt krachend zum Stehen. Mein Kopf schlägt gegen das Lenkrad. Meine Welt wird schwarz.

Ich weiß nicht, wie lange ich bewusstlos bin. Als ich endlich wieder zu mir komme, hebe ich den Kopf und sehe mich um. Die Scheinwerfer leuchten mir in die Augen. Ich hebe meine Hand, um das grelle Licht abzuschirmen, während ich mich weiter umschaue. Ich habe ein anderes Auto gerammt. Mit voller Wucht.

Schnell klettere ich aus dem Wagen und eile zum anderen Fahrzeug hinüber. Aus dem Motorblock steigt Qualm empor. Das kann nicht gut sein. Ich gehe zur Fahrerseite und erkenne, dass jemand im Auto sitzt. Als ich hineinschaue, dreht sich mir der Magen um.

Auf dem Beifahrersitz sitzt eine Frau, deren Nacken in einem unnatürlichen Winkel gekrümmt ist. Sie bewegt sich nicht. Und als ich meinen Blick über den Rest der Frau schweifen lasse, stelle ich fest, dass sie hochschwanger ist. Zwi-

schen ihren Beinen hat sich eine Blutlache gebildet. Bei diesem Anblick beginne ich zu schluchzen, bevor ich mich umdrehe und auf die asphaltierte Straße laufe.

Ich krame mein Handy aus der Hosentasche und setze den Notruf ab.

Ich wache auf und setze mich aufrecht hin. Diesen Traum habe ich seit weit über einem Jahr nicht mehr gehabt. Ich wische mir dir Tränen aus dem Gesicht, die mir im Schlaf über die Wangen gelaufen sind. Meine Schultern zittern, während ich mir selbst erlaube, zu heulen. Ich trauere um die Leben, die ich vor fünf Jahren ausgelöscht habe. Ich trauere um die Zukunft, die so nah gewesen ist, dass ich sie faktisch schon habe schmecken können. Ich trauere um alles. Fuck.

KAPITEL 21

Channing

Eins.
Zwei.
Drei Tage.

So lange ist es her, seit ich Rylan zum letzten Mal gesehen habe. Am ersten Tag bin ich in Rylans altes Bett geklettert. Ich habe mich in Wyatts Gästezimmer zusammengerollt und bin erst am nächsten Morgen wieder herausgekommen. Wyatt hat an meine Tür geklopft und mir mitgeteilt, dass er zu meinem Haus fahren würde, um Rylan abzuholen, und dass ich ihn gerne begleiten könne, damit ich mich dort duschen und umziehen kann. Er schlug auch vor, eine Tasche zu packen.

Ich habe nicht widersprochen und nicht viel dazu gesagt. Ich bin ihm gefolgt, doch als wir bei meinem Haus angekommen sind, ist Rylan nirgends aufzufinden gewesen. Wyatt hat mich gebeten, meine Sachen zu packen und nach der Arbeit zu ihm zu kommen. Auch dem habe ich nicht widersprochen. Ich habe eine Tasche mit ausreichend Kleidung und Sachen für eine Woche gepackt.

Mein Haus ist unbeschädigt geblieben, was mich überrascht. Ich weiß nicht warum, aber ich bin davon ausgegangen, Rylan wäre jemand, der etwas zerstört, wenn er wütend ist. Ich bin froh, dass ich mich geirrt habe. Nächsten Monat will ich meine gesamte Kaution zurückhaben, wenn ich aus der Wohnung ausziehe und offiziell als obdachlos gelte, da ich den Mietvertrag bereits gekündigt habe.

Lulamae und Clarence haben am ersten Tag einen großen Bogen um mich gemacht. Sie haben wohl gemerkt, dass etwas nicht stimmt, doch sie haben mich nicht mit Fragen bombardiert, und darüber bin ich froh. Ich habe gearbeitet, mich nicht beirren lassen und einfach das getan, was ich tun musste, um den Tag zu überstehen.

Jetzt, drei Tage später, geht es mir noch schlechter, nicht besser. Mein Herz befindet sich in einem ständigen Schmerzzustand. Es fühlt sich an, als würde es nie wieder heilen, sondern jeden Tag mehr und mehr zerbrechen. Als ich das Diner verlasse, fahre ich direkt zu Wyatt.

Morgen habe ich frei, und einen weiteren Arzttermin, doch heute möchte ich einfach nur schlafen. Ich fühle mich besser, wenn ich in die Traumwelt abdrifte. Das Leben scheint dort nicht so trostlos zu sein. Es scheint nicht so, als würde alles um mich herum zusammenbrechen. Es fühlt sich nicht so an, als wäre das Glück, das ich zu haben geglaubt habe, mir entrissen und in eine Million winziger Stücke zerfetzt worden.

Das Haus ist verwaist, als ich hineingehe. Das überrascht mich nicht, denn Wyatt arbeitet lange. In der Regel zwölf Stunden am Tag. Ich habe festgestellt, dass ich ziemlich oft allein zu Hause bin. Ich glaube sogar, dass er mehr arbeitet als Rylan je gearbeitet hat, oder vielleicht geht er mir auch bloß aus dem Weg. Ich gehe in die Küche und mache mir schnell ein Erdnussbuttersandwich, bevor ich mich auf den Weg in mein Schlafzimmer mache.

Dieser kleiner Raum ist der einzige Ort, der sich wie ein Zuhause anfühlt, doch ich weiß genau, dass ich mir das nur einbilde. Hier hat Rylan gewohnt, als er bei ihm gelebt hat. Er hat in diesem Bett geschlafen, in diesen Laken, und ich fühle mich ihm näher, wenn ich dasselbe tue. Es klingt albern, ich weiß, aber ich kann nicht anders.

Ich ziehe mich aus, steige ins Bett und ziehe mir die Bettdecke bis zum Hals hoch. Ich rollte mich zu einer Kugel zusammen, schließe die Augen und versuche zu schlafen. Ich kann in letzter Zeit sehr schlecht einschlafen, egal wie müde ich bin. Immerzu starre ich in die Dunkelheit. Diesmal muss ich wohl erschöpft genug gewesen sein, denn die Dunkelheit übermannt mich und ich schlafe sofort ein.

Etwas lässt mich aufschrecken. Ich öffne die Augen, doch der Raum ist noch immer in Dunkelheit getaucht. Es dauert ein paar Augenblicke, bis sich meine Augen an die Dunkelheit gewöhnt haben, und dann erkenne ich, was mich geweckt hat. Auf der anderen Seite des Zimmers steht Rylan.

Er sagt kein Wort. Seine Augen sind völlig auf mich fokussiert, während er sich entkleidet. Mein Atem stockt, als ich seinen nackten Körper sehe. Sein mit Tinte bedeckter Oberkörper ist ein wunderschöner Anblick für meine wunden Augen. Zwei Wochen auf Montage und drei Tage, in denen er verschwunden gewesen ist, haben sich wie eine Ewigkeit angefühlt.

Ich sollte ihm sagen, dass er aus diesem Zimmer verschwinden soll. Das sollte ich, aber der Schmerz in seinen Augen hält mich davon ab, sauer auf ihn zu sein. Ich setze mich auf, halte die Bettdecke mit der einen Hand an meine Brust gepresst, die andere strecke ich ihm entgegen.

Er nimmt mein stillschweigendes Angebot an und kommt wortlos auf mich zu. Als er das Bett erreicht, sinkt er vor mir auf die Matratze. Ich erwarte, dass er mir die Bettdecke entreißt, doch das tut er nicht.

Rylan legt seine Hand an meine Wange, bringt seinen Kopf dicht an meinen und presst seine Lippen auf meinen Mund. Ich atme seinen Duft ein, und seufze, als mich sein Geruch trifft. Ich habe das vermisst. Ich habe ihn vermisst. Er intensiviert den Kuss nicht, und ich bin ein wenig enttäuscht deswegen.

„Ich habe es total versaut", wispert er, nachdem er den Kuss beendet hat. Er schaut mir direkt in die Augen. „Ich bin zu ein paar Treffen gegangen. Ich bin einen Tag lang rückfällig gewesen, und das kotzt mich an. Wyatt hatte recht. Er wusste, dass ich mich beschissen fühlen würde, wenn ich mir eine Flasche Schnaps kaufe, und noch beschissener, wenn ich sie austrinke. Er hatte recht. Ich habe Dinge gesagt…" Er schafft es nicht, den Satz zu beenden.

Ich lasse die Bettdecke los und umfasse seine Finger mit meinen und drücke sie sanft. „Liebst du mich, Rylan?"

„Ich bin ein Versager, Channing."

Ich nicke. „Jepp, das bist du." Er runzelt die Stirn und ich rücke ein wenig näher an ihn heran. Ich liebkose seine Nase mit meiner. „Liebst du mich?"

Er seufzt. „Ja, Süße. Ich liebe dich verdammt noch mal."

Ich lasse meine Lippen auf seine krachen und stoße einen langen Seufzer aus. „Gott sei Dank."

„Warum?", will er wissen. Seine Stimme ist weich und kaum mehr als ein Flüstern.

Mit dem Mund fahre ich an seinem Kiefer entlang bis hin zu seinem Ohr. „Es wäre schrecklich, sich die letzten drei Tage für einen Mann so hundeelend gefühlt zu haben, der mich nicht liebt."

Er befreit seine Hände aus meinem Griff, dann

bohrt er seine Finger in meine Hüften. Seine Lippen prallen auf meine. Ich stöhne auf, als seine Zunge in meinen Mund gleitet. Sein Kuss ist heiß, feucht und hart. Ich hebe meine Arme und lege meine Hände auf seinen Schultern ab. Meine Nägel graben sich in seine Haut.

Rylan stöhnt, nachdem er den Kuss beendet hat und seine Lippen an meiner Kehle herunterwandern lässt. Als sein Mund eine meiner Brustwarzen findet, wimmere ich. Er küsst sie, während seine Zunge sie sanft verwöhnt. Ich neige den Kopf zur Seite, sodass sich unsere Blicke treffen. Er vergnügt sich mit mir. Mit seinen Zähnen, seiner Zunge und seiner Hitze. Ich beiße mir auf die Unterlippe und versuche, das laute Stöhnen ein wenig zu unterdrücken.

„Scheiße", knurrt er gegen meine Haut.

Ich lasse eine Hand in seine Haare gleiten und ziehe an ihnen. Rylan hört mit den Liebkosungen auf und wippt leicht zurück. „Ich kann dir nicht sofort verzeihen", lasse ich ihn wissen.

Ein Lächeln umspielt seine Lippe. Er beugt sich vor, um mit seiner Zunge über meinen Nippel zu streicheln. „Aber dein Körper kann es", sagt er, als ich mich ihm automatisch entgegenstrecke.

„Das hat nichts zu bedeuten", hauche ich.

Er grinst, sein warmer Atem kitzelt meine feuchte Brust. „Das tut es, Süße." Er schaut mich an, Traurigkeit spiegelt sich in seinen Augen wider. „Ich habe mir einen Fehltritt geleistet, aber will nie wieder so tief fallen, wie letzte Nacht. Und ich werde weiter daran arbeiten, mich nie wieder so gehen zu lassen."

Ich nicke. „Stoß mich nie wieder von dir. Nie wieder. Ich kann das nicht ertragen, Rylan. Mein Herz hält das nicht aus." Ich klinge schwach. Die Sache ist, es ist mir egal. Ich *bin* schwach. Wenn es um ihn geht, bin ich so verdammt schwach.

„Ich werde es versuchen, Süße. Ich schwöre dir, ich werde mein Bestes geben“, verspricht er mir.

Sein Mund findet meinen, und er küsst mich atemlos, ehe ich noch etwas darauf erwidern kann.

***

Rylan

Ich manövriere Channing auf den Rücken und küsse mich langsam ihren Körper hinunter. Sie trägt nichts weiter am Körper als ein kleines schwarzes Baumwollunterhöschen. Ich hätte nie gedacht, dass Baumwolle so verdammt sexy sein kann, doch dieses Exemplar beweist mir das Gegenteil. Meine Lippen verharren auf ihrem Bauch und ich sehe zu ihr auf. Sie hat die Augen geschlossen, den Rücken durchgedrückt, und ihre Hände sind im Bettlaken vergraben. Sie ist verdammt noch mal atemberaubend.

„Ist dein Termin gut gelaufen?“, frage ich gegen ihren Bauch.

Er ist größer geworden, seit ich zu diesem Hurrikan aufgebrochen bin. Es ist faszinierend, wie ihr Körper wächst und sich verändert, um dem heranwachsenden Leben in ihr gerecht zu werden. Sie brummt und hebt ihre Hüften in einem stillen Verlangen nach meinem Mund. Ich grinse, sage aber nichts in Bezug auf ihre kleine, unersättliche Muschi.

Ich hake meine Finger in ihr Höschen, ziehe es ihr die Beine hinunter und werfe es auf den Boden, während sie ihre Schenkel für mich spreizt. „Rylan, es ist Wochen her“, wimmert sie leise.

Ich brumme, mein Mund findet ihre Mitte. Ich inhaliere ihren Duft, bevor ich Aroma schmecke, und stöhne bei dem berauschenden Duft laut auf. Meine Zunge gleitet der Länge nach durch ihre Pussy und ich stöhne, weil sie so verdammt gut schmeckt. O Gott. Ich habe das mehr vermisst, als mir bewusst gewesen ist.

Nach wenigen Zungenschlägen halte ich es nicht mehr aus. Ich muss in ihr sein. Ich brauche ihre süße, seidige Pussy, die sich um mich legt und mich so fest ausquetscht, wie sie nur kann. Ich wandere ihren Körper hoch und bringe meinen Schwanz vor ihrer feuchten Mitte in Stellung.

„Bitte, Rylan. Gott, bitte", fleht sie.

Mit zusammengepressten Zähnen dringe ich langsam in sie ein. Die Muskeln in meinen Armen zittern, als ich versuche, mein Gewicht von ihrem Körper fernzuhalten. Channing hebt ihre Hüften an und schlingt ihre Beine um meine Taille. Scheiße. Sie fühlt sich wie der Himmel an. Ich kann nicht glauben, dass ich das fast versaut hätte.

„Ich liebe dich, Rylan", wispert sie.

Ich schaue ihr in die Augen, meine Arme zittern, meine Kontrolle droht mir abhanden zu kommen. Ich senke den Kopf und stupse mit meiner Nase gegen ihre, bevor ich meine Stirn an ihre Stirn lege.

„Ich liebe dich, Channing."

Meine Worte klingen heiser. Sie klingen weitaus ruhiger, als ich mich fühle. Innerlich bin ich kurz davor, den Verstand zu verlieren. Völlig und total durchzudrehen. Ich will in ihren Körper hineinstoßen, ihr zeigen, dass sie mir gehört. Mir und sonst niemandem. Es gibt keinen anderen Menschen auf der Welt, der sie so fühlen lassen kann wie ich. So wie ich weiß, dass es für mich keine andere gibt als sie.

„Ich brauche mehr, Ry“, jammert sie.

Sie hebt ihre Hüften an, um meinen Stößen entgegenzukommen und wirft den Kopf hin und her, ihre Augen sind fest zusammengekniffen. Ihre Nässe benetzt meinen Schwanz, ihre Atmung geht in ein Keuchen über. Aber ich gebe ihr noch nicht, was sie will. Ich will ihr Verlangen langsam steigern, weiter und weiter, bis sie verdammt noch mal explodiert. Das wird verdammt geil werden.

Ich lasse mich in meinem Tempo nicht beirren. Schweiß bildet sich auf meiner Stirn. Ich will fester in ihren Körper eindringen, aber irgendwie auch nicht. Heute will ich es langsamer angehen. Eigentlich habe ich keine Ahnung, was ich will. Ich weiß nur, dass ich sie nicht mehr gehen lassen werde, und ich werde sie nie wieder von mir stoßen. Ich werde noch viele Gelegenheiten haben, sie zu ficken. Ich will sie für den Rest meines gottverdammten Lebens um mich haben.

Stöhnend schließe ich die Augen, als ich spüre, wie sich ihre Muschi um meinen Schwanz herum zusammenzieht. Ich dringe etwas schneller in sie ein, weil ich nicht weiß, wie lange ich noch durchhalten werde, beiße meine Zähne noch fester zusammen. Vermutlich werden sie bis auf die Knochen heruntergekaut sein, aber das ist mir im Moment scheißegal.

Ich verändere den Winkel meines Eindringens und sorge so dafür, dass ich ihre Klitoris genau an der richtigen Stelle streife, indem ich etwas Druck ausübe. Ich weiß, dass sie das liebt.

„Gott“, stöhnt sie.

Ihre Fingernägel graben sich in meine Schultern,

während sie mich festhält. Ihre Hüften kommen jedem meiner verdammten Stöße entgegen. Ich spüre, dass mein Rücken kribbelt. Ich weiß, dass ich ganz nah dran bin, aber ich will, dass ihre enge Pussy mich zusammenpresst, bevor ich loslasse.

Ich spüre die erste Welle ihres Höhepunkts, bevor sie ein Wort sagt.

„Ja, o Gott, ja!", schreit sie, während ihr Körper zu zittern beginnt.

Ich hebe den Kopf und genieße ihr Stöhnen, als sie kommt. Nicht nur ihre Möse zieht sich um meinen Schwanz herum zusammen, sondern auch ihre Arme und Beine umschlingen mich. Ich bin völlig von ihrer Süße umgeben. Ich stoße noch dreimal in ihre pulsierende Muschi hinein, bevor auch ich endlich loslasse und stöhne, als die Erlösung meinen Körper erschüttert.

Ich möchte mich an sie schmiegen, während sie mich melkt, doch ich lasse es. Ich drehe mich auf die Seite, nehme sie in den Arm und drücke sie an mich, während ich noch immer völlig hektisch atme. Ich ächze, als sie sich enger gegen mich schmiegt und ihren Arm über meinen Bauch legt.

Channings Lippen berühren meine Brustwarze, dann zeichnet ihre Zunge die Umrisse meiner Tattoos nach. Ich streiche mit den Fingern durch ihr blondes Haar. Mir ist klar, dass wir miteinander reden müssen. Ich nehme an, sie hat eine Menge zu sagen. Nicht nur, dass ich es völlig versaut habe, sondern, dass sie mich auch für ein Monster hält, wegen dem, was ich getan habe.

„Wie kannst du mich lieben, Channing?", frage ich sie.

Sie hält kurz inne, bevor sie ihr Kinn auf meiner

Brust bettet. „Wie könnte ich nicht?“

Ich räuspere mich und schüttele den Kopf. „Im Ernst, Süße. Du weißt, was ich getan habe. Du kannst nicht so tun, als wäre es nie passiert. Ich kann nicht so tun. Ich lebe damit, jeden einzelnen Tag meines Lebens.“

Sie neigt den Kopf zur Seite und sucht meinen Blick. So liegt sie da und verharrt eine Weile. Erst als sie dazu bereit ist, spricht sie.

„Hast du es vorsätzlich getan?“, will sie wissen.

„Niemals. Niemals, verdammt.“

Ein kleines Lächeln umspielt ihre Lippen. „Das weiß ich. Wenn ich jemanden nicht lieben kann, der einen Fehler gemacht und daraus gelernt hat, wie kann ich dann erwarten, im Gegenzug auf die gleiche Weise geliebt zu werden?“

Mein Griff in ihre Haare wird fester. „Süße, die Umstände sind ein wenig anders. Du wurdest von einem Missbrauchstäter manipuliert und erwartest ein Baby von ihm. Ich habe eine schwangere Frau und ihr Kind getötet.“

Sie richtet sich auf, klettert langsam auf mich und spreizt die Beine. Ich hasse es, stöhnen zu müssen, als ihre warme, feuchte Muschi meinen Schwanz berührt. Wir sollten ein ernsthaftes Gespräch führen, und alles, woran ich denken kann, ist mein Sperma, das aus ihr herausläuft, und auf welche Art ich sie wieder ficken will.

Channing greift nach meiner Hand und legt sie auf ihren Bauch. „Rylan. Du bist ein guter Kerl. Du bist bereit, uns so zu nehmen, wie wir sind. Mich und dieses Baby. Wie könnte ich dich dann nicht auch so nehmen, wie du bist? Du hast einen Fehler gemacht. Doch du hast für diesen Fehler bezahlt, und wirst ein wesentlich besserer Mann sein als der, der ihn begangen hat, nicht wahr?"

„Ich werde es verdammt noch mal versuchen."

Sie lächelt sanft und nickt. „Das ist alles, was du tun kannst. Das ist alles, was wir tun können. Lass uns nach Hause fahren."

Ich greife ihre Hüften und umklammere sie, während sich ein Grinsen auf meine Lippen schleicht. „Ich habe dich nicht verdient, Channing."

„Aber du wirst es. Du wirst dir für mich, für uns, den Arsch aufreißen, nicht wahr?"

„Jeden verdammten Tag meines Lebens", schwöre ich ihr.

KAPITEL 22

Channing

Wir sind wieder zu Hause. Nachdem wir miteinander geschlafen haben, haben wir meine Sachen gepackt und sind zu uns nach Hause gefahren. Ich bin zu erschöpft gewesen, um zu argumentieren oder auch nur zu versuchen, zu protestieren. Ich wollte eigentlich auch noch das Zimmer aufräumen, bevor ich bei Wyatt wieder ausziehe, aber dazu bin ich nicht mehr gekommen. Das nervt mich. Vielleicht kann ich meinen nächsten freien Tag dafür nutzen, um Wyatts Wohnung zu putzen als Dankeschön seiner Gastfreundschaft.

Aber nicht mehr heute. Ich fühle mich, als hätte mich ein Lastkraftwagen überrollt. Mir tut alles weh. Rylan stöhnt hinter mir und legt einen Arm um mich. Er wölbt seine Hand um meine Brust und drückt mich fester an sich. Ich höre ihn etwas murmeln, seine Lippen berühren meine Schulter, doch ich kann die Worte nicht verstehen. Meine Augen schmerzen, sie fühlen sich an, als wären sie mit Schmirgelpapier bearbeitet worden. Das tagelange Weinen holt mich ein.

„Verlass dieses Bett nicht, Süße", sagt Rylan.

Ich drehe mich in seinen Armen um und blicke in seine hübschen braunen Augen. Traurigkeit durchströmt mich, während wir einander anschauen. Ich würde mir wünschen, dieses Baby hätte eine Chance, seine Gesichtszüge zu erben. Die Farbe seiner Augen, sein dunkelblondes Haar und seine markante Kinnpartie. Das wird jedoch nicht passieren. Ich kann froh sein, wenn es mir ähnlich sieht und nichts von seinem biologischen Vater abbekommt.

„Was geht in deinem hübschen Kopf vor?", erkundigt er sich.

Zwischen seinen Augen hat sich eine Falte gebildet, während er fragend seine Augen zusammenkneift. Ich drücke meinen Daumen in die Falte, um sie zu glätten. Er lacht leise, wartet aber ansonsten schweigend darauf, dass ich etwas sage.

Ich schüttele den Kopf, er hält meinen Blick fest und lässt nicht zu, dass ich mich von ihm abwende. Ich bin wie gelähmt, atemlos. „Dieses Baby wird niemals deine Augen haben", flüstere ich.

Rylans Augen werden weicher, er rückt ein Stück näher an mich heran und bringt seinen Mund dicht an mein Ohr. „Wir werden mehrere Kinder haben. Ein ganzes verdammtes Haus voll, wenn es das ist, was du willst."

Ich muss lachen. Ich schaue ihm in diese braunen Augen, die ich so sehr liebe. „Wer soll das denn alles bezahlen? Du bist verrückt."

Rylan streicht mir mit seinen Fingern durch die Haare und hält meinen Kopf fest. „Ich arbeite mir die Finger wund, um dich glücklich zu machen, Süße. Was immer du willst, ich sorge dafür, dass du es bekommst. Auf die eine oder andere Weise."

„Was immer ich will?"

Seine Augen verdunkeln sich und er befeuchtet seine Unterlippe mit der Zunge. Ich presse meine Schenkel zusammen, um den Druck, der sich dort gebildet hat, abzumildern. Seine Lippen verziehen sich zu einem überheblichen Grinsen, als wüsste er genau, was ich denke.

Rylans Finger krallen sich in meinen Haaren fest,

ziehen meinen Kopf zurück. Seine Lippen berühren meinen Hals, bevor seine Zunge über meine Haut leckt, sie schmeckt und eine feuchte Spur hinterlässt. Meine Brustwarzen ziehen sich zusammen und eine Gänsehaut bildet sich auf meinem Körper.

Er knabbert sanft an meinem Kiefer, dann küsst er mich unterhalb des Ohrs. „Was immer du willst, Channing. Du wirst es nie bereuen, dich auf mich eingelassen und mir die Chance auf ein Leben gegeben zu haben, das ich mir immer erträumt habe."

Ich drücke den Rücken durch, presse meinen Oberkörper gegen seinen, reibe meine harten Nippel an seiner Brust und seufze auf, als ich endlich ein wenig Erleichterung von ihrer Sehnsucht verspüre. Seine Hand löst sich aus meinen Haaren, seine Finger tanzen meine Wirbelsäule hinunter, bis sie meinen Hintern erreichen. Er packt fest zu, seine Fingerspitzen graben sich in meine Pobacken und markieren mich auf eine Weise, die ich liebe.

„Leg deine Beine um meine Hüften, Süße", raunt er mir ins Ohr.

Ich hebe mein Bein und tue, was er von mir verlangt hat. Ich keuche auf, als ich seine harte Länge an meiner Klitoris spüre. Er bewegt die Hüften und reibt sich an meiner feuchten Öffnung. Mein Kopf kippt nach hinten, und ich stöhne auf bei diesem köstlichen Gefühl. Ohne mich weiter zu reizen, packt er meine Hüften und dringt langsam in mich ein. Er zieht mich zu sich herunter, bis ich ihn vollständig aufgenommen habe.

„Sieh mich an. Ich will, dass du mich ansiehst. Ich will dich dabei beobachten, wie du kommst, Channing", fordert er.

Meine Augen weiten sich, als er sich in mir zu bewegen beginnt. Langsam, methodisch, mit einer unübertroffenen Präzision. Ich atme abgehackt, während ich ihn anstarre.

Das hier ist mein Leben.

Er gehört mir.

Das ist es, worauf ich mich freuen kann – für immer.

Mir steigen Tränen in die Augen bei dem Gedanken. Das Glück, das mich durchströmt, ist so viel
gewaltiger als alles, was ich je zuvor empfunden habe.
Selbst mit all seiner Härte, seinen Ecken und Kanten
sowie seiner Vergangenheit, ist er der beste Mann,
den ich je gekannt habe.

„Das Baby wird wie du aussehen. Ich möchte, dass
all unsere Kinder wie du aussehen, Süße. Du bist das
schönste Geschöpf auf dieser gottverdammten Erde“, knurrt er.

Wir befinden uns in unserem eigenen kleinen Kokon, in dieser winzigen Doppelhaushälfte, in diesem
Bett – zusammen. Ich hoffe, dass unser Leben immer
so sein wird. Ich hoffe, dass er mich immer so ansieht, als wäre ich etwas Besonderes, als wäre ich
schön. Ich glaube nicht, dass ich ihn jemals in einem
anderen Licht wahrnehmen könnte als in dem, in
dem ich ihn jetzt sehe.

„Wirst du auf mir kommen?“, fragt er, ohne den
Blick von mir zu nehmen.

Ich nicke und beiße mir in die Wangeninnenseite.
Ich werde auf ihm kommen. Ich dachte, ich könnte
keinen weiteren Orgasmus erleben. Nicht nach letzter Nacht, doch ich spüre, wie sich der Höhepunkt in
mir aufbaut. Ich werde kommen, und wenn ich
komme, wird es großartig sein. So wie jeder Orgasmus.

Rylans Finger bohren sich in meine Hüften, halten mich ganz fest. Vermutlich ist das die einzige Möglichkeit, wie er sich kontrollieren und sich selbst im Zaum halten kann. Ich bewege meine Hüften, komme seinen Stößen entgegen.

Jedes Mal, wenn er in mich eindringt, geben wir beide ein Stöhnen von uns. Ich bin ganz nah dran, ich spüre, wie meine Lust sich immer weiter steigert, wie ich bereits über den Rand der Klippe schauen kann. Ich bin bereit, mich in einen glückseligen Höhepunkt zu stürzen. Seine Atmung geht stoßweise, er knirscht mit den Zähnen und nickt einmal, als meine Pussy sich um seinen Schwanz herum zusammen zieht. Ich mache mir nicht die Mühe, ihm zu sagen, dass ich komme, denn er weiß es.

Er legt seine Stirn auf meine, genau wie letzte Nacht, nur dass er diesmal nicht die Augen schließt. Wir beide halten unsere Augen offen, während wir beide kommen.

„Scheiße“, flucht er.

Seine raue, heisere Stimme bringt mich um den Verstand. Meine Schenkel zittern, genauso wie der Rest von mir und dann fallen meine Augen zu, die ich keine Sekunde länger offen halten kann, während mich mein Höhepunkt überwältigt. Rylan stößt noch zwei Mal in mich hinein, bevor ich auch sein Stöhnen höre und fühle, wie er seine Wärme in mir verströmt.

„Fuck“, keucht er und reibt seine Nase an meiner. Dann küsst er mich. „Fuck“, wiederholt er, sein Atem geht schwer.

Ich versuche unterdessen meine eigene Atmung wieder zu beruhigen. Wir bleiben Arm in Arm liegen. Er streicht mir mit den Fingern durch meine Haare.

„Wir werden uns das Leben schön machen“, flüstere

ich.

Ein kleines Lächeln umspielt seine Lippen. „Ja, Süße, das werden wir."

Ich kuschele mich noch enger an ihn an. Er gleitet aus mir heraus, doch ich wünschte, er würde für immer in mir bleiben. Mich für immer ausfüllen. Er hält mich noch ein paar Augenblicke fest, ehe er seine Hand zwischen uns wandern lässt und sie auf meinen Bauch legt.

„Der hier ist seit meiner Abreise gewachsen", stellt er fest. „Ich kann nicht glauben, wie groß er in nur ein paar Wochen geworden ist."

Ich schlucke und frage mich, wie er das gemeint hat. „Törnt dich das ab?"

Er lacht. „Schon komisch, dass du denkst, dass mich irgendetwas an dir abtörnen könnte. Vor allem, da ein Leben in dir heranwächst."

„Aber es ist nicht dein Kind", halte ich dagegen.

Er schüttelt einmal den Kopf. Seine Augen werden weicher, und wenn ich mich nicht täusche, auch ein wenig trauriger. „Channing, dieses Baby ist meins. Wenn du mir erlaubst, sein Vater zu sein. Denn das ist wirklich genau das, was ich sein will. Ich werde es bei jedem einzelnen Schritt seines Lebens begleiten. Du musst mich nicht ständig daran erinnern, dass ich nicht der biologische Erzeuger bin."

Eine Welle an Schuldgefühlen schwappt über mich hinweg. „Es tut mir leid. Es fällt mir nur so schwer zu glauben, dass das hier echt ist", versuche ich mich zu erklären.

Er grinst. „Ich weiß, denn mir geht es genauso. Erinnere mich einfach nicht mehr an den biologischen Aspekt. Und ich werde im Gegenzug nicht mehr erwähnen, wie sehr ich dich nicht verdiene oder dass ich ein Ex-Knacki bin. Abgemacht?"

Ich muss lächeln und nicke. „Deal", flüstere ich. Er küsst mich, seine Zunge gleitet in meinen Mund und füllt mich aus. Unsere Abmachung wird mit einem der besten Küsse meines Lebens besiegelt.

***

Rylan

„Ich dachte, du wolltest mit der Kohle die Kaution für eure neue Wohnung stellen?", meint Wyatt, nachdem ich ihn gebeten habe, nach der Arbeit einen Zwischenstopp einzulegen.

„Das will ich auch, aber ich muss ihr etwas kaufen, auch wenn es nicht gerade das Teuerste ist."

„Das wird sie nicht jucken, Ry. Sie ist froh, dass du bei ihr bist", entgegnet er achselzuckend.

Ich stimme ihm nickend zu, weiß aber auch, dass ich das hier für mich tue. „Es geht mehr um mich als um sie, Wyatt."

„Hast du Schiss, dass sich jemand anderes an sie ranmachen könnte?" Er grinst.

Ich fahre mir mit den Fingern durchs Haar. „An sie ranmachen? Nein", schnaube ich. „Sie kann gut auf sich selbst aufpassen. Ich will ihr einfach nur zeigen, was sie mir bedeutet."

Eine junge Verkäuferin kommt hinter dem Tresen hervor. „Was kann ich für Sie tun?"

Ich schaue mir die Auslagen mit den Ringen an und frage mich, was ich mir leisten kann. Die Antwort lautet: keinen einzigen. Aber ich möchte Channing eine Freude machen. „Ich brauche einen Ring für meine Verlobte", sage ich.

Die Frau rollt fast mit ihren Augen. „Welchen möchten Sie sich näher angucken?"

Ich sehe zu Wyatt hinüber und bitte ihn stillschweigend um Rat. Er schüttelt lachend den Kopf.

„Einen schlichten, vielleicht in rosa?", schlägt er vor und deutet auf einen der Ringe.

„Das ist Roségold", korrigiert ihn die Dame.

Sie holt die Auslage mit den dünnen, schlichten Ringen heraus. Sie sehen alle irgendwie gleich aus. Manche sind etwas wuchtiger als andere, doch alle einfach und langweilig gehalten. Im Moment kann ich mir einfach nichts Extravagantes leisten, aber vielleicht eines Tages. Obwohl ich nicht weiß, ob Channing überhaupt irgendwann einen neuen Ring will, der den Ursprünglichen ersetzt.

Ich nehme den dünnsten roséfarbenen Ring in meine Hand und schiebe ihn mir über den kleinen Finger. Er ist einfach, weich und hübsch, genau wie sie.

„Der passt zu ihr", sagt Wyatt, nachdem er sich geräuspert hat.

Ich nehme meinen Blick vom Ring und nicke ihm zu. „Das tut er. Das tut er verdammt noch mal", stimme ich ihm zu. Die Frau hinter dem Verkaufstresen kaut auf einem Kaugummi und schaut mich an. „Was kostet er?", will ich wissen. Ich bete zu Gott, dass er nicht lächerlich überteuert ist.

Sie nimmt mir den Ring ab und schaut auf das kleine Schildchen. Dann nimmt sie einen Taschenrechner zur Hand und fängt an, darauf herumzutippen. Sie kaut weiterhin auf ihrem Kaugummi, dann sieht sie mir in die Augen.

„Nach Abzug der Steuern macht das achtundfünfzig Dollar und zweiunddreißig Cent."

Achtundfünfzig Dollar. Vor fünf Jahren hätte ich

einer Stripperin ohne mit der Wimper zu zucken sechzig Dollar in ihren G-String gesteckt. Heute sieht mein Leben ein wenig anders aus. Jeder einzelne Dollar kann über Leben und Tod entscheiden, über uns, über mich und Channing.

„Du wirst keinen günstigeren finden. Der hier ist aus echtem Roségold", murmelt Wyatt neben mir.

Ich schaue die Verkäuferin in ihrer blauen Weste an und weiß, dass er recht hat. Ich werde keinen günstigeren finden. Einen Verlobungsring für unter sechzig Dollar ... ich sollte mich verdammt noch mal schämen, dass ich es überhaupt in Erwägung ziehe, ihn zu kaufen, aber das tue ich nicht. Ich will, dass sie einen bekommt. Ich will, dass sie sich niemals mehr darüber sorgen muss, ich würde sie verlassen. Nie wieder.

„Ich nehme ihn", sage ich.

Ein paar Minuten später verlasse ich mit einem Verlobungsring für Channing den Walmart. Ich packe ihn nicht in eine Tüte, sondern stecke die kleine Schachtel in meine vordere Hosentasche. Ich bezweifele, dass ich lange damit warten kann, ihr einen großen romantischen Antrag zu machen. Ich bin viel zu versessen darauf, meinen Ring an ihrem Finger zu sehen. Sie gehört mir und ich will, dass die ganze verdammte Welt das weiß.

KAPITEL 23

Channing

Ich betrete das Diner und weiß noch nicht, wie ich mich nach dieser heutigen Schicht fühlen werde. Dies hier ist mein letzter Arbeitstag. Ich habe meine gesamte Teenagerzeit und mein bisheriges Erwachsenenleben in diesem Diner verbracht. Sechs Tage die Woche, jede Woche, und heute geht dieser Abschnitt zu Ende. Ich bin mir nicht sicher, ob ich gehen will, aber ich weiß, dass es das Beste für mich und mein Baby ist. Außerdem ist es auch besser für Rylan.

Die Stadt und die Menschen, die hier leben, haben bereits entschieden, wer wir sind, was wiederrum bedeutet, dass sie uns nie als etwas anderes sehen werden. Ich bin die Ehezerstörerin und er der Sträfling. In der Stadt, in der wir wohnen, gibt es keine Grauzonen, sondern nur Schwarz und Weiß.

Ich bleibe an einem Tisch stehen, der mit drei Frauen besetzt ist. Sie sind alle etwas älter als ich und lächeln. Ich kenne sie nicht, was aber nicht überraschend ist. Ich neige dazu, mich abzugrenzen, das mache ich schon immer so. Vor langer Zeit habe ich gelernt, dass es einfacher ist, zu überleben, wenn man sich zurückhält.

„Kann ich euch etwas zu trinken bringen?", frage ich.

Als sie nicht sofort antworten, blicke ich von meinem Notizblock auf. Eine der Frauen starrt mich mit stechenden Augen an.

„Wann verlässt du endlich die Stadt, du kleine ehebrecherische Hure?“, fährt sie mich an.

Die anderen beiden Frauen kichern. Ich kann jedoch nicht verstehen, was daran lustig sein soll. Diese blonde Tussi starrt mich an, als hätte ich ihrem Mann etwas angetan. Ich gehe nicht darauf ein, denn sie ist es nicht wert, eigentlich ist niemand es wirklich wert, der mich so beschimpft.

„Willst du etwas bestellen oder mich nur beleidigen?“, frage ich sie und versuche meine Stimme ruhig, gleichmäßig und gleichgültig klingen zu lassen. Aber innerlich sterbe ich ein wenig.

Sie lehnt sich zurück, als müsste sie über meine Frage nachdenken. Ich kämpfe gegen den Drang an, mit den Augen zu rollen. Sie leckt sich über die Unterlippe. „Ich nehme einen süßen Tee.“ Sie lächelt. Es ist unecht, genauso wie alles andere an ihr. Vom Scheitel ihres gebleichten blonden Haars bis hin zu den Spitzen ihrer roten, künstlichen Fingernägel – alles unecht.

Die beiden anderen Frauen bestellen dasselbe. Ohne ein weiteres Wort zu verlieren, wende ich mich von der Gruppe ab.

„Hat James Tomaten auf den Augen? Mit der da hat er Jennifer betrogen? Mann, ich wette, er hat es nur mit ihr getrieben, wenn sie eine Tüte über den Kopf getragen hat“, sagt die Blondine lachend. Sie sagt es laut genug, damit ich es hören kann.

„Nein, er hat sie einfach jedes Mal von hinten gefickt“, sagte eine der anderen Frauen. „Zumindest hat Jennifer das behauptet.“

Ich straffe die Schultern und versuche, mir nicht anmerken zu lassen, wie sehr mich ihre Worte getroffen haben. Aber wie kann man diese Worte einfach so im Raum stehen lassen? Wie kann man sie nicht in sich einsaugen, in sein Herz eindringen lassen, und was noch wichtiger ist, in seine Seele?

Ich gehe zur Getränketheke und beginne damit, drei süße Tees zuzubereiten. Ich wünschte, ich wäre Schlampe genug, um mich mit ihnen anzulegen, aber das bin ich nicht. Mein Gewissen lässt nicht zu, das Essen der Leute zu versalzen. Gewissen. Ich schnaube vor mich hin. Moral und Ethik sind etwas, von dem wahrscheinlich viele der Leute hier nicht wissen, dass ich so etwas habe. Vor allem, wenn man meine derzeitige Lage berücksichtigt.

Wie auch immer. Ich habe beschlossen, dass sich die Leute ihre Meinungen über mich in den Arsch schieben können. Rylan hat recht, sie spielen keine Rolle. Keiner von ihnen ist mir wichtig, und schon gar nicht ihre engstirnigen Meinungen. Wenn sie wirklich wüssten, was sich zwischen James und mir abgespielt hat, wenn sie wüssten, wo mir der Kopf steht oder was er mir alles versprochen hat, dann würden sie nicht so vorschnell über mich urteilen.

Ich bin nicht unschuldig. Ich bin achtzehn Jahre alt gewesen, und ich habe gewusst, dass es falsch ist, aber auch er hat sich falsch verhalten. Nicht ich allein. Ich weigere mich, die ganze Schuld auf mich zu nehmen. Ich bin zwar nicht unschuldig, aber auch nicht die einzige Person, die sich einen Fehler erlaubt hat.

Ich kehre mit einem Tablett an süßen Tees an den Tisch der Schlampen zurück, setze eine Tasse nach der anderen ab, und vermeide Blickkontakt. Offensichtlich sind das Jennifers Freundinnen, oder zumindest Verbündete. Sie werden nicht nett zu mir sein, denn sie sind hier, um mich zu schikanieren.

Morgen werden sie mich hier nicht wiedersehen, um

mich mit ihren Worten rund zu machen.

Heute fordere ich sie innerlich heraus, ihr Schlimmstes auf mich abzufeuern.

„Darf ich eure Bestellungen aufnehmen?", frage ich und bin dabei so freundlich, wie ich nur sein kann, obwohl ich ihnen am liebsten die Augen auskratzen würde.

„Gibt es hier Sandwiches, die nicht von einer Hure zubereitet wurden? Ich meine, ich will deine Huren-kotze nicht auf meinem Essen haben", sagt die Blon-dine lautstark mit einem Kichern.

Ich schaue sie an und werfe meine Zurückhaltung über Bord. „Jennifer hat dich also hierhergeschickt, weil sie wusste, dass meine Freunde ihr sonst den Sheriff auf den Hals hetzen würden. Bist du nicht ein bisschen zu alt, um diese High School-Spiele zu spie-len?", frage ich sie und ziehe eine Augenbraue hoch.

Alle drei setzen sich zeitgleich ein wenig aufrechter hin, ihre Blicke ruhen auf mir, aber ich schaue nur ihre Anführerin an. Was mich betrifft, kann sie sich selbst ficken. Ich höre sie knurren, doch ich weiche nicht zurück. Das ist es, was sie von mir will, weshalb sie mit ihren Freundinnen hierhergekommen ist. Wenn ich es tue, dann gewinnt sie das Spiel. Ich wei-gere mich, vor eine Tyrannin zusammenzubrechen.

„Du hast ihre Ehe belastet. Warum wirst du das Kind nicht einfach los? Du kannst dir doch sowieso keins leisten, also brauchst du keins. Huren haben es nicht verdient, eigene Kinder zu haben", spottet sie.

Innerlich zucke ich zusammen. Ich zucke zusam-men und schreie gleichzeitig laut auf. Vielleicht hat sie recht. Meine Mutter hat ganz sicher keine Kinder gebrauchen können, als sie mit mir schwanger ge-

worden ist. Aber dieses Baby in mir wird bereits über
alle Maßen geliebt, nicht nur von mir, sondern auch
von Rylan. Ich werde mein Kind nie *loswerden*. Nicht
für James, nicht für Jennifer und schon gar nicht für
diese Schlampen.

„Ich werde ganz bestimmt nicht mit dir über mein
Recht diskutieren, mein Kind behalten zu dürfen.
Das hier hat absolut nichts mit dir noch sonst wem
hier zu tun."

Sie verengt ihre Augen noch eine Nuance mehr.
„Doch, wenn ich dazu gezwungen bin, mit meinen
Steuern dafür zu bezahlen", erwidert sie harsch.

„Weißt du was? Ich bin hier fertig", verkünde ich.
Sie lächelt, als würde sie als Siegerin vom Platz gehen.
„Lächele ruhig weiter. Ich sehe an keinem eurer Finger einen Ring. Das heißt, ihr seid einsame, verbitter-
te Schlampen. Das ist in Ordnung, schwimmt von
mir aus weiter in eurer Verbitterung. Ich werde nach
Hause zu einem Mann gehen, der mich liebt. Während ihr nach Hause geht zu... eurem Fernseher und
einem Becher Ben & Jerry's?"

Sie schweigen ein paar Augenblicke lang vor Fas-
sungslosigkeit, und ich seufze erleichtert auf, dass sie
endlich still sind. Ich muss mir ihren Schwachsinn
nicht anhören, nicht einmal für eine weitere gottverdammte Sekunde. Sie sind es nicht wert, James und
Jennifer sind es nicht, sie alle sind einfach verdammt
wertlos.

Ich ziehe meine Schürze aus und wende mich von
ihnen ab. „Bis er eine Bessere findet. Jünger, vielleicht hübscher... mit weniger Ballast im Gepäck,
einer engeren Möse?", sagt die Blondine lachend.

Ich schaue über die Schulter zu ihr und betrachte sie

eingehend. Sie ist in etwa so alt wie Jennifer. Sie spricht von sich selbst, von ihrem Gepäck, nicht von meinem. Rylan weiß genau, worauf er sich mit mir einlässt. Es wird keine Überraschungen geben. Er weiß, dass mich eine drogenabhängige Mutter geboren hat, er weiß, dass ich schwanger bin. Sie projiziert ihren eigenen Scheiß auf mich, und ich weigere mich, das zu akzeptieren.

„Bist du eifersüchtig, dass du nie die Jüngere, Engere sein wirst?", frage ich mit einem Grinsen.

Sie stößt einen Schrei aus und bevor ich realisiere, was passiert, greift sie mich an. Zu meinem Glück stellt sich Lulamae zwischen uns, ihr Gewehr bereits in der Hand. „Jetzt verschwindet von hier, bevor ich den Sheriff rufe. Ich werde eure Ärsche an einem Stuhl festbinden, bis er hier eintrifft. Ihr habt genau fünf Sekunden, um euch zu verpissen", sagt sie.

Das Diner ist still, beobachtet die Szene und wartet darauf, dass die drei Frauen gehen. Ich stoße erst einen Seufzer der Erleichterung aus, als sie aus dem Lokal verschwunden sind und ihr Auto aus der Parklücke zurücksetzen.

Lulamae dreht sich zu mir um und lächelt. „Das wollte ich schon machen, als diese Schlampen ihre Ärsche durch die Tür geschoben haben. Ich wusste, dass sie nichts Gutes im Schilde führen."

„In diesem Sinne werde ich heute wohl früher Feierabend machen", erwidere ich seufzend.

Lulamaes Augen werden weicher und sie nickt. „Beweg deine süße Kugel hier raus. Dein letzter Gehaltsscheck liegt auf dem Schreibtisch zusammen mit einer Kleinigkeit von Clarence und mir. Öffne es nicht hier und werde nicht sentimental."

Ich schenke ihr ein kleines Lächeln, wobei sich meine Zähne in meine Unterlippe bohren. Dann, ohne Vorwarnung, schlinge ich meine Arme um sie und erzwinge eine Umarmung von ihr, von der ich mir sicher bin, dass sie sie jede verdammte Sekunde hasst. „Danke, Lula. Ich liebe dich", flüstere ich ihr ins Ohr.

„Verschwinde von hier, Mädchen. Ich will nicht, dass du wieder zurückkommst. Mach dir ein schönes Leben mit diesem tätowierten Jungen", flüstert sie mir im Gegenzug in mein Ohr.

Ich lasse sie langsam los und weiche einen Schritt zurück. Sie sieht ein wenig traurig aus, aber dieser Zustand hält nicht lange an. Sie dreht sich um und geht auf ihre Seite des Lokals. Ich gehe in die Küche, um mich von Clarence zu verabschieden. Er ist genauso widerspenstig wie Lulamae und verkrampft seinen Körper bei meiner erzwungenen Umarmung noch eine Spur mehr als sie.

Dann eile ich schnell ins dunkle Büro. Ich schalte das Licht ein und gehe zum Schreibtisch. Dort liegt ein Umschlag mit meinem Namen und eine Schachtel, eingewickelt in gelbes Geschenkpapier mit einem hellblauen Band und einer hübschen Schleife. Ich nehme es in die Hand, als ich etwas hinter mir spüre.

„Überraschung", höre ich eine schmierige Stimme, dann legt sich eine Hand über meinen Mund.

Ich versuche, mich gegen den Mann zu wehren, den ich kenne. Der Mann, der mich gegen seine Brust drückt und mir sein hartes Glied gegen meinen Hintern zwängt. Der Mann, von dem ich dachte, dass ich ihn einst geliebt habe. Der Mann, von dem ich dachte, er würde eines Tages mir gehören. Der Mann, der zwei Jahre lang ein junges Mädchen manipuliert hat.

Als die Dunkelheit Oberhand gewinnt, beschließe ich, dass er doch kein waschechter Mann ist. In Wirklichkeit ist er nichts weiter als ein wertloses Stück Scheiße.

***

Rylan

„Ich soll also am Montag einfach dort aufkreuzen?", frage ich Wyatt.

Er grinst, obwohl ich nicht glaube, dass er wegen meines Wechsels glücklich ist. Um ehrlich zu sein, bin ich auch wenig begeistert. Ich will in keine neue Stadt ziehen, doch ich weiß, dass es das Beste für meine neue kleine Familie ist, aber das heißt nicht, dass ich meinen Cousin verlassen will.

„Jepp, sprich einfach mit Big Rickie. Er ist dein neuer Vorarbeiter", meint er.

Ich nicke und schätze, dass der Typ wahrscheinlich kleiner ist als ich und dass nur sein Spitzname. Mir ist aufgefallen, dass es üblich ist, seinem Vorarbeiter einen Spitznamen zu verpassen. Wenn man so einen verpasst bekommt, ist das so, als wäre man endlich in einen supergeheimen Club aufgenommen worden oder so einen Scheiß. Solange mein Spitzname nicht irgendwann *Sträfling* ist, ist es mir egal, was für einen sie mir geben.

Ich greife nach der Türklinke und blicke stirnrunzelnd zur Einfahrt.

„Wo ist Channing?", fragt Wyatt und reißt mich damit aus den Gedanken.

„Keine Ahnung. Sie hat mir nicht gesagt, dass sie

länger arbeiten muss. Sie hätte eigentlich gegen drei Uhr zu Hause sein müssen", erwidere ich.

Ich werfe einen Blick auf das Armaturenbrett. Es ist schon weit nach sechs Uhr am Abend. Selbst wenn sie nach der Arbeit noch in den Supermarkt gegangen sein sollte, müsste sie längst hier sein.

„Ich gehe mit dir rein", verkündet Wyatt.

Ich kann nicht sprechen. Mir stockt der Atem. Angst durchfährt meinen kompletten Körper. Ich weiß, tief in meinem Inneren ohne Zweifel, dass ihr etwas zugestoßen sein muss. Mir dreht sich der Magen um, als ich aus Wyatts Truck aussteige.

Ich greife mit der Hand in meine Hosentasche und umklammere die Ringbox so fest, dass sie unter meinen Fingern knackt. Ich lasse sie los, ziehe meine Hand wieder heraus und lege sie um die Türklinke der Haustür. Da sie verschlossen ist, atme ich aus. Keine Ahnung, ob aus Erleichterung oder etwas anderem, aber sie ist nicht hier. Und noch weniger weiß ich, ob das ein gutes oder schlechtes Zeichen ist, aber ich werde es herausfinden.

Ich hole meinen Schlüssel aus der Tasche und gehe ins Haus. Wyatt folgt mir. Im Haus ist es still. Unheimlich still. Als ich mich umschaue, stelle ich fest, dass nichts anders als sonst ist. Nichts hat sich verändert. Es sieht noch genauso aus wie heute Morgen, als ich zur Arbeit aufgebrochen bin.

„Lass uns zum Diner fahren", schlägt Wyatt vor.

Ich nicke. „Ich werde vorher noch eben schnell im Schlafzimmer nachsehen." Wyatt erwidert nichts, als ich mit schnellen Schritten in den hinteren Teil des Hauses eile. Es ist leer. Das Bett ist gemacht, und alles liegt ordentlich an seinem Platz.

„Wir fahren zum Diner", rufe ich, während ich wieder ins Wohnzimmer renne.

„Wir werden sie finden“, meint Wyatt.

Ich nicke einmal. Obwohl ich allerdings nicht sagen kann, ob ich ihm glaube. Mein Herz rast, mir wird kotzübel und ich spüre, dass etwas passiert ist. Irgendetwas stimmt hier ganz und gar nicht. Irgendetwas ist hier wirklich verdammt falsch.

KAPITEL 24

Channing

Ich starre die Frau an, dir mir gegenüber steht. Sie lächelt. Ihre bösen Augen schauen direkt in meine. Es ist ein Trick gewesen, indem ihre Freundinnen als Lockvögel fungiert haben. James und Jennifer haben sich im Büro versteckt und darauf gewartet, dass ich vorbeikomme. Ihr Auto samt seinem Fahrer Jacob hat im Hinterhof geparkt. Ein Fluchtwagen. Ein Fluchtwagen, um mich zu entführen. Die sind ja völlig irre.

„Schneide die Schlampe auf, James. Bring es hinter dich", knurrt Jennifer.

Ich zucke bei ihren Worten zusammen. Meine Arme sind mir keine Hilfe. Ich versuche, sie zu bewegen, um instinktiv meinen Bauch zu schützen, aber sie sind hinter meinem Rücken gefesselt worden, sodass ich mich nicht rühren kann. James reagiert nicht auf die Schimpftiraden seiner Frau. Stattdessen starrt er mich an. Mit leicht zur Seite geneigtem Kopf beobachtet er mich.

„Warum willst du es unbedingt behalten?", will James wissen. Seine Stimme ist sanft, fast flirtend.

Wenn ich meine Augen schließe, kann ich mir vorstellen, an einem anderen Ort zu sein. In dem Motel, in dem wir so oft gewesen sind. So hat er immer während unseres Zusammenseins geklungen. Heute weiß ich, dass sein Säuseln nur vorgetäuscht gewesen ist, dass er immer gelogen hat.

Ich presse meine Lippen fest aufeinander und denke darüber nach, ob ich ihm antworten soll. Ich will es nicht. Ich will ihm nicht einmal einen Funken meiner Aufmerksamkeit schenken, aber das heißt nicht, dass ich keine Angst habe. Die habe ich. Der Blick in Jennifers Augen in Kombination mit James kühler und gelassener Haltung, ganz zu schweigen davon, dass ich Jacob nicht wieder gesehen habe, seit er den Fluchtwagen gefahren hat, sind alles Gründe für mich, um Angst zu haben.

„Dieses Baby ist meins“, flüstere ich. „Meins und Rylans. Es gehört dir nicht. Ich behalte es, weil es meins ist.“

James hebt seine Hand so schnell, dass ich gar nicht mitbekomme, was passiert, bis sein Handrücken hart auf meiner Wange landet. Mein Kopf fliegt zur Seite und mein Nacken schmerzt sofort von der stumpfen Gewalt.

Ich beiße mir auf die Innenseite meiner Wange. Mein Körper bleibt aufrecht auf dem Stuhl sitzen, der Schmerz flutet sofort mein ganzes Gesicht. Seine Hand greift in meine Haare und zieht meinen Kopf nach hinten. Er zwingt mich dazu, ihn zu überstrecken und schmerzhaft zu wölben.

Sein Gesicht ist das Einzige, was ich sehe. Er ist wütend. Wütender als ich ihn je zuvor erlebt habe. Seine Augen sprühen nur so vor Feuer und Hass. Ich registriere, wie ich unter ihm zittere. Hilflos gegenüber dem, was er mir antun will. Ich habe Angst, nicht nur um mich selbst, sondern vor allem um mein Baby.

„Das Leben, das du in dir trägst, gehört mir und nicht ihm. Jennifer will es loswerden, Channing“, knurrt er.

Ich halte meinen Blick auf ihn gerichtet und senke die Stimme. „Was willst du, James?“

Ich sehe es ihm an. Er wendet für einen Moment

den Blick ab und als er mich wieder ansieht, flackert Traurigkeit darin. „Ist doch egal."

Ich lecke mir über die Lippen und schmecke den kupfernen Geschmack meines Blutes, das mir vermutlich aus der Nase läuft. „Das ist es nicht. Das ist dein Leben, das du mit mir gezeugt hast, James", hauche ich. Ich beobachte, wie er schluckt. Die Unentschlossenheit steht ihm in die Augen geschrieben. „Es ist auch deins. Ich werde dich nie um etwas bitten, James. Um absolut gar nichts. Aber nimm es mir nicht weg."

Ich flehe und bettele, aber das ist mir egal. Ich werde vor ihm zu Kreuze kriechen und sogar seine Schuhe lecken, wenn er mich darum bittet. Solange er uns nicht wehtut. Ich werde alles tun, was er verlangt, um mein Baby zu retten.

„James", keift Jennifer. Er dreht seinen Kopf und schaut sie an. Ich beobachte, wie sein Kiefer zuckt, sein Profil ist für den Moment alles, was ich erkennen kann. „Dieser Schlampe muss eine Lektion erteilt werden."

Er nickt langsam.

„Eine Lektion", flüstere ich und wiederhole ihre Worte. „Tust du immer, was sie dir sagt?"

Er zuckt zusammen, antwortet aber nicht darauf.

Jennifer springt auf und steht plötzlich neben mir und James. Ich schaue überall hin, nur nicht in ihre Augen. Ich bin zu ängstlich, um zu überprüfen, ob sie eine Waffe in der Hand hält. Kein Wunder, dass er sie betrügt, denn sie ist total irre. Ich bin halb versucht, meinen Gedanken laut auszusprechen, entscheide mich aber letztlich dagegen, da mein Selbsterhaltungstrieb in diesem Moment auf Hochtouren läuft.

„O ja, kleine Schlampen, die sich in Beziehungen drängen, dürfen ihre Bastarde nicht behalten", zischt sie.

Ich gebe ein Geräusch von mir, das eine Mischung aus Wimmern und Schrei ist, jedoch in meinem Hals stecken bleibt. „Ich will mich nicht in eure Beziehung drängen. Mir tut es leid, was ich getan habe. Ich habe mich weiterentwickelt, Jennifer. Ich habe einen Mann, den ich liebe. Einen guten Mann", presse ich hervor.

Sie stößt ein Lachen aus, das mir sämtliche Nackenhaare zu Berge stehen lässt. Es bringt nichts, mit ihr zu diskutieren. Sie ist wahnsinnig. Völlig und vollkommen irre. Es gibt nichts, das ich tun oder sagen kann, um zu ihr durchzudringen. Absolut nichts. Wenn James sie nicht aufhält, habe ich keine Hoffnung mehr, und mein Baby auch nicht.

„Diese kleine Schlampe muss verschwinden, James. Zeig mir, wie sehr du mich liebst und werde sie los", säuselt sie.

James richtet sich auf und dreht sich zu ihr um. Gerade als ich denke, dass er sich für mich einsetzen wird, gegen alle Hoffnungen erwarte, dass er mir irgendwie beistehen wird, wird diese Hoffnung zerstört. Er hebt die Hand, seine Finger gleiten in ihr Haar und er küsst sie.

Sie küssen sich mit Zunge und aufeinander prallenden Zähnen. Für einen kurzen Moment scheinen sie zu vergessen, dass ich ebenfalls im Raum bin. James packt ihren Hintern, sie stöhnt gegen seinen Mund und drückt ihre Brüste gegen seine Brust. Langsam lösen sie sich voneinander, beide schwer atmend.

Beide wenden sich langsam zu mir und etwas Hässliches huscht ihnen über die Gesichter. Es ist das pure Böse, das sich in ihren Augen widerspiegelt. Ich zittere auf meinem Stuhl und weiß, dass ich es niemals lebendig aus diesem Raum herausschaffen werde. Eine einzelne Träne löst sich aus meinem Augenwinkel und rinnt mir die Wange hinunter, da ich daran denke, dass Rylan von nun an ganz allein sein wird.

Das Leben, das wir geplant haben, wird es nie geben. Die harte, aber schöne Zukunft, die wir bei den Hörnern packen wollten. Er muss es jetzt allein schaffen. Ohne uns. Ich hoffe, dass er nicht wieder in den Alkohol- und Drogensumpf abrutscht, ich hoffe, dass er clean bleibt und hart arbeitet.

Egoistisch hoffe ich, dass es nie eine andere Frau in seinem Leben geben wird. Realistisch gesehen, hoffe ich, dass sie gut zu ihm sein wird, wer auch immer meinen Platz einnimmt.

***

Rylan

Lulamae und Clarence starren ungläubig ins leere Büro. Channings Auto steht noch auf dem Parkplatz. Das Büro ist jedoch verwaist und auf dem Schreibtisch liegen ihr letzter Scheck sowie ein Geschenk. Lulamae räuspert sich, und ich beobachte, wie sie sich eine Hand in den Nacken legt und ihre knochigen Finger um die Vorderseite ihres Halses schlingt.

„Ich dachte, sie sei gegangen. Sie sagte, sie würde gehen. Ich habe ihr gesagt, sie soll gehen", murmelt sie.

Ich lege meine Finger auf ihre Schultern und drücke sanft zu. „Es ist nicht deine Schuld, Lulamae. Niemand konnte es ahnen. Sie müssen sie hinten rausgebracht haben."

„Weißt du, wo die beiden wohnen?", fragt sie.

„Die beiden?" Wyatt hebt seine Augenbrauen.

Clarence schnaubt. „Ich habe den Sheriff verständigt, aber ihr zwei solltet euch vielleicht jetzt auf den Weg machen."

Ich nicke Wyatt zu und mache mir nicht noch einmal die Mühe, ihn anzusehen, als ich aus dem Diner laufe. Ich weiß, dass er mir dicht auf den Fersen ist. Er will mich unter Kontrolle halten, er wird dafür sorgen, dass ich nicht den Verstand verliere und wieder ins Gefängnis muss.

Als wir im Wagen sitzen, holt Wyatt sein Handy aus der Tasche. Als er anfährt, klingelt das Telefon. „Wyatt", murmelt eine Stimme.

„Sind du und Louis noch in der Stadt?", will er wissen.

Am anderen Ende der Leitung räuspert sich jemand. „Was brauchst du?"

„Ich weiß es noch nicht. Wir treffen uns…" Er rattert die Adresse herunter, dann ruft er Ford Matthews an und sagt ihm dasselbe.

„Wyatt?", frage ich.

„Rückendeckung. Zeugen, die was auch immer vor sich geht, es hinterher bezeugen können", murmelt er.

Ich nehme wahr, wie er eine Straße entlangfährt, und lasse mir seine Worte durch den Kopf gehen. *Rückendeckung. Zeugen. Was auch immer vor sich geht, es hinterher bezeugen können.* Meine Kehle wird eng, wenn ich nur an seine Worte denke. Fuck. Mein Cousin kümmert sich um mich, seine Freunde kümmern sich um mich. Sie kümmern sich auch um Channing, um meine verdammte Familie.

Wir halten in dem Moment vor einem Haus, als gerade ein teurer schwarzer Pick-up aus der entgegengesetzten Richtung kommt und neben uns parkt. Es sind Beaumont und Louis. Wir steigen alle aus den Autos und gehen aufeinander zu.

„Ford braucht noch ein bisschen. Channing ist verschwunden. Das ist die Wohnung von James und Jennifer. Sieht nicht so aus, als wäre jemand zu Hause, aber verdammt, wir wissen nicht, wo sie sonst sein könnten", erklärt Wyatt.

Meine Kehle zieht sich weiter zu, und es fällt mir schwer zu atmen, aber ich zwinge mich dazu. Ein und aus, beruhigende, tiefe Atemzüge. Ich muss ruhig und konzentriert bleiben, denn ich muss meine Frau zurückbekommen.

„Ich gehe ums Haus herum und schaue durch ein paar Fenster", bietet Beaumont an.

„Sollen wir nicht besser auf den Sheriff warten?", frage ich. Alle drei Männer sehen mich an, als hätte ich einen an der Waffel. „Ich kann mich nicht wegsperren lassen, wenn ich mich um eine Frau und ein Baby kümmern muss."

Wyatt schaut zum Haus, dann wieder zu mir. Er öffnet den Mund, um etwas zu sagen, doch dann fährt ein lauter Truck vor, auf dessen Fahrersitz Ford sitzt. Er springt in dem Moment aus dem Wagen, als zwei Cops mit Blaulichtern vorfahren.

Der Sheriff eilt auf uns zu und behält mich mit jedem Schritt im Auge. „Ihr habt doch nichts Dummes angestellt, oder?", fragt er und schaut sich in der Runde um.

„Nein, wir haben uns nur umgesehen und uns gefragt, ob sie hier ist", sagt Beaumont achselzuckend.

„Beau", spricht der Sheriff ihn mit einem deutlichen Unterton an.

Beaumont hebt beschwichtigend seine Hände hoch. „Das hier hat absolut nichts mit meiner Vergangenheit zu tun, sondern mit Channing. Du erinnerst dich an die schwangere Freundin von mir? Diese beiden", sagt er und deutet auf das Haus von Jennifer und James, „terrorisieren sie schon seit Wochen. Wir wissen, dass sie etwas mit ihrem Verschwinden zu tun haben, Robby."

Der Polizist nickt, sein Blick wandert ebenfalls zum Haus. „Du glaubst auch nicht, dass sie freiwillig zu ihrem kleinen Freund zurückgegangen sein könnte?", will er wissen.

Ich will diesem selbstgefälligen Arschloch die Fresse einschlagen. Ich tue es nicht, will es aber wirklich. „Nein. Wir wollten in ein paar Tagen nach Fredericksburg umziehen. Raus aus der Stadt", lasse ich ihn wissen.

„Ich werde an die Tür klopfen, aber ich kann euch nichts versprechen. Sie könnte überall sein. Da sie erwachsen ist, kann ich sie nicht schon nach ein paar Stunden als offiziell vermisst melden", erklärt er uns.

Ich balle meine Hand zu einer Faust. Ich will diesem Arschloch James die Fresse polieren. Ich will ihn bluten sehen. Ich weiß, dass er Channing entführt hat, und der Sheriff weiß es auch. Es ist mir scheißegal, was für einen tollen Ruf der Lehrer hat, er hat meine Frau und nicht zu wissen, was er gerade mit ihr macht jagt mir eine Scheißangst ein.

„Sie sind nicht da", ächzt Beaumont.

Ich nicke zustimmend. „Nein, sind sie nicht."

„Wo verstecken sie sie dann?", will Ford wissen und reibt sich über seinen Dreitagebart.

Niemand öffnet die Tür, und der Cop kommt mit einem besorgten Blick und einem Achselzucken wieder auf uns zu. „Ruft uns an, wenn sie wieder zu Hause ist. Ich werde es auf dem Revier melden. Wir werden sie finden, wenn sie denn gefunden werden will." Er wartet nicht erst auf eine Antwort unsererseits, sondern lässt uns stehen, steigt wieder in seinen Wagen und rauscht davon.

„Wichser", knurrt Beaumont.

„Warum hasst du ihn so sehr?", will Louis wissen.

Er spuckt auf den Boden. „Ich hasse ihn nicht. Ich hasse seine Schwester." Er zuckt mit den Schultern.

„Welche? Chelle?", fragt Ford mit einem Stirnrunzeln. Ford kennt jeden in der Stadt.

Beaumont nickt. „Chelle und ich waren mal zusammen. Sie hat genau das getan, was er Channing vorwirft. Ist mit irgendeinem Wichser durchgebrannt, während wir zusammen waren. Sie hat mich betrogen und all den Scheiß. Es ist Jahre her, ich sollte darüber hinweg sein, aber mir dreht sich noch immer der Magen um."

„Warum? Weil sie dich betrogen hat?", frage ich.

Er schüttelt den Kopf, sein Blick ist auf seine Füße gerichtet. „Weil ich sie überall gesucht habe. Ich dachte, dieser Wichser hätte sie gegen ihren Willen mitgenommen. Ich dachte, sie sei verletzt worden. Sie hat mich das aber nur glauben lassen, obwohl sie nur hätte anrufen müssen, um mir zu sagen, dass es vorbei ist. Ich habe mich gequält, mich gefragt, ob sie durch die Hölle gehen musste, und er hat mich nicht wissen lassen, dass sie in Sicherheit ist. Nicht einmal dann, als ich ihn danach gefragt habe."

„Warum?", hake ich nach.

„Warum macht irgendjemand den Scheiß, den er

macht?"

„Sie hat dir nie eine Antwort auf dein Warum gegeben? Nicht einmal, als du sie gefunden hattest?", fragt Louis.

Beaumont schüttelt erneut den Kopf und schiebt seine Hände in die Hosentaschen. „Nein, hat sie nicht. Ich habe sie gefragt, doch sie meinte nur, sie hätte sich verliebt. Das war die einzige Erklärung. Doch das ist Schwachsinn", meint er. „Alles gottverdammter Schwachsinn. Ich schätze, der Sheriff denkt, dass alle Frauen wie Chelle sind. Ich weiß, dass Channing ihr nicht ähnelt. Sie würde nie die Stadt verlassen. Nie im Leben."

„Was ist mit James Bruder?", fragt Wyatt aus heiterem Himmel. Er ist die ganze Zeit über ruhig geblieben.

„Wisst ihr, wo er wohnt?", will Louis wissen.

Wyatt und Ford nicken. „Lasst uns mit einem Auto fahren. Wir lassen die Trucks am Diner stehen und fahren zusammen von dort aus los", meint Wyatt.

„So machen wir es." Louis nickt.

Wir trennen uns und ich klettere auf den Beifahrersitz von Wyatts Wagen. „Glaubst du, dass sie bei seinem Bruder ist?"

„Ehrlich gesagt, ich weiß es nicht, Ry. Aber wir werden alle Möglichkeiten abklappern. Wir werden sie finden", sagt er.

„Fuck", grummele ich.

Wyatt schweigt, während er zurück zum Diner fährt. Bevor wir ankommen, findet er endlich die Sprache wieder. „Wir werden nicht aufgeben, bis wir sie gefunden haben. Wir wissen, dass sie sie haben. Sie ist nicht abgehauen, nicht Channing. Nicht nach der letzten Nacht. Wenn sie Probleme hat, dann weiß sie, dass sie damit auch zu mir kommen kann. Ihr Auto steht noch da, ihr Scheck liegt noch im Büro. Sie ist nicht einfach aus einer Laune heraus weggelaufen“, sagt er.

Ich nicke. Ich stimme ihm voll und ganz zu. Sie ist nicht abgehauen. Sie hat mich nicht einfach verlassen, auf gar keinen Fall. Das würde sie mir, das würde sie uns nicht antun. Sie liebt mich.

KAPITEL 25

Channing

Jemand räuspert sich hinter James und Jennifer, die gerade einen Plan schmieden. Sie drehen sich um, sodass ich sehen kann, wer soeben den Raum betreten hat. Er ist James Bruder Jacob. Ich habe gemutmaßt, dass er nur als Fahrer fungiert, doch so, wie er mich in diesem Moment ansieht, einer Mischung aus Abscheu und Vorfreude, weiß ich, dass er bei dem, was auch immer sie mit mir vorhaben, mit drinsteckt. Er ist nicht nur der Fahrer. Auf gar keinen Fall.

„Was?", bellt Jennifer.

Er macht einen Schritt vor, weiter in den Raum hinein. „Du hältst das Messer, als wärst du bereit zum Spielen", bemerkt er kühl.

„Das war doch der Plan."

Bei ihren Worten stockt mir der Atem. Mir ist klar, was sie mit mir vorhaben, aber es zu hören, ist immer noch ein Schock.

„Ich will zuerst spielen", sagt er.

„Auf keinen Fall", entgegnet sie.

„Ich habe eine Freundin mitgebracht." Er lacht.

Ich habe sie gar nicht bemerkt, denn sie steht zu weit bei der Wand. Jacob hält ein Mädchen fest an den Haaren. Sie ist jung. Sehr jung. Vielleicht achtzehn – vielleicht. Er schleudert sie quer durch den Raum wie eine kleine Stoffpuppe. Sie landet vor meinen Füßen. Ich schaue auf sie hinunter, während sie langsam ihren Kopf hebt. Sie hat überall lila Blutergüsse und Blut bedeckt ihre Haut.

„Warum ist sie hier?", fragt Jennifer, deren Gesicht so verzogen ist, als hätte sie etwas Saures gegessen. Ich hasse diese Schlampe. Das Mädchen zu meinen Füßen wimmert. Ich fühle ihren Schmerz, obwohl ich versuche, so ruhig wie möglich zu bleiben.

„Sie ist schon eine Weile mein Spielzeug. Ich dachte, du würdest auch gerne mal mit ihr spielen. Vielleicht will James ja auch mal."

Ich komme mir vor, als wäre ich auf einem anderen Planeten. Warum ist dieses schöne, junge Mädchen hier und nicht zu Hause bei ihrer Familie? Und warum sucht niemand nach ihr? Dann kommt mir etwas Hässliches in den Sinn. Ist sie so wie ich? Ist sie die Tochter einer drogenabhängigen Frau? Ein Mädchen, das leicht zu manipulieren und zu kontrollieren ist? Eines, das alles glauben würde, was ein Mann wie James oder Jacob ihr erzählt? Ich frage mich, wie es sein kann, dass diese kranken Menschen in unserer Stadt leben und noch nicht im Gefängnis gelandet sind?

James fährt sich mit der Hand in den Schritt und ich sehe angewidert dabei zu, wie er sich seinen Ständer reibt.

„Jennifer?", wispert er.

„Du stehst total auf die jungen." Jennifer kichert. Sie kommt auf uns zu, hält noch immer das Messer in der Hand, scheint aber vergessen zu haben, dass ich im Raum bin. Sie beugt sich leicht vor, legt ihre Finger um den Kiefer des Mädchens und drückt ihre Wangen fest zusammen. „Wie alt bist du?"

„Achtzehn", flüstert das Mädchen.

Jennifer brummt und dreht den Kopf, um Jacob wieder ansehen zu können. „Wie gut ist sie eingeritten?"

Er grinst. „Besser als die dahinten. Im Gegensatz zu meinem Bruder nehme ich mir alles von einer Frau. Alles." Er zwinkert.

Mir stockt der Atem.

James schnaubt. „Du fügst ihnen gerne Schmerzen zu, Jacob. Ich ficke einfach nur gerne." Er zuckt mit den Schultern.

„James", seufzt er. „Wenn du sie nie in den Arsch fickst, wie kannst du sie dann wirklich besitzen? Hast du denn über die Jahre überhaupt nichts gelernt?"

Ich verschränke die Hände hinter meinem Rücken und versuche, mich von den Fesseln zu befreien. Es hat keinen Zweck, sie sind zu eng. Meine Finger haben keinerlei Spielraum. Ich stoße einen Seufzer aus. Ich will weg von diesen Freaks. Weit, weit weg. Ich will so schnell rennen, wie ich nur kann.

Ich will zu Rylan.

Und zwar sofort.

„Offensichtlich habe ich keinerlei Probleme mit meinem Eigentum." James lacht.

Jacob spottet. „Du hast sie geschwängert. Jetzt müssen wir uns um sie kümmern. Ich habe gehört, wie ihr Scheißfreund und sein Cousin den Sheriff verständigt haben, als ich den Polizeifunk abgehört habe", erklärt er.

Bei der Erwähnung von Rylan macht mein Herz einen Sprung in meiner Brust. Er ist bereits auf der Suche nach mir. Ich seufze ein wenig erleichtert auf. Vielleicht wird er mich finden. Wenigstens kann ich jetzt etwas Hoffnung schöpfen. Ich versuche durchzuatmen, während sie weiter herumscherzen.

„Dann lassen wir sie doch einfach gehen", murmelt James.

Jennifer springt auf, sieht zu James und ich schwöre,

ich höre sie knurren. „Sie macht alles kaputt“, schreit sie. „Alles. Jeder in der Stadt weiß, dass du mich betrügst. Ist es dir etwa egal, wenn die Leute schlecht von mir denken?“

„Es ist kein Betrug, wenn man gerne dabei zusieht“, hält James feixend dagegen.

Jennifer verdreht die Augen. „Als ob jemand davon wüsste. Ich sehe nicht gerne zu, wie du sie fickst, James, und das weißt du auch.“

Ich bin völlig verwirrt und will einfach nur wissen, was hier vor sich geht, aber ich traue mich nicht, danach zu fragen. Jacob geht zu dem jungen Mädchen, packt ihr in die Haare und hebt sie hoch. Jennifers Augen leuchten vor Freude auf.

Da fällt der Groschen. Ich habe es endlich begriffen. Mein Magen dreht sich vor Abscheu über mein neugewonnenes Wissen um.

Sie sieht James wohl nicht so gerne dabei zu, wie er andere Frauen fickt, aber wie sehr sie dabei Schmerzen erleiden. Deshalb ist er immer so grob zu mir gewesen, deshalb hat er mich immer trocken gefickt. Deshalb hat er nie versucht, mir Freude zu bereiten. Und deshalb hat er immer die Videos gedreht. Mir wird schlecht. Ich kämpfe gegen den Drang an, mich zu übergeben, aber nur knapp und wahrscheinlich nur, weil ich schon lange nichts mehr gegessen habe.

Dieses kranke Stück Scheiße hat mich benutzt, er hat mich für die kranken Vorlieben seiner Frau benutzt. Scheiß auf ihn, scheiß auf dieses ekelhafte Stück manipulativen Abschaum.

„Komm schon, Jennifer, dieses Mädchen geht nirgends hin. Lass uns dafür sorgen, dass er ihr weh tut.“ Jacob lacht.

Als das Mädchen wimmert, widme ich ihr wieder

meine Aufmerksamkeit. Etwas blitzt in ihren Augen auf, ehe sie ihre Lippen zu einem Lächeln verzieht. James bückt sich und kneift ihr in die Brustwarze. Sie stöhnt. Es gefällt ihr. Vielleicht, weil sie Schmerzen mag, oder vielleicht, weil sie nichts anderes kennt. Wie dem auch sei, sie ist ein Teil des Spiels. Und ich weiß, dass sie im Moment keine Verbündete für mich ist.

Jennifer, Jacob und das Mädchen verlassen den Raum und lassen mich mit James allein. „Bitte, tut mir nicht mehr weh", bettele ich, sobald sie außer Hörweite sind.

„Sie wird nicht zu stoppen sein, bis das Baby weg ist. Sie wird nicht zulassen, dass eine andere Frau mein Kind bekommt", sagt er. Er klingt traurig und man könnte Mitleid mit ihm haben, habe ich aber nicht. Er ist ekelhaft, ein Manipulator und ein Missbrauchstäter. Ich habe kein Mitleid mit ihm. Weder jetzt noch jemals. „Du hast alles ruiniert. Es war alles perfekt, und jetzt hast du es kaputt gemacht."

Ich schaue ihm tief in die Augen. „Lass mich einfach gehen, James. Ich werde dir niemals zur Last fallen. Niemals. Aber ich will dieses Baby, denn es gehört mir, James. Ich liebe es jetzt schon."

James sieht bedauernd aus, als sein Blick über mich schweift. „Sie wird sich damit nicht abfinden, Channing. Sie und Jacob werden mir in den Rücken fallen. Sie werden nicht eher ruhen, bis das Baby weg ist."

„Warum ist ihr das so wichtig? Ich schwöre, dass ich keinen Unterhalt von dir fordern werde. Ich werde deinen Namen raushalten. Niemand muss ihn wissen", sage ich mit zitternder Lippe.

Er schüttelt den Kopf. „Darum geht es nicht. Es geht um Kontrolle."

„Scheiß auf ihre Kontrolle."

James Augen weiten sich, dann setzt er wieder diesen mitleidigen Blick auf, den ich ihm am liebsten aus dem Gesicht schlagen würde. „So einfach ist das nicht, Channing. Ich habe versucht, dich so lange wie möglich aus allem herauszuhalten. Was glaubst du, warum ich wollte, dass du die Stadt verlässt? Doch du wolltest einfach nicht auf mich hören", wettert er.

Er läuft hin und her, geht auf und ab, und ich frage mich, ob das jetzt mein Ende ist. Wird er derjenige sein, der es tut, oder Jennifer? Ich habe keinen Zweifel daran, dass ihre schmerzhafte Sexsession nicht allzu lange andauern wird. Das Mädchen sah schon ziemlich übel zugerichtet aus, vermutlich kann sie nicht noch mehr Missbrauch aushalten. Es sei denn, ihr Ziel ist es, uns beide heute zu töten.

***

Rylan

Vor dem Haus von Jacob Bridges parkt eine Limousine. Ich balle die Hand zu einer Faust und will nichts lieber, als die verdammte Tür einzutreten und ihm und seinem Bruder die Scheiße aus dem Leib zu prügeln. Ich weiß, dass Channing in diesem Haus ist, ich kann es fühlen. Sie ist dort und sie braucht mich.

„Warte", brummt Louis vom Rücksitz aus. Ich schaue über meine Schulter und sehe ihn mit zusammengekniffenen Augen an. Ich spreche nicht, dazu bin ich viel zu angepisst. „Du kannst da nicht einfach reinmarschieren. Schon gar nicht mit deiner Vergangenheit."

Ich knurre aus tiefster Kehle, obwohl mir klar ist,

dass er recht hat. Das Letzte, was ich gebrauchen kann, ist wieder ins Gefängnis zu kommen. Channing und das Baby brauchen mich, vielleicht mehr denn je. Keine Ahnung, was diese Wichser mit ihr vorhaben, aber es kann nichts Gutes sein.

„Ich werde an die Tür klopfen und überprüfen, ob jemand zu Hause ist. Wenn nicht, bin ich mir auch noch nicht sicher, was wir danach tun werden, aber wir werden uns neu formieren und es herausfinden“, murmelt Wyatt.

Es ist offensichtlich, dass er mit seinen Gedanken ganz woanders ist. Er denkt nach und schmiedet Pläne. Ich bin froh darüber, denn mein Verstand funktioniert im Moment nicht. Ich kann nur an Channing denken.

„Ich komme mit“, sagt Ford.

Sie steigen aus dem Truck und schlendern zur Haustür. „Wir stehen hinter dir, Rylan. Egal was passiert, wir halten dir den Rücken frei“, raunt Beaumont von der Ladefläche des Pick-ups aus.

Ich nicke ihm zu und schaue zu Ford und Wyatt, dann zur Haustür. Sie stehen da und warten, dass jemand öffnet. Meine Haut juckt, sie brennt von innen heraus. Ich will mich von ihr befreien und das tun, was in meiner Natur liegt – mir meine Frau zurückholen.

Ich halte den Atem länger an, als es mir eigentlich körperlich möglich ist, und stoße ihn aus, als Ford und Wyatt sich zum Auto umdrehen. Sie machen sich auf den Weg zu uns zurück.

„Fuck“, zischt Louis. Ich bin nicht überrascht. Würde ich eine Frau als Geisel halten, würde ich auch nicht an die verdammte Tür gehen.

Wyatt und Ford springen in den Wagen, Wyatt umklammert fest das Lenkrad. „Niemand hat geöffnet.
Aber ich habe drinnen Geräusche gehört. Ich glaube,
da drin ist jemand. Ob es Channing ist, weiß ich
nicht, aber das Haus ist *nicht* verwaist."

Mir dreht sich der Magen bei dem Gedanken um,
was diese Geräusche wohl zu bedeuten haben können. Ich frage nicht, wie sie klangen, ob sie von einer
Frau stammten, die sich wehrte oder wimmerte, oder
was auch immer. Ehrlich gesagt, könnte ich das im
Moment nicht verkraften. Ich kralle meine Finger in
meine Oberschenkel und versuche, ruhig zu atmen.

Ich darf nicht unüberlegt handeln. Ich kann nicht in
dieses Haus einbrechen. Aber andererseits kann ich
auch nicht tatenlos hier herumsitzen. „Ich muss etwas tun. Sie ist da drin, das wissen wir alle", knurre
ich.

Wyatt nickt. „Diese Wichser werden die Bullen rufen und dann sind wir alle dran. Genau so wird es
passieren", brummt er.

„Wir fünf müssen schlauer als die drei sein", erwidert Beaumont.

Mir kommt ein Gedanke in den Sinn. „Räuchert sie
aus."

„Rylan", sagt Wyatt mit warnendem Unterton.

„Die Lage ist verdammt ernst, wir müssen sie her-
auslocken."

Ich steige aus dem Wagen und gehe zum Nachbar-
haus, die Rufe von Wyatt, Ford und den anderen
ignorierend. Es ist mir scheißegal, ich muss sie da
rausholen. Ich brauche Channing, und zwar sofort.
Ich kann nicht länger herumsitzen und die Füße still-
halten.

„Ja?“, fragt eine Frau, die sich an die Brust fasst, während sie mich durch die Fliegengittertür hindurch anstarrt.

Verdammt, sehe ich so furchteinflößend aus? Wahrscheinlich steht mir die Wildheit ins Gesicht geschrieben und ich wirke wie ein Verrückter. Aber das ist mir egal, ich will nur, dass sie meine Frau aus dem Haus holt. Vielleicht bin ich so verdammt furchteinflößend, denn ich bin komplett tätowiert, vom Hals bis zu den Händen. Manche Leute finden das vielleicht beängstigend, aber heutzutage ist das ja schon fast normal.

„Das Haus nebenan? Haben Sie eine schwangere Frau hineingehen sehen?“, frage ich sie.

Ihr Blick schweift zum Haus, dann wieder zu mir. „Dort gehen immer junge Frauen ein und aus. Das ist nicht richtig, denn er ist ein erwachsener Mann. Es geht mich ja nichts an, aber diese Mädchen machen nicht den Anschein, als wären sie volljährig“, erwidert sie.

„Ich glaube, er hat meine Freundin entführt, die schwanger ist. Meinen Sie, Sie könnten versuchen, sie aus dem Haus zu locken? Ich will nur mit ihm reden und überprüfen, ob sie wirklich dort drin ist“, plappere ich weiter.

Die Augen der Frau weiten sich. „Ich werde den Sheriff anrufen.“

Ich schüttele den Kopf und runzele die Stirn. „Ich habe ihn schon angerufen, aber er hat gesagt, dass sie noch keine Vermisstenanzeige aufgeben können, weil sie volljährig ist. Sie wird aber vermisst, und ich glaube, sie haben sie entführt.“

Die Frau schaut zum Haus hinüber, dann abermals

zu mir. Hinter ihr bewegt sich jemand, und im nächsten Moment kommt eine weitere Frau zur Tür. „MawMaw, was ist hier los?", will sie wissen.

Sie ist ungefähr so alt wie wir, vielleicht etwas jünger. Ihr Blick schweift an mir vorbei und bleibt an Wyatt hängen, während sich ihre Wangen feuerrot färben. Wenn ich meine verdammte Frau nicht so zwingend aus dem Haus retten wollen würde, würde mir der Blick, den sie ihm zuwirft, gefallen, und ich würde ihn ermutigen. Wyatt braucht eine verlässliche Frau in seinem Leben, eine, die nicht wie Sammi ist.

„Exeter?", fragt Wyatt.

Sie lächelt und schiebt sich dann eine Haarsträhne hinters Ohr. „Hey, Wyatt", flüstert sie.

„Meinst du, du kannst uns helfen?", fragt er.

Ohne zu zögern, geht sie um die Frau herum und öffnet die Fliegengittertür, um zu uns nach draußen zu kommen. „Was immer du brauchst, Wyatt."

Er flucht hinter mir und hält den Atem an. Falls die Frau es gehört hat, lässt sie sich nichts anmerken. „Geh du nur wieder rein, MawMaw. Ruf den Sheriff, wenn es denn sein muss", flüstert sie. Sie blickt zu Jacobs Haustür, dann wieder zu uns. „Das, was er da drinnen veranstaltet, ist nichts Gutes. Ich werde sehen, ob ich mich hinten reinschleichen kann. Er schließt nie ab", sagt sie achselzuckend.

„Exeter!" Wyatt schnaubt.

Sie sieht ihm in die Augen, und statt mädchenhaft zu erröten, sieht sie traurig zu meinem Cousin auf. „Das spielt keine Rolle, Wyatt. Ich weiß, wer Channing ist, ich habe die Gerüchte gehört. Ich weiß aber auch, wer Jacob und James sind. Ich will helfen." Ohne ein weiteres Wort zu verlieren, eilt sie in Richtung der Rückseite des Hauses.

„Wir sollten uns in ihrer Nähe aufhalten, falls sie unsere Hilfe braucht“, meint Ford.

„Scheiß drauf“, knurrt Wyatt. Er rennt los und holt sie ein, während wir wie eine Gruppe verblüffter Vollidioten dastehen und zusehen.

KAPITEL 26

Channing

Es klopft an der Tür, dann läutet die Klingel, dann klopft es wieder laut und donnernd. Ich weiß, wer es ist. Das muss er sein. Niemand sonst könnte es sein. Mein Herz rast, als ich versuche, mich abermals von den Fesseln zu befreien. Sie liegen noch immer viel zu eng an und werden auch nicht lockerer. Ich fühle mich besiegt, aber ich weiß, dass Rylan nicht aufgeben wird. Nicht bei mir.

„Scheiße", zischt James. „Das Arschloch ist hier, oder? Wie hat er uns gefunden?"

Jennifer, Jacob und das mysteriöse misshandelte Mädchen kehren ein paar Sekunden später in den Raum zurück. Jacob sieht panisch aus und trägt nur eine Jeans, Jennifer sieht seltsam zufrieden aus, ist aber angezogen, doch das Mädchen ist vollkommen nackt.

Ich sage ihm nicht, wie dumm er ist. Wir sind in Jacobs Haus. Es ist nicht schwer, eine richtige Schlussfolgerung zu ziehen. In Gallup leben weniger als fünfhundert Menschen. Wenn ich nicht bei Jennifer und James anzutreffen bin, dann ist dies hier die zweite Anlaufstation. Ich bin nur dankbar, dass nicht alle so verdammt dumm sind wie die drei.

„Die verziehen sich schon wieder." Jennifer zuckt mit den Schultern. „Sie kommen nicht ins Haus. Vermutlich haben sie den Sheriff bereits verständigt, aber von dem haben wir nichts zu befürchten."

Sie sieht mich an und ihr Grinsen verwandelt sich in ein breites Lächeln. „Rylan würde doch den Sheriff anrufen, oder?“ Ich presse meine Lippen zusammen und weigere mich, dieser verrückten Schlampe zu antworten. Verdammt, ja, Rylan würde den Sheriff anrufen.

Sie beugt sich vor und zum Glück ist das Messer von vorhin nicht mehr in ihrer Hand. Ihre Augen leuchten vor Bosheit, sie sehen geradezu furchterregend aus. Ich halte den Atem an, als ihr Gesicht sich meinem nähert.

„Ich will dich nur leiden und bluten sehen. Der Sheriff wird einen Scheißdreck tun, niemand in dieser Stadt wird auch nur einen Finger für eine nichtsnutzige Hure wie dich rühren, Channing“, flüstert sie.

Ich weigere mich weiterhin, ihr zu antworten. Sie hat meine Antwort nicht verdient. Sie hat rein gar nichts verdient.

„Jennifer“, blafft James.

Sie steht auf und dreht sich zu ihm um. Ich beobachte ihren Schlagabtausch.

„James“, schnurrt sie.

„Sie sind weg“, flüstert er.

„Schau aus dem Fenster und sieh nach, du Schwachkopf“, befiehlt Jacob.

Der Körper des Mädchens zu seiner Rechten zuckt aufgrund seines barschen Tonfalls zusammen. Ich starre sie an und überlege, wer sie ist, komme aber nicht darauf. Außerdem kann ich nicht genau sagen, ob sie freiwillig hier ist oder ob sie gezwungen wurde, bei ihren kranken Spielen mitzumachen. Leider denke ich, dass es eine Mischung aus beidem ist. Sie tut mir leid, denn obwohl sie diesen kranken Blick hat, weiß ich, dass sie dieses Leben nicht freiwillig gewählt hat.

James verlässt den Raum, weshalb sich mein Herz

zusammenzieht, da ich nun mit Jacob und Jennifer allein zurückbleibe. Sie schauen mich beide an. Jacob leckt sich über die Lippen, Jennifer blickt finster drein. Es ertönt ein Geräusch aus der Küche, weshalb wir alle erstarren.

„Der Truck ist weg", verkündet James, als er wieder zurück ins Zimmer kommt.

Jennifer wirbelt zu ihm herum. „Halt die Klappe, du Idiot", kreischt sie. „Jemand ist im Haus."

James runzelt die Stirn. Wir sitzen alle schweigend da. Ich bin fast versucht, zu schreien oder zu weinen, aber ich habe Angst, dass sie mir dann wehtun. Meine Wange und mein Nacken schmerzen noch immer von der Ohrfeige.

„Bist du dir sicher, dass der Truck weg ist?", will Jacob wissen.

James nickt und blickt auf das nackte Mädchen, das auf Knien vor ihm hockt. „Vielleicht war es ihre Freundin?", fragt er und tritt auf das Mädchen ein. Sie gibt kein Geräusch von sich.

„Du meinst, ihre verklemmte Cousine? Das bezweifele ich stark", schnaubt Jennifer. „Seit der High School hält sie sich für etwas Besseres. Sie würde niemals hierherkommen."

Die drei streiten miteinander. Ich schließe kurz die Augen und atme tief ein, bevor ich wieder ausatme. Ich will, dass diese Arschlöcher mich einfach in Ruhe lassen. Allerdings weiß ich, dass wenn ich sie an meine Anwesenheit erinnere, Jennifer wieder mit ihrer Tirade anfangen wird, mir den Bauch aufzuschneiden und mich umbringen zu wollen.

„Lasst die Schlampen hier, wir müssen den Familienrat abhalten", knurrt Jennifer.

Sie trabt aus dem Raum. Die beiden Männer folgen

ihr. Mein Blick wandert zu dem Mädchen, das am Boden liegt und sich nicht rührt. Es ist, als wäre sie versteinert.

Ich spüre, wie etwas meine Hand streift. Dann fühle ich, dass jemand hinter mir steht und seine Lippen fest an mein Ohr presst. „Keine Sorge, ich bin die verklemmte Cousine. Der Sheriff ist auf dem Weg, hoffentlich. Wyatt und seine Leute warten draußen und sind stinksauer“, flüstert sie.

„Ich bin nicht sauer“, höre ich Wyatt zischen.

Sie quiekt hinter mir auf. „Wo kommst du denn her? Warum bist du hier?“

„Könntet ihr euch woanders weiterstreiten? Ich stecke irgendwie in der Klemme.“

Wyatt lacht. „Okay, Channing.“

Sowohl Wyatt als auch das geheimnisvolle Mädchen sind darauf konzentriert, die Fesseln um meine Handgelenke zu lösen, genauso wie ich selbst. Keiner von uns bekommt mit, wie sich das nackte, angeschlagene Mädchen bewegt, bis sie mir ein Messer vor den Bauch hält. „Exeter, wenn du nicht sofort damit aufhörst, schneide ich die Schlampe auf“, knurrt sie.

Sie klingt animalisch. Meine weiten, verängstigten Augen sehen vom Messer auf, das sie vor meinen Bauch hält und ich stelle fest, dass sie tatsächlich eher wie ein tollwütiges Tier als menschlich aussieht. Mein Herz schmerzt für sie und auch für mich selbst. Ich werde es nicht schaffen, aus diesem Haus herauszukommen. Diese Erkenntnis trifft mich hart. Ich habe Hoffnung gehabt, aber jetzt bin ich mir da nicht mehr so sicher. Ich verliere allmählich die Zuversicht, dass es doch noch einen Ausweg gibt.

„Tu das nicht, Emily. Bitte, tu das nicht“ fleht das

Mädchen hinter mir.

Emily, so lautet also ihr Name. Sie sieht aus, als könnte sie einst so süß gewesen sein, wie ihr Name vermuten lässt. Aber sie ist nicht mehr das süße Mädchen. Ihre Augen sprühen nur so vor Wildheit, und ich frage mich, ob sie vielleicht high ist. Bei Jennifer und Jacob würde mich das nicht wundern. Offensichtlich ist die ganze Familie in irgendeinen kranken Scheiß verwickelt, und Jennifer ist die Anführerin. Das Miststück, das das Sagen hat.

„Sie versucht, alles zu ruinieren, Exeter", zischt sie.

Exeter stößt einen Fluch aus. „Nein, das tut sie nicht. Ihr Freund will sie zurück nach Hause holen, sie will nichts mit diesen Leuten zu tun haben. Das musst du mir glauben", fleht sie.

„Ich kann dich nicht einfach gehen lassen", murmelt Emily.

Ich vernehme ein Geräusch hinter mir, dann erscheint sie in meinem Sichtfeld. Exeter hat dunkles, glänzendes Haar, sie ist hübsch, kurvig, und ihr Gesicht ist wunderschön. Wyatt bewegt sich ebenfalls, seine Hand liegt auf ihrem Rücken. Ich beiße mir auf die Lippen und frage mich, ob etwas zwischen den beiden läuft, und vergesse dabei sogar meine aktuelle Lage.

„Du kannst, und du wirst", sagt Wyatt. Er tritt einen Schritt vor, zieht eine Waffe aus seinem Hosenbund und presst sie an sein Bein.

Emilys Hand bewegt sich, sie schwingt das Messer nun in Richtung Wyatt und Exeter. Ich rechne damit, dass er den Abzug drückt, doch er tut es nicht. Sein Griff ist fest, unerschütterlich, aber er zuckt nicht einmal aufgrund ihrer Bewegung. „Wenn ich schreie, werden sie hierher zurückkommen, und dann werden wir alle sterben“, sagt sie. „Du musst gehen, Exeter. Ich kann dich nicht retten.“

„Warum bist du so? Warum tust du das?“, fragt Exeter, wobei ihre Stimme weich und sanft klingt.

Emily schüttelt den Kopf und legt ihre freie Hand an ihren Hals. „Er liebt mich. Du verstehst das nicht. Das wirst du auch nie, denn kein Mann will dich so, wie Jacob mich will.“

„Er ist krank, Emily. Du bist ebenfalls krank“, flüstert sie. Ihre Stimme zittert, und es ist ihr anzuhören, dass sie um ihre Cousine trauert.

Emily schüttelt jedoch den Kopf, ihre Augen sind noch wilder als zuvor. „Ist er nicht. Er liebt mich, und manchmal tut Liebe nun mal weh. So wie dein Vater dir wehgetan hat, so wie meiner mich verletzt hat“, wettert sie.

Bevor ich weiß, was passiert ist, registriere ich, wie Wyatt seine Waffe in den Hosenbund steckt und auf Emily losgeht. Er presst ihr eine Hand gegen den Mund, ringt sie zu Boden und kämpft mit ihr um das Messer. Exeter bleibt wie versteinert stehen. Ich sitze ebenso schockiert da und schaue einfach nur zu. Ich höre ein Geräusch und erblicke James, der kurz stehen bleibt und stutzt bei dem Anblick dessen, was sich vor ihm abspielt. Wyatt zieht erneut die Waffe aus seinem Hosenbund und richtet die Waffe auf James.

„Fuck“, schreit James und Wyatt drückt ab, gerade als James zur Seite springt. James brüllt auf, taumelt ein paar Schritte und presst die Hand an seine Seite.

Plötzlich fliegt die Tür krachend auf, und der Sheriff steht da – mit gezogener Waffe.

***

Wyatt und Exeter sind schon viel zu lange weg. Wir haben ihre Großmutter vor ein paar Minuten den Sheriff anrufen lassen, aber ich bin mir nicht sicher, ob dieser faule Bastard wirklich etwas unternehmen wird. In Vorbereitung und voller Hoffnung darauf, dass James und Jacob genauso dumm sind, wie wir annehmen, haben wir den Truck ans Ende der Straße gestellt, sobald Wyatt und das Mädchen durch den Hintereingang des Hauses verschwunden sind.

Und jetzt warten wir.

Ich hasse es.

Ich hasse es, dass mir die Hände gebunden sind. Ich hasse es, dass ich meine Frau nicht dort rausholen kann. Ich hasse es, dass ich nicht dazu in der Lage gewesen bin, sie zu beschützen.

Als ich die Straße hinunterschaue, stoße ich einen Seufzer der Erleichterung aus, da das Auto von Sheriff Robby vorfährt. Ford marschiert auf ihn zu, ich bleibe zurück und wartete darauf, wie sie die Sache miteinander austragen. Das Gesicht des Sheriffs ist ganz rot und er sieht aus, als würde er jeden Moment in die Luft gehen. Er atmet ein, er atmet aus, er nickt. Über die Distanz hinweg kann ich erkennen, wie er seinen Finger hebt und auf Fords Brust zeigt. Dann dreht er sich um und geht auf das Haus zu, während Ford eine Grimasse schneidet und ich lache.

„Was war das?", frage ich, als Ford auf mich zukommt.

„Er ist ein Arschloch, allerdings hat er versprochen, sich diesmal etwas mehr Mühe zu geben", erwidert er.

Wir warten. Ich halte den Atem an, als er seine Waffe zückt und langsam am Türknauf dreht. Er macht einen Schritt hinein, sein Körper zuckt. Ich höre einen Schuss, das Blut in meinen Adern gefriert. Er steckt seine Waffe zurück ins Holster und rennt ins Haus.

„Wir müssen ihm Rückendeckung geben", knurre ich.

Louis legt eine Hand auf meine Brust, um mich am Loslaufen zu hindern. „Du tust einen Scheiß. Du wartest hier. Wir gehen", brummt er.

Ich bleibe zurück, Beaumont, Ford und Louis joggen auf das Haus zu. „Ach, scheiß drauf", brülle ich.

Ich folge ihnen, denn ich bin nicht dazu bereit, sie all das allein tun zu lassen, wenn ich doch in der Nähe bin. Ich muss da sein, wenn Channing mich braucht.

Als Letzter betrete ich den Wohnbereich und fast geben meine Knie nach. Dort sitzt eine schmutzige, verprügelte nackte Frau mit dem Rücken zur Wand. Jennifer, James und Jacob sitzen in der gleichen Haltung an der gegenüberliegenden Wand. James hält sich die Seite und sieht verdammt beschissen aus. Ich kann nicht leugnen, dass mir sein Zustand ein Grinsen entlockt.

Mein Blick scannt den gesamten Raum, und als ich sie endlich entdecke, stoße ich einen Seufzer der Erleichterung aus. Gleichzeitig bin ich aber auch voller Wut. Wyatt steht hinter ihr, sie reibt sich die Handgelenke. Sie muss meine Anwesenheit spüren. Sie schaut in meine Richtung und mir läuft es eiskalt den Rücken herunter.

„Was zum Teufel ist hier passiert?", brülle ich.

Sie legt eine Hand an ihre Wange und beginnt zu weinen. Ich kann sie nicht hören, denn mein Blut rauscht so verdammt schnell und laut durch meine Ohren, dass ich taub bin. Als ich sehe, wie ihre Lippen meinen Namen aussprechen, schüttele ich einmal den Kopf.

Ich bin so gottverdammt sauer. Ich beende den Blickkontakt zu ihr, um mich auf James zu konzentrieren. Einer der Jungs muss mich beobachtet haben, denn kurz bevor ich dieses Stück Scheiße erreichen kann, werden mir meine beiden Arme nach hinten gezogen, sodass ich gezwungen bin, stehen zu bleiben.

„Geh zu Channing. Sie braucht dich." Beaumonts Stimme durchbricht mein Tosen. Ich lasse den Kopf sinken, atme ein und wieder aus und versuche, mich zu beruhigen. Allerdings klappt es nicht.

Ich nicke. „Mir geht es gut." Das ist eine Lüge. Ich kann mich einfach nicht wieder beruhigen.

Er lässt mich los, als ich ihn abschüttele. Ich kehre James den Rücken zu. Langsam gehe ich auf Channing zu, obwohl alles in mir darum bettelt, James und seinem Bruder die Scheiße aus dem Leib zu prügeln.

Channing sitzt noch immer auf einem Stuhl, ihr Gesicht ist geprellt, geschwollen und ein wenig blutig, aber ansonsten scheint sie unverletzt zu sein. Sofort sinke ich vor ihr auf die Knie.

„Süße", krächze ich. Meine Hände kribbeln und jucken, da ich sie unbedingt berühren will, aber ehrlich gesagt, ich habe Angst davor. Sie lächelt und streichelt mir über die Wange.

„Mir geht es gut", sagt sie. Langsam beugt sie sich vor und presst ihre Lippen auf meine.

Ich gebe mir Mühe, ihren Kuss sanft und behutsam zu erwidern, um ihr nicht wehzutun. Es gelingt mir nicht. Ich lege meine Hand an ihren Hinterkopf, zwänge meine Lippen auf ihre und dränge meine Zunge in ihren Mund. Ich muss sie schmecken, sie halten und mich daran erinnern, dass sie mir gehört.

Nur mir.

Für immer mein.

Langsam beende ich den Kuss. Ich wünschte, ich könnte sie für immer küssen, aber das ist nicht möglich. Nicht in diesem Drecksloch hier. Beinahe greife ich in meine Tasche, um ihr einen Antrag zu machen. Doch wenn ich mich hier so umsehe, will ich nicht, dass dies der Ort ist, um ihr die Fragen aller Fragen zu stellen. Nicht in diesem Haus, nicht unter diesen Umständen.

Ich gebe ihr Haar frei und blicke mich zum Sheriff um, der hinter mir steht. „Kann ich sie ins Krankenhaus bringen?“

„Ich habe schon einen Krankenwagen für sie und einen für James gerufen. Bleibt einfach sitzen“, brummt er.

„Und was ist mit dem Rest von diesen Wichsern?“, frage ich und deute mit meinem Kinn auf die drei Stücke Scheiße an der Wand.

Der Sheriff brummt abermals. „Schon erledigt. Es kommt Verstärkung, um die Aussagen aufzunehmen. Danach müssen wir diese nur noch verarbeiten.“

Ich hasse es, wie ruhig dieses Arschloch ist, besonders nachdem er sich geweigert hat, uns zu glauben, wo Channing sich aufhält. Als ich mich wieder zu meiner Frau umdrehe, lege ich meine Stirn gegen ihre und atme schwer, als die Last des Geschehens schließlich auf mich niederprasselt.

„Ich bin okay“, haucht sie mir zu.

Ich nehme meine Stirn von ihrer und schaue ihr in ihre hübschen blauen Augen. „Du bist nicht okay, wirst es aber verdammt noch mal wieder sein. Dafür werde ich sorgen, Süße.“

„Ich liebe dich, Rylan“, entgegnet sie mit bebenden Lippen.

Ich küsse sie, meine Finger vergraben sich in ihren Haaren. „Ich liebe dich, Süße. Wir werden dich jetzt untersuchen lassen und dann bringe ich dich nach Hause.“

Ich richte mich auf und stelle mich neben sie. Channing streckt eine Hand aus und umschließt meine. Ich verschränke meine Finger mit ihren und drücke sie ganz sanft. Ich halte für einen Moment die Luft an und schließe kurz die Augen, während ich wieder ausatme. Ich muss mich verdammt noch mal entspannen, bevor ich die Fassung verliere.

Plötzlich stürmen vier Rettungssanitäter zur Tür herein und kommen direkt auf uns zu. Einer widmet sich dem nackten Mädchen, ein weiterer kümmert sich um James und zwei kommen auf Channing zu. Ich kann mir weder ihre Fragen noch ihre Antworten anhören, zumindest im Moment nicht. Das hier ist nicht der richtige Ort dafür. James ist noch immer in diesem Raum, und ich werde in diesem Zimmer voller Menschen einen Mord begehen, wenn ich höre, was jeder einzelne aussagt – wenn ich weiß, was er ihr angetan hat.

Ich werde warten, bis wir zu Hause sind. Sicher in unserem Bett liegen. Ich werde verdammt noch mal warten. Darin bin ich sowieso ein Ass – im Warten.

KAPITEL 27

Channing

Nachdem die Sanitäter mich untersucht und mir ein paar medizinische Fragen gestellt haben, darf ich gehen. Natürlich nur, nachdem ich ihnen versprochen habe, sofort einen Termin bei meinem Arzt zu machen. Ich drücke Rylans Hand und klammere mich an ihm fest. Er verhält sich stoisch und das schon seit einer ganzen Weile. Unbewegt hat er dabei zugesehen, wie Jennifer und Jacob aus dem Haus begleitet wurden. Er tat dasselbe, als Emily und James auf Tragen abtransportiert wurden.

„Jetzt müssen wir nur noch deine Aussagen aufnehmen, Miss Shepard", sagt Sheriff Robby. Er räuspert sich und nimmt seinen Notizblock zur Hand.

„Nein", bellt Rylan.

Der Sheriff und ich zucken aufgrund seines scharfen Tonfalls zusammen.

„Rylan", murmele ich.

Sein Griff wird fester, er starrt den Sheriff an. „Sie hat schon genug durchgemacht. Sie ist schwanger. Du hast mir nicht geglaubt, als ich sagte, dass es ein Problem gibt. Also kannst du verdammt noch mal auch noch bis morgen warten."

Der Sheriff wird kreidebleich und seine Augen fallen ihm fast aus dem Kopf. „Kommt morgen um zehn Uhr bei mir vorbei. Kommt ihr nicht, werde ich euch aufsuchen. Die Aussage muss aufgenommen werden, es führt kein Weg daran vorbei."

Rylan erwidert nichts. Er nickt und zieht mich hinter sich aus dem Haus heraus und bleibt erst stehen, als wir Wyatts Wagen am Ende der Straße erreichen. Beaumont, Louis und Ford stehen beieinander und unterhalten sich. Sie unterbrechen ihr Gespräch, als wir uns ihnen nähern.

„Wo ist Wy?", fragt Rylan. Er bewegt den Kopf von einer Seite zur anderen, als würde er ihn suchen.

Ford räuspert sich. „Er ist zu der hübschen kleinen Brünetten gegangen, ins Haus ihrer MawMaw."

Rylan runzelt die Stirn, schaut zum Haus und seufzt. „Fuck."

„Schon gut, Ry", flüstere ich und ziehe an seiner Hand.

Er schaut mich an und blickt finster drein. „Es ist nicht okay. Du musst nach Hause. Essen und baden. Wyatt kann seinen Schwanz ein anderes Mal in ihre Pussy stecken", knurrt er.

Die Jungs grölen, doch keiner macht Anstalten, Wyatt aus dem Haus zu holen. Solange, bis Rylan genug hat. Er lässt meine Hand los und macht einen Schritt auf das Haus zu, doch dann fliegt die Fliegengittertür auf. Sie knallt gegen die Wand und Wyatt stürmt die Stufen der Veranda herunter.

Er sagt kein Wort, sondern springt einfach in seinen Pick-up und lässt den Motor an. Wir steigen ebenfalls ein. Jetzt, wo wir zu sechst sind, wir es kuschelig, doch Beaumont, Louis und Ford klettern hinten in den Truck und lassen vorne zwei Plätze für Rylan und mich frei.

Ich steige ein und setze mich in die Mitte. Direkt neben Wyatt. Sein Körper steht unter Anspannung, sein Kiefer ist verkrampft, und ich habe das Gefühl, dass ihm jeden Moment Dampf aus den Ohren strömen würde, wäre dies anatomisch möglich. Er sagt noch immer nichts, als er den Gang einlegt und losfährt.

Auf dem Heimweg wird nicht gesprochen, niemand sagt auch nur ein Wort. Was auch immer zwischen Exeter und ihm läuft, er scheint nicht gerade glücklich mit dem Ergebnis zu sein. Ich wünschte, ich könnte ihm helfen, aber ich bin ehrlich gesagt zu müde, um heute Abend jemandem einen Ratschlag zu erteilen. Rylan hat recht, ich brauche etwas zu essen, eine Dusche und mein Bett. Die Reihenfolge ist mir eigentlich egal. Vor mir aus könnten wir essen, während ich dusche.

Wyatt lässt Beaumont, Louis und Ford vor dem Diner raus, wo ihre Trucks geparkt sind. Ich frage sie nicht, warum ihre Autos dort stehen. Ich weiß nur, dass mein Auto dort noch geparkt ist, und will einfach nur nach Hause.

„Hast du auf ihn geschossen?", fragt Rylan Wyatt, der sitzengeblieben ist. Ich erschaudere bei der Frage. Ich erinnere mich nämlich viel zu deutlich daran. James hat ihn angegriffen, als er mit Emily am Boden gerungen hat. Er hatte keine Wahl.

Wyatt sieht zu mir herüber, etwas Schmerzhaftes durchzieht seine Züge, dann schaut er zu Rylan. „Du wirst es sowieso erfahren, wenn Channing es dir erzählt, aber ja. Ich habe auf das Schwein geschossen. Er hat viel mehr verdient als einen lächerlichen Streifschuss."

Rylan grinst. Wyatt hat recht. James hat viel mehr verdient, als von einer Kugel gestreift zu werden. Ich wollte nicht, dass jemand verletzt wird, aber ich kann auch nicht leugnen, dass ich mich für einen Moment fast erleichtert gefühlt habe, als ich ihn in einer kleinen Blutlache habe liegen sehen.

„Worüber ihr zwei euch auch immer gezofft habt, ihr werdet es schon wieder auf die Reihe kriegen", murmelt Rylan und legt eine Hand auf den Autogriff.

„Ich weiß es nicht. Wahrscheinlich weniger, denn sie trifft sich mit jemand anderem."

Rylan schnaubt. „Das bezweifele ich. Das hat sie nur gesagt, um dich zu ärgern. Sie ist rot geworden und hat gelächelt. Sie will ihn in sich haben, Wy, also gib sie nicht auf."

Wyatt dreht langsam den Kopf. „Ich war schon drinnen, Rylan." Ich versuche, nicht zu schnaufen, aber es gelingt mir nicht. Wyatt lächelt und schüttelt ein paar Mal mit dem Kopf. „Sorry, Channing." Er zuckt mit den Schultern, lächelnd, weshalb ihm offensichtlich nichts leidtut.

„Wenn du da wieder reinwillst, dann arbeite dafür. Sei nicht so faul", meint Rylan, als er die Tür öffnet. „Sie ist hübsch, und mutig dazu. Beweg deinen verdammten, faulen Arsch." Er greift nach meiner Hand und zieht mich sanft zu sich heran.

Nachdem ich aus dem Wagen gestiegen bin und nun neben ihm stehe, schlägt er jedoch die Autotür nicht zu. Er stößt einen Seufzer aus und wendet sich noch mal an Wyatt. „Wir sind dreißig Jahre alt, Wyatt. Sammi ist Geschichte. Dieser Teil deines Lebens ist endlich zu Ende. Es ist an der Zeit, jemanden zu finden, mit dem du eine Zukunft planen kannst. Ich weiß, dass du dir eine Familie wünschst. Diese hübsche kleine Brünette könnte genau das sein, was du brauchst." Er macht die Wagentür zu und wir wenden uns gemeinsam ab.

„Lass uns reingehen, dir etwas zu essen machen und deinen Freunden mitteilen, dass es dir gut geht. Sie haben sich Sorgen um dich gemacht", lässt er mich wissen.

Wir gehen auf die Tür des Diners zu, und ich atme erleichtert aus. Es ist vorbei. Es ist endlich vorbei. Wir betreten das Lokal, denn er hat recht, ich muss meinen Freunden sagen, dass es mir gut geht. Sobald Lulamae mich sieht, erstarrt sie und ihre Lippen zittern, bevor sie nach Clarence schreit. Das Diner ist leer, und da wird mir klar, dass es weit nach Ladenschluss ist.

„Rylan?", frage ich und sehe zu ihm auf.

„Ich habe sie angerufen. Ich bat sie zu bleiben, bis wir vorbeikommen. Clarence hat etwas zu essen für uns. Außerdem musst du noch deinen Scheck und das Geschenk abholen."

Tränen rinnen über meine Wangen. Ich kann sie nicht zurückhalten. Ich mache mir nicht einmal die Mühe, sie wegzuwischen. Rylan nimmt mein Kinn zwischen seine Fingerspitzen und streichelt mit seinen Lippen über meine. Nachdem er von mir gekostet hat, dreht er mich um und schiebt mich sanft zu Lulamae herüber. Sowohl sie als auch Clarence umarmen mich fester als je zuvor.

Wir bleiben noch eine Weile dort, essen und quatschen viel zu lange miteinander. Sie horchen mich nicht aus, was passiert ist, sie sprechen mich nicht einmal auf mein offensichtlich misshandeltes Gesicht an. Sie tun so, als würden sie es nicht bemerken, und damit bin ich voll und ganz einverstanden. Die Geschichte ist sowieso nicht besonders aufregend und ich habe keine Lust, sie noch einmal zu durchleben, bevor ich morgen zum Sheriff muss.

Als wir die Nachspeise aufgegessen haben und die Sonne untergangen ist, öffne ich mein Geschenk. Lulamae wirft mir einen Seitenblick zu. Offensichtlich ist sie darüber verärgert, dass ich nicht auf sie höre, aber sie sagt nichts weiter dazu. Das Geschenk raubt mir den Atem. Es ist eine wunderschöne Decke, sie ist weich und ganz offensichtlich muss sie teuer gewesen sein, weil sich der Stoff so anfühlt. Unten in der Schachtel liegt auch noch ein Umschlag. Langsam öffne ich ihn, dann schaue ich zu Lulamae und Clarence.

„Das hättet ihr nicht tun sollen", wispere ich. Sie erwidern nichts, Lula rutscht nervös auf ihrem Stuhl umher. In dem Umschlag befinden sich zehn Hundertdollarscheine. Tausend Dollar. Sie haben mir eintausend Dollar geschenkt.

„Danke, vielen, vielen Dank", sage ich und umarme sowohl Lulamae als auch Clarence ein weiteres Mal.

„Geh nach Hause", flüstert Lulamae mir ins Ohr. Ich danke ihr noch einmal mal und winke ihr zu, während Rylan mich zum Auto führt. Er nimmt mir die Schlüssel ab und hilft mir beim Einsteigen.

Rylan fährt uns so langsam nach Hause, als würde er die Fahrt genießen. Als wir vor unserer Doppelhaushälfte geparkt haben, legt er seine Hand auf mein Knie und drückt leicht zu.

„Ich dachte, ich hätte dich heute verloren", gibt er zu.

Ich nicke. „Ich dachte auch, wir würden uns nie wiedersehen."

„Nie wieder, Channing. Ich kann das nicht noch einmal durchmachen", flüstert er.

Abermals nicke ich. Mir schwirrt eine Frage durch den Kopf, die ich ihm unbedingt stellen möchte, also haue ich sie einfach raus. „Willst du trinken?"

Er schüttelt den Kopf. „Nein, aber sollte ich dich verlieren, dann würde sich mir diese Frage nicht einmal stellen. Ich würde mir eine Flasche schnappen und mich volllaufen lassen. Ohne dich bin ich verloren", gesteht er mir.

Ich streichele ihm über die Wange. „Tu dir das nicht an, Rylan. Versprich mir, dass du so etwas niemals tun wirst."

Er schluckt und nickt, doch ich weiß, dass er lügt. Er würde sich betrinken, wenn ich nicht mehr bei ihm wäre. Ich würde etwas Ähnliches tun, jedoch mit einem anderen Betäubungsmittel. Welches das wäre, weiß ich nicht, aber es wäre mit Sicherheit schädlich. Ich kann mir ein Leben ohne ihn nicht mehr vorstellen. Nicht jetzt, da ich ihn endlich gefunden habe.

„Lass uns reingehen", meint er.

Ich lächele zustimmend. Ich brauche eine Dusche und unser Bett. Keine Ahnung, was der morgige Tag bringen wird. Ob wir unterwegs sein werden oder wie die Polizei mit James, Jennifer und Jacob verfahren wird, doch heute Abend ist mir das völlig egal.

Heute Nacht bin ich in Sicherheit, Rylan ist sicher, und unser Baby ist sicher.

Das ist alles, was zählt.

***

Rylan

Channing verlässt das Badezimmer. Der Dampf umgibt ihren in ein Handtuch gewickelten Körper wie ein Heiligenschein. Ihr nasses Haar hängt herab. Ich kann meinen Blick nicht von ihr abwenden. Ich nehme ihr malträtiertes Gesicht nicht wahr, ich sehe nur sie. Channing. Die Frau, die ich liebe. Die Frau, die ich hätte verlieren können. Die Frau, die ich fast verloren habe.

„Komm ins Bett, Süße“, fordere ich sie auf.

Mir stockt der Atem, als sie das Handtuch zu ihren Füßen segeln lässt. Sie kickt es zur Seite, bevor sie sich langsam auf mich zubewegt. Ich beobachte ehrfürchtig, wie sie ins Bett klettert und ihre Brüste bei jeder ihrer Bewegungen wippen.

Mein Mund wird trocken, ich atme bebend aus. Ich möchte sie bei den Hüften packen, sie auf der Matratze festpinnen und in sie hineingleiten. Ich möchte sie so lange ficken, bis sie meinen Namen schreit. Aber ich werde es nicht tun, so gerne ich das auch möchte.

Ich schlinge meine Arme um ihren nackten Körper und ziehe sie an mich heran, sodass ihre Vorderseite an meine Seite gedrückt wird. Wortlos lasse ich meine Finger über ihre Wirbelsäule tänzeln und genieße das Gefühl ihrer weichen Haut unter meinen Fingerspitzen.

„Rylan?“, wispert sie.

Ich drücke sie einen Augenblick lang ganz fest, bevor ich den Griff wieder etwas lockere. „Ich möchte dich einfach nur halten, dich spüren, Channing.“

Sie hebt den Kopf an und bettet ihr Kinn auf meiner Brust ab. Ihre blauen Augen blicken zu mir auf und ich blinzele. Emotionen, wie ich sie noch nie zuvor verspürt habe, durchströmen meinen ganzen Körper. Verloren. Ich hätte sie fast verloren. Ich will mir nicht vorstellen, wie ein Leben ohne sie aussehen würde. Sie ist ein Teil von mir, der beste Teil von mir.

„Es ist vorbei“, murmelt sie und starrt mich mit ihren großen Augen an.

Ächzend nicke ich. „Das ist es. Vorerst.“

Sie schüttelt den Kopf. „Es ist vorbei, Rylan. Der Rest wird einfach. Er wird niemals das Sorgerecht bekommen, er wird für eine lange Zeit hinter Gittern wandern. Kein Richter, der bei Verstand ist, würde ihn laufen lassen. Seinen Bruder oder seine Frau übrigens genauso wenig. Es ist vorbei, Ry.“

Ich schaue sie an, während sich eine Welle der Traurigkeit in meinem Körper breitmacht. Ich möchte ihr glauben. Ich möchte glauben, dass sie allesamt für immer im Knast verrotten werden, aber ich weiß, dass dem nicht so ist. Ich weiß, wie das System funktioniert, und ich weiß, dass sie irgendwann wieder Luft in Freiheit atmen werden, genau wie das bei mir der Fall gewesen ist. Aber ich lasse meinen Gedanken unkommentiert.

Meine Hand gleitet ihren Rücken hinauf, meine Finger verheddern sich in ihren Haaren und ich senke den Kopf. Meine Lippen berühren ihre weichen Lippen, während ich sie küsse. Ich koste ihre süße Unschuld. Ich lasse meine Zunge in ihren warmen Mund gleiten. Ich schlucke ihr Stöhnen und mein Schwanz wird hart. Langsam beende ich den Kuss.

„Es ist vorbei, Ry. Wir werden es gut haben. Uns dreien wird es gut gehen“, verspricht sie mir.

Ich weiß, dass sie das bloß sagt, damit ich mich besser fühle. Doch zum Teil will sie sich auch selbst überzeugen. Ich lege meine Stirn gegen ihre und schließe die Augen.

„Süße, uns wird es immer gut gehen“, erwidere ich. „Immer.“

„Wie bin ich nur an dich geraten?“

Lachend schüttele ich mich leicht und öffne die Augen. „Das frage ich mich auch jede Sekunde eines jeden Tages, Channing. Jeden gottverdammten Tag.“

Ihre Lippen verziehen sich zu einem kleinen Lächeln, sie presst ihren Körper fest gegen meinen und ihre Lippen landen auf meinem Mund. Ich öffne ihn stöhnend und gewähre ihr Einlass. Ich erlaube ihr, den Kuss zu kontrollieren, während sie auf mich klettert und ihre warme Pussy gegen meinen harten Schwanz drückt.

Meine Hände legen sich automatisch um ihre Hüften.

„Channing", krächze ich.

Sie stemmt sich hoch, bringt ihre Muschi über meinen Schwanz in Stellung und sinkt langsam auf ihn herab. Ich stöhne auf, als ihre süße Mitte mich vollkommen willkommen heißt. Ich schaue sie die ganze Zeit über an, sie tut das gleiche.

Schweigend machen wir Liebe miteinander. Das hier ist mit nichts anderem zu vergleichen, das ich je zuvor erlebt habe. Es bedeutet mir alles. Als sie kommt, stößt sie ein leises Keuchen aus, und auch ich lasse nur ein leises Stöhnen während meines Höhepunkts entweichen. Ihr zitternder Körper legt sich auf mich, ihre Brust und ihr Bauch sind gegen meinen gedrückt, während ich meine Hände von ihren Hüften auf ihren Rücken gleiten lasse.

„Ich liebe dich, Channing", wispere ich gegen ihr nasses Haar.

Sie brummt, kuschelt sich näher an mich heran und versucht, sich so an mich zu schmiegen, als wolle sie mit mir verschmelzen. Ich finde es gut. Was auch immer sie will, sie kann es haben.

Diese Frau, die einen gebrochenen Mann liebt.

Ein gebrochener Mann, der diese Frau liebt.

Der Sträfling und die Heilige.

KAPITEL 28

Channing

Ich versuche nicht den Atem anzuhalten, als der Arzt das Ultraschallgerät über meinen Bauch gleiten lässt. Rylan nimmt meine Hand in seine. Er steht neben mir, denn er ist zu nervös, um sich hinzusetzen. Er muss in Bewegung bleiben und kann einfach nicht stillstehen. Im Raum ist es still, während der Arzt den Kopf des Ultraschallgerätes bewegt. Rylans Kopf ist gesenkt, seine Augen sind geschlossen, sein Griff ist fest.

Schließlich wird das Zimmer von einem zischenden Geräusch erfüllt. Ich stoße einen Seufzer aus. Rylan hebt blitzschnell den Kopf, er dreht ihn in meine Richtung und seine Augen weiten sich. „Ist das…“

„Der Herzschlag des Babys“, verkündet der Arzt. „Er klingt gut und kräftig. Alles sieht in Ordnung aus, Channing. Wenn Sie Krämpfe oder Ähnliches bekommen, zögern Sie bitte nicht, zu uns zu kommen“, sagt er, während er meinen Bauch mit einem Papiertuch abwischt.

„Es scheint also alles in Ordnung zu sein. Dem Baby geht es gut?“, hakt Rylan noch einmal nach.

Der Arzt lacht leise und wendet sich Rylan zu. „Sie sind der Daddy?“

Rylan blickt vom Arzt zu mir. Ich nicke einmal, meine Augen schwimmen in Tränen. Er ist nicht der Mann, den ich mir ursprünglich als Vater meines Kindes vorgestellt habe. In dem Moment, als ich den positiven Schwangerschaftstest in den Händen gehalten habe, hatte ich ganz andere Vorstellungen, aber heute würde ich mir keinen anderen Mann als Vater für mein Baby wünschen.

„Ja." Rylan grinst und wendet sich wieder dem Arzt zu.

Der Arzt räuspert sich. „Mutter und Kind sind in Ordnung. Sie sollen sich noch ein paar Tage schonen, aber allen geht es gut." Er lächelt freundlich.

Rylan bedankt sich, bevor der Doktor das Untersuchungszimmer verlässt. Langsam setze ich mich auf und ziehe meine Kleidung zurecht. Rylan ist sofort an meiner Seite, sobald ich versuche, vom Untersuchungsstuhl zu steigen. Er nimmt meine Hand in seine und legt seinen anderen Arm um meine Taille, bis ich neben ihm auf den Beinen stehe.

Er hält mich fest, seine braunen Augen blicken in meine. Ich sage nichts. Ich bin zu sehr in seinen Augen versunken, um überhaupt atmen zu können. Er senkt den Kopf, seine Nase streichelt an meiner entlang, bis sich unsere Lippen berühren.

„Du machst mich so gottverdammt glücklich", murmelt er gegen meine Lippen.

Ohne mir eine Gelegenheit zu geben, etwas darauf zu erwidern, presst er abermals die Lippen auf meine und lässt seine Zunge in meinen Mund gleiten. Er küsst mich völlig um den Verstand. Meine Lungen brennen, so gut ist dieser Kuss. Irgendwann müssen wir ihn beenden. Mit geschlossenen Augen bleiben wir Stirn an Stirn beieinanderstehen und atmen den Duft des jeweils anderen ein.

„Du weißt, dass wir jetzt zum Sheriff müssen", meint er und unterbricht den schönen Moment.

„Ich weiß."

„Ich will nicht, dass du daran denken musst, was dir passiert ist, geschweige denn, dass du es noch einmal durchlebst, indem du darüber sprichst.“

Lächelnd trete ich einen Schritt von ihm zurück. Seine Augenbrauen sind zusammengezogen, und es sieht aus, als würde er Schmerzen leiden. Ich nehme seine Hände in meine und drücke sie sanft. „Wir müssen das durchstehen. Es ist nur eine weitere Hürde, morgen können wir sie hinter uns lassen.“

Er schnaubt und verschränkt seine Finger mit meinen, damit wir die Arztpraxis verlassen können. Gemeinsam gehen wir schweigend hinaus. Tatsächlich bleibt er den ganzen Weg zum Büro des Sheriffs über still. Ich versuche nicht, ihm ein Gespräch aufzuzwingen. Er hat viel zu verarbeiten, genauso wie ich. Wir kämpfen beide mit unseren Dämonen.

Vor uns liegt das Backsteingebäude, doch wir sind beide nicht dazu in der Lage, unsere Autotüren zu öffnen und auszusteigen. Irgendwann mache ich den ersten Schritt und stoße die Tür auf, bevor ich meine Beine hinausschwinge.

„Ich weiß nicht, ob ich mir anhören kann, was passiert ist. Ich weiß aber auch nicht, ob ich damit klarkomme, es nicht zu wissen“, sagt er.

„Falls es dir hilft: Was mir passiert ist, ist nichts im Vergleich zu dem, was Emily angetan wurde. Das einzige Mal, dass mich jemand berührt hat, war, als James mich geschlagen hat. Ansonsten war alles nur Gerede und Drohungen“, lasse ich ihn wissen.

Mir blutet das Herz, wenn ich nur daran denke, was sie diesem armen Mädchen angetan haben. Wie sie in Jennifers krankes Spiel hineingezogen, benutzt und missbraucht wurde. Rylan sucht meine Nähe, indem er seine Hand in meine legt und meine Finger drückt.

„Ich will sie alle töten“, flucht er.

Ich lächele traurig. „Ich weiß. Sie haben es auch

verdient. Sie sind krank, Ry. Völlig krank."

Er nickt, lässt meine Hand los und steigt aus dem Auto. Rylan geht um die Motorhaube herum und hilft mir beim Aussteigen. Ich lege meine Handflächen auf seine Brust und den Kopf in den Nacken, damit ich seine Augen sehen kann.

„Bringen wir es hinter uns, Rylan. Es ist nur eine weitere Hürde, die wir zu meistern haben", wiederhole ich erneut.

Er senkt den Kopf, lässt seine Lippen auf meine gleiten, küsst mich aber nicht. „Wir werden es schaffen. Wir werden es hinter uns lassen. Unser Leben wird von nun an nur noch aus Gutem und Glück bestehen", murmelt er. Ich brumme gegen seine Lippen. Liebe, ich liebe den Klang dieses Wortes – jedes einzelnen Wortes.

Gemeinsam, Hand in Hand, suchen wir das Büro des Sheriffs auf und ich gebe meine Aussage zu Protokoll. Rylan weicht mir nicht von der Seite, er klebt an mir wie eine Klette, während ich dem Sheriff von James, Jennifer, Jacob und Emily erzähle.

„Wir haben ihre Häuser durchsucht", erzählt uns der Sheriff, nachdem ich mit meinem Teil der Geschichte fertig bin.

„Und?", will Rylan wissen.

Der Beamte schaut ihn an. „Wir haben etwa hundert DVDs gefunden. Alle voller Videomaterial von intimen Momenten."

Mir dreht sich der Magen um. „Auch von mir?"

Rylan knurrt, sagt aber nichts. Er wartet darauf, die Wahrheit zu erfahren. Wer hat mich beim Sex mit James gesehen? Die ganze Abteilung? Die ganze Stadt? Rylan legt eine Hand um mein Knie und ich warte darauf, dass er zudrückt, doch er tut es nicht.

Er lässt seine Finger sanft darüber gleiten.

„Nur eine weitere Hürde, Süße", murmelt er.

Ich atme tief ein, bevor ich den Atem mit einem schweren Seufzer wieder ausstoße und zustimmend nicke. Es ist bloß eine weitere Hürde. Nur etwas, das wir überwinden müssen, bevor wir die Süße unseres Lebens genießen können. Ich schaue zum Sheriff und warte auf seine Antwort.

„Wir haben nicht alle gesichtet. Die DVDs sind mit den Namen aller Mädchen beschriftet. Sie stammen aus der Zeit, als sie auf dem College waren. Hoffentlich werden wir sie alle zu den Akten legen können und sie werden nie an die Öffentlichkeit geraten", erklärt er.

„Und wie soll das gehen?", frage ich.

„Wenn sie sich auf einen Deal einlassen und die Sache nie vor Gericht kommt, hätte es für uns keinen Sinn, die Beweise zu sichten. Bald werden wir wissen, ob sie dazu bereit sind. Sie sind bereits verhaftet worden. Jetzt lassen wir die Anwälte ihre Arbeit machen", sagt er. „Ihr könnt vorerst gehen, aber wenn ihr umzieht, gebt uns bitte Bescheid. So können wir euch erreichen, falls es zu einer Verhandlung kommt oder wir weitere Informationen benötigen."

„Was ist mit Wyatt?", fragt Rylan, als er aufsteht. Er hält mir wieder seine Hand hin, die ich ohne zu zögern ergreife. Ich will raus aus diesem Gebäude, weg von dieser Stadt und ich bin mir nicht sicher, ob ich jemals zurückblicken werde.

„Notwehr. Bestätigte Notwehr", meint er.

„Wir ziehen um, allerdings nicht weit weg. Nur nach Fredericksburg. Ich fahre jetzt dorthin und schaue mir ein paar Wohnungen an", sagt Rylan.

Ich schaue überrascht zu ihm auf, spreche diese

Überraschung aber nicht aus. Der Sheriff bedankt sich bei uns, und führt Rylan und mich dann aus dem Gebäude. Ich sage nichts, weil ich noch immer schockiert bin, dass er gesagt hat, er würde heute Wohnungen besichtigen. Wir steigen in den Wagen und Rylan fährt los.

∗∗∗

Rylan

Channing schaut mich aus dem Augenwinkel an. Sie ist verwirrt und ich weiß, dass ich ihr ein paar Dinge erklären sollte, doch ich tue es nicht. Ich möchte sie überraschen. Der schlichte roségoldene Ring brennt mir bald ein Loch in die Tasche. Ich will ihn an ihrem Finger sehen, und ich will, dass sie so schnell wie möglich meinen Nachnamen trägt. Ich bin eben ein ungeduldiger Arsch.

Ich fahre über die langen, von grünem Gras gesäumten Straßen, und mache mich auf den Weg zu dem romantischsten Ort, den ich mir nur vorstellen kann. Er mag den meisten Menschen kein Begriff sein, aber der Enchanted Rock, ein Berg nördlich von Fredericksburg mitten im großen State Park, ist absolut spektakulär.

Ich wünschte, wir könnten auf den Gipfel klettern, doch ich bin mir nicht sicher, ob Channing es schaffen würde. Und wenn sie es schaffen würde, würde sie gegen die ärztliche Anordnung verstoßen. Nach der Nacht, die sie hinter sich hat, muss sie auf keinen Fall einen gigantischen Granitfelsen besteigen.

Ich fahre das Fenster hoch, bezahle die Eintrittsgebühren und passiere das große Tor. Der Ort ist heute nicht gut besucht, nur ein paar Familien laufen hier herum. Nicht so wie ich es aus meiner Erinnerung kenne. Ich parke in der Nähe des riesigen Felsens.

„Rylan?“, fragt Channing und spricht zum ersten Mal, seit wir das Polizeirevier verlassen haben.

Ich reagiere nicht. Stattdessen steige ich aus dem Auto, umrunde es, gehe zu ihr und bin ihr beim Aussteigen behilflich. Sobald sie neben mir steht, lege ich meinen Arm um ihre Taille und ziehe sie dicht an meine Seite. „Wir gehen jetzt ein bisschen spazieren. Wir brauchen etwas frische Luft.“

Keine Ahnung, ob sie frische Luft braucht, aber ich weiß, dass ich sie brauche. Ich scheine mich jetzt mehr danach zu sehnen als je zuvor, bevor ich weggesperrt wurde. Vielleicht liegt es an den einengenden Gefängnismauern, dass ich mich nach frischer Luft sehne, vielleicht liegt es an allem, was passiert ist — ich hab echt keinen Plan. Die Welt hat anders geduftet und sich anders angefühlt, als ich im Knast gewesen bin. Jetzt, in Freiheit, hat sie einen verdammt geilen Geschmack. Ich liebe es.

„Ich kann das Teil nicht hochklettern. Ich habe es mal während der High School versucht. Damals habe ich es nicht gepackt, und heute schaffe ich es ganz sicher auch nicht“, meint Channing.

Ich lache und ziehe sie näher an meine Seite. „Ich weiß, Süße. Das erwarte ich auch gar nicht von dir. Ich habe nur ein paar Besichtigungstermine vereinbart. Es sind nicht die besten Optionen. Ich wünschte, ich könnte mir etwas Besseres leisten“, plappere ich drauf los. Ich bin nervös. So verdammt nervös, weil sie mir einen Korb geben könnte.

Channings Arm legt sich auf meinen Rücken und ich spüre ihre Hand an meiner Taille. „Ich würde überall mit dir wohnen, solange ich mit dir zusammen bin."

Ich führe uns den zwei Meilen langen Rundweg um den Enchanted Rock entlang. Wir gehen schweigend nebeneinanderher, ihre Worte hängen zwischen uns in der Luft. Sie würde überall mit mir wohnen. Verdammt, ich hoffe, dass das, was sie gesagt hat, wahr ist. Für den Moment werden wir wahrscheinlich in ihrem Auto wohnen. Ich verdiene einen Furz an Geld, und ein Baby ist auf dem Weg. Aber das ist nur ein weiteres Hindernis, und wir werden es meistern. Dessen bin ich mir absolut sicher.

Als wir ein Teilstück des Weges zurückgelegt haben, navigiere ich sie vom Hauptweg weg. Niemand sonst ist in der Nähe, der Zeitpunkt scheint perfekt. Ich greife in meine Tasche, hole die kleine Schachtel heraus und sinke langsam vor ihr auf die Knie. Sie keucht erschrocken auf und hält sich eine Hand vor den Mund.

„Rylan." Ihre Stimme zittert.

Ich schüttele den Kopf, meine Haare fliegen um mich herum und erinnern mich daran, dass ich mir wahrscheinlich einen Schnitt hätte verpassen lassen sollen. „Ich liebe dich, Channing. Ich hoffe, dass du bereit bist, mit mir zu leben, egal wo, egal wie und für immer. Heirate mich, Süße", sage ich und öffne die Ringbox.

Der Ring ist eigentlich nichts, was ich der Frau, die ich liebe, schenken würde. Ich wünschte, ich könnte ihr Diamanten kaufen, aber die kann ich mir leider nicht leisten. Ich weiß nicht, ob ich jemals dazu in der Lage sein werde. Sie wird ganz still, während ihre Augen in Tränen schwimmen, die sich ihren Weg über ihre Wangen bahnen. Langsam nimmt sie ihre

Hand von ihrem Mund und streckt sie mir entgegen.

„Natürlich werde ich dich heiraten, Rylan“, wispert sie.

Ich nehme den Ring aus der Schachtel und schiebe ihn ihr langsam über den Finger, ehe ich mich wieder aufrichte. Ich lege meine Hände um ihre Wangen, halte sie fest, senke mein Gesicht und drücke meinen Mund auf ihren. Meine Zunge schmeckt ihre Tränen, meine Finger spüren, wie ihr Körper zittert. Dies hier ist der beste Moment meines ganzen gottverdammtes Lebens – bis jetzt.

Jeder Tag mit Channing wird eine Spur besser sein. Die Hürden sind nur Straßensperren, aber keine von ihnen hat uns davon abgehalten, zu atmen, gemeinsam durchs Leben zu gehen, uns noch tiefer ineinander zu verlieben.

KAPITEL 29

Rylan

Wir nehmen an der dritten Wohnungsbesichtigung des Tages teil. Diese hier ist genauso beschissen wie die anderen beiden. Ich kann meine Familie hier nicht einziehen lassen. Es gibt ein paar echt geile Wohnungen in der Stadt, aber die kann ich mir nicht leisten, und das gibt mir ein mieses Gefühl. Ich setze mich auf den Fahrersitz von Channings Auto und lehne meine Stirn gegen das Lenkrad.

„Vielleicht sollten wir nicht hierherziehen. Vielleicht könnten wir einfach nach Burnet ziehen. Dort können wir uns etwas leisten und ich kann auch weiterhin mit Wyatt pendeln", murmele ich.

„Meinst du denn, dass Burnet weit genug weg ist?", fragt sie.

Ich grinse. Ein anderer Planet wäre nicht weit genug entfernt von James und seiner verkorksten Familie. Aber sie sind weg, und sie werden nicht so bald wieder freikommen.

„Lass mich Wyatt anrufen. Vielleicht können wir uns heute Abend bei ihm treffen. Das hier wird nicht funktionieren. Ich will nicht, dass du weiter arbeiten musst, und wenn wir hierherziehen, wäre das die einzige Option. Und wenn das Baby erst auf der Welt ist, weiß ich nicht, wie wir das bewerkstelligen wollen, weil wir uns keine Tagesbetreuung leisten können."

„Okay." Channing atmet aus.

Ich greife über die Mittelkonsole und drücke sanft ihren Oberschenkel. „Hey, Süße." Langsam dreht sie ihren Kopf in meine Richtung. Ich schenke ihr ein Lächeln. „Hürde, Channing. Nichts weiter als eine Hürde.“

Ihre Lippe zuckt und sie nickt. Ich starte den Motor und fahre zurück nach Gallup. Wyatt wird mir helfen, dessen bin ich mir sicher. Ich kann mich immer auf ihn verlassen. Mehr als ich sollte. Und ich weiß auch, dass er mir immer mit Rat und Tat zur Seite stehen wird.

„Würdest du gerne in der Nähe von Gallup bleiben wollen?“, fragt Channing.

Ich denke über ihre Frage nach und räuspere mich. „Ich würde gerne in Wyatts Nähe bleiben“, gebe ich zu. „Nicht so gerne in der Nähe meiner Eltern.“

„Ja, ich auch. Ich mag Wyatt und seine Freunde“, entgegnet sie. „Mit ihnen fühlt es sich irgendwie wie in einer Familie an.“

Ich hebe mein Kinn. „Das tut es“, stimme ich ihr zu. Wyatts Freunde fühlen sich mehr nach Familie an als irgendjemand, der meiner Blutslinie entstammt. Abgesehen von Wyatt natürlich. „Willst du bleiben?“

Channing legt ihre Hand auf meine. Sie ist kalt, weich und sanft.

Sie stößt einen langen Seufzer aus. „Ich will bleiben. Ich glaube, du brauchst die Stabilität, die Wyatt, die Arbeit und die dein Umfeld dir gibt. Ich glaube, du brauchst diese guten Menschen in deiner Nähe, und ich auch. In den letzten Wochen ist eine Menge verrücktes Zeug passiert. Wir brauchen etwas Ruhe.“

Ich fahre die Landstraße entlang und betrachte die leeren Flächen um uns herum, das Gras und die Bäume. Ich brauche das Landleben. Es ist nicht nur das, was ich gewohnt bin, es ist das, was ich brauche, um gesund zu bleiben. Fredericksburg ist zwar nicht riesig, aber im Vergleich zu Gallup ist es groß. Ich weiß nicht, ob ich dazu bereit bin. Außerdem hat Channing recht. Ich benötige die Stabilität, ich brauche Wyatt in meiner Nähe. Nennt mich eine Klette oder was auch immer, es ist mir egal. Ich weiß eben, was ich brauche. Wyatt und Channing sind im Moment meine Felsen in der Brandung.

Ich denke während der gesamten Fahrt zu Wyatt über unsere Situation nach, über das Für und Wider. Als ich in die Einfahrt einbiege, bin ich froh, dass sein Wagen auf dem üblichen Stellplatz parkt. Ich helfe Channing aus dem Auto. Gemeinsam gehen wir zur Wyatts Veranda.

Als ich das letzte Mal hier gewesen bin, bin ich praktisch auf Knien zu ihr gekrochen gekommen und habe meine Frau angefleht, nach Hause zurückzukommen. Jetzt ist sie meine Verlobte. Wir haben noch nicht über ein Hochzeitsdatum gesprochen, aber ich hoffe, dass sie mich auch lieber früher als später heiraten möchte. Ich will, dass sie meinen Namen trägt, ich will, dass dieses Baby als mein Baby geboren wird. Mit meinem Nachnamen. Ich weiß nicht, warum ich das so verdammt dringend brauche, aber ich brauche es.

Channing klingelt. Wenige Augenblicke später öffnet sich die Tür, und Wyatt steht vor uns. Als er mich ansieht, runzelt er die Stirn, als er Channing ansieht, werden seine Augen weich. Er sagt nichts, tritt einfach zur Seite und gibt uns den Weg frei.

„Ich wollte mit dir reden, na ja, *wir* wollten mit dir reden", murmele ich.

„Wie fühlst du dich, Schätzchen?", fragt er Channing.

Sie setzt sich aufs Sofa und lächelt ihn an. Sie hat

immer noch ein paar blaue Flecken im Gesicht, aber die von heute Morgen sind bereits verblasst. Ich bin froh darüber, denn ich weiß nicht, wie lange ich es noch ertragen hätte, die Spuren auf ihrem Körper anzusehen, die James hinterlassen hat.

„Mir geht es gut. Dem Baby geht es gut. Ich habe meine Aussage gemacht. Dann hat Rylan mich heute Nachmittag überrascht." Ihr Lächeln wird breiter, während sie ihm ihre Hand zeigt.

Wyatt schaut von ihr zu mir rüber. „Herzlichen Glückwunsch." Seine Stimme ist weich, sanft und aufrichtig.

„Wir haben uns Wohnungen angeschaut", sage ich und beginne damit, die Bombe platzen zu lassen.

„Und?", fragt er.

Ich stoße einen schweren Seufzer aus. „Wir sind am Arsch. Wir können uns mit dem Geld, das ich verdiene, nichts leisten, und ich will, dass Channing zu Hause bleiben kann, wenn das Baby kommt. Also müssen wir von nur einem Einkommen leben können, auch wenn sie bis zur Geburt einen neuen Job finden und eine Weile arbeiten würde", erkläre ich.

„Und nun? Was denkst du?"

Ich räuspere mich. „In dieser Gegend hier sind die Wohnungen viel erschwinglicher. Ich würde sicherlich etwas in Burnet finden. Und du fährst ja quasi auf dem Weg zur Arbeit an Burnet vorbei…", meine ich und schiebe meine Hände in die Hosentaschen.

„Und was ist mit allem hier? Mit den Leuten?", fragt er.

Channing nutzt die Gelegenheit, um ihren Standpunkt mit uns zu teilen. „James, Jennifer und Jacob sind weg. Zumindest für eine lange Zeit. Burnet ist ein bisschen größer als Gallup, aber es ist nur zehn

Minuten von hier entfernt. Ihr könnt weiterhin zusammenarbeiten, was Rylan sicherlich gefallen würde. Die einzigen Leute, um die wir uns Sorgen machen müssen, sind unsere Eltern. Und ehrlich gesagt, wenn sie nicht gerade Geld von uns wollen, kommen sie sicherlich nicht zum Herumschnüffeln bei uns vorbei."

Ich grinse. Damit hat sie den Nagel auf den Kopf getroffen. Wyatt sieht von Channing zu mir. „Ist es dort wirklich so teuer? Ich dachte, weil die Stadt größer ist, sind die Kosten geringer", murmelt er.

Kopfschüttelnd fahre ich mit den Fingern durch die Haare. „Cousin, wir haben eine Einzimmerwohnung besichtigt, die dreiviertel meines Monatsgehaltes verschlingen würde. Und glaub mir, es war eine kakerlakenverseuchte Bruchbude."

Wyatt lacht. „Ich schätze, dann ist es verdammt passend, dass wir deinen Job in unserer Schicht noch nicht neu besetzt haben."

„Im Ernst?", frage ich.

„Im Ernst. Ich wollte nie, dass du gehst."

Ich mache einen Schritt auf meinen Cousin zu, lege meinen Arm um ihn und klopfe ihm auf dem Rücken. „Danke, Wyatt."

„Du bist glücklich und clean. Das ist alles, was ich verdammt noch mal will." Er zuckt mit den Schultern. „Ich denke, du hast es geschafft. Ich bin so froh, dass du meinem Team erhalten bleibst. Ich werde dir immer helfen, wo ich nur kann."

„Danke. Ich bin verdammt glücklich, Wyatt. Wirklich verdammt glücklich. Arbeitest du morgen?"

„Sei in aller Frühe abfahrbereit." Er zwinkert mir zu.

Er sieht zwar nicht so aus, als hätte ihn der Schuss

auf James nicht im Geringsten mitgenommen, aber ich kenne ihn. Was er aus Notwehr heraus tun musste, belastet ihn. Er wird viel über seine Tat nachdenken und sie zu Tode analysieren. So ist er eben. Auch wenn James nur ein paar Stiche davongetragen hat, wird es ihn noch lange beschäftigen. Länger, als es sollte.

***

Channing

Nachdem wir Wyatts Wohnung wieder verlassen haben, fühle ich mich eine Million Mal besser. Ich will Rylan nicht sagen, dass die Wohnung, die wir uns angeschaut haben, allesamt Absteigen sind. Meine kleine Doppelhaushälfte ist vielleicht nicht das Taj Mahal, aber im Vergleich zu den besichtigten Apartments, wirkt meine Wohnung so. Ich wäre jedoch in jede Wohnung gezogen, wenn er das gewollt hätte. Aber ich bin froh, dass er es nicht will.

„Jetzt müssen wir nur noch etwas Passendes in Burnet finden", sage ich, als Rylan auf die Einfahrt, die zu unserem Doppelhaus führt, fährt.

Er nickt, macht aber keine Anstalten aus dem Auto auszusteigen. Er dreht sich zu mir, seine Augen sind konzentriert und intensiv. Ich habe noch nie diese Entschlossenheit in seinem Blick gesehen, wie in diesem Moment. Er scheint zum Handeln bereit.

„Heiratest du mich kommenden Freitag? Freitags habe ich immer früher Feierabend. Heirate mich am Freitag", sagt er.

Seine Worte klingen nicht fragend, sondern wie eine Forderung. Mein Herz schlägt höher. Ich eise meinen

Blick von ihm los und schaue kurz auf meinen Bauch. „Okay. Ja“, hauche ich.

Er lächelt breit und zeigt mir seine weißen Zähne, die gerade und schön sind. „Channing Lindsay, das klingt verdammt gut.“

„Finde ich auch.“

Channing Lindsay hat einen besonders schönen Klang, und Baby Lindsay findet das ebenso. Ich würde mir wünsche, ich wüsste, was wir bekommen, damit ich mir einen schönen Vornamen überlegen kann, der gut zum neuen Nachnamen passt. Wir machen uns auf den Weg ins Haus, beide erschöpft vom langen Tag der enttäuschenden Wohnungssuche.

„Wie wäre es, wenn ich morgen in die Stadt fahre und eine Liste mit Häusern in unserer Preiskategorie erstelle?“, frage ich.

Er bleibt mitten im Wohnzimmer stehen und dreht sich langsam zu mir um. Erst runzelt er die Stirn, dann lächelt er. „Stimmt, du musst ja morgen nicht arbeiten.“

„Nein, muss ich nicht. Vielleicht sollte ich zurück ins Diner gehen. Sie würde mich bestimmt wieder zurücknehmen.“

Rylan überrückt schnell die Distanz, die uns voneinander trennt. Er legt beide Hände in meinen Nacken. Sein Mund bedeckt rasch meinen und seine Zunge dringt in meinen Mund ein – sie verschlingt mich. Ich lege meine Hände auf seine Schultern, um Halt zu finden. Ich stöhne auf und presse ihm meine Brust entgegen, um mit seinem Körper zu verschmelzen. So, wie ich es eigentlich immer tue, sobald seine Lippen meine berühren.

Er beendet den Kuss, seine Augen starren mich voller Entschlossenheit und Konzentration an. „Du wirst nicht wieder arbeiten. Du wirst dich um dich kümmern, und um unser Baby."

Meine Knie werden jedes Mal weich, wenn er von *unserem* Baby spricht. Ich zittere, eine Gänsehaut überzieht meine Haut. Dieses Gefühl liebe ich fast so sehr, wie ich ihn liebe.

„Okay", seufze ich.

Er grinst. „Fuck, wie kann ich nur so viel Glück haben? Ich bin der größte Glückspilz auf diesem verdammten Planten."

Nicht er ist derjenige, der Glück hat. Ich bin es. Ich habe einen Mann an meiner Seite, der mich liebt, der sich um mich kümmert und der mich und ein Baby bei sich aufnehmen will. Wie habe ich diesen Mann nur gefunden? Wie habe ich in seinem Leben landen können? Wir haben vielleicht nicht viel Geld oder andere Dinge, aber wir haben uns und unsere Liebe. So rührselig es klingen mag, aber wir haben alles, was wir für die Zukunft brauchen.

KAPITEL 30

Rylan

Während des gesamten Arbeitstages liegt mein Handy immer in meiner unmittelbaren Nähe. Ich weiß, dass es ihr gut geht, dass sie in Sicherheit ist, aber ich werde das Gefühl nicht los, dass uns bald ein weiterer Stein in den Weg gelegt wird. Wyatt und ich sind beide den ganzen Tag über schweigsam. Irgendetwas stimmt nicht, irgendetwas fühlt sich falsch an. Ich spüre das drohende Unheil, das auf uns zukommt. Das letzte Mal, als ich dieses Gefühl gespürt habe, ist Channing entführt worden. Ich kann nicht zulassen, dass sich dieser Scheiß wiederholt.

„Bist du okay?", fragt Wyatt mich, als wir auf dem Heimweg sind.

Mir ist heiß und ich bin verdammt müde. Ich brumme und lasse meinen Kopf gegen die Kopfstütze fallen. „Irgendetwas stimmt nicht."

Er antwortet nicht, im Führerhaus des Trucks ist es still, als wir auf das Doppelhaus zufahren. Ich will ihn fragen, ob er es auch spürt, doch ich denke, dass sein Schweigen schon genug aussagt. Er spürt es. Er spürt es genauso sehr wie ich. Ich stoße erleichtert einen Seufzer aus, als ich Channings Auto an seinem gewöhnlichen Platz stehen sehe.

„Ich weiß nicht, was es ist. Aber du hast recht. Irgendetwas ist im Busch. Vielleicht ist es auch nichts, vielleicht sind wir immer noch nervös wegen all dem, was passiert ist", murmelt Wyatt.

„Jepp. Vielleicht."

Ich traue meinen eigenen Worten nicht. Auch Wyatt scheint meinen Worten nicht zu glauben, denn er parkt den Truck. Würde er ihnen trauen, würde er nicht die Tür des Pick-ups öffnen und mit aussteigen. Er würde mich einfach absetzen und sich auf den Heimweg machen. Stattdessen geht er aber mit mir zu Eingangstür. Es liegt etwas in der Luft, ich kann es förmlich schmecken.

Gemeinsam gehen wir zur Haustür, ich stecke meinen Schlüssel ins Schloss, schließe auf und drehe dann am Türknauf. Ich schließe die Augen und stoße die Haustür auf. Aus dem Wohnzimmer ertönt Musik, irgendein Countryscheiß, den ich noch nie gehört habe, von dem ich aber weiß, dass Channing ihn gerne hört.

„Süße, bist du zu Hause?", rufe ich und schlendere ins Wohnzimmer. Die Doppelhaushälfte ist so winzig, dass ich wahrscheinlich, wenn ich beide Arme ausstrecke, die Wände um mich herum berühren könnte. „Channing?"

Ich höre Geräusche im Schlafzimmer. Wyatt und ich halten beide den Atem an, als wir uns in diese Richtung umdrehen. Channing kommt daraus hervor und bleibt im kleinen Flur stehen, als sie uns sieht. Ihre Haare hat sie zu einem hohen Pferdeschwanz zusammengebunden. Sie trägt ein enges Tank-Top, das um ihren wachsenden Bauch herum spannt, und eine kurze Shorts, die ihre fantastischen Beine zur Geltung bringt. Ich bin sicher, dass, wenn sie sich vornüberbeugen würde, man ihre Arschbacken sehen könnte.

„Hey." Sie lächelt, holt ihr Handy aus der Hosentasche und schaltet die Musik ab. „Was gibt´s?"

Wyatt lacht und ich schließe mich ihm an. Ihr geht

es gut, zu Hause ist alles normal, alles ist in bester Ordnung. Wir haben uns beide wegen absolut nichts Sorgen gemacht.

„Nichts, Liebes." Wyatt grinst. „Sehen wir uns morgen?", fragt er mich.

„Jepp."

Er winkt Channing zu, bevor er das Haus verlässt und die Tür hinter sich schließt. Sie kommt nicht auf mich zu, ihre Augenbrauen sind zusammengezogen, während sie mich beobachtet.

„Was war das gerade?", will sie wissen.

„Nichts", flunkere ich.

Ich will ihr nicht sagen, dass ich mir den ganzen Tag über das Schlimmste ausgemalt habe. Das ist so dumm gewesen. Ich bin einfach nur paranoid. Wahrscheinlich werde ich für immer ein wenig paranoid sein. Fünf Jahre im Knast sowie der ganze Scheiß, der in letzter Zeit passiert ist, haben mich zu dem gemacht, was ich jetzt bin.

Channing überwindet langsam die Distanz, die uns voneinander trennt, und legt ihre Hände auf meine Brust. „Du stinkst", sagt sie und rümpft die Nase.

„Ich habe gearbeitet."

Ich senke den Kopf und streiche mit meinen Lippen über ihre. Sie brummt gegen meinen Mund. „Du müffelst immer noch. Geh dich waschen, ich mache das Abendessen fertig", haucht sie gegen meine Lippen.

„Was hast du gekocht?", will ich wissen.

„Lasagne. Sie ist im Kühlschrank, ich muss sie nur noch in den Ofen schieben."

Sie geht in die Küche. Mein Blick folgt ihrem geilen Hintern. Ich habe recht. Ihre Arschbacken blitzen unten aus der weiten Shorts heraus. Verdammt, meine Frau ist verdammt gerissen. Ich rücke meinen steif werdenden Schwanz zurecht, ehe ich ins Schlafzimmer gehe und mich auf den Weg in die Dusche mache.

Nachdem ich mir die Anstrengungen des Tages vom Körper gewaschen habe, fühle ich mich etwas wohler, bin aber noch nicht rundum zufrieden. Da ist immer noch etwas Unschönes, das über mir, über uns, zu schweben scheint. Ich weiß nicht, was es ist, aber es ist da und wartet darauf, zuzuschlagen. Ich fühle es in meinen Knochen. Unsere Leben sind nicht dazu bestimmt, einfach zu sein. Menschen wie wir, die eine Vergangenheit haben, müssen ständig irgendwelche Hindernisse bewältigen. Wir müssen mit Blut, Schweiß und Tränen für unser Glück kämpfen.

Ich ziehe mir eine Boxershorts an, schnappe mir meine Jeans, ziehe sie mir über die Hüften und schließe den Reißverschluss, während ich mich auf den Weg in die Küche mache. Ich entscheide mich dazu, auf ein Hemd zu verzichten. Das hat den Vorteil, dass Channing weniger Wäsche hat, um die sie sich kümmern muss.

Sie ist in der Küche und holt gerade das Essen aus dem Ofen. Als sie sich bückt, blitzen ihre kleinen, knackigen Arschbacken aus der Hose hervor. Ich lehne mich gegen den Türpfosten und genieße das Schauspiel.

Channing stellt die Auflaufform auf die Küchenzeile, dann beugt sie sich wieder vor und atmet tief ein, wobei sie ein kleines Stöhnen von sich gibt. Ich grinse und kann mich nicht länger zurückhalten. Sie ist so verdammt süß.

Ihre Wangen färben sich rosa, als sie merkt, dass ich

sie ertappt habe. „Es riecht so gut, und es ist mir sogar egal, dass ich es selbst zubereitet habe." Sie lächelt mit einem kleinen Achselzucken.

„Stimmt, es riecht himmlisch, Süße."

„Setz dich, ich bringe dir dein Essen", sagt sie.

Ich schüttele den Kopf, strecke die Hand aus und lege meine Finger auf ihre Hüfte. „Du bringst mir einen Scheiß. Das ist mein Job, Channing. Geh und setz du dich", befehle ich ihr.

Sie schüttelt ebenfalls den Kopf und will protestieren, jedoch weiß ich das mit einem Blick zu unterbinden, von dem sie wiederrum weiß, dass sie keine Chance hat, sich mir zu widersetzen. Vielleicht versteht sie aber auch bloß, dass ich es ihr niemals erlauben werde, mich zu bedienen. Es gibt immer eine Zeit und einen Ort, und dass meine schwangere Verlobte mir mein Essen bringt, ist sicherlich nichts, was heute Abend passiert.

Channing lässt sich auf den Stuhl fallen und ich stelle die Teller mit dem Essen auf den kleinen Tisch. Mir fällt auf, wie viel Platz sie auf unserem kleinen Tisch einnehmen. Es werden niemals drei Leute an ihm Platz finden. Bald werden wir uns einen neuen Esstisch zulegen müssen. Der Gedanke bringt mich zum Lächeln. Eigentlich sollte ich mir Sorgen wegen des Geldes machen, tue ich aber nicht.

Ich freue mich schon darauf, unsere kleine Familie wachsen zu sehen.

„Was?", fragt Channing und probiert einen Bissen.

Ich zucke mit den Schultern. „Ich habe nur darüber nachgedacht, was noch alles auf uns zukommen wird", gebe ich zu.

Allerdings verheimliche ich ihr, dass ich zudem darauf warte, dass in naher Zukunft irgendetwas

Schlimmes passiert, während ich mich gleichzeitig auf die guten Dinge freue, die vor uns liegen. Ich beschließe, positiv zu bleiben, vor allem nach den letzten Tagen. Sie lächelt, auch wenn es ein wenig angestrengt aussieht. Vielleicht hat sie das gleiche Gefühl wie Wyatt und ich?

„Machst du dir Sorgen?", will sie wissen und schaut auf ihren Teller. Sie isst nicht weiter, sondern starrt einfach nur auf ihr Essen, als würde es ihr die Antwort geben, und nicht ich.

Ich greife über den Tisch, nehme ihre Hand in meine und drücke ihre Finger. „Sieh mich an", fordere ich sie auf.

Sie kommt der Bitte nach, sodass ich die Traurigkeit in ihrem Blick erkenne. All die Scheiße, über die sie bei mir nicht nachdenken muss, die aber dennoch da ist, und noch da sein wird, bis sie zu einhundert Prozent sicher ist, dass sie mir vertrauen kann.

„Ich liebe dich, Channing. Ich freue mich auf unsere Zukunft. Ich habe gerade gedacht, dass wir uns bald einen größeren Tisch anschaffen müssen und um ehrlich zu sein, Süße, ich kann es kaum erwarten."

Ihre Augen schwimmen in Tränen und ihre Zähne bohren sich in ihre Unterlippe. „Du bringst mich immer zum Heulen", wimmert sie. Mit ihrer freien Hand wischt sie sich die Tränen weg, die nun über ihre Wangen laufen.

Ich grinse und kann nicht damit aufhören, weil sie so verdammt süß ist und ich mich glücklich schätzen kann, dass ich sie habe. „Ich sage nur die Wahrheit. Nichts weiter als die gottverdammte Wahrheit."

***

Rylan verdonnert mich dazu, mich auf die Couch zu legen und zu entspannen, während er das Abendessen abräumt. Ich fahre so gut es geht herunter, doch das hält mich nicht davon ab, ihn die ganze Zeit über zu beobachten. Er ist sexy, wie die Sünde, wenn er abwäscht, oder vielleicht sind es auch nur meine Hormone, die mich so fühlen lassen. Es ist mir eigentlich egal, was der Grund ist, denn ich kann nur daran denken, dass ich ihn will – jetzt. Ich glaube, ich werde ihn immer wollen.

Während er abwäscht, werden meine Augenlider schwer. Und egal, wie sehr ich gegen die Müdigkeit ankämpfe, sie nimmt schließlich Überhand. Als er mich irgendwann hochhebt und zum Bett trägt, wache ich nicht auf. Ich schlafe auch dann noch weiter, als er mich auszieht. Erst als sein warmer Mund und das Gefühl seiner Zunge auf meiner Mitte liegen, öffnen sich meine Augen.

„Rylan", hauche ich.

Er brummt gegen mich, die Vibrationen durchströmen mich und lassen meine Lider flattern. Seine Zunge füllt mich aus, sie fickt mich und bewegt sich dann langsam in Richtung meiner Klitoris. Seine Konzentration, seine Geduld, seine Fähigkeit, mich dazu zu bringen, gleichzeitig schreien und weinen zu wollen, ist mehr als alles, was ich je zuvor erlebt habe.

Rylan saugt an meiner Klit und leckt sie immer wieder mit seiner Zunge, bis ich unter ihm zusammenbreche. Mein Körper erstarrt, während meine Schenkel, die an seinen Wangen liegen, zittern. Er neigt seinen Kopf zur Seite und haucht mir einen sanften Kuss auf die Innenseite meines Oberschenkels, bevor seine Lippen meinen Hüftknochen und dann meinen Bauch berühren.

Er bettet seine Hände auf meinen Bauch, ehe er seinen Kopf anhebt. Er schaut auf seine Hände herunter, die meinen Bauch berühren. Mein Bauch scheint noch klein genug, oder vielleicht sind Rylans Hände auch einfach nur riesig, dass sie meinen gesamten Bauch umschließen können.

„Du machst mich glücklich, Channing. Dieses Baby macht mich glücklich", sagt er. „Beim nächsten Termin werden wir erfahren, was es wird, richtig?"

Ich nicke mit einem leisen Brummen, dann lasse ich meine Finger durch seine Haare gleiten. Er schaut mich an, und alle Gedanken an das Baby verrauchen, als ich seinen hungrigen Blick sehe. Ich brauche ihn. Ich spüre, wie ich vor Verlangen ganz feucht werde. Ich bin erst vor wenigen Augenblicken gekommen, aber das Bedürfnis, von ihm berührt zu werden, wird schnell wieder zu einem Muss. Mein Körper bettelt geradezu um erneute Erlösung, bettelt um seine Berührungen und auch darum, dass er mich gänzlich ausfüllt.

Er senkt den Kopf, sein Mund streift meine Brust mittig. Ich wimmere, als er seine Zunge von dort aus meinen Hals hinaufgleiten lässt, bis er mein Ohrläppchen erreicht hat. Er knabbert an meinem Ohr, sein heißer Atem gleitet über meine feuchte Haut.

„Geh auf die Knie, Süße. Ich will dich von hinten ficken. Ich will mir diesen sexy Arsch ansehen. Ich will an diesem fantastischen Haar ziehen. Du gehörst mir, Channing", knurrt er.

Mein ganzer Körper zittert bei seinen Worten. Er lässt von mir ab und so schnell es mir möglich ist, rolle ich mich auf meine Hände und Knie. Ich spreize die Schenkel, strecke ihm meinen Hintern entgegen und lasse meinen Kopf auf das Bett sinken. Ich kann es kaum erwarten, dass er all die Dinge mit mir anstellt, die er beschrieben hat, und noch mehr. So viel mehr.

Ich spüre, wie die Spitze seines Schwanzes an meiner feuchten und wartenden Mitte entlanggleitet. Er stoppt an meiner Klitoris und wiederholt sofort darauf die Bewegung. Ohne eine Vorwarnung gleitet er mit einem schnellen Stoß in mich hinein. Ich keuche und stöhne, als er endlich gänzlich in mir vergraben ist. Seine Hände legen sich an meine Hüften und ich spüre, wie seine Finger mich fest umklammern.

Eine seiner Hände verlässt meine Hüfte, während ich die Augen schließe, um mich an seine Größe zu gewöhnen. Seine Hand wandert meine Seite hinauf, über meinen gesamten Körper und sucht Halt an meiner Brust.

„Richte dich auf, Süße", fordert er von mir, während er mich in eine aufrechtere Position zieht.

Rylan zieht mich so weit hoch, bis mein Rücken fast gerade ist und an seiner starken Brust lehnt. Seine andere Hand verlässt nun auch meine Hüfte und ich schließe erneut seufzend die Augen, als seine Finger meine Klit berühren. Ich drehe den Kopf zur Seite und presse meinen Mund gegen seinen Hals.

„Fick mich, Channing", raunt er in den stillen Raum hinein. „Fick mich und sorg dafür, dass du ein weiteres Mal kommst. Ich will dich spüren. Ich will, dass diese süße Pussy meinen Schwanz aussaugt. Komm schon, Süße", flüstert er rau.

Mit geschlossenen Augen beginne ich damit, mich zu bewegen. Ich nehme ihn in mir auf. Ich ficke ihn, genauso wie er es mir aufgetragen hat, genau wie er es von mir verlangt. Seine Stimme ist so tief, so sexy und rau, dass sie mich nur noch mehr anspornt. Ich öffne den Mund und sauge sanft an seinem Hals, während ich ihn nehme.

Rylans Finger reiben über meine Klitoris, härter und schneller, und passen sich meinen Bewegungen an. Als er seine Hand sanft auf meine Pussy klatschen lässt, stoße ich einen Schrei aus. Die Finger an meiner Brust zupfen gleichzeitig an meinem Nippel und schicken ein Kribbeln durch meinen ganzen Körper.

„Ja", zische ich. Ich bin so verdammt nah dran.

Ich fliege immer höher und höher, stehe kurz davor zu verbrennen. Er knurrt und schlägt ein weiteres Mal auf meine Klit, und noch ein drittes Mal. Mein Körper zuckt, und dann nehme ich meinen Mund von seinem Hals und kippe vornüber. Mit den Armen stütze ich mich ab, um nicht auf meinen Bauch zu fallen. Ich stemme mich ihm entgegen. Einmal. Zweimal. Dreimal. Bevor ich ein letztes Mal so hart wie nur eben möglich zustoße und dann stillhalte. Ich komme. Der Orgasmus ist lang, er ist hart und er ist überaus gigantisch.

Mein Körper bebt, als ich während meiner Erlösung aufschreie. Ich spüre, wie meine Pussy pulsiert und versuche, Rylans Schwanz tief in mir zu halten, doch er bleibt nicht dort. Er bewegt seine Hände zu meinen Hüften und hält mich fest, als er sich zurückzieht, um tief in mich hineinzustoßen.

Er fickt mich. Unerbittlich. Harte und schnelle Stöße. Seine Eier klatschen gegen meine ohnehin schon empfindliche Klitoris, was mich jedes Mal den Atem stocken lässt.

Als er ein letztes Mal in mich stößt, spüre ich, wie

sein Schwanz noch weiter anschwillt, dann füllt er mich mit seinem Höhepunkt aus. Ich stoße einen Seufzer aus und genieße das Gefühl seines Spermas, das er in mir verströmt. Ich hätte nie gedacht, dass ich dieses Gefühl einmal genießen würde, aber mit Rylan tue ich es. Mit Rylan genieße ich jeden Aspekt des Sex, den guten, den schlechten, den schmutzigen und den unschönen. Ich liebe alles, wahrscheinlich, weil ich *ihn* so sehr liebe.

Er bleibt tief in mir vergraben, seine Atmung geht laut und abgehackt, als würde er versuchen, nach Luft zu schnappen. Bei mir sieht es ähnlich aus. Schließlich gleitet er sanft aus mir heraus, was mir ein Stöhnen entlockt, weil ich dieses Gefühl der Leere hasse, wenn er nicht mehr in mir ist, um mich auszufüllen.

Seine Hände dirigieren mich auf die Seite, woraufhin er sich hinter mich kuschelt. Seine Hand legt sich sofort auf meinen Bauch, sein Mund kommt auf meinem Nacken zum Ruhen.

„Schlaf jetzt, Süße", flüstert er mir zu.

Ich schließe die Augen, und ohne groß darüber nachdenken zu müssen, entspannt sich mein Körper. Er tut, was von ihm verlangt wurde. Ich schlafe. Ich weiß nicht, was der morgige Tag bringen wird. Wie wir die Rechnungen bezahlen werden, die am Ende der Woche fällig sind. Oder wie wir uns Kleidung oder Windeln leisten sollen.

Ich habe keinen blassen Schimmer, wie wir überhaupt überleben wollen, aber was ich weiß, ist, dass wir es zusammen wagen werden. Diesem Mann gehört meine Seele. Er hält mich so fest an sich gedrückt, als hätte er Angst, dass ich morgen nicht mehr da bin. Was er nicht weiß, ist, dass ich immer hier sein werde. Direkt an seiner Seite.

Ich werde kämpfen, mich an ihm festkrallen, um genau dort zu bleiben, wo ich gerade bin. Um ihn weiterhin nackt in meinem Bett zu haben. Dort, wo wir immer bleiben sollten.

KAPITEL 31

Rylan

Ein weiterer Tag getrennt von Channing. Weitere zehn Stunden dem Gefühl ausgeliefert, dass irgendetwas schief geht. Völlig und total in die Hose geht. Ich weiß einfach nicht, wie ich dieses Gefühl abschütteln soll. Als ich Wyatt beim Mittagessen gegenübersitze, merke ich, dass auch er es noch immer spürt. Irgendetwas stimmt nicht. Aber was?

„Der Lehrer stellt kein Problem mehr dar, seine Frau und sein Bruder eben so wenig. Du machst dir umsonst Sorgen", meint Wyatt, bevor er einen Bissen von seinem Sandwich nimmt.

„Warum machst du dir denn dann Sorgen?", frage ich und hebe eine Augenbraue.

Wyatt fährt sich grunzend mit einer Hand durch die Haare. „Keine Ahnung."

„Eltern", verkünde ich. Wyatt runzelt die Stirn, seine Augen treffen fragend auf meine. „Ihre und meine. Ihre Mutter ist drogenabhängig, meine Eltern ebenfalls. Sie halten sich zwar bislang bedeckt, aber sie sind beide letztens bei uns aufgekreuzt. Daher weiß ich, dass irgendwann etwas passieren wird."

„Du glaubst doch nicht, dass sie ihr etwas antun würden, oder?"

Ich schüttele den Kopf. „Ich will nicht glauben, dass sie es tun würden. Aber ob sie dazu fähig sind? Jepp, wenn sie glauben, dass es ihnen etwas bringt, würden sie alles tun, um ihren Scheiß zu bekommen."

„An das Gleiche habe ich auch gedacht", murmelt er.

Wir schweigen uns aus. Den Rest der Mittagspause verbringen wir stumm, hängen beide unseren Gedanken nach. Wir können nicht anders, als über meine Eltern und Channings Mutter zu grübeln. Alle drei sind zerstörerische Süchtige, alle drei sind verrückte Arschlöcher. Verflucht. Ich kann sie nicht auch noch vor ihnen beschützen. Ich muss arbeiten, um den Lebensunterhalt für unsere gemeinsame Zukunft zu verdienen.

Den Rest des Tages schaue ich ein Duzend Mal auf mein Handy. Ich muss mit dieser Scheiße aufhören. Ich kann mir nicht ständig Gedanken über die *Was-wäre-wenn-Frage* machen. Ich kann es einfach nicht. Es gibt zu viele Was-wäre-wenn-Szenarien auf dieser Welt. Ich kann nicht weiter darüber nachdenken, ich kann mir nicht ständig Sorgen machen, dass ihr vielleicht etwas zustößt.

Channing ist eine erwachsene Frau, sie weiß, was in einer kniffeligen Situation zu tun ist, wie sie sich Hilfe holen kann. Ich kann nur darauf hoffen, dass sie genau das auch tun wird und dass sie das Baby immer beschützen wird. Immer. Ohne sie kann ich nicht atmen, also hoffe ich verdammt noch mal, dass sie immer auf sich und das Kind aufpasst.

Als der Arbeitstag hinter uns liegt, fährt Wyatt mich nach Hause. Die Fahrt verläuft schweigend, bis wir vor unserem Haus halten. „Hast du eine Idee, wen ich wegen einer Wohnung fragen könnte? Ich habe mit ein paar Vermietern telefoniert, aber keiner war wirklich entgegenkommend. Ich glaube, das liegt an meiner Vergangenheit. Glaubst du, dass irgendjemand in der Stadt bereit wäre, an einen Knacki zu vermieten?“, frage ich ihn.

Wyatt rutscht unruhig auf seinem Sitz umher. „Kannst du dich nicht einfach unter Channings Namen registrieren?“

„Wir heiraten am Freitag“, sage ich lässig und zucke mit den Schultern.

Er schaut mich an, seine Augen weiten sich und ein Lächeln umspielt seine Lippen. „Echt?“

„Sie gehört mir“, erwidere ich.

Er nickt. „Lass mich ein paar Anrufe tätigen. Sag mal, bekomme ich denn gar keine Einladung?“

Meine Mundwinkel zucken amüsiert. „Um drei Uhr im Rathaus.“

„Wirst du deine Arbeitsklamotten tragen? Wir haben erst um eins Feierabend.“

Ich öffne die Wagentür und steige aus. „Channing ist das völlig egal. Ganz ehrlich, ich will nur, dass sie endlich mir gehört. Mir ganz allein.“

Wyatt schüttelt den Kopf. „Ich leihe dir ein verdammtes Hemd.“

„Du kommst also?“

Er zeigt mir den Vogel. „Natürlich werde ich da sein, verdammt.“

„Gut“, entgegne ich und schlage die Tür zu.

Ich jogge in Richtung Doppelhaushälfte davon, bleibe aber stehen, als Wyatt meinen Namen ruft. „Ich freue mich für dich, Ry“, ruft er mir hinterher.

Bevor ich etwas darauf erwidern kann, hat er auch schon einen Gang eingelegt und Gas gegeben. Ich kann nur noch dabei zusehen, wie sein Pick-up verschwindet. Ich hoffe, dass er das findet, was ich gefunden habe. Und zwar schnell. Er hat es verdient, er hat Glück verdient. Verdammt, er verdient viel mehr als ich, mindestens das Zehnfache.

Als ich die Tür öffne, trete ich in der Erwartung ein, dass es in der Küche nach etwas Gekochtem duftet. Ich runzele die Stirn, da ich rein gar nichts rieche. Ich schaue zur Vordertür hinaus, um mich zu vergewissern, dass Channings Auto in der Einfahrt parkt. Es ist da, jedoch ist es im Haus totenstill.

„Channing", rufe ich. Noch immer herrscht absolute Stille. Mein Herzschlag beschleunigt sich, ich sprinte zum Schlafzimmer und stoße die Tür auf. Sie liegt da, zusammengerollt und schlafend im Bett. „Fuck", zische ich.

Sie scheint einfach nur müde zu sein. Ich lasse sie allein und kehre in die Küche zurück, um etwas Essbares aufzutreiben. Zum Glück hat der Kühlschrank Eier, Speck und Brötchen zu bieten.

Ich bereite schnell das Frühstück-anstatt-Abendessen vor und richte alles auf einem Teller an, ehe ich ins Schlafzimmer zurückgehe, um Channing zu wecken. Sie liegt noch genauso da wie vor ein paar Minuten. Ich setze mich auf die Bettkante und streiche mit dem Fingerrücken an ihrem Gesicht entlang. Sie brummt im Schlaf und gräbt sich tiefer in das Kissen ein.

„Wach auf, Süße", murmele ich.

Sie brummt erneut, jedoch bleiben ihre Augen geschlossen.

„Ich habe mich heute an der Zubereitung des Abendessens versucht", gebe ich ihr lachend zu verstehen.

Eines ihrer Augen öffnet sich langsam. „Das dürfte interessant werden." Ihre Lippen verziehen sich zu einem Lächeln.

„Eier, Speck und Brötchen."

Sie rollt sich auf den Rücken, ihre Augen werden

groß. „Klingt fantastisch."

Ich schüttele ein paar Mal den Kopf, weil ich nicht glaube, dass sie irgendetwas, das ich tue, toll findet. Ganz besonders meine Kochkünste nicht. Na ja, außer meinem Schwanz, von dem weiß ich bereits, dass sie ihn verdammt gut findet.

„Komm, iss", sage ich, während mein Schwanz, beim Gedanken daran, wieder in ihr sein zu wollen, hart wird. Ich könnte mich den lieben langen Tag in ihr vergraben. Jeden Tag. Wenn es nach mir geht, müssten wir das Bett nie wieder verlassen.

Sie setzt sich langsam auf, streckt und rekelt sich. Ihre Nippel sind hart, während sie den Rücken durchdrückt. Sie trägt keinen BH, und ich kann nirgendwo anders hinschauen als auf ihre steifen Nippel. Ich will sie in meinem Mund haben, will sie schmecken. Ich habe sie schon seit Stunden, die sich übrigens wie Jahre anfühlen, nicht mehr gelutscht.

Ich unterdrücke den Drang, sie zu packen, sie auszufüllen und zu ficken, bis sie schreit, und halte ihr meine Hand entgegen. Sie legt ihre Hand in meine, und lässt sich von mir beim Aufstehen helfen. Gemeinsam gehen wir in die Küche. Das Essen, das ich für akzeptabel gehalten habe, sieht ungenießbar aus.

Ich erschaudere wegen meiner mangelnden Kochkünste. Channing setzt sich zuerst an den Tisch, ich folge ihrem Beispiel und sehe ihr dabei zu, wie sie zu essen beginnt. Sie stöhnt, was mich dazu veranlasst, mich anders hinzusetzen, weil mein Schwanz mal wieder in ihr sein will.

„Lecker", sagt sie.

„Lügnerin."

Sie blickt mich mit ihren blauen Augen an, und ich muss wirklich hart kämpfen, mein Stöhnen zu unter-

drücken, weil sie mich so verdammt unschuldig anstarrt. Diese verdammte Frau. Wie James überhaupt
auf die Idee kommen konnte, sie so zu behandeln,
wie er es getan hat, wird mir für immer ein Rätsel
bleiben. Sie ist die reine, unschuldige Schönheit in
Person. Ich könnte mir nie vorstellen, sie so zu verletzen, wie er es getan hat. Niemals.

***

Channing

Rylan sorgt dafür, dass ich mich schön fühle. Er gibt
mir das Gefühl, geschätzt zu werden. Das ist mir
fremd, und doch habe ich Ehrfurcht vor ihm, vor der
Art und Weise, wie er mir dieses Gefühl vermittelt.
Ich habe mich nie besonders hübsch oder für etwas
Besonderes gehalten, bis ich ihn getroffen habe.
  Seine Vergangenheit ist unschön, seine Sünden tief-
reichend. Meine sind jedoch die Gleichen wie seine.
Ich wusste, dass das, was ich getan habe, falsch gewesen ist, und es ist mir damals schwergefallen, damit
aufzuhören. Ich habe mich an die Hoffnung ge-
klammert, dass James seine Frau für mich verlassen
würde. Ich wollte, dass er ganz und gar mir gehört
und sonst niemandem.
  Das ist kindisch gewesen. Dumm und unreif. Ich
bereue jede Sekunde, die ich mit ihm verbracht habe,
bis auf eine. Dieses Baby bereue ich nicht. Ich lege
meine Hand auf meinen Bauch, fühle wie hart die
Bauchdecke mittlerweile ist und lächele. Ich kann das
Leben, das in mir heranwächst, niemals bedauern.
Nicht gestern, nicht heute, nicht morgen – niemals.
  „Bist du bereit zu heiraten?", fragt Rylan.

Sein Blick brennt sich in meinen, konzentriert und unerschütterlich. Ich werfe einen Blick auf den kleinen Ring an meinem Finger, dann sehe ich wieder zu ihm auf.

„Ich bin bereit. So, so bereit", erwidere ich. Seine Lippen verziehen sich zu einem Lächeln. Er neigt den Kopf, um sich wieder seinem Essen zu widmen.

Wir beenden unser Frühstück-anstatt-Abendessen in angenehmer Stille. Er scheint ein wenig nervös zu sein, ein wenig verloren. Ich sehe ihm dabei zu, wie er das Geschirr abwäscht. Wieder erlaubt er mir nicht, die Hausarbeit zu erledigen, während er hier ist. Ich liebe es, dass er sich um mich kümmert, dass er versucht, mir die Last abzunehmen.

„Meinst du, ich sollte wieder im Diner arbeiten?", frage ich ihn.

Er spült den letzten Teller ab. Ich nehme wahr, wie er seinen Rücken durchstreckt und die Schultern strafft. Langsam stellt der den Teller ab, dreht sich zu mir um, lehnt mit seinem Hintern gegen die Kochzeile und greift mit seinen Händen um die Kante der Arbeitsplatte. Seine Haltung ist vielsagend, sein verkrampfter Griff noch viel mehr.

„Ich möchte, dass du denkst, dass es allein deine Entscheidung ist", sagt er. Seine Augenbrauen sind angehoben, seinen Kiefer hat er fest zusammengebissen. Ich hole tief Luft, angesichts der Wut in seinen Augen. Vielleicht ist es auch gar keine Wut, sondern etwas anderes. Alles, was ich weiß, ist, dass es mir Angst macht. „Aber ich kann nicht zulassen, dass du wieder dort arbeitest. Nie wieder."

Ich schlucke vor Verwirrung. „Wegen James?"

Rylan schließt für einen Moment die Augen, Schmerz legt sich über sein Gesicht. Als er sie wieder öffnet und sein Blick meinen trifft, verstehe ich ihn. Er ist verängstigt. Er hat Angst, dass das, was passiert ist, wieder passieren wird, und dass es dann vielleicht nicht so gut ausgehen wird.

Langsam stehe ich auf und gehe mit gleichmäßigen Schritten auf ihn zu, bis ich direkt vor ihm stehe. Ohne ein Wort zu sagen, lege ich meine Arme um seine Taille und drücke meine Brust gegen seine. Um meine Wange auf seiner Brust betten zu können, drehe ich den Kopf zur Seite. Ich höre sein rasendes Herz. Sofort legt er eine Hand auf meinen Rücken, während er die andere in meine Haare gleiten lässt.

Ich spüre seinen Mund an meinem Kopf und schließe die Augen, während er den Duft meiner Haare inhaliert. „Ich weiß, dass er in nächster Zeit nicht hinter dir her sein wird. Doch das nimmt mir meine Ängste nicht. Ich habe jedes Mal Schiss, wenn ich von der Arbeit nach Hause komme, dass du nicht mehr da bist“, gibt er zu.

Ich drücke ihn noch fester an mich und halte weiterhin die Augen geschlossen, weil mir bei seinen Worten mal wieder die Tränen kommen. „Ich gehe nirgendwo hin.“

Er lacht leise auf, seine Finger spielen mit meinen Haaren. Er zieht meinen Kopf leicht zurück und blickt auf mich herab. Seine Gesichtszüge sind weicher als noch vor wenigen Augenblicken. „Ich weiß, Süße. Aber, Fuck“, zischt er. „Wir haben beide zwei beschissene Familien, die nur darauf warten, dass ihre Zeit gekommen ist. Ich kann es spüren.“

Ich runzele die Stirn.

Er hat nicht Unrecht.

„Das würden sie nicht. Glaubst du nicht?“

Rylan schüttelt einmal den Kopf. Sein Blick bleibt

mit meinem verbunden. „Verdammt, ich will nicht darüber nachdenken. Aber es ist alles, woran ich denken kann. James und die anderen haben Scheiße gebaut, und es ist nur eine Frage der Zeit, bis meine oder deine Familie auch so etwas tut. Es ist, als würde das verdammte Unheil über uns schweben. Ich kann es fühlen“, führt er aus.

Ich nicke und beiße mir auf die Lippe. „Deshalb willst du nicht, dass ich wieder arbeiten gehe?“

Mir wird warm, ich presse meine Schenkel zusammen und frage mich, ob ich mich jemals daran gewöhnen werde, wie dieser Mann mich fühlen lässt? Ich hoffe, dass das nie passiert. Ich hoffe, dass ich mich in seiner Nähe immer so fühle: glücklich und verflucht angetörnt.

„Ich will nicht, dass du wieder arbeiten gehst, weil ich will, dass du dich verdammt noch mal ausruhst. Ich glaube nicht, dass, wenn es jemanden gäbe, der dir etwas antun möchte, dies hier oder im Diner tut. Er würde einen anderen Weg finden. Wenn ich dich für immer wegsperren müsste, um dich zu beschützen, könntest du deinen verdammten Arsch darauf verwetten, dass ich es tun würde.“

Ich streichele ihm über die Wange. Seine rauen Bartstoppeln kratzen unter meiner Handinnenfläche, ein Gefühl, das ich zwischen meinen Schenkeln sehr schätze. Ein Schauer durchfährt mich, als ich einen kurzen Moment an seine Liebkosungen denke.

„Ich werde mich ausreichend ausruhen, Rylan. Ich werde auch weiterhin in Sicherheit sein“, hauche ich.

Er blinzelt langsam, dann senkt er den Kopf, um mich zu küssen. Seine Lippen nehmen mich gefangen, und ich stöhne auf, als seine Zunge meine schmeckt. Seine Hand greift fester in meine Haare, seine andere Hand wandert langsam in Richtung Süden, um meinen Hintern zu massieren. Er küsst mich so lange um den Verstand, bis wir beide atemlos sind. Dann legt er seine Stirn gegen meine.

„Ich liebe dich, Channing. Ich werde nicht zulassen, dass dir etwas zustößt. Nie wieder.

Die Tränen, die vorhin schon meine Augen geflutet haben, bahnen sich nun ihren Weg über meine Wangen. Ich liebe diesen Mann. Er ist mein Ein und Alles. Er und mein Baby bedeuten mir die Welt. Ich werde auch nicht zulassen, dass mir etwas zustößt, denn das würde ihn umbringen, und das kann ich ihm nicht antun. Ich kann nicht zulassen, dass er sich verliert oder allein zurückbleibt. Nie wieder.

KAPITEL 32

Rylan

Mein Herz springt mir beinahe aus der Brust, als ich das laute Klopfen an der Haustür höre. Schnell springe ich aus dem Bett, schnappe mir meine Hose, die auf dem Fußboden liegt, und ziehe sie mir an. Als ich durch den Türspion schaue, runzele ich die Stirn.

„Dad?", frage ich und öffne die Tür.

Es ist, als hätte ich ihn herbeigerufen. Ich habe schließlich keinen Zweifel daran gehegt, dass er irgendwann vor der Tür stehen würde, genauso wie meine Mutter oder Channings. Ich habe lediglich gehofft, dass es nicht schon heute Abend oder in nächster Zeit so weit sein würde.

Es räuspert sich, seine eingefallenen Augen starren mich an. Früher hat mein Vater auf mich groß gewirkt, beherrschend, mächtig und unerschütterlich. Und jetzt? Er sieht ausgelaugt, schmutzig und wertlos aus. Ich bemitleide ihn. Ich hasse ihn nicht, ich mag ihn nicht, ich habe nur Mitleid mit ihm.

„Deine Mutter. Sie wurde wegen Prostitution verhaftet. Ich brauche Geld, um sie da herauszuholen", murmelt er.

„Tut mir leid, ich kann dir nicht helfen. Mein Baby ist unterwegs, weshalb ich das bisschen Geld, das ich habe, nicht für einen Junkie verschwenden kann, der sich prostituiert." Ich zucke mit den Schultern.

Ich klinge kalt und unbarmherzig, als ob mir das alles scheißegal ist, aber das Wort Prostitution in Zusammenhang mit meiner Mutter zu hören, ist wie ein

Schlag in die Magengrube. Sie ist verloren, sie sind beide verloren, sie sind verdammt verbraucht. Nicht, dass sie jemals wirklich für mich da gewesen wären. Es sei denn, ich habe ihre Bedürfnisse gestillt.

„Ist dir dein eigenes Fleisch und Blut so egal?", fragt mich mein Vater wütend.

Ich schüttele den Kopf. „Ihr seid mir nie egal gewesen, auch wenn ihr es eigentlich hättet sein sollen. Aber jetzt kann ich nicht mehr. Ich muss mich um meine eigene Familie kümmern. Mom und du, ihr seid erwachsen. Hört mit dieser giftigen Scheiße auf. Wenn du hier noch einmal auftauchst, dann rufe ich den Sheriff, so, wie ich dich bereits beim letzten Mal vorgewarnt habe."

Er kommt auf mich zu, seine schwache Hand klatscht gegen meine Brust. „Wir gehen unter, mein Sohn." Seine Augen flehen mich an, und ich will nachgeben, so wie ich es immer getan habe. Ich packe sein Handgelenk und drücke zu.

„Ich bin clean. Ich bin sauber. Ich möchte nicht in den Scheiß verwickelt werden, den ihr zusammen oder getrennt voneinander ausheckt. Mom hat sich selbst in die Scheiße geritten. Vielleicht kann sie ihn wieder in Ordnung bringen, vielleicht kannst du es. Vielleicht werdet ihr den Rest eures Lebens in der Scheiße stecken. Doch die Sache ist die, dass ich mich um keinen von euch mehr kümmern muss." Ich schiebe meinen Vater ganz sanft von der Veranda.

Ich schließe die Tür hinter mir, verriegle sie und lehne mich mit dem Rücken gegen das Holz. Dann schließe ich die Augen und stoße einen tiefen Seufzer aus.

„Du hast das Richtige getan", flüstert eine süße Stimme durch die Dunkelheit.

Langsam öffne ich die Augen und sehe Channing in dem kleinen Flur stehen. Ich rühre mich nicht vom Fleck. Ich versuche gar nicht erst, mich auf sie zuzubewegen. Ich bleibe wie angewurzelt stehen. Unsicher, wie viel sie mitangehört hat und was sie nun von mir denkt, da ich meine Eltern abgewiesen habe. Sie behauptet, ich hätte das Richtige getan, aber hat sie auch alles mitangehört?

„Du hättest deinen Weg der Selbstzerstörung unbeirrt fortgesetzt, wenn du nicht ins Gefängnis gekommen wärst, nicht wahr?"

Ich schlucke, nicke und schließe wieder die Augen, während mir Visionen der letzten fünf Jahre durch den Kopf gehen. Ich hätte weiter gedealt, weiter Drogen genommen. Ich hätte immer weitergemacht, bis ich entweder eine Überdosis genommen hätte oder getötet worden wäre. „Ich hätte nicht aufgehört. Nicht, bis ich tot oder im Gefängnis gelandet wäre."

Noch bevor ich meine Augen öffne, spüre ich, wie sich ihr Körper an meinen anschmiegt. Ich fühle ihre weichen Titten und ihren runden Bauch. Ihr Atem bläst mir ins Gesicht, ihr Kopf ist leicht in den Nacken gelegt und diese verdammten blauen Augen sind nur auf mich fokussiert. „Gott sei Dank war der Knast zuerst da."

Ich umfasse ihre weichen Wangen und streiche mit meinen Daumen über ihre Lippen. „Gott sei Dank, dass es so gekommen ist. Ich werde immer um die Leben trauern, die ich selbstsüchtig genommen habe. Aber ich werde immer dankbar sein, dass es zu diesem Zeitpunkt passiert ist, denn die fünf Jahre in der Hölle haben mich zu dir geführt."

Sie will etwas darauf erwidern, doch ich lasse sie nicht zu Wort kommen. Ich umfasse ihre Oberschenkel, hebe sie hoch und trage sie ins Bett zurück. In ein paar Stunden wird Channing meine Frau sein. Dieses Baby wird für den Rest der Welt mein Baby sein, und unsere Zukunft kann endlich beginnen.

Ich kann mir keine Gedanken über meine Eltern machen, über die Fehler, die sie in ihrem Leben begangen haben. Ich muss mich auf Channing konzentrieren, auf dieses neue Leben, das auf dem Weg ist. Als wir beide wieder einmal erschöpft sind, schlafen wir in den Armen des anderen ein.

Nun, Channing schläft ein. Ich sehe ihr beim Schlafen zu und lasse meine Finger durch ihr weiches Haar gleiten. Ich stelle fest, dass mir zu viele Gedanken im Kopf herumkreisen, als dass ich einschlafen könnte. Morgen wird es verdammt hart auf der Arbeit werden, vielleicht wird mich aber mein Adrenalinspiegel aufgrund der Hochzeit durch den Arbeitstag bringen.

Vielleicht bin ich so sehr damit beschäftigt, an Channing, an unsere Hochzeitsnacht zu denken, dass ich mir keine weiteren Sorgen um meine Mutter mache. Sie sollte mir scheißegal sein, ist sie aber nicht. Ich habe das Gefühl, dass sie mir nie egal sein wird. Die Stunden vergehen, bis mein Wecker schließlich um vier Uhr morgens klingelt. Ich schalte ihn schnell aus, dann steige ich aus dem Bett und schlendere in die Dusche.

Nachdem ich mich für die Arbeit angezogen habe, gehe ich zur Schlafzimmertür, bleibe stehen und lächele. In ein paar Stunden wird sie mir gehören. Ganz und gar mir. Sie wälzt sich von einer Seite auf die andere und verheddert sich so im Laken, dass ihr nackter Hintern zum Vorschein kommt. Meins. Ganz allein meins. Ich kann es verdammt noch mal nicht erwarten.

Eine Hupe ertönt von draußen, weshalb ich zusammenzucke. Schnell verlasse ich das Haus, wobei ich darauf achte, die Haustür hinter mir abzuschließen. Heute muss ich nur einen halben Tag arbeiten, dann ist es so weit: Meine Zukunft wird sich ändern – für immer. Nicht, dass sie das nicht schon getan hätte. Ein einziger Blick auf Channing hat den kompletten Verlauf meines Lebens verändert. Dies ist nur der letzte Schritt, um unser gemeinsames Leben zu festigen.

„Hey", begrüße ich Wyatt, als ich zu ihm in den Wagen steige.

Er sagt nichts, sondern wirft mir stattdessen eine Box zu.

„Was ist das?", frage ich ihn. Er schweigt, legt einen Gang ein und fährt die Straße hinunter.

Langsam öffne ich die kleine Schachtel. Sie ist nicht eingepackt, sondern es ist eine schlichte, schwarze Box mit einem Deckel, die mich an eine Uhrenschachtel erinnert. Vorsichtig öffne ich den Deckel mit der Erwartung, eine Uhr darin zu finden. Was ich nicht erwarte, ist ein Schlüsselbund.

„Wyatt?"

Er räuspert sich. „Ihr werdet niemanden finden, der an euch vermietet. Ich habe mein Haus billig verkauft. Ich habe sowieso darüber nachgedacht, es zu verkaufen oder zumindest zu modernisieren. Das war aber nie nötig, da ich alleinstehend bin. Ich will, dass du und Channing einen guten Start habt. Zahlt mir, was immer ihr mir an Miete bezahlen könnt, und ich werde ein Angebot für dieses kleine Stück Land abgeben, das ich in der Nähe von Fords Ranch gefunden habe."

Meine Kehle wird eng. Mein Speichel fühlt sich

plötzlich dickflüssig an, als ich versuche, ihn herunterzuschlucken. „Das geht nicht. Wir können das nicht annehmen.“

Er lacht. „Ihr könnt und ihr werdet. Ihr bekommt ein Baby. Ihr zwei braucht einen guten Ort, um das Baby großzuziehen. Ihr verdient eine anständige Chance im Leben. Etwas, das keinem von euch beiden je gegeben wurde. Ich kann helfen, also werde ich es tun. Du bist mein Blut, Ry. Sie wird bald zu meiner Familie gehören und ich werde Onkel Wyatt sein. Ich bin verdammt stolz auf dich und wie sich das Blatt für dich gewendet hat. Ich bin verdammt noch mal stolz, Ry.“

Seine Worte sind zu viel für mich. Die Gefühle, die sich in mir aufbauen, sind zu viel. Als wir an der Baustelle ankommen, parkt Wyatt den Wagen, doch er macht keine Anstalten auszusteigen.

„Ich werde es wiedergutmachen, Wyatt. Ich schwöre bei Gott, ich werde alles wiedergutmachen. Alles, wobei und womit du mir geholfen hast, werde ich dir zehnfach zurückzahlen“, verspreche ich ihm.

Er legt seine Hand auf meine Schulter und drückt zu. Er sieht mich an und seine Worte hauen mich ein weiteres Mal um. „Du willst dich revanchieren? Dann lebe ein verdammt gutes Leben. Kümmere dich um deine Familie, liebe sie, und gib niemals auf. Hör nie damit auf, zu versuchen, ihnen alles zu geben, was du nie hattest, was Channing nie hatte.“

„Immer“, schwöre ich ihm. „Verdammt, immer.“

Er nickt einmal. „Gut.“

Wir steigen aus, das Gespräch ist beendet. Als wir bei den Arbeitstrucks ankommen, dreht Wyatt sich zu mir um. „Ab Montag gehört das Haus dir. Ich ziehe dieses Wochenende aus.“

Ich frage ihn nicht, wo er hin will. Er scheint nicht darüber sprechen zu wollen, deswegen nicke ich nur. Irgendetwas stimmt nicht mit ihm. Seit er diese Exeter-Tussi gesehen hat, scheint er wie verändert. Es liegt nicht an Sammi, es ist so viel mehr als nur seine Vergangenheit mit ihr. Exeter ist nicht wie sie, und doch ist er wegen ihr total durcheinander.

So ein Mist. Ich hoffe, mein Cousin findet sein Glück, und zwar bald. So verdammt bald. Ich kann es nicht ertragen, ihn unglücklich zu sehen, vor allem, wenn er so viel für mich tut. Er verdient alles, was ich habe, und noch so viel mehr.

***

Channing

Lulamae hebt die Augenbrauen, als ich aus dem Haus komme. Ich trage nichts, was auch nur annähernd traditionell ist. Jedenfalls nicht für eine Braut. Aber das ist auch nicht wichtig. Ich bin mit dem Baby eines anderen Mannes schwanger, und an der Beziehung zu Rylan ist sowieso nichts traditionell.

„Das ist ja mal etwas Neues für eine Hochzeit", meckert sie.

Clarence, der neben ihr steht, räuspert sich. Sie gehen mit mir ins Rathausgebäude, damit wir uns mit Wyatt und Rylan treffen können. Unsere drei Trauzeugen, die derzeit wichtigsten in unserem Leben, unsere einzige Familie. Es macht mir nichts aus, dass unsere Hochzeit nicht groß ist, ich mag das sogar. Es ist perfekt.

Ich streiche mein kurzes hellgrünes Kleid glatt. Es ist mit kleinen rosafarbenen Rosenknospen übersät, schulterfrei und mit einem umgeschlagenen Ausschnitt. Es sieht sehr nach einem Kleid aus den Neunzigern aus, oder zumindest nach dem, was ich von der Mode der Neunziger in alten Filmen gesehen habe. Es ist figurbetont, schmiegt sich an meinen runden Bauch an und zeigt ihn voller Stolz. Ich schäme mich nicht mehr für das Leben, das ich jetzt führe. Nicht mit Rylan an meiner Seite. Ich bin stolz auf das Leben, das wir uns aufbauen, auf dieses Kind.

„Nichts davon ist traditionell", erinnere ich Lulamae.

Sie schnaubt. „Das ist wahr. Clarence fährt mit dir, ich folge euch", sagt sie, bevor sie zu ihrem Wagen marschiert.

Gemeinsam gehen Clarence und ich zu meinem Auto. Ich zucke zusammen, als ich einen Mann neben der Fahrertür entdecke. Er beobachtet mich aufmerksam. Clarence zieht mich zur Seite und schirmt mich mit seinem Körper zum Teil ab. Ich kann meinen Blick jedoch nicht von diesem Mann abwenden. Ich weiß, wer er ist. Nicht nur, weil ich ihm schon einmal begegnet bin, sondern auch, weil ich ihn nie verwechseln könnte. Egal, wie schlecht er aussieht. Er hat etwas Schönes an sich, denn er ist Rylans Vater.

„Ich habe Lula gehört. Heiratest du meinen Sohn?", fragt er.

Clarence knurrt, doch ich lege meine Hand in seine und drücke seine Finger sanft. „Das tue ich. Heute."

Sein Blick schweift über meinen Körper und er hebt die Lippe mit einem Blick des Ekels. Aber das ist mir egal. Er kann über mich denken, was immer er möchte. Er ist nicht der erste Mensch in der Stadt, der sich vor mir ekelt, und er wird auch nicht der letzte sein. Er wird auch nie so angewidert von mir sein können, wie ich es von mir selbst bin. Es spielt keine Rolle, was er über mich denkt. Die einzige Meinung, die für mich zählt, ist die von Rylan.

„Sei gut zu meinem Jungen", bittet er. Ich will etwas darauf erwidern, doch dann wendet er sich ab. Er geht zwei Schritte, dann bleibt er stehen. „Ich werde ihn nicht mehr belästigen. Er hat seinen Scheiß auf die Reihe bekommen. Ich hätte wissen müssen, dass er besser ist, als ich es je war. Besser als seine Mutter es je war. Er ist genauso wie Wyatt und seine Familie. Sei trotzdem gut zu ihm."

Er geht und ich bin sprachlos. „Dieser Mann hat noch nie etwas Anständiges in seinem Leben zustande gebracht. Außer in diesem Moment", meint Clarence leise.

Ich sehe zu ihm auf und schenke ihm ein wässriges Lächeln. „Ich hoffe, er kommt nicht wieder."

In einer perfekten Welt würde ich hoffen, dass er sich um Rylans willen, um des Babys willen, in den Griff bekommt. In dieser Welt, in der realen Welt, weiß ich, dass er meiner Mom zu ähnlich ist. Das Beste, worauf ich hoffen kann, ist, dass sie sich alle von uns fernhalten – für immer.

Clarence nickt. „Er wird nicht wiederkommen. Eine gute Sache an ihm ist, dass er zu seinem Wort steht. Für einen Junkie ist das ungewöhnlich, aber er wird sich fernhalten, und er wird auch seine Frau fernhalten."

Wir lassen seine Worte unkommentiert stehen, als wir in mein Auto steigen. Clarence fährt uns zum Rathaus, und meine Gedanken über Rylans Vater verpuffen mit jedem Kilometer, dem ich mich meiner Zukunft nähere, etwas mehr – meinem baldigen

Ehemann. In meinem Bauch flattern Schmetterlinge vor Nervosität.

Ich habe keine Angst davor, einem Mann, mit dem ich noch nicht lange zusammen bin, ein Eheversprechen zu geben, sondern bin überglücklich. Ich sollte Angst haben, aber ich habe keine. Rylan ist es, er ist der Richtige. Keine Ahnung, woher ich das weiß, aber ich weiß es einfach. Er ist alles, was ich mir nie gewünscht habe, und doch genau das, was ich brauche. Er bringt meine Welt zum Strahlen, die früher so trist und grau gewesen ist.

„Bist du bereit?", fragt Clarence mich, nachdem er den Wagen geparkt hat.

Als ich aus dem Seitenfenster schaue, stockt mir der Atem. Rylan steht vor den Türen des Rathauses. Das Gebäude hat mehrere Stockwerke und besteht aus Steinen. Es befindet sich in der Innenstadt, mitten auf dem Marktplatz, und doch ist die Pracht des Gebäudes nichts im Vergleich zu der des Mannes, der mich anschaut.

Er trägt ein schwarzes, langärmeliges Hemd, das er bis zu den Ellenbogen hochgekrempelt hat, seine Arbeitsjeans und Stiefel. Sein Haar ist so ordentlich zurückgekämmt, wie ich es noch nie gesehen habe, allerdings immer noch ein bisschen zu lang. Seine Tätowierungen an den Händen und Unterarmen sind zu erkennen und ragen zudem aus dem Kragen seines Hemdes heraus. Er sieht absolut perfekt aus. Er sieht atemberaubend aus. Er sieht zu gut aus, um jemanden wie mich zu wollen, und doch sind seine Augen nur auf mich gerichtet, als wäre ich der einzige Mensch auf dieser Welt.

Er gehört mir.
Ich gehöre ihm.

Wir gehören einander.

Zwei zerstörte Herzen. Zwei zerrüttete Seelen. Zwei gebrochene Menschen, die zusammenkommen, um sich aneinander festzuhalten. Um einander zu lieben. Um dieses Kind zu lieben. Um eine erste Chance auf Glück zu bekommen.

„Ich bin bereit", hauche ich. „So etwas von bereit."

Ich schaue Rylan die ganze Zeit über in die Augen. Ich versuche, nicht auf ihn zuzurennen, aber das gelingt mir nicht. Ich stürze mich in seine Arme und bin dankbar, dass er mich auffängt. Seine Lippen sind zu einem Lächeln verzogen, während er mich betrachtet.

„Hallo, Süße." Er grinst. „Heiratest du mich?"

„Eine Millionen Mal ja", flüstere ich.

Er senkt den Kopf, seine Lippen streifen meine. „Dann komm. Ich bin bereit, dich zu Mrs. Lindsay zu machen."

Er tritt einen Schritt zurück, seine Finger verschränken sich mit meinen, und wir gehen ins Rathaus. Wyatt ist schon drin und steht dort mit einem Paar zusammen, bei dem es sich offensichtlich um seine Eltern handelt. Sie lächeln mich freundlich an, bis die Frau auf Rylan zustürmt.

„Wir sind so stolz auf dich und freuen uns so sehr für dich", ruft sie, während sie ihn in ihre Arme schließt.

Rylan räuspert sich. „Danke, danke, dass ihr hier seid." Seine Stimme klingt rau.

Zusammen mit meiner Familie, bestehend aus Lulamae und Clarence und mit Rylans Familie, Wyatt und seinen Eltern, gehen wir unserer Zukunft entgegen. Wir wissen beide nicht, was uns der morgige Tag bringen wird. Wir haben keine Ahnung, was das Leben mit uns vorhat. Doch ich weiß ohne Zweifel, dass das, was auch immer auf uns zukommt, wundervoll werden wird, weil wir einander haben. Wir werden uns unsere Liebe bewahren, und ich weiß tief in meinem Herzen und meiner Seele, dass sie ein Leben lang halten wird.

EPILOG

Rylan

Sieben Monate später

Ich drücke Reese ein wenig enger an meine Brust, während wir die Straße hinunterschlendern. Er ist erst zwei Monate alt und das Kleinste, das ich je gehalten habe. Trotzdem erschreckt er mich täglich zu Tode. Allein die Verantwortung für ihn, für seine Sicherheit und sein Wohlergehen, bringt mich an den Rand des Wahnsinns. Ohne Channing würde ich keinen Plan haben, wie ich ihn am Leben erhalten soll.

„Ich setze mich dort hinten hin und trinke eine Cola", sage ich.

Channing hat ihre Haare zu einem unordentlichen Knoten auf ihrem Kopf hochgesteckt. Unter ihren Augen sind dunkle Ringe zu erkennen, und trotzdem ist sie die schönste Frau, die ich je gesehen habe. Egal, wie sie aussieht, für mich ist sie immer wunderschön. Für immer und ewig.

Ich setze mich in den Außenbereich des Restaurants und beobachte, wie Channing in einer kleinen Boutique verschwindet. Wir haben heute unseren Familientag und verbringen ihn in Fredericksburg. Wir genießen die kleine deutsche Stadt. Es ist ein warmer Sommertag und ich bin froh, dass wir ein paar Stunden gemeinsam verbringen können.

Der Kellner kommt an meinen Tisch, um meine Bestellung aufzunehmen. Ohne lange zu überlegen, ordere ich eine Cola und einen Korb Nachos mit

Käse-Dip. Ich weiß, dass Channing sicherlich auch etwas davon möchte, wenn sie sich fertig umgesehen hat.

Die Sonne scheint auf mich und meinen Jungen. Das ist er. Meiner. Reese Lindsay. Ich streichele ihm mit den Fingern über seinen kleinen wuscheligen Haarschopf. Dann presse ich meine Lippen auf den Scheitel seines weichen Kopfes, schließe die Augen und atme seinen süßen Babyduft ein.

Ich höre ein Geräusch, etwas, das wie ein Schnappen nach Luft klingt. Ich öffne die Augen und sehe den Mann, dessen Leben ich ruiniert habe. Von Angesicht zu Angesicht. Er steht gemeinsam mit zwei Personen vor mir, die ich kenne. Ihre drei Gesichter sind Bilder, die sich für immer in mein Gehirn eingebrannt haben. Ihre Gesichter und das meiner Frau werden für immer ein Teil von mir sein. Sie sind unvergesslich.

„Du Bastard", schreit die Frau. Ihr Mann schlingt seine Hand um ihren Oberarm und zieht sie sanft zur Seite.

Ich rühre mich nicht. Erstarrt von dem Blick jenes Mannes, den ich beraubt habe. Das habe ich getan. Ich habe ihm seine Zukunft gestohlen, seine Frau, seine Familie – sein Glück. Jetzt habe ich, der unwürdige Bastard, der ich bin, alles. Und ihm habe ich nichts gelassen.

„Ich hatte so viele Worte für dich parat. So viele Dinge, die ich dir sagen wollte, wenn ich dich wiedersehe. Ich wusste, dass wir uns eines Tages wieder über den Weg laufen", sagt er mit gleichmäßiger, ruhiger Stimme.

„Rylan?" Channings Stimme durchschneidet die dicke Spannung, die mich umgibt.

Ich stehe auf, Reese noch immer eng gegen meine Brust geschmiegt, und wende den Blick von dem Mann ab, um meine Frau anzusehen. Sie blickt zwischen den drei Personen hin und her, dann schaut sie zu mir. Ich erkenne, wie es ihr dämmert, dass sie sofort versteht, wer diese Menschen sind. Schmerz zeichnet sich auf ihren Zügen ab, als sie an meine Seite eilt. Ich verdiene ihre Unterstützung nicht. Nicht in diesem Moment.

„Ist das deine Frau?", fragt der Mann, dessen Kiefer hart ist.

„Meine Frau", antworte ich, nachdem ich mich geräuspert habe.

Er sieht zu Channing hinüber und schluckt. Seine Kehle arbeitet, obwohl ich annehme, dass sie vor lauter Emotionen verdammt eng sein muss. Es gibt nichts, das ich sagen könnte, um dieses Gefühl zu lindern. Auch ich habe über diesen Tag nachgedacht, über das, was ich getan habe, an die eineinhalb Millionen Mal. Als ich Channing traf und Reese Teil meines Lebens wurde, habe ich noch viel intensiver darüber nachgedacht. Es gibt absolut nichts, was ich sagen könnte, um mein Handeln wieder rückgängig zu machen oder das auch nur annähernd ehrlich klingen würde.

„Deine Frau und dein Kind", sagt er mich flacher Stimme.

Ich halte Reese etwas fester, meine Hand ruht auf seinem kleinen Babykopf. „Ja. Meine Frau und unser Sohn." Ich stelle nicht klar, dass Reese nicht mein biologischer Sohn ist. Es gibt keinen Grund, das zu tun. „Es… es tut mir leid", krächze ich.

Er runzelt die Stirn und macht einen Schritt nach vorne, woraufhin ich den Atem anhalte, weil ich mich frage, was er vorhat. „Du nimmst nichts mehr?“, fragt er unverblümt.

Ich schüttele den Kopf. Fast hätte ich ihm gesagt, dass ihn das nichts angeht, aber das ist nicht wahr. Es geht ihn sehr wohl etwas an. „Ich arbeite auf dem Bau. Ich habe eine Frau und eine Familie. Ich verstehe die Konsequenzen meines Handelns. Ich lebe jeden verdammten Tag damit, und ich weiß, dass du das auch tust. Wenn ich es rückgängig machen könnte, würde ich es sofort tun. Ich versuche, ein besserer Mensch zu werden als der Junge, der ich einst war. Ich bin clean und ich bin trocken.“

Er hebt das Kinn. Die Frau, die neben dem Mann steht, schluchzt, doch ich kann nur ihn ansehen. Jenen Mann, den ich bestohlen habe. Den Mann, dessen Leben ich ruiniert habe. Den Mann, dessen Frau und Kind ich schrecklicherweise getötet habe.

„Das freut mich. Kümmere dich gut um sie“, sagt er und schluckt erneut schwer. „Lasst uns gehen,“ sagt er zu dem Paar neben ihm.

„Aber…“ Die Frau bricht ab.

„Mama, nein. Sie würde nicht wollen, dass wir Wut in uns tragen. Er hat sich geändert, er ist ein neuer Mensch. Das ist genau das, was sie auch wollen würde. Sie hätte nicht gewollt, umsonst gestorben zu sein, und so wie ich das sehe, hatte ihr Tod einen Sinn“, murmelt er.

Channing macht einen Schritt auf ihn zu. Ich halte den Atem an, als sie ihre Hand auf seinen Unterarm legt. „Das ist sie ganz gewiss nicht. Sie ist nicht umsonst gestorben. Rylan hat mich gerettet. Ich wusste nicht, dass ich gerettet werden muss, aber er war da und hat genau das getan. Ohne ihn wüsste ich nicht, wo Reese und ich jetzt wären.“

Der Mann hält Channings Blick noch einen Moment lang stand, dann bricht er den Blickkontakt ab. Ohne ein weiteres Wort zu verlieren, gehen sie. Zusammengekauert, während sie versuchen, einander Halt zu geben, sich gegenseitig zu stützen.

Channing blickt mit wässrigen Augen zu mir auf, ich bin unfähig zu sprechen. Langsam sinke ich wieder auf meinen Platz, da ich Angst habe, dass meine Knie jeden Moment nachgeben. Ich schließe die Augen und lasse meinen Kopf nach hinten fallen, während die Sonne mir auf mein Gesicht scheint. Mein Herz rast. Meine Hände sind schweißnass und ich beginne zu zittern.

Ich habe immer gewusst, dass dieser Moment unvermeidbar sein würde. Es ist mir klar gewesen, dass ich irgendwann auf die Familie treffen werde, die ich ruiniert habe. Und trotzdem habe ich gehofft, dass es nie dazu kommen würde. Channing nimmt mir Reese ab und setzt sich neben mich. Wir schweigen eine Weile, während ich mir die Sonne ins Gesicht scheinen lasse und versuche, mich verdammt noch mal zu beruhigen.

„Er war verständnisvoll, Rylan. Er verzeiht dir", flüsterte sie.

Ich öffne die Augen und sehe sie an. „Dann ist er ein besserer Mann, als ich es mir je erträumen könnte."

„Was meinst du damit?", will sie wissen. So unschuldig, meine Frau. So gottverdammt unschuldig. Ich wünsche mir, dass sie immer so bleibt, und vielleicht wird sie für mich auch immer so bleiben. Wer weiß das schon.

„Was ich meine? Wenn er dich oder Reese getötet hätte, wäre es mir egal, ob die Tat fünf Tage oder fünfzehn Jahre her ist. Ich würde ihn auf der Stelle kaltmachen. Nichts und niemand könnte mich davon abhalten, ihn für sein Verbrechen bezahlen zu lassen."

Channing schlingt ihre Finger um meinen Unterarm, so wie sie es vor wenigen Augenblicken auch bei ihm getan hat. „Nein, das würdest du nicht, Rylan. Du würdest nämlich wissen, dass ein solches Verhalten nicht in meinem Sinne wäre. Du würdest ihm vergeben, weil du weißt, dass ich genau das von dir wollen würde. Du würdest genau das tun, was er getan hat. Du würdest es nämlich für mich tun."

„Okay, Süße", stimme ich ihr zu.

Ihre Augen weiten sich, was mich wiederrum zum Grinsen veranlasst. Sie ist so gottverdammt süß. „Bist du okay?" Ihr Tonfall klingt besorgt.

Ich atme tief ein und entlasse den Atem mit einem Stöhnen. „Das wird schon, ja. Ich fühle mich immer noch so schuldig. Ich wünschte, ich könnte ändern, was ich getan habe."

„Wenn du dich jemals nicht schlecht fühlst, wegen dem, was dieser armen Frau passiert ist, dann hast du echt ein Problem. Aber du tust das Richtige. Du lebst dein Leben, du ehrst Reese, indem du clean und trocken bleibst. Indem du hart arbeitest und den Weg geändert hast, den du einst eingeschlagen hast."

Reese. Das ist auch ihr Name. Die Frau, die ich getötet habe. Reese Willows. Als Channing ihren Vornamen erfahren hat, hat sie darauf bestanden, dass unser Baby sie ehren soll. Ich bin mir dessen unschlüssig gewesen, aber bei seiner Geburt habe ich gespürt, dass er ihren Namen tragen muss. Sie hat mich gerettet. Genau wie er. Reese.

Beide haben mich aus unterschiedlichen Situationen

herausgeholt. Sie hat mich gerettet, obwohl es sie das Leben gekostet hat. Eine Schuld, die ich nie zurückzahlen kann. Eine Schuld, die sie nicht verdient hat. Er hat mich gerettet, als ich aus dem Gefängnis freikam, und er rettet mich noch immer jeden gottverdammten Tag – er und Channing.

***

Channing

Rylan hängt den Rest des Tages seinen Gedanken nach. Ich bedränge ihn nicht. Ich fordere ihn nicht dazu auf, mit mir über seine Gefühle zu sprechen. Die Schuldgefühle sind wieder da, nagen an ihm, und ich weiß, dass es einfach Zeit braucht, bis er das alles verarbeitet hat. Irgendwann wird er wieder zu mir zurückkommen, das tut er immer. Sein Telefon klingelt und bevor er zum Handy greift, zuckt er kurz zusammen.

„Hallo?" Er hält inne, dann grinst er. „Ja, wir sind in einer Stunde da", sagt er. Ich frage nicht, mit wem er gesprochen hat. Er wird es mir sowieso erzählen. „Wyatt will, dass wir vorbeikommen. Er sagt, Beaumont wird ein Interview geben, das im Fernsehen übertragen wird."

„Ich glaube, er will nur Reese sehen." Ich lache.

„Ich denke, du hast völlig recht. Lass uns gehen."

Wir brauchen weniger als eine Stunde, um zu Wyatts Ranch zu fahren. Selbst nach sieben Monaten bin ich immer noch davon erstaunt, dass er uns sein Haus überlassen hat und aufs Land gezogen ist. Wyatt ist absolut großartig. Er holt Rylan immer noch jeden Tag zur Arbeit ab. Und das ist der Grund, wieso wir dazu in der Lage gewesen sind, mein altes Auto gegen ein neueres, verkehrssichereres Auto einzutauschen.

Nachdem wir ein paar Meilen über eine lange, unbefestigte Straße gefahren sind, erscheint das kleine, einstöckige Ranchhaus. Das Grundstück ist wunderschön. Bäume, Gräser, Kakteen und kleinere Felsen prägen die Umgebung und verleihen ihr eine schattige und friedliche Atmosphäre. Am liebsten würde auch ich eines Tages hier draußen leben. Weit weg von allem, gefangen in einer Blase, die nur uns gehört.

Da in der Auffahrt ein weiteres Fahrzeug steht, lächele ich. Es ist der Wagen von Ford. „Sieht nach einer kleinen Party aus.“

„Würde es sein, wenn Beaumont und Louis auch in der Stadt wären.“

„Wo sind sie denn?“, frage ich, während ich aus dem Auto steige.

Rylan ist bereits ausgestiegen und beugt sich über den Rücksitz, um Reese aus seiner Babyschale zu befreien. Es wundert mich, dass er die Schale nicht mitnimmt. Meistens benutzt er sie nur fürs Auto. Ich habe ihn bisher nicht gefragt, warum er Reese immer noch auf den Armen vor seine Brust gedrückt trägt. Da Reese glücklich ist, wenn er bei ihm ist, habe ich das Thema vermutlich noch nicht angeschnitten.

„Beaumont ist wegen des Interviews in Hollywood und Louis ist in Vegas, um sich auf seinen großen Kampf vorzubereiten. Ford schmeißt wegen des Kampfes am kommenden Wochenende eine Party“, erwähnt er beiläufig.

Als ich stehenbleibe, bleibt auch Rylan stehen und dreht sich zu mir um. Er sieht völlig verwirrt aus, aber mir geht es genauso. „Wolltest du mir nichts von der Party erzählen?"

„Ich hatte nicht vor, hinzugehen."

Ich mache einen Schritt auf ihn zu. „Warum nicht?"

Er räuspert sich, seine Augen werden weicher. „Weil sie nur für Männer ist. Ich will dich nicht den ganzen Abend allein lassen. Du bist schon den ganzen Tag über allein zu Hause. An den Wochenenden kann ich dich besser unterstützen als unter der Woche. Ich lasse dich und Reese nicht allein. Ich habe euch noch nie allein gelassen, wenn ich nicht zwingend muss. Ist dir das nicht aufgefallen?"

Meine Augen schwimmen in Tränen. Ich hebe eine Hand und streichele ihm über die Wange. „Ich habe es bemerkt, Baby. Ich habe alles bemerkt, was du für uns tust."

Er neigt den Kopf. „Vielleicht kann ich Reese ja für eine Weile mitnehmen, damit du ein wenig Zeit für dich hast?", fragt er und presst seine Lippen auf meine.

Ich brumme. „Nächstes Wochenende?"

Er lässt seine Zunge vorschnellen, um meinen Mund zu schmecken. Ich erlaube es ihm und genieße, wie er meine Zunge liebkost. „Ich habe am Freitag einen Arzttermin", hauche ich. Er knurrt, offensichtlich versteht er nicht, was ich ihm damit sagen will. „Geh ruhig mit deinen Jungs spielen, und wenn du dann nach Hause kommst, kannst du mit mir spielen."

Seine Augen starren mich an. „Oh, Fuck. Ernsthaft?"

Mein Lächeln wird breiter. „Ich sollte grünes Licht bekommen."

„Jesus", zischt er. „Wie wär´s, wenn ich die Kämpfe

ausfallen lasse?", fragt er und wippt erwartungsvoll auf den Fußballen hin und her.

Ich schüttele den Kopf und muss noch ein bisschen lauter lachen. „Ich mache mir einen schönen, entspannten Abend. Du gehst zu Ford und kommst irgendwann wieder nach Hause, damit wir endlich wieder zusammen sein können."

Er nickt und grinst breit. „Ja. Fuck. Ja."

„Bewegt eure Ärsche rein, es fängt gleich an", ruft Wyatt uns zu.

Rylan runzelt die Stirn, sieht erst seinen Cousin an, dann wieder mich. „Jetzt mach dir mal nicht in die Hosen, Mann", ruft er Wyatt zu.

Wyatt zeigt Rylan hinter seinem Rücken einen Vogel, während Rylan die Augen verdreht. Diese Szene bringt mich dazu, noch mehr über diese beiden Kerle zu lachen. Die Familie. Die Liebe, die sie miteinander verbindet, ist unzerstörbar. Ihr Zusammenhalt ist wie der von Brüdern, und ich bin mehr als dankbar, dass sie einander haben.

Wir gehen auf Wyatt zu, der seinen Blick nicht von Reese nehmen kann. „Gib mir das Baby", fordert er, als wir näher kommen.

„Wenn wir drinnen sind und du auf deinem platten Arsch sitzt", knurrt Rylan.

Wyatt verdreht die Augen. „Du weißt, dass ich dich nur einmal fallen gelassen habe, als du noch ein Kind warst, und, das war nicht einmal meine Schuld."

„Fick dich, Wy." Rylan lacht und geht durch die Tür.

Ford sitzt bereits in einem Sessel und prostet uns zur Begrüßung mit seinem Bier zu.

„Was zum Teufel soll das alles?", will Rylan wissen,

als er sich hinsetzt. Wyatt setzt sich neben ihn und reißt ihm Reese förmlich aus den Händen.

„Keine Ahnung. Beaumont hat mir gerade eine Nachricht geschrieben und gesagt, dass wir uns das Interview ansehen müssen. Er meint, es sei wichtig", entgegnet Ford und zuckt mit den Schultern.

***

Beaumont

Die Lichter sind heiß, die Kameras sind direkt auf mich gerichtet. Ich kann mich vor diesem Moment nicht verstecken. Es muss gesagt werden. Ich muss mit meinen Dämonen ins Reine kommen. Kein Verstecken mehr. Keine bezahlten Bilder und keine gekauften Leute mehr, die für mich lügen. Der Spuk ist vorbei. Mein Berater sagt, dass ich den Menschen, die mir am nächsten stehen, die Wahrheit sagen muss. Das kann ich nicht tun. Nicht persönlich. Ich ziehe den leichteren Weg vor. Mache ich das nicht immer so?

Es fängt an.

Anne Miriam sitzt mir gegenüber, sie hat mich bis eben völlig ignoriert. Erst als die Kameras laufen, konzentriert sie sich auf mich. So ist sie nun mal. So sind sie alle. Ich habe nicht den besten Ruf, was Interviews angeht, oder bei der Presse oder sonst wem. Die einzigen Leute, die sich für mich interessieren, leben in Gallup. Das sind auch die einzigen, die den wahren Beau kennen. Alle anderen sehen nur die *Legende*.

„Wir sind heute hier mit der Legende Beaumont

Griffin. Er kam zu mir mit dem, was er als *die Wahrheit* bezeichnet. Ein exklusives Interview. Bitte, Beaumont, die Welt brennt darauf, zu erfahren, warum du diesen Interviewtermin angesetzt hast. Du hast das Wort." Anne lächelt.

Sie ist fake. Jeder ist fake. Und ich bin der allergrößte Blender.

Ich räuspere mich, dann schaue ich in die Kamera. Ich stelle mir Ford, Wyatt, Rylan, Channing und Baby Reese vor, wie sie in Wyatts Haus zusammensitzen. Louis sieht auch zu, nur dass er in irgendeiner Suite in Las Vegas sitzt.

„Ich bin ein Betrüger", beginne ich. Anne schnappt nach Luft, doch das ist nur gespielt. „Nicht, was meine Musik angeht", stelle ich klar. „Niemals in Bezug auf Musik. Aber auf persönlicher Ebene bin ich ein Betrüger."

„Was meinst du damit?", fragt sie mich unnötigerweise. Warum tun sie das? Warum stellen Reporter die blödesten Fragen? Als ob ich mich nicht erklären würde, oder so einen Scheiß. Fuck.

Ich werde ihr nicht den Arsch aufreißen. Das ist es nicht wert, nicht im Moment. Meine geistige Gesundheit ist das Einzige, das mich interessiert.

„Ich werde mich selbst in eine Entzugsklinik einweisen. Ich muss mir etwas Zeit für mich nehmen, und ich muss ehrlich zu dem Mann sein, der ich bin", fahre ich fort. Ich höre Anne erneut aufstöhnen, wieder ist es einstudiert und unecht. „Ich bin ein Alkoholiker. Ich bin hässlich, wenn ich trinke. Ich mag mich selbst nicht, und ich muss mich endlich wieder zusammenreißen."

Mein Berater hat mir erzählt, ich würde mich leichter fühlen, es würde eine Last von mir abfallen, wenn ich diese Worte laut ausspreche. Mein Berater ist ein verdammter Vollidiot. Ich fühle mich kein bisschen besser. Ich fühle mich eher peinlich berührt. Ich fühle mich dumm. Ich fühle mich – schwach.

***

Rylan

Ich schaue Ford an, der auf den Fernseher starrt, dann sehe ich zu Wyatt. „Wusstet ihr es?", frage ich in die Runde.

„Ich hatte keinen blassen Schimmer", meint Ford. Er beugt sich vor und stützt seine Unterarme auf die Oberschenkel. „Scheiße."

„Er braucht uns. Wir sind für ihn da. Egal, was passiert", sage ich.

„Du weißt besser als jeder andere, wie man damit umgehen muss. Was sollen wir tun?", fragt Wyatt.

Ich zucke mit den Schultern. „Ich habe meinen Entzug im Knast gemacht. Und das nicht freiwillig", lasse ich ihn wissen. „Das hier ist etwas ganz anderes. Trotzdem denke ich, wir sollten ihm eine Nachricht schreiben und ihm sagen, dass wir hinter ihm stehen."

Channing lehnt ihren Kopf gegen meine Schulter. „Ich bin stolz auf dich, Rylan."

Ich schüttele den Kopf. Es gibt verdammt noch mal nichts, nicht das Geringste, worauf sie stolz sein kann in Bezug auf mich. Allerdings erinnere ich sie nicht an diese Tatsache. Ich liebe sie, fast mehr als alles andere auf der Welt. Den einzigen Menschen, den ich mehr liebe als sie, ist Reese. Streicht das, ich liebe ihn nicht mehr, sondern anders. Ich liebe sie gleich, jedoch auf unterschiedliche Arten. Sie retten mich, jeden gottverdammten Tag retten sie mich.

Ich drücke meine Lippen auf ihren Kopf. „Danke."

Sie fragt mich nicht, wofür ich mich bedanke, das tut sie nie. Und ich danke ihr verdammt oft. Sie verschränkt ihre Finger mit meinen, unsere Ringe berühren sich, und ich seufze bei diesem Anblick auf. Das ist der Grund, warum ich ihr dankbar bin. Ich danke ihr, dass sie mich als den Mann liebt, der ich bin. Ich danke ihr, dass sie sie ist. Dass sie mein ist. Dass sie mich gerettet hat.

„Er wird eine Menge Scheiße durchstehen müssen. Er muss herausfinden, warum er tut, was er tut", lasse ich die Gruppe wissen.

„Ich habe ihn noch nie betrunken erlebt. Ich verstehe das nicht", meint Wyatt und drückt Reese enger gegen seine Brust. Reese hat eine beruhigende Wirkung, er lindert Schmerzen und ist Balsam für die Seele. Das ist sein Job.

„Er hat es gut versteckt. Er trinkt wahrscheinlich, wenn er allein ist. Versteckt sich vor der Öffentlichkeit", meint Channing.

Ford hebt das Kinn. „Er hat mich nie in seine Wohnung gelassen. Er hat immer gesagt, sie sei zu unordentlich oder er würde dort nur pennen. Ich glaube, dass er mich nie dort hineingelassen hat, wegen seiner Dämonen, wegen seiner Sucht. Ich habe Gerüchte über ihn gelesen, zum Beispiel auf diesen Scheiß Hollywood-Klatsch-Seiten. Ich habe ihnen nie Beachtung geschenkt, aber sie tauchten auf meinem Handy auf und ich sah ein Bild. Sie sagten, er sei ein Säufer, feiere viel zu viel und gerate regelmäßig außer Kontrolle, doch ich habe das nie geglaubt. Das ist einfach nicht der Beau, den wir kennen, wisst ihr?"

Wyatt nickt zustimmend. „Ich habe sie auch gesehen und habe dasselbe gedacht."

„Dann war ich wohl der Einzige, der im Dunkeln tappte", sage ich und stoße einen humorlosen Lacher aus. Es gibt nichts, was an dieser Situation auch nur im Entferntesten lustig ist.

Channing drückt meine Hand ein wenig fester. „Keiner von uns hätte je geglaubt, dass er nicht der Mann ist, der er ist. Er ist verletzt. Er hat selbst gesagt, dass Gallup sein Rückzugsort ist, seine Auszeit von der Welt. Wir sehen ihn, wenn er glücklich ist, nicht, wenn es ihm schlecht geht. Rylan hat recht, wir müssen ihn wissen lassen, dass wir für ihn da sind. Egal, auf welche Weise er uns braucht." Sie lächelt.

Wir brummen alle zustimmend und verlassen dann langsam Wyatts Haus. Keiner von uns ist noch länger in der Stimmung, abzuhängen oder zu quatschen, denn wir hängen alle unseren Gedanken nach und fühlen uns wegen unseres Freundes schlecht. Er ist verletzt, er leidet, und er hat es uns nie gesagt. Ich weiß, warum er es nicht getan hat, aber ich wünschte, er hätte es getan. Ich kann ihm nicht helfen, aber ich kann ihm zuhören, und als ehemaliger Alkoholiker verstehe ich ihn vielleicht besser als jeder andere.

„Dir ist klar, dass du seine Last nicht mittragen musst, Rylan", sagt Channing zu mir, als wir uns auf den Weg nach Hause machen.

„Mir war nicht bewusst, dass ich das laut ausgesprochen habe", erwidere ich. Sie streckt die Hand aus und nimmt meine Hand wieder in ihre. Ihre Berührung ist alles, was ich brauche, um mich zu beruhigen, um mich friedlicher zu fühlen. „Und ja, ich weiß, dass es nicht meine Aufgabe ist, sie mitzutragen, aber als sein Freund möchte ihm helfen."

„Er ist berühmt. Er wird als Legende betitelt. Er sollte keine Hilfe brauchen, oder zumindest bin ich mir sicher, dass er so denkt", entgegnet sie.

„Fuck. Darauf kannst du Gift nehmen."

„Außerdem denke ich, dass du ein ziemlich heftiges Jahr mit deinem eigenen Scheiß hinter dir hast." Sie drückt meine Finger.

Ich fahre auf unsere Einfahrt und betrachte das kleine Haus, das vor uns liegt. Unser gemietetes Paradies. Ich bezweifele, dass ich jemals dazu in der Lage sein werde, ihr ein eigenes Haus zu kaufen. Ich beuge mich zu ihr herüber und drücke meine Stirn gegen ihre.

„Das habe ich. Doch es war auch das absolut beste Jahr meines Lebens, Süße", gebe ich zu.

„Ich liebe dich, Rylan."

Ich brumme und atme ihren Duft ein. „Du hast ja keine Ahnung, wie viel du mir bedeutest, Channing. Wie sehr ich dich verdammt noch mal liebe. Du und Reese seid meine gottverdammte Welt. Wenn ich morgens aufwache, danke ich Gott jeden einzelnen Tag dafür, dass es dich gibt."

Ihre Hände legen sich an meine Wangen und ihre Lippen streifen meine. „Du bist auch unsere Welt, Rylan."

***

Channing

Wir gehen rein und ich kann nicht anders, als an Beaumont zu denken. Ich würde mir wünschen, ihm helfen zu können, irgendwie seinen Schmerz zu lindern. Er hat so viel für mich getan. Er ist da gewesen, als ich ihn gebraucht habe, als James durchgedreht ist. Als Jennifer und Jacob durchgedreht sind. Er hat geholfen und auf mich aufgepasst, mich beschützt und sich um mich gekümmert.

Plötzlich schweifen meine Gedanken zu Jennifer, Jacob und James. Sie sitzen alle im Gefängnis. James und Jacob wurden in das gleiche Gefängnis gebracht, in dem Rylan fünf Jahre lang eingesessen ist. Gott sei Dank werden sie dort etwas länger bleiben als er. Jennifer genießt eine Einrichtung nur für Frauen. Die einzige Person, die mir in dieser Familie leidtut, ist das Baby.

Jennifer hat ein kleines Mädchen zur Welt gebracht. Ihre Eltern haben das Sorgerecht für das Baby zugesprochen bekommen und ziehen es weit weg von hier in Nebraska auf. Sie sind kurz nach dem Prozess umgezogen, weil sie nicht in der Stadt leben wollen, in der jeder weiß, was ihre Tochter getan hat.

Ich bin nicht die Einzige gewesen, die missbraucht wurde. Emily im Übrigen auch nicht. Es gab mindestens ein Dutzend junger Mädchen, die sie manipuliert haben. Es sind üble Menschen. Abscheuliche Menschen. Und wenn es nach mir gehen würde, würden sie nie wieder das Tageslicht sehen. Es ist mir egal, dass ich nicht dieselbe Vergebungshaltung einnehme, die ich heute Morgen Rylan gepredigt habe. Er hat diese Frau nicht aus bösartigem Hass heraus getötet. Sie hingegen haben über ein Dutzend Mädchen mit ihren kranken Spielen missbraucht.

„Alles in Ordnung?“, fragt Rylan. Ich spüre seine Wärme an meinem Rücken, als er seine Arme von hinten um mich schlingt.

Ich stehe vor der Spüle und starre auf einen Stapel schmutziges Geschirr. Ich drehe meinen Kopf zur

Seite, da ich ihn ansehen will. „Wenn ich an Beaumont denke, muss ich automatisch auch an James, Jennifer und Jacob denken“, gebe ich zu.

Er schüttelt den Kopf. „Sie sind deine Zeit nicht wert. Der Fall kam nicht einmal vor Gericht. Sie können nicht frei und unbeschwert durchatmen, Süße. Sie sind wertlos, Channing.“

Ich atme durch meine Nase ein und durch den Mund wieder aus. „Ich weiß. Aber sie werden immer ein schwarzer Fleck bleiben.“

„Sie sind nur ein schwarzer Fleck, wenn du es ihnen erlaubst. Ich denke nie über sie nach, denn sie sind es mir nicht wert. Ich habe dich und Reese. Ich bin derjenige, der absolut alles hat. Ich lebe einen verdammten Traum, während sie damit leben müssen, verdammt kranke Spinner zu sein.“ Er zuckt mit den Schultern.

Rylans Worte bringen mich zum Lächeln. „Du bist verrückt.“

Er zwinkert mir zu. „Ich habe nie behauptet, es nicht zu sein. Und jetzt hilf mir dabei, Beau eine Nachricht zu schreiben. Er war für uns da, jetzt müssen wir für ihn da sein.“

Ich drehe mich in seinen Armen um und streichele ihm über seine Wangen. „Ich liebe dich, Rylan.“ Ich küsse seine Lippen, die weich und süß sind, jedoch vertiefe ich den Kuss nicht.

Seine Hände wandern zu meinen Hüften. „Ich liebe dich, Süße. Fuck, und wie ich dich liebe, Channing.“

Wir machen uns auf den Weg zum Bett und verschieben den Abwasch. Den können wir auch noch morgen machen. Es wird sich immer Geschirr in der Spüle stapeln. Der heutige Tag ist lang gewesen, hart und emotional aufwühlend. Es wird noch viele

Schwierigkeiten und Prüfungen geben, und damit habe ich kein Problem. Ich begrüße sie sogar, denn ich weiß, dass Rylan für immer an meiner Seite sein wird und wir gemeinsam durch diese unruhigen Gewässer waten werden. Jeden verdammten Schritt auf unserem Weg.

AUTORIN

Als Einzelkind musste Hayley Faiman sich mit sich selbst beschäftigen. Im Alter von sechs Jahren begann sie, Geschichten zu schreiben, und hörte nie wirklich damit auf. Die gebürtige Kalifornierin lernte ihren heutigen Ehemann im Alter von sechzehn Jahren kennen und heiratete ihn mit zwanzig Jahren im Jahr 2004. Nach all den vielen gemeinsamen Jahren ist er immer noch die Liebe ihres Lebens. Mit ihrem Mann und den gemeinsamen Kindern lebt Hayley Faiman heute im Osten von Texas.

Die meisten Tage verbringt Hayley damit, sich um ihre beiden Söhne zu kümmern, ihnen bei den Hausaufgaben zu helfen oder zum Sporttraining zu gehen. Ihre Abende verbringt sie mit ihrem Mann und ihre Nächte damit, sich neue Romane mit heißen Alpha-Helden – gemäß dem Motto „Alphas Do It Better" – auszudenken.

www.hayleyfaiman.com